Das Buch

Ein schwarzer Chevy rollt durch die Nacht und hinterlässt eine Spur des Grauens. Die Nightrunners sind unterwegs, und wer immer das Unglück hat, ihnen zu begegnen, muss mit dem Schlimmsten rechnen. Doch die nächtliche Fahrt hat ein Ziel: ein einsames Ferienhaus, in dem die Lehrerin Becky und ihr Mann Montgomery über ein tragisches Ereignis hinwegkommen wollen. Montgomery hält sich selbst für einen ausgemachten Feigling und Versager, doch er ist die einzige Hoffnung, die Becky bleibt.
1987 erschien in den USA die Originalausgabe von Nightrunners, einem der bis heute beliebtesten und einflussreichsten Romane von Joe R. Lansdale. Aus Anlass des 20. Jubiläums wurde in den USA 2007 eine limitierte Sonderausgabe zusammengestellt, die neben dem Originalroman auch sechs dazugehörige Stories aus dem »Gott der Klinge«-Universum enthält, die in Deutschland bislang unveröffentlicht waren. Die Übersetzung von Nightrunners wurde für diese Ausgabe komplett überarbeitet.

Zum Autor

Der Texaner Joe R. Lansdale, geboren 1951, wurde berühmt mit der Serie um das Ermittlerpaar Hap Collins, einen weißen, heterosexuellen Kriegsdienstverweigerer, und Leonard Pine, einen schwarzen, schwulen Vietnam-Veteranen. Außer Krimis schreibt Lansdale Horror, Science-Fiction, Western und Fantasy, sowohl Romane als auch Shortstories und Comictexte. Neben diversen Auszeichnungen für seine Fantasyromane erhielt er 2000 den Edgar Award der American Crime Writers Association für den besten Kriminalroman des Jahres, dazu den American Mystery Award und wurde siebenmal mit dem Bram Stoker Award ausgezeichnet. Joe R. Lansdale lebt mit seiner Familie in Nacogdoches, Texas.

Besuchen Sie seine Website: www.joerlansdale.com

JOE R. LANSDALE

DER GOTT DER KLINGE

THRILLER

Aus dem Amerikanischen
von Walter Hartmann und Frank Dabrock

WILHELM HEYNE VERLAG
MÜNCHEN

Die Originalausgabe
THE GOD OF THE RAZOR
erschien 2007 bei Subterranean Press, Burton, MI.

FSC
Mix
Produktgruppe aus vorbildlich bewirtschafteten Wäldern und anderen kontrollierten Herkünften
Zert.-Nr. SGS-COC-1940
www.fsc.org
© 1996 Forest Stewardship Council

Verlagsgruppe Random House FSC-DEU-0100
Das für dieses Buch verwendete
FSC-zertifizierte Papier *Super Snowbright*
liefert Hellefoss AS, Hokksund, Norwegen.

Redaktion: Frank Dabrock *(Nightrunners)*
und Tamara Rapp (Stories und neues Vorwort)

Vollständige deutsche Ausgabe 12/2008

Printed in Germany 2008
Umschlaggestaltung: Yellow Farm GmbH, S. Freischem
Satz: C. Schaber Datentechnik, Wels
Druck und Bindung: GGP Media GmbH, Pößneck

ISBN: 978-3-453-67557-5

www.heyne-hardcore.de

INHALT

EINLEITUNG

GEDANKEN ZUM ZWANZIGJÄHRIGEN JUBILÄUM VON

DER GOTT DER KLINGE

Nightrunners ist das beste meiner frühen Bücher. Und das beste von den dreien, die ich vor *The Magic Wagon* geschrieben habe, in dem ich meiner Meinung nach meine eigene Stimme gefunden habe, zumindest ansatzweise. Eigentlich wäre *The Boar* das beste meiner frühen Bücher gewesen – wenn es damals rausgekommen wäre, was leider nicht der Fall war. Immerhin konnte ich es Jahre später bei Subterranean Press veröffentlichen. Doch von den dreien, die damals gedruckt wurden, war *Nightrunners* das gelungenste, und die Resonanz darauf war sehr viel größer als bei den anderen. *Dead in the West* kann es, was die klare Erzählabsicht angeht, zwar mit ihm aufnehmen, aber es ist *Nightrunners*, auf das ich immer wieder angesprochen werde. Die Leser fragen mich, warum es nicht mehr erhältlich ist, oder erzählen mir, dass es ihnen eine Heidenangst eingejagt hat. Auf vielen Listen taucht es als einer der besten Horrorromane der Achtziger auf, und manchmal wird es auch einfach nur als einer der großen Horrorromane aufgeführt. Danke, ihr Listenfans.

In *Nightrunners* gibt es ein bisschen von allem, der Roman ist fantastisch und furchteinflößend, stellenweise sogar experimentell, jedenfalls möchte ich das, als sein stolzer Vater, gerne glauben. Als ich anfing das Buch zu schreiben, war ich stark von der damaligen Unterhaltungsliteratur geprägt; und das Filmgenre, das immer wichtig für mich war, hatte in meinen ersten drei Büchern, *Act of Love, Nightrunners* und *Dead in The West*, den größten Einfluss auf meine Ideen.

Act of Love und *Dead in the West* habe ich beide 1980 zu Papier gebracht, zumindest die ursprüngliche Fassung von *Dead in the West*, der als Fortsetzungsroman erschien. Im selben Jahr habe ich auch einen ersten Entwurf zu *Nightrunners* verfasst, und ich glaube, auch ein paar Kapitel. Erst in den frühen 1980er-Jahren, 82 oder 83, habe ich dann den Versuch aufgegeben, das Buch in Exposé-Form zu verkaufen, und es einfach geschrieben.

Eigentlich hatte ich vor, einen realistischen Roman zu schreiben, einen Thriller, einen Krimi, und obwohl ich dieses Element beim Schreiben nie aus den Augen verlor, veränderte er sich doch so, dass er nach und nach eine leicht übernatürliche Atmosphäre annahm. Das lag vielleicht auch am Einfluss jener Zeit, in der Horrorstorys sehr populär waren; außerdem schrieb ich damals ohnehin fürs Horrorgenre, nämlich Kurzgeschichten, meine bevorzugte Gattung.

Was meinen Ansatz bei *Nightrunners* betraf, hoffte ich, dass der Leser nie sicher sein würde, ob in der Geschichte etwas Übernatürliches geschieht. Er sollte entweder glauben, Brian hätte Halluzinationen, oder aber die Ereignisse wären übersinnlicher Natur. Das war jedenfalls meine Absicht.

Einige Leser schwankten tatsächlich – was mir am besten gefiel. Doch die meisten meinten: »Wovon redest du, natürlich passieren darin übernatürliche Dinge. Was ist los mit dir, Mann? Weißt du nicht, was du geschrieben hast?«

Tatsächlich haben Autoren manchmal keine Ahnung, was sie da geschrieben haben. So vieles bei der Arbeit entwickelt sich unbewusst.

Wie auch immer, ich schrieb das Buch, verschickte es, und …

Die Stille war ohrenbetäubend.

Zebra, die *Act of Love* gekauft hatten, antworteten mir, dass sie nichts damit anfangen könnten. Es nicht verstanden hätten. Überhaupt nicht wüssten, worauf ich hinauswollte. So oder so ähnlich waren ihre Worte.

Wie bitte?

Mein damaliger Agent kapierte es auch nicht. Er meinte, es passe in keine Schublade und Verleger hätten einfach gerne etwas, dem sie irgendein Etikett verpassen könnten. Er hatte recht. So ist es noch immer, wenn auch nicht mehr ganz so schlimm. Ich habe ihn trotzdem gefeuert und bot das Buch dann eine Weile selbst an. Mit demselben Erfolg. Schließlich legte ich es beiseite.

Jahre später, 1987, wurde es schließlich bei Dark Harvest Press veröffentlicht. Mittlerweile hatte ich mir einen gewissen Namen gemacht, und als sie mich um ein Manuskript baten, präsentierte ich ihnen *Nightrunners*. Vor Dark Harvest wollte eine Zeitung namens Evening Star den Roman herausbringen, neben einer Anthologie, die wahrscheinlich eine der besten Sammlungen von Horrorgeschichten überhaupt geworden wäre. Sie enthielt Geschichten von jedem, der im Horrorgenre einen Namen hatte, oder dabei war, sich in diesem und anderen Bereichen einen Namen zu machen, dazu kamen Autoren, die bereits tot waren. Ich weiß nicht, wo ich auf dieser Liste hingehöre, außer, dass ich noch nicht tot bin; auf jeden Fall war ich mit von der Partie. Von einigen Autoren waren sogar zwei Storys im Buch. Ich glaube, von mir auch. Ich habe einen Probedruck der Anthologie gelesen – eigentlich nur eine Mappe mit den gebundenen Fotokopien der Geschichten, aber das war pures Dynamit. Das, was ein paar Jahre zuvor *Dark Forces* in diesem Genre gewesen war. Das, was *Dangerous Visions* für die Science-Fiction war. Die Anthologie bestand aus zwei Bänden.

Es gab nur ein Problem. Die vermeintlichen Herausgeber redeten viel und hatten große Pläne und dazu ein paar wirklich gute Ideen. Nur eines hatten sie nicht: Geld.

Ich habe vergessen, ob wir überhaupt für unsere Geschichten bezahlt wurden, doch eins ist sicher: Der Evening Star hat meines Wissens nie ein Buch veröffentlicht. Auf jeden Fall nicht dieses.

Wer sich davon überzeugen möchte, was dieses Buch Mitte der Achtziger für das Genre bedeutet hätte: Der Probedruck der Anthologie existiert noch und befindet sich in der A&M University, zusammen mit einem Archiv aus Manuskripten, Briefen und Büchern, die ich ihr gestiftet habe.

Fazit: Eine großartige Anthologie war verloren gegangen, und *Nightrunners* hatte noch immer keinen Verleger, bis man bei Dark Harvest etwas Neues von mir haben wollte, und zwar ein Buch. Also zog ich das Manuskript aus der untersten Schublade meines Aktenschranks und schickte es ihnen. Sie waren begeistert. Später kam es dann auch als Taschenbuch heraus, Dean Koontz schrieb ein freundliches Vorwort dafür, und es stahl sich hinaus in die Welt, wo es in den Bücherregalen von Lebensmittelläden und den Horrorabteilungen besserer Buchladenketten auf arglose Leser lauert.

Es erschien auch in vielen anderen Ländern und ist in Italien immer noch erhältlich, wie überhaupt ein Großteil meiner Arbeiten.

Bei uns in den USA allerdings war es leider schon seit einiger Zeit nicht mehr zu haben. Bis jetzt natürlich. (In Deutschland erschien der Roman 1998 unter dem Titel *Nightrunners* bei Rowohlt, ist seit Jahren aber vergriffen. Anmerkung des Heyne Verlags)

Okay, hier also ein paar lose Gedanken zu dieser »historischen« Ausgabe zwanzig Jahre später.

Sie wurde um ein paar Geschichten ergänzt, die auf die eine oder andere Weise mit dem Roman zu tun haben. Ein langer Text, »Boys Will Be Boys«, wird hier nicht extra abgedruckt, da er Teil des Romans ist; für einen früheren Abdruck wurde er fast eins zu eins aus dem Roman übernommen. Wer den Roman liest, dem entgeht also nichts.

Mal sehen. Was noch ...

Nun, obwohl das bekannteste Element des Buches der Gott der Klinge ist, habe ich, lange bevor ich es verkaufen konnte, eine Menge Ideen daraus weiterverwertet. Einige ganz direkt, andere weniger. Damit keine Missverständnisse aufkommen, habe ich zu jeder Geschichte eine eigene Einleitung geschrieben; nur falls jemand nervös wird und sich deswegen Sorgen macht.

Und noch eine Anmerkung: Neal Barrett jr. und ich haben basierend auf *Nightrunners* ein Drehbuch geschrieben, das wir für durchaus gelungen halten, und im Gegensatz zum Roman geschehen darin eindeutig übernatürliche Dinge. Da ich das große Glück hatte, einige Drehbücher zu verkaufen, dachte ich, mit diesem wurde es auch klappen, und wissen Sie was?

Fehlanzeige. Bislang jedenfalls.

Aber es existiert noch. Jeder risikofreudige Filmemacher mit etwas Geld kann sich gerne mit uns in Verbindung setzen, um einen Blick reinzuwerfen. Wir fänden es großartig, wenn es realisiert würde und wir alle reich und berühmt werden und uns jeder ein Paar Häschen-Hausschuhe oder was in der Richtung kaufen könnten. Ich wiederhole noch mal: risikofreudige Filmemacher mit Geld. Also nicht nur mit dem Herz am rechten Fleck und dem Wunsch, der nächste Spielberg zu werden, niemand, der eben mal so anruft oder eine E-Mail verschickt. Sondern jemand mit einem seriösen Angebot. Wir wollen Geld sehen.

Rückblickend fallen mir im Roman eine Menge Sachen auf, die ich heute anders lösen würde, aber im Grunde ist es doch so: Wenn man eine alte Arbeit umschreibt, ist das, als würde man sie in ein neues Gewand kleiden, und manchmal will man das nicht. Manchmal will man einen alten Knacker eben nicht im Tanga erleben. Das ist einfach kein schöner Anblick. Außerdem wird etwas anderes daraus, wenn man sich einen Text, der zu einer bestimmten Zeit, aus dem Moment heraus entstanden ist, noch einmal vornimmt und mit Abstand überarbeitet. Er verliert seinen ursprünglichen Charme. Damit man mich nicht falsch versteht, es ist okay, wenn man hier und da ein bisschen ändert, um auszubügeln, was man beim ersten Mal übersehen hat, aber es interessiert mich nicht, etwas komplett umzuschreiben, um die eigene Vergangenheit zu beschönigen. Ich bin ziemlich stolz auf meine Vergangenheit. Es gibt ein paar Dinge, die ich überarbeiten würde, doch im Großen und Ganzen mag ich meine Vergangenheit, meine Arbeiten sowie mein Leben, mit all ihren Fehlern.

Abgesehen davon denke ich, dass sich *Nightrunners* verdammt gut gehalten hat. Man könnte den Roman morgen veröffentlichen, und niemand würde merken, dass er vor zwanzig Jahre geschrieben wurde, außer dass keine Handys darin vorkommen. Aber er kann einem immer noch einen Schauer über den Rücken jagen, so wie es vielen Lesern schon passiert ist. Gut so, ihr *Nightrunners*. Fein gemacht.

Was den Rest dieser Zusammenstellung betrifft, besteht sie aus Geschichten, die allesamt zum *Nightrunners*-Kosmos gehören. Also Storys, die direkt auf den Roman zurückgehen oder von ihm inspiriert wurden, sowie Geschichten, die ich später über meine Figur, den Gott der Klinge, geschrieben habe. Die Einzige, die hier fehlt, ist »Subway Jack«; ich habe sie für eine »Batman«-Anthologie verfasst. Aber DC wollte nicht, dass wir sie hier abdrucken, zumindest nicht, ohne ihnen haufenweise Geld dafür zu zahlen. Das ist schade. »König der Schatten« gefällt mir von den Geschichten in diesem Buch am besten, aber eigentlich mag ich von allen »Gott der Klinge«-Geschichten die mit Batman am liebsten, verdammt noch mal.

Wer jetzt richtig neugierig geworden ist, findet vielleicht irgendwo ein gebrauchtes Exemplar der Anthologie, denn sie ist sowohl als Taschenbuch als auch als Hardcover erschienen und hatte eine hohe Auflage, da sie zeitgleich zum ersten »Batman«-Film mit Michael Keaton herauskam. Oder war es der zweite? Hm, ich bin mir nicht ganz sicher. Auf jeden Fall gab es damals eine regelrechte »Batman«-Hysterie, und das Buch war Teil davon.

Die Figur des Gottes taucht auch in einem DC-Comic auf, der aus vier Folgen bestand. Er hieß *Blood And Shadows*. Die Geschichte dazu stammt von mir, und Mark Nelson, ein fabelhafter Künstler, der für eine Reihe meiner Bücher bei Subterranean Press die Illustrationen gemacht hat, war für die Zeichnungen zuständig.

Wir waren voller Begeisterung für das Projekt. Ich setzte mich sofort an die Texte und dann ... dann warteten wir.

Mark, der Gute, ist ein ausgezeichneter Künstler und ein feiner Kerl, aber er kann ... nun, sehr langsam sein.

Es dauerte ein paar Jahre, bis er mit den Zeichnungen fertig war; inzwischen hatte sich unser Herausgeber anderen Dingen zugewandt, die Begeisterung für das Projekt war abgeflaut, und auch die Popularität von Horrorcomics hatte, zumindest zu diesem Zeitpunkt, nachgelassen.

Die Titelseiten waren großartig, aber man konnte die einzelnen Ausgaben fast nicht unterscheiden. Sie sahen sich derart ähnlich, dass die Leute kaum erkennen konnten, ob sie eine Ausgabe schon hatten oder nicht.

Fazit: Die Comics waren wirklich toll, die Geschichte bewegte sich quer durch Zeit und Raum, von den Vierzigerjahren in den Wilden Westen, und von dort in die Zukunft, aber sie haben sich damals leider nicht besonders gut verkauft.

Ich kann nur sagen, der »Gott der Klinge« hat die Zeit wesentlich länger überdauert, als ich erwartet hätte, und ein Ende scheint nicht in Sicht. Alles, was ich abschließend zu seiner anhaltenden Popularität sagen kann: »Toll.«

VORWORT
ZU
NIGHTRUNNERS

von Dean Koontz

Über manches bin ich wirklich froh. Ich bin froh, dass der Kiefernblasenrost keine Krankheit ist, die Menschen befällt. Ich bin froh, dass die zuständige Behörde Führerscheine ausstellt, ohne vom Antragsteller zu verlangen, dass er ein lebendes Reptil verspeist. Ich bin froh, dass Treppen gleichzeitig auf- und abführen und dies bei Rolltreppen nicht der Fall ist. Ich bin froh, dass es keine abendländische Tradition gibt, die am Weihnachtsabend das Trinken von Pferdeblut vorschreibt. Ich bin froh, dass Socken nicht aus Stacheldraht gemacht sind und Hagelkörner selten die Größe von Wohnblocks erreichen. Und ich bin froh, dass Joe Lansdale sich entschieden hat, Schriftsteller zu werden.

Er schwört, dass er einst Kartoffelbauer werden wollte. Einer von jenen Farmern in Texas, die mit dem Anbau und Verkauf von Erdäpfeln ein Vermögen scheffeln – ungefähr so wie die Ölbarone, nur mit mehr Dreck am Stiefel. Joe besaß ein Stück Land, ein oder zwei kräftige Maultiere sowie ein paar Säcke Kartoffelsamen (oder was zum Teufel man auch immer in der Erde verbuddelt, um Kartoffeln zu ziehen), und es mangelte ihm auch nicht an Zielstrebigkeit. Hätte Joe etwas mehr Glück bei der Landwirtschaft gehabt, dann wäre er uns heute vielleicht als Hauptlieferant für die Fritteusen von McDonald's und Burger King bekannt. Doch zum Glück hatte er Pech, und der Verlust für die Kartoffelbranche wurde zum Gewinn für die Literatur.

Joe war damals ein armer Schlucker, sein Traum vom schnellen Geld in der Kartoffelbranche ist also, wenngleich irrational, durchaus verständlich. Wer Armut aus eigener Erfahrung kennt, wird von einem Bedürfnis nach Sicherheit getrieben, das sich ein Abkömmling der Mittelklasse oder ein Spross aus reichem Elternhause kaum vorstellen kann.

Zum Glück wurde Joe, auch wenn er in ärmlichen Verhältnissen aufwuchs, von seinen Eltern geliebt, und sie verstanden es, ihm diese Liebe zu zeigen. Von ihnen spricht er stets voller Zuneigung, und wer ihm zuhört, merkt, woher Joes Menschenliebe rührt, die sich in den besten seiner Werke offenbart. »Mein Vater«, so erzählte Joe mir einmal, »war ungebildet, und obwohl er sich sein Leben lang abrackerte, hat er nie viel Geld verdient. Wichtig ist jedoch vor allem eins: Dass er ein wunderbarer Mensch war, einfach der wunderbarste Mensch weit und breit, und selbst wenn ich's nie schaffe, ein berühmter Schriftsteller zu werden, würde ich mich als erfolgreich betrachten, wenn ich auch nur ein halb so guter Mensch werde wie er.«

Und das meint Joe ernst. Wer ihn kennenlernt, merkt ziemlich bald, dass Joe kein Schwätzer ist und dass er, im Gegensatz zu vielen seiner Schriftstellerkollegen, kein zwei Tonnen schweres Ego mit sich rumschleppt. Joe ist eins dieser seltenen Exemplare, die im Grunde ihrer Seele begriffen haben, dass eine Short Story, die in *Twilight Zone* veröffentlicht wird, nicht vergleichbar ist mit der Arbeit, die von führenden Krebsforschern geleistet wird, und dass ein Roman – so erstrebenswert und aufregend dies auch sein mag – mindestens ein oder zwei Kerben tiefer rangiert als die Leistungen einer Mutter Teresa. Vielleicht werden Sie erstaunt sein zu erfahren, dass vielen Schriftstellern jegliche vernünftige Perspektive bezüglich ihrer Karriere fehlt; sie schlagen sich mit dem gefährlichen Irrtum herum, sie seien für die Zukunft der Menschheit von größerer Bedeutung als der ganze Rest der Erdbevölkerung. Joe ist stolz auf seine Werke – mit Recht, denn sie taugen was –, doch er vergisst darüber nie, dass hohe Auflagen nicht so wichtig sind wie das Bestreben, ein guter Ehemann, ein guter Vater, ein guter Freund oder ein guter Nachbar zu sein.

Der Witz ist: Wirklich erstklassige Arbeit wird selten von jenen Autoren geleistet, die sich ständig um Literaturpreise bewerben und nie daran zweifeln, dass ihre Texte in sämtlichen Schullesebüchern der Zukunft stehen werden, und die sich ungeniert in aller Öffentlichkeit mit den Altmeistern vergleichen (wobei sie selbst immer sehr gut abschneiden). Andererseits liefern gerade die fest mit beiden Füßen auf dem Boden stehenden Joes dieser Welt oft Geschichten ab, in denen sich das Wesen guter Prosa zeigt. Vielleicht kommt es daher, dass die Was-bin-ich-für-ein-toller-Hecht-Typen sich immer nur auf den eigenen Bauchnabel konzentrieren, während sich die Joes für ihre Mitmenschen interessieren und deshalb in der Lage sind, Figuren zu erschaffen, die echt und überzeugend wirken. Und während die Was-bin-ich-für-ein-toller-Hecht-Typen über die großen Themen schreiben, von denen sie keine Ahnung haben, schreiben die Joes über das Prosaische der alltäglichen Existenz, und zwar auf eine erhellende und bewegende Art und Weise, weil die Joes nämlich kapiert haben, dass im Prosaischen auch die ewigen Themen von Leben und Tod, Hoffnung, Liebe und Tapferkeit ihren Platz haben.

All das soll nicht heißen, dass Joe Lansdale seine Arbeit weniger ernst nimmt, als er sollte. Im Gegenteil widmet er sich seinem Handwerk und seiner Kunst mit großer Hingabe, was seiner Prosa anzumerken ist.

Ich weiß noch, wie ich eines Abends Joe Lansdales *The Magic Wagon* zur Hand nahm und sofort gefesselt war von Billy Bob Daniels, Old Albert, Buster Fogg, dem als Catcher auftretenden Schimpansen namens Rot Toe und all den anderen Figuren in diesem Buch. Es ist der merkwürdigste Western, den ich je gelesen habe, ein Roman voller Revolverhelden und gruseliger Horrorelemente, in dem Lansdale die Grätsche zwischen zwei unterschiedlichen Genres schafft und obendrein das Dasein des Menschen in so profunder und dennoch unprätentiöser Weise zu schildern weiß, dass ihn jeder vernünftige Schriftsteller beneiden wird. Ginge es gerecht zu in der Welt, dann hätte *The Magic Wagon* einen Verleger mit entsprechendem Weitblick und Finanzpolster gefunden, um aller Welt die Qualität eines Joe Lansdale unter die Nase zu reiben, und das Buch hätte für die Achtzigerjahre das werden können, was *True Grit* für sein Jahrzehnt gewesen ist. Hätte man es wenigstens mit entsprechendem Tamtam als Mainstream-Roman lanciert, dann hätte *The Magic Wagon* zweifellos jedem klargemacht, dass der Aufstieg dieses Mannes in die Garde der großen Autoren nur eine Frage der Zeit sein kann. Aber dies ist keine gerechte Welt, und *The Magic Wagon* erschien ohne großes Tamtam als einer unter vielen anderen Western. Loben wir also den Lektor, der das nötige Gespür bewies, den Wert dieses Buches zu erkennen – und verfluchen wir das System, das es zuließ, dass dieses Buch gleich nach seiner Erstveröffentlichung in der Versenkung verschwand.

Dieses Schicksal werden zukünftige Lansdale-Romane hoffentlich nicht teilen. Nur eines ist mehr gewiss als Joes kommender Ruhm – dass morgen wieder die Sonne am Himmel aufgeht. Doch mir schwant, dass er zu jenen Autoren gehört, die eine lange Aufbauphase brauchen und ihre Leserschaft ohne große Unterstützung von Verlegerseite finden müssen. Viele Verleger wollen einen Autor nicht beim allmählichen Aufbau seiner Leserschaft unterstützen, sondern sie wollen den Erfolgsautor entdecken, bei dem gleich das erste Buch zum Bestseller wird. Die Verlagsbranche ist weiterhin damit beschäftigt, Unsummen für die allerneueste große Entdeckung zu verpulvern, die, wie sich dann meist zeigt, weder genügend Talent noch den langen Atem besitzt. Während Jahr für Jahr die neuesten Überflieger ihre Millionen und schnell vergehenden Ruhm einheimsen, arbeiten echte Schriftsteller wie Joe kontinuierlich weiter und werden dabei immer besser; zum Glück halten die Typen oft auf der Kriechspur durch und haben zu guter Letzt den verdienten Erfolg, während die sensationellen Newcomer wieder im großen Sumpf des literarischen Mülls versinken, aus dem man sie besser erst gar nicht hervorgezogen hätte. Nun gut. John D. MacDonald, Elmore Leonhard, Robert Heinlein und Dick Francis gehören zu den zahllosen Autoren, die in langen Jahren kontinuierlicher Entwicklung der Gleichgültigkeit der Verlage trotzten und sich nicht beirren ließen, und bessere Gesellschaft könnte sich niemand wünschen.

Nightrunners ist früher Lansdale. Joe begibt sich hier auf ein grausiges, finsteres Terrain, und vielleicht ist er in diesem Werk ein bisschen dreckiger und brutaler, als er unbedingt hätte sein müssen. Zurückhaltung war etwas, das Joe noch lernen musste, als er dieses Buch schrieb. Ist es gute Unterhaltung? Oh ja, zweifellos. Kriegen Sie etwas für Ihr Geld? Mehr als das. Dieser Roman strotzt vor ungezähmter Kraft, er packt Sie und reißt Sie mit. Hier sprüht der Enthusiasmus eines jungen Schriftstellers, der sich der leeren Seite stellt – und diese Herausforderung gibt ihm einen gewaltigen Kick. Bei Lansdales Originalität lässt sich kaum abschätzen, welches neue Terrain er in zukünftigen Romanen erforschen wird – keiner weiß, wohin uns dieser listige Halunke nächstes Mal führen wird, doch können wir *Nightrunners* aufschlagen und nachschauen, wo er schon gewesen ist. Und dort ist es allemal interessanter als an den meisten Orten, wo uns eine ganze Menge anderer Schriftsteller je hinführen könnten.

Über manches bin ich wirklich froh. Zum Beispiel, dass es keine uns bekannten Witterungsbedingungen gibt, die dazu führen, dass Hunde durch Selbstentzündung explodieren. Ich bin froh, dass uns Walt Disney seinen Micky in Form einer Maus beschert hat und nicht als Kakerlake. Ich bin froh, dass die Hare Krishnas keine Nuklearwaffen besitzen. Und ich bin froh, dass Joe Lansdale sich dazu entschlossen hat, Schriftsteller zu werden.

NIGHTRUNNERS

PROLOG

EIN SCHWARZER HAI GLEITET ÜBERS ENDLOSE ASPHALTMEER

29. Oktober

»Jawohl, wir sind Barbaren, und Barbaren wollen wir bleiben. Es macht uns Ehre. Wir sind es, die die Welt verjüngen werden. Die heutige Welt steht vor dem Untergang. Unsere einzige Aufgabe besteht darin, von ihr Besitz zu ergreifen.«

ADOLF HITLER

Mitternacht. Schwarz wie das Herz Satans.

In einem schwarzen 66er Chevy kamen sie aus der Dunkelheit. Der Wagen verschlang den Highway 59 North wie saftige, graue Sahnebonbons. Dort draußen, im Dunkel der Nacht, wirkte der einsame Wagen wie eine Zeitmaschine aus einer unheilvollen Zukunft. Wie goldene Skalpelle zerteilten seine Scheinwerfer den zarten Schoß der Nacht, drangen vor bis in die Eingeweide, die gleich wieder verheilten. Der aufgemotzte Motor schnurrte wie ein Uhrwerk und röhrte voll sadistischer Lust.

Vor knapp zwei Stunden, fünfzig Meilen außerhalb Houstons, hatte der Chevy einen weißen Plymouth gerammt, wie ein Barrakuda, der sich auf den Bauch eines harmlosen Herings stürzt. Der 73er Plymouth war dem Chevy mit sechzig Meilen pro Stunde entgegengekommen und war brav auf seiner Spur geblieben, als der schwarze Dämon plötzlich den Mittelstreifen überquerte und seine Hupe in der Dunkelheit aufjaulen ließ. Das war kein Warnsignal, sondern eine dreiste Demonstration seiner Macht: *»Verpiss dich, Hering, die Straße gehört mir!«*

Der Plymouth, hinter dessen Steuer ein Versicherungsvertreter namens Jim Higgins aus Houston saß, brach nach rechts aus und landete auf dem Seitenstreifen. Schotter, Erde und Gras spritzten auf, sowie ein paar arglose Grillen, die sich für ihr Konzert besser einen anderen Platz als den Rand des Highway gesucht hätten.

Higgins kämpfte mit dem ruckelnden Steuer, ließ jedoch nicht los. Seine Zähne klapperten, und sein Hintern hüpfte auf dem Sitz auf und ab, aber er schaffte es, den Plymouth wieder zurück auf die Straße zu befördern.

Higgins, der sechzig Meilen pro Stunde für ein waghalsiges Tempo hielt, trat das Gaspedal durch, bis der Plymouth achtzig Sachen draufhatte. Er ging erst wieder vom Gas, als die Rücklichter des schwarzen Chevy nur noch erbsengroß waren und schließlich ganz verschwanden, aber auch dann drosselte er sein Tempo nur auf siebzig. So fuhr er weiter, bis zur Stadtgrenze von Houston, wo er von einem Streifenwagen wegen überhöhter Geschwindigkeit angehalten wurde.

Higgins war fast froh, als der Cop an seinem Wagenfenster auftauchte. Das Frösteln, das er noch immer verspürte, ließ ein wenig nach. Fast hätte er dem Cop von dem Chevy erzählt, aber dann dachte er: »Nee, sonst glaubt er noch, ich will ihn verarschen, um mich um den Strafzettel drücken, und wird sauer.« Also schwieg er, nahm den Strafzettel und fuhr nach Hause.

Später in der Nacht schreckte er schreiend aus dem Schlaf hoch. Er erzählte seiner Frau Margret, er habe geträumt, dass ihn ein schwarzer Chevy verfolgt hat, unter dessen Motorhaube Flammen und Rauch hervorschossen und in dem lauter grinsende Dämonen aus der Hölle hockten, die Visagen dicht an die Windschutzscheibe gepresst.

Etwa um die gleiche Zeit, als Jim Higgins seinen Strafzettel bekam, registrierte das Überwachungsgerät von Highway Patrolman Vernice Trawler, wie der schwarze Chevy mit neunzig Meilen pro Stunde an ihm vorbeirauschte. Trawler stand dreizehn Meilen außerhalb von Livingstone, Texas. Mit Rotlicht und heulender Sirene raste er aus seinem Versteck neben der Straße; die Reifen qualmten. Der Chevy verschwand bereits über den nächsten Hügel. Es schien, als würde der gelbe Mittelstreifen, den seine Rücklichter blutrot färbten, mit ihm im Schwarz der Nacht verschwinden.

Trawler gab über Funk seine Position durch und trat das Gaspedal bis zum Anschlag. Der Streifenwagen beschleunigte auf 70...80...90...95 Meilen. Jetzt konnte Trawler den Chevy sehen. Er schien kaum den Boden zu berühren.

»Scheißkerl«, fluchte Trawler laut. Der Zeiger seines Tachos näherte sich jetzt der 100-Meilen-Marke. Wenn er diesen Idioten erwischte, würde er ihm einen saftigen Strafzettel verpassen.

Dann schien es plötzlich, als würde der Chevy seinen Anker auswerfen. Schlagartig verlangsamte er das Tempo, auf 70, 60, 50, 40 Meilen und hüpfte dabei wie ein Kaninchen vorwärts.

»Verdammt heißer Schlitten«, musste Trawler zugeben.

Der Chevy rollte auf den Seitenstreifen, wirbelte etwas Schotter auf und hielt an.

Trawler kam hinter ihm zum Stehen, und plötzlich wünschte er, sein Partner läge nicht zu Hause mit Grippe im Bett.

(Wie komme ich auf so was?, überlegte Trawler. Wieso denke ich ausgerechnet jetzt daran?)

Das flackernde Rotlicht des Streifenwagens projizierte eine Lightshow auf die Heckscheibe des Chevy, und Trawler konnte drei Köpfe auf dem Rücksitz und zwei auf den Vordersitzen ausmachen.

Auf der Fahrerseite ging die Tür auf. Ein Jugendlicher mit gleichmäßigen Gesichtszügen, blondem Wuschelkopf und auffallend bleicher Haut stieg aus dem Wagen. Er trug Jeans, ein graues Sweatshirt und eine Jeansjacke. Er hatte blaue Tennisschuhe an – *tenny runners*, wie sie Trawlers Sohn immer nannte.

Trawler stöhnte. Es war ein ungutes Gefühl, nachts allein auf Streife zu sein, auch wenn das Schlimmste, mit dem er normalerweise zu tun hatte, Besoffene und Frontalzusammenstöße waren. Das hier war bloß ein Junge – nur ein paar Jährchen älter als sein eigener. Ein Auto voller Jungs, auf Spritztour in einem frisierten Schlitten.

Dennoch löste Trawler das Riemchen über der Dienstwaffe im Holster, ehe er zum Strafzettelblock griff und aus dem Wagen stieg, misstrauisch zwar, aber ohne ernsthaft mit Ärger zu rechnen.

Der blonde Junge stand da und lächelte. Als Trawler auf halbem Weg zu ihm war, sagte der Junge: »Schätze, jetzt bin ich fällig, was?«

»Hast du das Rotlicht nicht gesehn?«, fragte Trawler. »Die Sirene nicht gehört?«

»Nein, Sir.«

»Schaust wohl nie in den Rückspiegel?«

Der Junge zuckte mit den Schultern.

Trawler leuchtete mit seiner Stablampe ins Innere des Chevy. Auf dem Beifahrersitz saß ein mageres Kerlchen mit braunem, fettigem Haar, das ihm über die Augen fiel. Der Junge erwiderte Trawlers Blick mit einem zaghaften Lächeln.

Vermutlich betrunken, dachte Trawler.

Er richtete den Lichtstrahl auf den Rücksitz, wo er ein dunkelhaariges Mädchen von etwa siebzehn Jahren zwischen zwei Jungs sitzen sah. Sie war attraktiv, allem Anschein nach Mexikanerin. Der Junge links von ihr war stämmig, hatte eine breite Kinnlade und ein ziemlich ausdrucksloses Gesicht. Der andere war hochgewachsen wie ein Basketballer, über seinem wächsernen Pickelgesicht mit leichenhaften Zügen thronte ein karottenroter Haarschopf.

Trawler hätte es fast überhört, als der Junge jetzt seine Frage beantwortete.

»Wie bitte?«

»Der Rückspiegel, *Sir*. Ich hab Sie nicht im Rückspiegel gesehn. Ich meine, ich hab erst gar nicht drauf geachtet, *Sir*.«

Trawler war das Schulterzucken lieber gewesen. Nun, da der Junge sich doch noch zu einer Antwort bequemte, hatte das *Sir* einen ätzenden Unterton angenommen. Trawler war leicht genervt.

»Dann zeig mal deinen Führerschein, Junge.«

»Jawohl, *Sir*.«

Wieso grinst er mich so dämlich an, fragte sich Trawler. Ist er besoffen?

Der Junge zog seine Brieftasche aus der Gesäßtasche, klappte sie auf und fischte den Führerschein heraus. Mit spitzen Fingern hielt er ihn Trawler entgegen.

Als Trawler danach griff, machte der Junge eine ungeschickte Bewegung, und der Führerschein fiel zu Boden.

»Heb ihn bitte auf«, sagte Trawler.

Der Junge bückte sich, und während er dies tat, hörte Trawler, wie auf der anderen Seite des Chevy die Beifahrertür geöffnet wurde. Er sah, wie der Kerl mit den fettigen Haaren sich aus dem Wagen erhob, sich über den Rand des Dachs lehnte und etwas in der Hand hielt – eine abgesägte Schrotflinte, Kaliber 12, die er unter seinem Sitz hervorgezogen hatte.

Trotzdem wusste Trawler, dass der Junge nicht die geringste Chance hatte. Sowie die Tür quietschend aufgegangen war, hatte er nach der Dienstwaffe gegriffen, und Trawler wusste, dass er damit verdammt schnell war ...

Doch er hatte nicht mit dem Blonden gerechnet, der vom Boden auftauchte und ihm mit einem Haken in die Leistengegend zuvorkam. Es war jener Sekundenbruchteil, der die Situation schlagartig änderte und zu Trawlers Nachteil entschied.

In der Schrotflinte war keine Schrotladung. Sie war mit Kugeln bestückt; unglaublich schnellen Projektilen ohne Streuverlust. Der Schaft knallte auf das Dach des Chevy, und eine Explosion zerriss die nächtliche Stille.

Doch das hörte Trawler nicht mehr.

Das Letzte, was er sah, bevor sein Hirn in Stücke gerissen wurde, waren Millionen schwarzer und grauer Partikel, die von überall her auf ihn zurasten, als fielen die blutrünstigen Fliegen des Teufels über ihn her.

TEIL EINS

DIE SPITZE DER FLOSSE

29. bis 31. Oktober

»Schlechter Umgang verdirbt gute Sitten.«

1. KORINTHER 15,33

»Und nach zwei Jahren hatte der Pharao einen Traum. Und (...) sein Geist war bekümmert, und er schickte aus und ließ rufen alle Wahrsager in Ägypten und alle Weisen und erzählte ihnen seine Träume ...«

1. MOSE 41

Prä·ko·gni·ti·on *Subs.* Das Voraussehen zukünftiger Ereignisse.

»Tief ins Dunkel späht' ich lange, zweifelnd, wieder seltsam bange.«

EDGAR ALLAN POE, *Der Rabe*

EINS

Montgomery Jones warf einen Blick auf seine Armbanduhr. Ein Uhr früh. Sie waren fast am Ziel, und Becky wurde schon wieder von ihren Träumen geplagt.

Nun, er hatte nicht erwartet, dass ein bloßer Tapetenwechsel Abhilfe schaffen würde, doch jetzt, fast am Ende ihrer Reise, wo ihr Urlaub – falls dies das richtige Wort dafür war – tatsächlich anfing, kam ihm das wie ein böses Omen vor.

Becky lag auf dem Rücksitz, wälzte sich im Schlaf unruhig hin und her, und die kehligen Laute, die sie von sich gab, erinnerten ihn an den alten Hund, den sein Vater gehabt hatte. »Er träumt von der Kaninchenjagd, Monty«, hatte sein Vater immer gesagt, wenn der Hund im Schlaf mit den Beinen zuckte und leise vor sich hin winselte.

Doch Montgomery wusste, dass Becky keine Kaninchen jagte. Sondern dass etwas hinter ihr her war; die düsteren Schatten einer Erinnerung.

Er hoffte, die Reise half, die Erinnerungen zu zerstreuen. Er wusste, dass man sie damit nicht ganz vertreiben konnte. Man wurde solche Erinnerungen genauso wenig los wie Pockennarben. Doch vielleicht gelang es, sie etwas erträglicher zu machen.

Hoffte er.

Aus den Regentropfen auf der Scheibe wurden Rinnsale, und Montgomery schaltete die Wischer ein. Vor kaum fünf Minuten war der schwarze Nachthimmel noch klar und voller leuchtender, eisblauer Sterne gewesen. Aber so war das Wetter im Osten von Texas nun mal. Wie hieß der alte, abgedroschene Spruch? »Wenn dir das Wetter hier nicht gefällt, wart halt 'nen Moment.«

Soweit er sich erinnerte, war er auf der richtigen Route, und dort vorn musste er jetzt abbiegen. Er lenkte den VW Golf von der Asphaltstraße in den schmalen, unbefestigten Waldweg, der sich in den dichten Kiefernforst hineinschlängelte.

»Dort seid ihr ganz für euch«, hatte Dean gesagt. »Kein Mensch wird euch stören. In drei Meilen Umkreis steht kein einziges Haus. Nettes Fleckchen. Ruhig und erholsam. Becky wird es gefallen, und dir auch. Wird euch guttun. Ringsum Nadelwald, und nach hinten raus gibt's einen See, dazu viel frische Luft. Nettes Fleckchen.«

Die beiden Worte hatten sich in Montgomerys Gedächtnis gebohrt. *Nettes Fleckchen.*

Die Reise war von Anfang an schiefgelaufen. Ein Scheißproblem nach dem andern. Anfangs hatte er das nicht allzu ernst genommen, aber jetzt, wo Becky wieder von Träumen heimgesucht wurde, erschien ihm das Ganze ziemlich hoffnungslos.

Andererseits kam einem um ein Uhr nachts gleich alles schrecklich dramatisch vor.

»Fahren Sie ein paar Tage mit ihr weg«, hatte der Psychiater geraten. »Gönnen Sie ihr einen Tapetenwechsel. In der Wohnung zu bleiben, wo die Sache passiert ist, ist nicht sehr hilfreich. Vielleicht sollten sie umziehen. Und bis es so weit ist, fahren Sie zusammen irgendwohin. Sie hält sich wirklich wacker, aber ihr Zustand ist in den vergangenen Monaten nicht sehr viel besser geworden. Sie verzehrt sich innerlich. Fahren Sie mal 'ne Woche oder so mit Ihrer Frau in Urlaub, und achten Sie darauf, dass sie immer was zu tun hat. Sie werden vielleicht staunen, was das für einen Unterschied macht.«

Also hatte er den Rat des Psychiaters befolgt. Sie hatten Galveston hinter sich gelassen und in Houston haltgemacht, um in einem ziemlich berühmten und allseits empfohlenen

Restaurant zu essen – mit dem Erfolg, dass Becky speiübel wurde. Wohl vom Essen. Und so toll war das verdammte Dinner auch nicht gewesen. Er hatte 35 Dollar hingeblättert für etwas, das wie Hundekotze schmeckte, und obendrein hatte sich Becky den Magen verdorben.

Den nächsten Zwischenstopp hatten sie im Alabama-Coushatta-Indianerreservat eingelegt. Aber dort hatte es wie aus Eimern geschüttet, und die Wassermassen des Big Thicket hatten das Reservat und die Rundfahrt-Bahn überflutet. Es wimmelte von Schlangen, und sämtliche Führungen waren abgesagt worden. Nur der Trading Post hatte geöffnet, und was dort verkauft wurde, war funkelnagelneu und in Fernost produziert. Das Einzige, was die Indianer mit diesem »Kunsthandwerk« zu tun hatten, war, dass sie den Schund vom Laster luden.

(Hier gibt's täuschend echt nachgemachten Alabama-Coushatta-Indianerschmuck. Leute! Beeilt euch, greift zu, die nächste Schiffsladung aus Japan kommt erst wieder in vier Wochen!)

Die Bundesregierung und die Verwaltung des Reservats hatten das Ganze in eine Lachnummer verwandelt.

Erst dieses Scheiß-Restaurant, dann Beckys Übelkeit, dazu die Pleite mit dem Reservat und jetzt auch noch diese verdammten Albträume – dieser 29. Oktober war wirklich eine einzige Katastrophe. Absolut niederschmetternd.

Der Waldweg wurde ein wenig breiter, führte im Kreis wieder zurück in die Gegenrichtung, und zwischen den Kiefern tauchte jetzt ein lange, flache Blockhütte auf, mit einer kleinen Veranda wie bei Ranchhäusern üblich. Nicht weit dahinter lag der See.

Von wegen Hütte. Montgomery kam es vor wie das Ritz, auch wenn es aus Baumstämmen war. Das Haus hier war gut drei- bis viermal größer als ihre Wohnung.

Er ließ den Golf ausrollen und hielt an, die Scheinwerfer aufs Blockhaus gerichtet. Er warf einen Blick auf den Rücksitz, streckte die Hand aus und legte sie sanft auf Beckys Hüfte. Sie war sofort wach und sah ihn mit jenem wilden Blick an, der ihm den ganzen letzten Monat jeden Morgen entgegengeschlagen war. Der Blick erinnerte ihn an ein eingesperrtes, gereiztes Tier.

Sein Lächeln kostete ihn Mühe. »Na, was sagst du dazu?«

Unmengen schrecklicher Erinnerungen wichen aus ihrem Blick. Ihre Miene entspannte sich. Sie beugte sich vor, legte die Arme über die Lehne des Vordersitzes und betrachtete das Haus. »Groß«, sagte sie.

Montgomery versuchte sich nichts anmerken zu lassen, auch wenn er verzweifelt war. Schon seit einiger Zeit irritierte ihn der Anblick von Beckys Gesicht. Ihre Züge wirkten jetzt fremd. Sie sah eher wie fünfunddreißig als wie fünfundzwanzig aus. Das Haar, das normalerweise gekämmt war und braun glänzte, hing wie eine erloschene Hoffnung auf ihre kraftlosen Schultern herab. Und ihre feinen, klaren Gesichtszüge versanken im aufgedunsenen Fleisch. Doch am schlimmsten waren die Augen. Manchmal machten sie ihm wirklich Angst.

Becky legte ihre Hände in den Schoß, wobei sie die Linke über die Rechte faltete. Ein Psychiater hätte gesagt, die schützend über die Scham gelegten Hände hätten was mit der Vergewaltigung zu tun. Und verdammt noch mal, er hätte recht gehabt.

»Becky?«

»Hm? ... 'tschuldigung, ich war mit den Gedanken woanders.«

Vermutlich bei dem Vergewaltiger, der zwischen deinen Beinen liegt? Und dir ein kaltes scharfes Messer an die Kehle hält? Oder wo sonst?

Ach Gott, armes Mädchen.

Er griff über den Sitz und nahm ihre Hand. Sie zuckte leicht zurück, ein unbewusster Reflex, ihre Finger fühlten sich kalt wie Eiszapfen an. Dann ließ er sie los und stieg aus dem Wagen.

Sie öffnete die hintere Wagentür, und er sagte: »Wart einen Augenblick. Ich schließ erst mal auf.«

Er ging zur Hütte und schloss mit dem Hausschlüssel, den Dean ihm gegeben hatte, auf. Im Innern war es muffig und warm. Ein ziemlicher Kontrast zu dem kühlen Regen in seinem Nacken.

Er tastete die Wand ab, fand den Schalter und knipste das Licht an.

Ringsum Wände aus Rotholz; am Boden weiche, rostbraune Teppiche. Es gab kaum Mobiliar, und was da stand, war schlicht und hübsch anzuschauen: eine Couch, zwei Polstersessel, ein Couchtisch. Rechts neben ihm gab es eine Bar und Vorratsschränke. Einige Hocker. Hinter einem breiten Durchgang befand sich die Küche. Im Halbdunkel sah er Porzellan schimmern.

Er ging in die Küche und knipste dort ebenfalls das Licht an. Die Küche war riesig. In ihr hätte ihre halbe Wohnung Platz gehabt.

Er lief zurück ins Wohnzimmer und warf dann einen Blick ins Badezimmer. Sehr hübsch. Hellblaue Kacheln, mit farblich passenden Wänden und Duschvorhang.

Das Schlafzimmer war gemütlich und geschmackvoll eingerichtet. Das zweite Badezimmer war noch im Bau. Ringsum lagen Hämmer, Nägel und allerlei Werkzeug verstreut. An der Wand lehnten Platten für die Verkleidung, und auf dem Boden lagen Latten. »Schaut da lieber nicht rein, macht einfach die Tür zu«, hatte Eva gesagt. »Dean und ich basteln immer nur im Sommer am Häuschen herum, und es gibt noch jede Menge zu tun.«

Montgomery ging zur Haustür und winkte Betty herein.

Nur zu, dachte er, komm rein. Dein großer Beschützer hat überall nachgesehen.

Und wo warst du, als deine Frau vergewaltigt wurde, großer Beschützer?

Auf einer netten, beschaulichen Soziologentagung in Houston, Texas. Thema: die gesellschaftliche Ausgrenzung Jugendlicher.

Welch Ironie. Am liebsten hätte er deswegen losgeheult. Schon wieder.

Und, großer Beschützer, was hättest du getan, wenn dich in dieser Blockhütte jetzt ein Einbrecher erwartet hätte, oder ein streitlustiger Säufer?

Dir in die Hose gekackt?

In die Socken gepisst?

Stimmt doch, oder?

Bis vor Kurzem war ihm die Philosophie der absoluten Gewaltfreiheit völlig logisch erschienen. Klar: Gewalt löst keine Probleme.

»Bisher hat noch niemand einem anderen absichtlich Unrecht angetan, ohne sich damit selbst nicht am meisten zu schaden.« Das hatte Henry Home gesagt. Diesen Satz hatte er sich im College eingeprägt und zu seinem Wahlspruch gemacht. Seinem Maßstab. Den er wie ein Banner vor sich hertrug.

Aber war Henry Homes Frau vergewaltigt worden? Hatte er den ohnmächtigen Zorn erlebt, den so eine Tat hervorruft? Kannte er jene Gefühle, die an der Seele nagten? Hatte er sich je vorgestellt, die Übeltäter zu packen – mit Händen, die plötzlich aus Stahl waren, voller Stacheln, und mit einer Sprungfeder – und sie in Stücke zu reißen, sie zu Brei zu zerquetschen wie nasses Zeitungspapier?

Monty schon. Oft.

Vor der Vergewaltigung war alles einfacher gewesen. Während des Vietnamkrieges war er sich seiner Sache vollkommen sicher gewesen. Hatte genau gewusst, auf welcher Seite er stand und warum.

»Sie wollen aus Gewissensgründen den Kriegsdienst verweigern?«

»Jawohl, Sergeant.«

»Sie sind gegen jede Form von Gewalt?«

»Jawohl.«

»Sie sind nicht nur gegen den Vietnamkrieg, sondern gegen Gewaltanwendung an sich?«

»Genau.«

»Sie würden sich nicht zur Wehr setzen, um Ihr eigenes Haus zu verteidigen?«

»Ich könnte nie einen anderen Menschen töten.«

»Nicht mal, um Ihr eigenes Leben zu schützen?«

»Nein. Ich könnte niemanden töten.«

Und der Sergeant hatte ihn lange und unerbittlich angestarrt, als täte er ihm leid. Und er hatte sich diesem Sergeanten gegenüber so überlegen gefühlt. Hatte gedacht: Was für ein dämlicher Kommisskopp. Mit einem vernünftigen, denkenden Menschen kann er nichts anfangen. Der denkt immer nur: killen, killen, killen. Für den bin ich kein Moralist, sondern ein Feigling.

Nun, Sportsfreund, bist du ein Feigling?

Hatte der Sergeant recht? Und du hast dir all die Jahre nur was vorgemacht? Dich in dein Schicksal gefügt, seit Billy Sylvester dich damals in der fünften Klasse nach Strich und Faden vermöbelt und dir in die Eier getreten hat?

War es nicht eher so?

Und du Feigling hast Billy jeden Tag die Hälfte von deinem Lunch-Geld gegeben, damit er nicht die Scheiße aus dir rausprügelte?

Ist es nicht eher so?

Oder als Billy dich zwang, dabei zuzusehen, wie er deinem kleinen Bruder Jack eine Handvoll Hundescheiße ins Maul stopfte?

Du weißt doch noch, wie Billy mit breitem Grinsen die (in Schokoladenpapier gewickelte) Hundescheiße in der Hand hielt, während er mit dem Knie deinen Bruder nach unten drückte und zu dir sagte: »Los, ich will dich lächeln sehn, während er es frisst, du Weichei.«

Du erinnerst dich?

Hey, hey, hey. Und wie du dann gelächelt hast?

Und weißt du noch, wie dein Bruder Jack, die Zähne mit Hundescheiße verschmiert, sich wehrte und strampelte und mehr Mumm zeigte, als du je hattest?

Und wie Billy dann lachend fortging? Hörst du es? Das Lachen, wie es in deinem Kopf widerhallt?

Okay. Was den Vietnamkrieg angeht, hattest du recht, Mr. Klugscheißer. Wie sich im Lauf der Jahre gezeigt hat. Doch war der Grund für die Verweigerung nicht eher deine Angst und weniger politisch oder intellektuell motiviert? Hattest du, gebildet wie du warst, nicht einfach bloß Schiss?

»Nicht übel«, sagte Becky.

Montgomery driftete ins Jetzt zurück. »Ja ... hübsch hier.«

Becky stand auf der Schwelle, sie stellte ihre Tasche ab und sah sich um. Wieder hatte sie die Hände schützend vor der Scham gefaltet.

Wenn du das doch bloß mal sein lassen würdest, dachte Montgomery. Er sagte jedoch: »Komm rein und schau dich um.«

Dann ging er zu ihr und legte ihr den Arm um die Schulter.

Sie sackte in sich zusammen.

Sachte nahm er den Arm wieder fort. Um nichts in der Welt hätte er jetzt ein Lächeln hingekriegt.

»Es hat nichts mit dir zu tun, Monty. Wirklich ... es ist ... du weißt doch.«

»Ja.«

»Ich liebe dich ... Glaub mir ... ich versuch es jeden Tag. Aber im Moment fällt's mir einfach schwer. Wird schon wieder ... es braucht einfach Zeit.«

»Klar«, sagte Montgomery; er fragte sich, ob es je wieder so sein würde wie früher. Damals schien alles ziemlich perfekt.

Becky lächelte; in ihrer Miene wurde ein leiser Anflug ihres alten Selbst erkennbar, doch das währte nur kurz. »Wirklich, Monty. Tut mir leid.«

Er nickte. »Ist schon okay. Ich werd mal die restlichen Sachen aus dem Wagen holen.«

Der Regen fühlte sich gut an auf seinem glühenden Gesicht. Er holte das Gepäck aus dem Golf und machte sich auf den Weg zurück zum Haus.

Becky stand knapp hinter der Schwelle und blickte ins Innere. Doch Montgomery wusste, dass sie das Wohnzimmer nicht wahrnahm. Ihr Blick ging nach innen, verfolgte die endlose Wiederholung ihrer Vergewaltigung in Technicolor und Stereo.

Er schob sich an ihr vorbei ins Zimmer.

Becky drehte sich zu ihm hin, lächelte ihn an. Ein leeres Lächeln.

Er grinste zurück und hakte, immer noch die Taschen in der Hand, seinen Fuß in die Tür und stieß sie zu.

Sie fiel viel heftiger ins Schloss als erwartet.

ZWEI

Das mit den Träumen hatte unmittelbar nach der Vergewaltigung angefangen.

Natürlich war es normal, dass so ein Erlebnis schreckliche Albträume auslöste, doch irgendwie spürte Becky, dass es sich dabei noch um etwas anderes handelte.

Irgendwie wusste sie das.

Die Träume kamen nicht nur, wenn sie schlief. Und auch nicht zu einer bestimmten Zeit. Es spielte keine Rolle, ob sie schlief oder hellwach war. Plötzlich waren sie da. Liefen vor ihrem inneren Auge ab wie ein Film. Es konnte jederzeit passieren, ohne Vorwarnung. Beim Geschirrspülen. Wenn sie ein Bad nahm. Beim Lesen. Sogar vorm Fernseher.

Diese verdammten Träume hatten ihr ohnehin verworrenes Leben vollends ruiniert.

Zunächst hatte sie tatsächlich vorgehabt, weiter zu unterrichten, merkte dann aber, dass es nicht ging. Sie musste ständig daran denken, dass der eine oder andere Schüler in ihrer Klasse – vielleicht Freunde von diesem Clyde Edson, dem Kerl, der sie vergewaltigt hatte – sie beobachtete und sich insgeheim fragte, wie es für Clyde wohl gewesen war und ob es ihr gefallen hatte. Allein bei dem Gedanken daran hätte sie am liebsten laut geschrien: »Es war widerlich!«

Genau das hatte sie einmal getan. Hatte aufrecht im Bett gesessen und diesen Satz herausgeschrien.

Und der arme Monty hatte Angst bekommen. Aber das schien bei den meisten Dingen der Fall. Technische Geräte stöpselte er nur widerwillig ein, und er badete ungern in Wasser, das mehr als dreißig Zentimeter tief war. Ihm wurde mulmig, wenn er ein Feuer machen sollte. Er hatte Höhenangst. Und mochte keine Menschenansammlungen, sie machten ihn nervös.

Monty hatte vor allem Schiss.

Jetzt war er gerade in der Küche zugange, hatte Wasser für einen Pulverkaffee aufgesetzt. Und vermutlich eine Heidenangst, das Wasser könnte ihm aus dem Topf ins Gesicht hüpfen.

Komm schon, dachte Becky, jetzt hacke ich wirklich zu sehr auf ihm herum. Schließlich war es ja nicht Monty, der mich vergewaltigt hat (eigentlich waren es mehrere gewesen, doch erinnern konnte sie sich nur an das Gesicht von Clyde, die anderen kamen ihr eher wie sein Anhang vor).

Schließlich war es nicht Monty, der mir ein Messer an die Gurgel gehalten hat, der vor Geilheit gegrunzt und mir das Gesicht und die Schultern vollgesabbert hat.

Und sie dachte, wie schon so oft: Vielleicht hätte ich Clyde dazu bringen sollen, sein Messer zu benutzen. Dann hätte ich jetzt nicht diese Träume.

Träume? Das stimmte nicht ganz. Sicher, sie hatte auch Träume gehabt, aber diese anderen ... wie sollte man das nennen?

Visionen?

Es war das einzige Wort, das ihr zutreffend schien.

An die ersten Visionen konnte sie sich so deutlich erinnern, als hätte sie sie erst vor wenigen Augenblicken gehabt.

Es war kaum eine Woche nach der Vergewaltigung gewesen. Monty war an jenem Abend früh schlafen gegangen; sie war aufgeblieben und hatte sich, um sich abzulenken, Johnny Carson angeschaut, und anschließend das elektronische Schneetreiben, das nach Programmschluss über den Schirm flimmerte.

Und dann kamen die Bilder. Deutlicher als eine Stunde zuvor Carson und Rickles auf der Mattscheibe.

Sie sah nicht nur den Augenblick von Clydes Tod, sondern sie erlebte ihn. Spürte ihn in seiner ganzen emotionalen Wucht, so als wäre sie in Clydes Kopf.

Sie konnte immer noch die zusammengeknoteten Streifen aus zerrissenem Hemdstoff um seinen Hals sehen, sie spüren. Und sein jähes Bedauern, als er sich mit dem Fuß von der Wand abstieß, die Gitterstäbe am Fenster losließ und wie an einem Seil über einem Abgrund hing ... hin- und herbaumelte und dabei leicht gegen die Wand schlug.

Sein Gesicht lief blau an. Die Augen quollen aus den Höhlen wie hart gekochte Eier (so wie damals, als er heftig in ihr gekommen war), sie sprangen ihm fast aus dem Kopf. Die Stoffstreifen schnitten in seinen Hals, Blut quoll hervor ...

... und Becky erwachte auf dem Boden des Wohnzimmers, schweißgebadet, und das Nachthemd klebte auf ihrer Haut.

Nur ein Traum, dachte sie. Wunderbar, so Rache nehmen zu können – aber trotzdem, nur ein Traum.

Doch am nächsten Morgen, als sie gerade duschte, kamen die Bilder wieder. Die feinen Wasserstrahlen aus dem Duschkopf wurden zu langen, hellen Fasern, die sich zu einer Schlinge flochten, und plötzlich hing Clyde in dieser Schlinge, wie eine Marionette mit blauer Zunge, der Stoff grub sich in seinen Hals, an dem sich erst eine rote Schwellung bildete, und dann eine blaue Krause, die sich immer dunkler färbte.

Das Bild blieb einen Augenblick stehen, wurde schwächer und verschwand dann ganz.

Becky sank auf die Knie.

Das warme Wasser, das gleichmäßig auf sie herabprasselte, war angenehm.

Mein Gott – es hatte ihr gutgetan. Der beste Tagtraum aller Zeiten. Clyde bekam es heimgezahlt! Und zwar doppelt und dreifach.

Dachte sie jedenfalls.

Kurz darauf, sie trocknete sich gerade ab, läutete das Telefon. Sie schlüpfte in den Bademantel und nahm ab. Monty, der an jenem Samstagmorgen in ein Buch vertieft war, tauchte hinter ihr auf, um zu erfahren, wer am Telefon war. Auf seinen fragenden Blick hin formten ihre Lippen tonlos das Wort »Philson«.

Sowohl Sergeant Philson als auch seine Frau hatten sich rührend um sie gekümmert, und Becky war ihrem Schicksal dankbar, dass man diesen Mann mit der Bearbeitung ihres Falles betraut hatte. Er war verständnisvoll und gab ihr weder das Gefühl, dass sie die Täter provoziert hatte, noch behandelte er sie wie ein billiges Flittchen aus irgendeiner Absteige. Er war ein wahrer Freund und Helfer.

Die Nachricht, die Philson für sie hatte, war seltsam, und dem Klang seiner Stimme nach wusste er offenbar nicht, wie er es ihr beibringen sollte.

»Der junge Edson«, sagte er schließlich. »Er hat sich in seiner Zelle erhängt.«

Becky spürte nicht den leisesten Anflug von Bedauern. Sie stand da, mit dem Hörer am Ohr, und nach einer Weile merkte sie, dass Philson immer noch redete.

Sie gab Monty den Hörer, lehnte sich benommen an die Wand und hörte, wie er mit Philson sprach, Worte von sich gab, die seiner liberalen Gesinnung entsprachen; wie schlimm es sei, dass ein so junger Kerl einfach sein Leben weggeworfen hatte. Ein Trauerspiel. Es täte ihm aufrichtig leid. Vielleicht hätte er sich ja doch noch resozialisieren lassen, blah, blah, blah.

Heuchler. Sie wusste, dass er nicht ein einziges Wort davon ernst meinte. Das passte zu seiner Feigheit, er war unfähig, sein angelerntes Soziologendenken mal hinter sich zu lassen, unfähig, die Krücke seiner liberalen Gesinnung wegzuschmeißen.

Nach Montys Auffassung durfte niemand für seine Taten zur Rechenschaft gezogen werden. Schuld war immer die Umwelt, schuld waren die Eltern und ein andauerndes Töpfchentrauma. Nie war die Person selbst verantwortlich. Jeder Einzelne von uns war nichts weiter als ein steuerloses Schiff, das auf dem Meer des Schicksals trieb, immer auf der Suche nach einem schützenden Hafen, einer Zuflucht vor den tobenden Stürmen des Lebens.

So jedenfalls lautete die Philosophie von Montgomery Jones.

Als er aufgelegt hatte, erzählte sie ihm von ihren Visionen, worauf er lächelte und von Stresszuständen und Wunschdenken sprach.

Das hatte sie zornig gemacht, aber damals hatte sie gedacht, dass er womöglich recht hätte. Doch die darauffolgenden Tage hatte sie sich ihre Vision wieder ins Gedächtnis gerufen und war zu dem Schluss gekommen, dass sie real war. Sie war sich absolut sicher, dass sie, als Clyde seinen Hals in die Schlinge gelegt hatte, mit ihm in Kontakt gestanden hatte. Es schien, als hätte der Akt der Vergewaltigung sie untrennbar mit ihm verbunden, durch eine Art telepathischer Nabelschnur, die bei seinem Tod gekappt wurde.

Wie gern wäre sie dabei gewesen – immerhin hatte sie einen telepathischen Logenplatz gehabt –, als Clyde den Schritt ins Nichts tat. Sie hätte ihn fragen können, ob es ihm Spaß machte, wie es sich anfühlte. Dasselbe, was er sie bei der Vergewaltigung gefragt hatte.

Da wurde sie von Monty aus ihren Gedanken gerissen, er kam mit zwei Tassen Kaffee aus der Küche und hatte wieder sein dämliches Grinsen im Gesicht. Das gleiche dämliche Grinsen wie damals, als sie ihm zum ersten Mal von dem Traum erzählt hatte; sein wohlmeinendes Guter-Ehemann-

Lächeln, das er immer aufsetzte, wenn er ihr gut zuredete, um sie auf den Besuch beim Psychiater vorzubereiten.

Und der bescheuerte Psychiater hatte das gleiche dämliche Grinsen im Gesicht. Und quatschte sie mit seinem Kauderwelsch voll: »Mrs. Jones, es gibt keinerlei Beweise für die Existenz hellseherischer Träume. Solche Träume sind das Ergebnis eines massiven emotionalen und psychischen Traumas, das ist alles. Es scheint nur so, als hätten Sie im Traum den Tod des Jungen gesehen, wie er sich tatsächlich abgespielt hat.

Das hat Ihr Bedürfnis nach Rache befriedigt, und Sie haben sich dann eingeredet, es hätte sich dabei um eine Vision gehandelt, während Ihnen in Wirklichkeit Ihre Psyche einen Streich gespielt hat. So was ist nicht ungewöhnlich.

Diese Träume – oder Visionen, wie Sie es nennen – werden mit der Zeit verschwinden. Vergessen Sie diesen übersinnlichen Hokuspokus. Es gibt eine völlig logische Erklärung für solche Vorgänge; sie werden von elektrischen Impulsen in unserem Gehirn gesteuert. Und nun gehen Sie nach Hause. Versuchen Sie das Ganze zu vergessen. Der Schmerz wird allmählich nachlassen, und die Träume werden schließlich ganz von alleine verschwinden.«

Aber sie waren nicht verschwunden. Und jedes Mal, wenn sie Monty gegenüber etwas davon erwähnte, reagierte er mit einem mitfühlenden Nicken und diesem gottverdammten Grinsen.

Sie nippte an ihrem Kaffee, sah Monty über die Tasse hinweg an.

Und er grinste sein dämliches Grinsen.

Der Regen trommelte jetzt noch stärker aufs Blockhausdach.

DREI

Später, nachdem sie vergeblich versucht hatten, sich mit etwas Geplauder die Zeit zu vertreiben, gingen Monty und Becky ins Bett.

Der Regen wurde heftiger, und sein rhythmisches Prasseln auf dem Dach lullte sie beide in den Schlaf.

Und kaum fünfzig Meilen entfernt glitt der 66er Chevy über das Betonband des Highway, wie ein Jo-Jo, das eine Schnur hinaufsaust.

VIER

30. Oktober, 1.00 Uhr

Jedes Mal, wenn das Licht der am Himmel aufflackernden Blitze in das dunkle Zimmer fiel, nahm die Haut von Malachi Roberts einen violetten Schimmer an.

Er lag im Bett, hatte die Decke über seinem breiten Brustkorb halb herabgezogen und beobachtete, wie draußen die Blitze aufzuckten und wieder erloschen. Sah dem fallenden Regen zu. Lauschte dem leisen, verhaltenen Donnergrollen; und den heftigen Schlägen, die wie ein chinesischer Gong hin und wieder das Haus erzittern ließen.

Malachi stöhnte auf. Er konnte nicht schlafen. Schuld war jedoch nicht, was sich draußen vor seinem Fenster abspielte. Es lag nicht am Regen oder an den Blitzen oder dem fernen Donnergrollen. Irgendwie fühlte Malachi sich einsam. In seiner Magengrube war eine Leere, die sich anfühlte wie das Ende der Welt; und das Herz in seiner Brust fühlte sich an wie ein alter Spüllappen.

Behutsam, um seine Frau nicht zu wecken, ließ er seinen müden Körper unter dem Laken hervorgleiten und setzte sich auf die Bettkante, blickte zum Fenster hinaus und wünschte sich, draußen wäre es taghell und der Himmel strahlend klar.

Erneut flackerte ein Blitz auf.

Seine schwarze Haut wurde violett. Und einen Sekundenbruchteil später wieder schwarz.

Er hob die Hand, spreizte die Finger und wartete auf die nächste Explosion am nächtlichen Himmel.

Sie kam.

Die schwarzen Finger schimmerten violett. Das Violett wurde schwarz.

Er grinste in sich hinein. Kam sich vor wie ein kleiner Junge. Als Kind hatte er das immer gemacht: zugesehen, wie das Licht der Blitze zwischen seinen Fingern aufzuckte und die Haut für Sekundenbruchteile in eine andere Farbe tauchte.

Einen Augenblick lang war das Gefühl der Einsamkeit verschwunden, doch sofort war es wieder da, wie ein lästiger Floh.

Träge erhob er sich und schlurfte in Unterhosen in die Küche.

Vielleicht war er ja einfach nur hungrig.

In einer Küchenecke lief Regenwasser die Wand herab und sammelte sich plätschernd in einem großen schwarzen Topf.

Mist, dachte Malachi. Jedes Mal, wenn es regnete. Immer dasselbe. Seit über einem Jahr sagte er sich nun, dass er dieses Loch flicken musste. Aber bei trockenem Wetter dachte er nie daran. Erstaunlich, dass Dorothy sich nicht weiter darüber beklagte.

Malachi wusste, dass er kein Faulpelz war, doch wenn er den ganzen Tag lang den Kopf unter Motorhauben gesteckt, an Schrauben gedreht und die Hände in Schmierfett, Öl und Benzin getaucht hatte, hatte er einfach keine Lust mehr, abends noch irgendwas mit diesen Händen zu machen.

Dann wollte er nichts weiter als vor seinem Haus auf der Veranda sitzen, seine Pfeife rauchen und zuschauen, wie draußen auf dem Highway die Welt vorüberzog; vor seinem alten Fernseher hocken oder mit seiner Frau ins Bett gehen.

Dieses verdammte Loch oben im Dach.

Sauer auf sich selbst, ging er zum Kühlschrank, holte eine Litertüte Milch heraus, hob sie an den Mund und trank.

Nein. Das war es nicht, was er wollte.

Er setzte sich an den Küchentisch, ließ die Milchtüte vor sich stehen.

Vom Tisch aus hatte man das Fenster über der Spüle im Blick, und er sah, wie ein Blitz sein Zickzackmuster in den Himmel stickte. Da draußen wurde es immer stürmischer, und nichts deutete darauf hin, dass das Gewitter so bald wieder nachlassen würde.

Er starrte auf den Wassertopf, der fast voll war. Er sollte ihn jetzt besser ausleeren, wenn er vermeiden wollte, dass er vor dem Morgen überlief.

Malachi nahm einen weiteren Schluck Milch und stellte die Tüte wieder in den Kühlschrank. Dann schlurfte er ins Schlafzimmer, stieg in seine Hose und schlüpfte ohne Socken in die Schuhe.

Er warf einen Blick auf die schlafende Gestalt seiner Frau, lächelte und schlich auf Zehenspitzen zurück in die Küche, wo er unter dem Schrank leise eine Pfanne hervorholte.

So behutsam es ging, schob er den Topf beiseite und stellte die Pfanne an dessen Stelle.

Die ersten Wassertropfen, die hineinfielen, klangen wie herabprasselnde Trockenerbsen.

Malachi schielte besorgt ins Schlafzimmer hinüber.

Normalerweise wurde Dorothy beim leisesten Geräusch wach, doch heute Nacht schlief sie wie ein Murmeltier. Was ungewöhnlich war.

Er war froh darüber, bei ihrem Gesundheitszustand. Ihr Blutdruck hatte ihr in letzter Zeit schwer zu schaffen gemacht. Sie brauchte möglichst viel Ruhe.

Nachdem er kurz abgewartet hatte, während er auf das Quietschen von Bettfedern oder das Trippeln ihrer Füße lauschte – jeden Moment damit rechnend, dass Dorothy im Türrahmen des Schlafzimmers auftauchte, die Hände in die Hüfte gestemmt, ein schiefes Grinsen im Gesicht –, griff er sich den großen schwarzen Topf und watschelte damit zur Haustür.

Er setzte ihn kurz ab, um die Tür und das Fliegengitter aufzumachen, trat auf die Veranda und goss das Wasser aus. Mit einem lauten Geräusch klatschte es auf die kahle, feuchte Erde des Blumenbeets.

Er warf einen Blick zurück ins Haus.

So weit, so gut.

Er ließ den Topf auf der Veranda stehen, ging ins Haus und holte seine Pfeife und den Tabak vom Abtropfbrett. Dann stopfte er die Pfeife, steckte sie an und ging nach draußen, um zu rauchen. Diesmal schloss er hinter sich die Tür.

Er schaute hinaus in seinen Hof. Ein einziger großer Morast. Die Oberfläche des Highway 59 dahinter schien zu köcheln. Über seinem Kopf vibrierte und schepperte das Blechdach unter dem herabprasselnden Regen.

Dann sah er das Licht. Weit draußen auf dem Highway näherten sich von Süden her, hinter dem Regenschleier nur undeutlich zu erkennen die Scheinwerfer eines Autos.

Wer immer diese Kiste fuhr, dachte Malachi, hatte ein viel zu hohes Tempo drauf. Als sei der Highway staubtrocken und als sei helllichter Tag.

»Wird noch im Graben landen«, nuschelte Malachi hinter seinem Pfeifenstiel hervor.

Mit wildem Getöse schoss der Wagen an ihm vorbei ...

... und Malachi fröstelte, heftiger als bei jedem Regen, selbst einem Regenguss im späten Oktober. Der alte Spüllappen in seiner Brust, der ihm als Herz diente, wurde zu einer Faust aus Eis.

Ein Schauer lief ihm über den Rücken.

Einen Augenblick lang kam er sich vor wie das einzige Lebewesen im weiten Universum.

Wieder blitzte es, die Nacht wurde taghell, und Malachi konnte den Wagen genau erkennen – es war ein schwarzer 66er Chevy, der jetzt vom US-Highway 59 auf den Old Minnanette Highway abbog, eine Straße, die man eigentlich nicht mehr als Highway bezeichnen konnte.

Dann war es wieder finster, nur die Rücklichter blinkten in den kalten, dunklen Augenhöhlen der Nacht, und das Brummen des Motors verlor sich in der Ferne.

Plötzlich drückte der Fahrer auf die Hupe.

Einmal.

Zweimal.

Und ein drittes Mal.

Schneidend gellte es durch die verregnete Nacht.

Dann war es still.

Wieder fröstelte Malachi. Ihm war, als sei Gevatter Tod persönlich gerade vorbeikutschiert und hätte durchs heruntergekurbelte Fenster seinen Atem verströmt, den fauligen, schrecklichen Atem der Kranken und Sterbenden.

Einen Moment später war das Gefühl wieder vorbei, Malachi klopfte seine Pfeife aus und trug den Topf zurück ins Haus. Stellte ihn an seinen alten Platz und verstaute die Pfanne wieder unter dem Schrank.

Er zog die Schuhe aus, nahm sie zwischen Daumen und Zeigefinger und schlich lautlos zurück ins Schlafzimmer, schob die Schuhe unters Bett und glitt aus der Hose. Leise schlüpfte er unter die Bettdecke, blieb einen Augenblick lang still auf dem Rücken liegen und starrte hinauf an die Decke.

Dorothy hatte von all dem nichts mitbekommen.

Geschafft.

Behutsam drehte er sich auf die Seite, legte den Arm um sie – und spürte, dass sie kalt wie Marmor war, wie jemand, der gerade gestorben war.

FÜNF

30. Oktober, 1.30 Uhr

Der schwarze Chevy bog vom Old Minnanette Highway ab, rollte einen aufgeweichten Feldweg entlang und blieb vor dem Stacheldrahtgatter einer Rinderweide stehen, während der Himmel seine Schleusen öffnete.

Kurz darauf ging eine der hinteren Türen auf. Ein Mädchen stieg aus, lief über den Feldweg und verschwand im Wald hinter dem Auto. Sie fand ein Plätzchen, wo dicht belaubte Zweige Schutz vor dem Regen boten, ließ die Hose runter und hockte sich zum Pinkeln hin.

Von dort, wo sie saß, hatte sie das Auto im Blick, und selbst im Dunkeln konnte sie das bleiche Gesicht des Fahrers erkennen. Es war an die Scheibe der Seitentür gepresst, starrte hinaus in die Nacht. Es wirkte kaum menschlich, sah aus wie ein weißes, teigiges Etwas und hatte Augen wie zwei Revolvermündungen; Augen, geladen mit Hass und Zorn.

Sie schauderte.

»Heilige Scheiße«, murmelte sie vor sich hin, »wie bin ich da bloß reingeraten?«

Dabei hatte sie nur heiraten wollen. Mit Schleier und langer Brautschleppe, die hinter ihr herschleifte. Sonst nichts. Höchstens, dass Jimmy zur Abwechslung mal einen Anzug trug statt seiner schmuddligen Levi's und der Jeansjacke.

Aber daraus war nichts geworden.

Sie hatte sich daran gewöhnt, dass ihre Wünsche und Hoffnung nicht in Erfüllung gingen.

So war es immer schon gewesen.

Ein Tag beschissener als der andere.

Die ersten Erinnerungen an ihren Vater waren, dass er besoffen Spanisch redete und sie zwischen den Beinen befummelte – bis ihre Mutter ihn eines Abends dabei ertappte. Danach hat sie ihn nie wieder gesehen. Er war einfach weg, von einem Tag auf den anderen. Kein großer Verlust.

Dann erinnerte sie sich vor allem daran, dass ihre Mutter sie ständig aufforderte, sich auszuziehen und aufs Bett zu legen, damit sie mit ihren kalten Händen – ihre Hände waren immer kalt – das Innere ihrer Muschi untersuchen konnte. Um sich zu vergewissern, dass ihre Tochter noch Jungfrau war. Das wurde für ihre Mutter zur Zwangsvorstellung: nachzusehen, ob sie noch unschuldig war.

Jedes Mal, wenn Angela sich mit irgendwem traf, lauerte ihr zu Hause ihre Mutter auf. Dann hieß es: Höschen runter, und die kalten Finger in die Muschi.

Sobald ihre Mutter den Verdacht hatte, sie habe sich mit Jungs rumgetrieben, hieß es: Höschen runter, und die kalten Finger in die Muschi.

Sie brauchte nur zu lange das Bild eines hübschen Jungen in einer Zeitschrift anzusehen, schon hieß es: Höschen runter, Beine breit. Was ihre Mutter wohl da drin zu finden hoffte? Etwa Spuren von Papierbreisperma? Glaubte sie etwa, der Bursche in der Zeitschrift könnte aus dem Foto heraussteigen und ihrem Töchterchen seinen Papierpimmel reinstecken? Was sollte das?

Diese Prozedur wurde zur täglichen Routine.

Vielleicht, so dachte Angela nach einer Weile, gefiel es ihrer Mutter einfach, hinterher an den Fingern zu riechen.

Das und Mutters religiösen Kitsch anzustarren, waren ihre einzigen Freizeitbeschäftigungen. Überall stand zu Hause dieser Scheißdreck rum. Das Wohnzimmer war voller winziger Heilige-Jungfrau-Schreine und Kruzifixe. Und in der Küche über der Spüle gab es einen 5-Dollar-Plastikjesus mit Batterien und Lämpchen, den sie immer beim Geschirrspülen anstarrte. Wenn man auf einen Knopf drückte (der in der seitlichen Wunde der Figur versteckt war), dann glühten Jesus' Augen wie die einer Katze im Dunkeln.

Und pausenlos lief das dämliche Geplärre des *700 Club*. Haufenweise Prediger mit teuren Anzügen und so viel Haarspray in der Frisur, dass sie aussah wie aus Beton.

Das reichte, um einen Verrückten augenblicklich zur Vernunft zu bringen.

Was für ein Leben.

Bis sie dann Jimmy traf. Den hässlichen, pickligen Jimmy.

Doch er war nett und wollte sie heiraten. Jimmy konnte sie wegholen von all den Schreinen und dem *700 Club*.

Sie hatte ihn eines Tages nach der Schule kennengelernt. Er saß auf der verbeulten Motorhaube eines alten, weißen Ford. Als sie vorbeiging, rief er »Hey!«, und sie blieb stehen.

Er stieg von der Motorhaube des Ford und kam auf sie zu.

»Hey, ich bin Jimmy. Und wie heißt du?«

»Wieso interessiert dich das? Machst du 'ne Umfrage?«

»Ich will's halt wissen.«

»Wieso?«

»Du gefällst mir.«

»Ach ja? Ich gefalle 'ner Menge Jungs.«

»Ja, kann ich mir denken.«

»So?«

»Klar. Wenn du's sagst, wird's schon stimmen. Außerdem, man braucht dich ja nur anzusehen.«

»Soll das 'n Witz sein?«

»Nee, überhaupt nicht. Ich meine, schau dich doch an. Du siehst toll aus. Das gefällt 'ner Menge Jungs, mir auch. Ich meine, du könntest wahrscheinlich jeden Typ kriegen, den du haben willst.«

»Ja, schon möglich.«

»Garantiert.«

»Okay, du hast recht.«

»Und sagst du mir jetzt, wie du heißt?«

»Von mir aus ... Angela.«

»Hübscher Name.«

»Tja, Jimmy ist ja nicht so toll. Ich hatte mal einen Hamster, der so hieß. Meine Mutter hat ihn mit 'nem Besenstiel getötet.«

»Also kein guter Name. Findest du, dass ich wie ein Hamster aussehe?«

»Ein bisschen.«

Er grinste. »Soll ich dir deine Bücher tragen, Angela?«

»Von mir aus.«

Er klemmte sich ihre Bücher unter den Arm und ging zu dem alten Ford. »Ich nehm dich ein Stück mit. Wo willst du hin?«

Sie überlegte einen Moment. »Nirgends«, sagte sie. Und das war ihr Ernst.

Anfangs vertrieb sie sich mit ihm nur die Langeweile, mit ihm verbrachte sie nach der Schule ihre Zeit. Und jeden Tag, wenn sie sich verabschiedet hatten und Angela die anschließende Expedition ihrer Mutter ins Land ihrer Geschlechtsteile hinter sich hatte, wartete sie darauf, dass es Nacht wurde und er zu ihr ans Fenster kam. Dann schlich er sich in die Gasse hinterm Haus und kratzte am Fliegengitter, und die beiden unterhielten sich, manchmal bis in die frühen Morgenstunden. Das war alles, mehr lief nicht zwischen ihnen. Sie hatte nie auch nur das Fliegengitter geöffnet.

Jimmy war immer ehrlich zu ihr gewesen, hatte ihr gesagt, dass er sie liebe und heiraten wolle.

Das könne sie sich schon vorstellen, hatte Angela erwidert, aber er habe keinen Job – wovon sie denn leben sollten?

Das war ein Problem. Das musste Jimmy zugeben.

Kurz darauf schmiss er die Schule und nahm eine Stelle als Hausmeister im Gericht von Galveston an. Viel verdiente er dort zwar nicht, aber immerhin etwas.

Woche für Woche brachte er ihr den Löwenanteil seines Lohns vorbei, und nun öffnete sie das Fliegengitter, nahm das Geld in Empfang, hielt seine Hand und beugte sich vor, um ihn zu küssen.

Für Angela-Baby schienen rosige Zeiten anzubrechen, und das hätte ihr eine Warnung sein sollen.

Denn plötzlich ging alles den Bach runter. Mal wieder.

Tja, das hätte sie sich denken können. Kaum lief's mal besser, gab's gleich was drüber.

Angela geht's prima? Achtung! Gleich fliegt ihr die Scheiße um die Ohren.

Denn wenn Angela mal 'ne Glückssträhne hat, hält sie nicht lange an. Pass auf, Angela! Gleich kommt die Scheiße geflogen. Zieh dein süßes Köpfchen ein und mach dich auf was gefasst!

Diesmal war es nicht anders.

Es kam gleich knüppeldicke (und das war erst der Anfang): Und auf einmal platzte ihre ganze schöne Seifenblase.

Jimmy hatte diese neuen Kumpels und machte plötzlich auf harter Typ. Er traf sich immer seltener mit ihr, und wenn er mal auftauchte, dann hieß es: »Das mit dem Heiraten, also ich weiß nicht. Keine Ahnung, ob du im Bett was taugst? Ich meine, du hast noch nicht gezeigt, was du draufhast.«

Eine Weile lang nahm sie das hin. Doch eines Nachts, als er ihr zum hundertsten Mal mit der gleichen Leier kam, sagte sie zu ihm: »Was ist bloß aus meinem netten Jimmy geworden?«

Das schien ihn ein wenig zu irritieren, doch dann meinte er: »Das ist auch so ein Problem von mir. Ich bin viel zu nett. Und was hab ich davon?«

»Nach der Hochzeit gehöre ich dir.«

»Nach der Hochzeit, nach der Hochzeit, das ist alles, was ich zu hören kriege. Das mit der Hochzeit ist wohl dein Ass im Ärmel. Kein Ahnung, ob ich dich überhaupt noch heiraten will. Ich meine, vielleicht kauf ich die Katze im Sack – du weißt, was ich meine? In dem Sack ist dann vielleicht gar keine Muschi. Du weißt, was ich meine?«

»Was ist bloß mit dir los? Du bist so anders.«

»Ich lerne gerade ein paar Sachen über Frauen.«

»Bei deinen Freunden?«

»Ja, die haben mir einiges beigebracht. Klar. Echt coole Typen.«

»Wie man mit Frauen umgeht?«

»Das auch.«

»Du liebst mich doch, Jimmy, oder?«

»Ja, glaub schon ... Aber das mit der Hochzeit – das ist wie ein Sprung ins kalte Wasser. Du weißt schon. Ich meine, vorher darf ich nicht mal den kleinen Finger reinhalten.«

»Warum die Kuh kaufen, wenn man die Milch umsonst haben kann?«

»Was?«

»Denk drüber nach.«

»Versuch jetzt bloß nicht, den Spieß umzudrehen, Angela.«

»Ich versuch's nicht, du Arschloch, ich tu es. Der neue Jimmy kann mich mal. Und deine neuen Freunde kannst du dir sonst wohin stecken.«

»Hey, nicht so laut. Sonst hört uns deine Mutter.«

»Kann dir doch egal sein. Ich werd dir jetzt dein Geld zurückgeben.«

»Hey, wieso das denn? Wir wollen doch heiraten?«

»Wer will hier heiraten? Du willst doch nicht ins kalte Wasser springen.« Sie kehrte ihm den Rücken zu.

»Hör mal, Angela, es tut mir leid, Baby. Wirklich.«

»Ehrlich?«, fragte sie und drehte sich zu ihm um.

»Ja ... ja, ich mein es ernst.«

»Bist du sicher?«

»Wenn ich's doch sage.«

»Und den harten Macker spielst du bloß? Das hat nichts zu bedeuten?«

Schweigen.

»Los, Jimmy, sag es.«

Stille.

»Ich hol dir jetzt dein Geld.«

»Okay, okay ...« Leise: »Ich spiel bloß den harten Macker. Das hat nichts zu bedeuten.«

»Laut und deutlich.«

»Ich hab's gesagt, das reicht.«

»Du willst, dass ich dir dein Geld hole?«

»Dann hol doch das verdammte Geld. Mir reicht's.«

»Na schön.« Sie entfernte sich.

Er rief ihr durchs Fenster nach, es war kaum mehr als ein Flüstern: »Tut mir leid.«

Sie drehte sich um. »Hat der Wind gerade gesäuselt, oder hast du was gesagt?«

»Tut mir leid«, wiederholte er.

»Ach ja, wirklich, Jimmy?«

»Verdammt, was willst du denn noch?«

»Meinen alten Jimmy will ich. Den Jimmy ohne die große Klappe und seine ruppigen Freunde. Der bei einem traurigen Film auch weinen kann.«

»Verdammt, so was tu ich nicht.«

Sie lächelte. »Du musst mir nichts vormachen. Schon gut.«

Einen Augenblick lang herrschte Schweigen. Dann: »Tut mir leid. Wirklich. Die Jungs meinen, ich lasse mich zu sehr von dir rumkommandieren. Und dass ich mich zu oft mit dir treffe. Sie sagen, ich wär dir sexuell hörig.«

»Wie denn? Wenn ich dich nicht ranlasse.«

»Na ja. Das wissen sie ja nicht.«

»Dann erzählst du ihnen also, wie toll du's mit der heißen kleinen Angela treibst?«

»Nicht unbedingt.«

»Aber du tust so?«

»Irgendwie schon ... ich meine, ich bin ein Kerl, was soll ich machen? Verstehst du?«

Sie kam zurück, lehnte sich mit den Ellbogen aufs Fensterbrett. Er hob die Hände, legte sie sanft um ihre Ellbogen. Betreten gab er ein leises »Tut mir leid« von sich.

»Na, hoffentlich.«

»Ich geb's ja zu. Es ist einfach nur ... na, ich bin gern mit den Jungs unterwegs. Sie sind okay ... und sie haben da so ein Haus. Hab mir gedacht, nach unsrer Hochzeit könnten wir dort einziehen. Wäre nicht teuer. Und später ... nun, später könnten wir uns dann 'ne Wohnung suchen.«

»Was sind das für Jungs?«

»Echt coole Typen.«

»Wer sind die?«

»Ich hab sie beim Billard kennengelernt. Sie haben dieses große Haus, manchmal wohnen sie da auch mit irgendwelchen Mädchen zusammen.«

»Die wechseln ihre Mädchen wie Socken, was?«

»Kann sein. Keine Ahnung. Mir doch egal.«

»Jimmy?«

»Ja?«

»Du benimmst dich wie ein Arschloch. Und deine Freunde auch. Die taugen nichts, das steht fest.«

»Du kennst sie doch gar nicht.«

»Nicht nötig. Ich kann sie riechen, du hast ihren Geruch an dir. Und ich mag diesen Gestank nicht.«

»Ich benehme mich nicht wie ein Arschloch. Und sie auch nicht.«

»Glaub mir. Ihr seid alle Arschlöcher. Lauter Riesenarschlöcher.«

Jimmy gab einen Seufzer von sich. »Du bist echt 'ne harte Nuss. Ehrlich.«

»Arschlöcher.«

»Na schön, Arschlöcher. Ich bin eins, und sie sind Arschlöcher. Zufrieden?«

»Absolut.«

»Schön. Dann ist ja alles bestens.«

»Jimmy, wir wollen nicht in irgend so einem schäbigen Haus wohnen mit einem Haufen Arschlöcher, die aus dir genau so ein Arschloch machen, oder?«

»Nee, glaub nicht.« Er klang ein wenig zerknirscht.

»Kannst du hier durchs Fenster steigen?«

Schweigen. Er sah sie irritiert an.

»Bist du taub? Kannst du hier durchs Fenster steigen? Sag mir, kann ein Arschloch wie du durch dieses Fenster steigen?«

»Kann ich, klar.«

»Willst du?«

»Wenn du meinst – klar.«

Sie richtete sich auf, zog sich das Hemd über den Kopf und machte ihren BH auf. Ihre kleinen, dunklen, festen Brüste sprangen heraus.

In Rekordzeit war Jimmy durchs Fenster geklettert.

Sie war bereits aus der Hose geschlüpft, streifte den Slip herunter.

Keine zwei Sekunden später waren die beiden im Bett, und er rammelte drauflos, was das Zeug hielt, und sie hatte etwa so viel Spaß dabei wie der Sandsack drüben in der Turnhalle, mit dem die Preisboxer trainieren – da sprang plötzlich die Tür auf, das Licht ging an, und Angelas Mutter kreischte los, schnappte sich den alten Teddybär von der Kommode und begann damit auf Jimmys Kopf einzudreschen.

Jimmy rollte vom Bett und schnappte sich seine Klamotten. Wie ein Seehund, der von einem Felsen ins Meer springt, hechtete er durchs Fenster hinaus in die Nacht.

Angelas Mutter, die noch immer den Teddybär umklammert hielt, nahm sich jetzt ihre Tochter vor und schnaufte dabei wie ein asthmatisches Walross.

»Weißt du was, Mama?«, rief Angela. »Diesmal brauchst du nicht nachzusehen. Ich schwör dir, ich bin keine Jungfrau mehr. Endlich hab ich's hinter mir!«

Angela bekam die schlimmste Abreibung ihres Lebens, sie wurde halb totgeprügelt von einer aufgebrachten puertorikanischen Mutter, die statt eines Stocks einen Teddybär schwang. Hätte das Ganze nicht so wehgetan, hätte man darüber lachen können.

Als ihre Mutter schließlich aufhörte, war von dem Teddy nur noch ein schlaffer brauner Fetzen übrig. Seine Füllung lag kreuz und quer im Zimmer verstreut.

»Verschwinde aus meinem Haus«, schrie ihre Mutter, »du bist nicht mehr meine Tochter!«

»Umso besser«, erwiderte Angela.

Sie schlüpfte rasch in die Kleider, während ihre Mutter schwer atmend auf der Bettkante saß und sie hin und wieder anschrie: »Raus hier, du Nutte!«

Sie schnappte sich ein paar Kleidungsstücke zum Wechseln, holte das Geld, das sie gespart hatten, und machte sich auf die Suche nach Jimmy.

Doch ein Unglück kommt selten allein.

Nummer zwei folgte, nachdem sie Jimmy gefunden hatte. Statt sofort zu heiraten (»Bald«, vertröstete sie Jimmy immer wieder), mieteten sie sich ein Apartment in einem heruntergekommenen Viertel. Und nun rückten die »Freunde« an, von denen ihr Jimmy erzählt hatte, die Jungs aus *dem Haus*, wie es immer nur genannt wurde, und quartierten sich bei ihnen ein – zumindest zwei von ihnen.

Ist ja wohl das Letzte, dachte Angela. Zu Hause flieg ich raus, weil meine Mutter glaubt, ich sei das Flittchen vom Dienst, und zwei Arschlöcher, mit denen ich nie was zu tun haben noch zusammenwohnen wollte, nisten sich bei mir ein.

Aber nein, es war nicht alles schlecht. Jimmy erzählte ihr, dass es ursprünglich vier Arschlöcher gewesen waren.

Man musste dem Schicksal schon für die kleinen Dinge dankbar sein.

Und die zwei Typen machten ihr Angst. Jagten ihr einen Schauer über den Rücken. Da war der mit dem irren Gelächter, der ständig Leim schnüffelte; »sich die Tüte geben«, nannte er das. Der andere hieß Stone, er gab keinen Ton von sich und starrte sie mit einem stechenden Blick an, der ihr die Klamotten zerfetzte und sich in ihr Fleisch bohrte.

Sie forderte Jimmy auf, die beiden vor die Tür zu setzen, aber Jimmy wollte nicht.

Zumindest schien es so. Doch nach einer Weile kapierte sie, dass er sich nicht etwa weigerte, weil er diese beiden Typen gerne um sich hatte, sondern weil er, wie sie, Angst vor ihnen hatte. Unter dem Deckmantel der »Freundschaft« kam etwas zum Vorschein, das ziemlich unschön war – eine Art Krebs, dem Jimmy wehrlos ausgeliefert war.

Und dann folgte der dritte Schicksalsschlag: Brian Blackwood.

Von da an ging es Schlag auf Schlag.

Und hier waren sie also nun, und parkten mit Brian und seinen zwei durchgeknallten Kumpels irgendwo im Wald, um eine kurze Pause einzulegen, bevor sie ...

Oh Gott, lieber nicht dran denken.

Daran, was die Typen im Beisein von ihr und Jimmy getan hatten. Mit welcher Kaltblütigkeit sie mordeten. Wie sie ...

Nein. Angela wollte jetzt nicht daran zurückdenken. Sie brachte es nicht fertig.

Aber dann tat sie es doch. Und weil es zum Frühstück, zu Lunch und Dinner immer nur Schokoriegel und lauwarme Cola gegeben hatte, wurde ihr plötzlich kotzübel. Sie beugte sich vor und übergab sich.

Als sie nichts mehr im Magen hatte, würgte sie trocken weiter. Und nach einer Ewigkeit ließ der Würgereiz endlich nach.

Mein Gott, gab es denn keinen Ausweg?

Sie und Jimmy waren Gefangene eines Albtraums.

Sie knöpfte sich die Hose zu, stopfte ihre Bluse hinein.

Was um Gottes willen sollten sie nur tun? Es musste doch einen Ausweg geben – außer diesem ... einen, den Brian ihnen angeboten hatte.

Sie blickte zum Auto hinüber. Und konnte hinter der Scheibe immer noch Brians weißes Gesicht sehen.

Von Jimmy und den andern war nichts zu erkennen, dazu war es im Wagen zu dunkel.

Doch Brians Gesicht war so deutlich zu sehen wie der Vollmond in einer klaren Sommernacht. Im Schein der Blitze wirkte es unwirklich, wie eine Ledermaske.

Sie spielte mit dem Gedanken davonzulaufen, doch sie schätzte, dass Jimmy es dann ausbaden müsste.

Nein, sie musste wieder zu ihnen zurück.

Sie bahnte sich einen Weg aus dem nassen Gestrüpp und ging zum Auto, ohne den Blick von Brians Gesicht zu wenden.

Mein Gott, dieses Gesicht, dieses käseweiße Gesicht, das aus dem Wagenfenster in die Nacht starrte.

SECHS

30. Oktober, 2.14 Uhr

Die Kobolde waren wieder da; Horrorgestalten jagten in wilder Raserei durch ein grässliches Neuronengewitter schmerzhafter Erinnerungen. Fratzen, entstellt von blauroten Narben, mit Augen, die an Stielen von graugrünen Wangen herabhingen.

Als Becky erwachte, liefen ihr dicke Schweißperlen über Gesicht und Brust und sammelten sich in ihrem Schamhaar. Das Nachthemd klebte auf der Haut. Und ihr Haar war ganz feucht.

Sie wälzte sich unter der Decke hervor, darauf bedacht, Monty nicht zu wecken – er schlief wie ein versteinerter Baum (worum sie ihn beneidete). Den Kopf in die Hände gestützt, saß sie auf dem Bettrand und wünschte, sie wäre Raucherin.

Einen Augenblick später stand sie auf und ging ins dunkle Wohnzimmer. Dort trat sie ans Fenster, schob die Vorhänge beiseite und schaute hinaus auf den See.

Der Regen hatte aufgehört und eine glitzernde Nachtlandschaft zurückgelassen. Der See lag still da, schimmerte silbrig im Schein des Mondes; es war fast Vollmond. Normalerweise hätte sie die Schönheit dieses Ausblicks genossen, aber nicht heute Nacht. Der Mond erinnerte sie an ein totes, bleiches Auge.

Es frischte auf, ein leichter Wind erfasste die Kiefern und seufzte so laut, dass sie es hören konnte. Auf dem See trieb er kleine Wellen vor sich her. Und ließ die Fensterscheiben im Rahmen erzittern; was wie das Klappern alter, morscher Knochen klang.

Dann legte sich der Wind wieder.

Im Haus war es kalt. Becky fröstelte. Es kam ihr vor, als sei der Sensenmann gerade übers Blockhaus geschwebt, und als habe er sie zwar verschont, sie jedoch seinen eisigen Hauch spüren lassen.

Vor sich sah sie das Bild der kreisenden Sense. Dann verschwand es wieder.

Und sie warf erneut einen Blick auf den See, den kurzen Anlegesteg, der sich wie eine dunkle Zunge übers Wasser streckte – wie Clydes Zunge, als sich die Schlinge fest um seinen Hals gezogen hatte.

Auf der Fensterscheibe bildete sich Kondenswasser, die Tropfen liefen herab wie Quecksilberkugeln ... *sie hatten die Farbe von Blut.*

Das Glas färbte sich dunkel, wie ein Spiegel aus vulkanischem Glas. Die blutroten Tropfen hoben sich jetzt deutlich ab, rannen in Zeitlupe abwärts ...

Und dann waren da Augen. Große, teuflische Augen, sie glühten wie die Augen einer Kürbislaterne.

Und ein Geräusch war zu hören, ein Knurren wie von einem hungrigen, wilden Nachttier.

Und die Bestie mit den glühenden Augen und dem knurrenden Magen kam rasch auf sie zu, und im Kopf, hinter den riesigen Laternenaugen, waren lauter Dinge.

Nein, da war kein Tier, keine glühenden Augen. Es war ...

Verschwunden.

Das waren keine Blutstropfen mehr.

Keine wilde Bestie oder etwas Ähnliches.

Es gab jetzt nur den Wind dort draußen, das Wasser und den Mond, der wie ein hart gekochtes Ei am Himmel hing.

Becky sank in sich zusammen und verließ taumelnd ihren Platz am Fenster. Sie legte eine Hand auf die Seitenlehne der Couch, um nicht hinzufallen. Ihr Nachthemd war klatschnass geschwitzt, es lag wie eine zweite Haut um die Brüste und klebte zwischen ihren Schenkeln wie eine Hand, die sie dort packte – *Clydes Hand*.

Komm schon, jetzt geht die Fantasie mit dir durch. Er ist tot. Und nicht irgendein Geist.

Oder doch?, schoss es ihr plötzlich durch den Kopf.

Fröstelnd ließ sie sich auf die Couch sinken. Es war eiskalt im Zimmer. Ihre Haut war schweißnass, und sie spürte den eisigen Hauch der Angst.

Jetzt reiß dich mal zusammen, Becky. Allmählich drehst du durch.

Allmählich?

Kurz darauf erhob sie sich, trottete hinüber in die Küche und trank ein Glas Wasser.

Kobolde, dachte sie. Wieso Kobolde? Und wieso diese Augen? Dieses Knurren?

Sie konnte das alles unmöglich nur geträumt haben. Nein, auf keinen Fall. Dazu war es viel zu plastisch, viel zu intensiv gewesen.

Oder aber sie war wirklich dabei, durchzudrehen.

Nein. Nein, verdammt noch mal, sie drehte nicht durch. Dieser Psychiater mit seinem blöden Geschwätz, dieser Idiot. Es war so etwas wie eine Vorahnung. Eine Warnung. Das konnte sie genau spüren.

Sie versuchte sich einen Reim darauf zu machen, kam aber zu keinem Ergebnis.

Schließlich gab sie es auf und legte sich wieder ins Bett.

Aber sie schlief ziemlich schlecht.

SIEBEN

30. Oktober, 3.01 Uhr

Die anderen genehmigten sich eine Mütze Schlaf. Er hatte ihnen versprochen, dass sie sich heute und morgen Nacht ausruhen könnten. Das war zwar eine lange Pause, und diese Warterei machte ihn ganz kribblig, doch mittlerweile wurde nach ihnen gefahndet. Wenn sie heute und den größten Teil des morgigen Tages in Deckung blieben, würde sich die Aufregung bald wieder legen. Die Bullen würden wahrscheinlich glauben, sie hätten sich über die Grenze nach Louisiana abgesetzt, und dort nach ihnen suchen. Das verschaffte ihnen eine Verschnaufpause.

Dann konnte er zuschlagen.

Tja, er war eben schlau. Er musste grinsen, als er daran dachte. Natürlich hatte er jemanden, der ihm half. Er hatte Clyde in seinem Kopf.

Aber diese elende Warterei ... Mann, das nervte wirklich.

Er öffnete die Wagentür und stieg aus.

Es war kühl, wenn auch nicht gerade kalt. Die Nacht hatte aufgeklart, der Mond hob sich deutlich vom Himmel ab. Er war fast rund, sodass es auf den ersten Blick nach Vollmond aussah. In zwei Tagen wäre es dann so weit. Es war eine gute Idee, das, was er tun musste, bei Vollmond zu erledigen.

Er blickte sich um.

Auf diese Weide zu fahren und am anderen Ende unter den Bäumen zu parken, war ein brillanter Einfall gewesen (er wusste nicht mehr, ob es seine oder Clydes Idee gewesen war). Wie sollten die Cops sämtliche Weiden in dieser Gegend absuchen? Es gab Hunderte davon. Und die Chance, dass sie ausgerechnet hier nachsahen, stand eins zu einer Million. Selbst aus der Luft konnte man ihn hier unter den Bäumen nicht sehen. Fürs Erste war das hier der perfekte Unterschlupf.

»Wie bitte?«, sagte er leise. Er legte den Kopf schief und lauschte. »Ja, ja, ich weiß, Clyde«, sagte er dann. »Bald. Sehr bald.«

ACHT

30. Oktober, 8.23 Uhr

Am Morgen machten sie sich als Erstes einen Pulverkaffee und packten die Schachtel mit den nicht mehr ganz frischen Doughnuts aus, die sie mitgebracht hatten. Nach dem Frühstück meinte Montgomery: »Ich werd mal nach Minnanette fahren und ein paar Sachen einkaufen. Kommst du mit?«

Becky lächelte. Bei Tageslicht setzten ihr die Träume weniger zu, doch die Angst vor ihnen blieb.

»Nein. Ich bleib hier und les ein bisschen. Hab mir einen ganzen Stapel Zeitschriften mitgebracht.«

Montgomery lachte. »Na gut, dann vertief dich in deine Zeitschriften, bis ich wieder da bin. Aber lass uns eine Einkaufsliste machen, ehe ich fahre. Irgendwelche besonderen Wünsche?«

»Mal überlegen.«

Becky holte Stift und Papier. Dann machten sie eine Liste und besprachen, was sie brauchten; einiges wurde wieder gestrichen, anderes rückte ans Ende der Liste.

»Bist du sicher, dass du den Weg nach Minnanette findest?«, fragte Becky.

»Dean meinte, einfach den Highway nehmen und dann zehn Meilen immer geradeaus.«

»Typisch Dean.«

An der Tür bekam er einen Abschiedskuss. Montgomery kam es vor, als würde er einen trockenen Schwamm küssen.

Er stieg in den Golf, setzte zurück und warf im Rückspiegel einen Blick auf die Blockhütte.

Becky war bereits wieder im Haus.

»Nettes Fleckchen«, sagte er und fuhr los.

Als er die zehn Meilen hinter sich hatte, sah er als Erstes eine Tankstelle. Oder vielmehr eine Kombination aus Tankstelle und Gemischtwarenladen. Über der Tür prangte ein großes Schild mit der Aufschrift »Pop's«.

Montgomery fuhr daran vorbei, er wollte sich erst mal das Städtchen anschauen. Oder war Gemeinde das richtige Wort? Aber auch das klang wie ein höflicher Euphemismus für den Ort.

Trotzdem war es nett hier. Er wirkte wie eine Art Zufluchtsort. Ein Städtchen, in dem die Zeit nur ganz langsam verstrich und nichts Aufregendes passierte.

Vielleicht kam es ihm aber auch nur so vor, weil er für ein Weilchen von Becky fort war, fort von diesen Augen, die ihn anblickten wie ein eingesperrtes Tier.

Er rollte an einem Waschsalon vorbei, auf dessen Ladenschild »Minnanette Washateria« stand. Außerdem gab es hier ein Postamt, eine winzige Bank und ein paar vereinzelte Läden. Unweit der Straße standen einige Wohnhäuser. Asphaltierte und unbefestigte Sträßchen zweigten in alle möglichen Richtungen ab, führten vermutlich weiter hinaus aufs Land, vorbei an diesem Kaff, das laut Dean fünfhundert Einwohner hatte. Eine Zahl, die Montgomery für etwas hochgegriffen hielt, andererseits musste eine Stadt nicht besonders groß sein, um fünfhundert Leute zu versorgen. Und von hier aus war es ja nicht so furchtbar weit bis nach Livingston oder Lufkin, und wahrscheinlich fuhren die Leute dorthin, um ihre größeren Einkäufe zu erledigen.

Er fuhr ein Stück weiter und entdeckte ein Haus, das als Schule diente. Es war unheimlich klein, und vermutlich waren sämtliche Klassen darin untergebracht.

Ein Stück weiter erstreckte sich zu beiden Seiten der Straße nichts als Wald, und seine Rundfahrt durch Minnanette war beendet.

Er wendete und fuhr zurück zu Pop's. Das schien hier der angesagte Laden zu sein.

Vor den Zapfsäulen stand ein Pick-up; ein alter Mann in ölverschmiertem grauem Overall ließ gerade Benzin in den Tank laufen, als Montgomery anhielt und aus seinem Golf stieg.

Zum ersten Mal bemerkte er jetzt die frische Luft hier draußen. Zu Hause in Galveston roch es immer, als würde ein Riese vor einem gewaltigen Ventilator seine alte Unterhose lüften.

Der Alte im Overall drehte sich um und sah Montgomery an. Musterte ihn von Kopf bis Fuß und stufte ihn als »Fremden« ein.

Montgomery nickte ihm zu.

»Komme gleich«, sagte der Alte.

»Ich hab's nicht eilig.«

Ein schlanker brauner Arm ragte aus dem Seitenfenster des Pick-up und reichte dem Alten ein Bündel Geldscheine.

»Ich zieh's dir ab«, sagte der Alte. »Bin gleich wieder da.«

»Okay«, sagte eine Frauenstimme.

Montgomery gefiel diese Stimme. Mit ihrem näselnden ländlichen Akzent und dem samtigen Unterton. Sie war die Sorte Frau, die ihren Whiskey pur trinkt und sich beim Vögeln wie eine Schlange um den Typen ringelt.

Sex. Daran dachte er natürlich oft.

Warum auch nicht?

Da sieht man's mal wieder, dachte er. Was für ein wunderbarer, verständnisvoller Ehemann du bist.

Trotzdem ging er ein Stück weiter, um einen Blick ins Innere des Pick-up zu werfen.

Die Frau hatte ein hübsches Gesicht. Es war trotz ihrer ausgeprägten Knochen attraktiv. Verdammt attraktiv. Sie trug kein Make-up. Ihr braunes Haar reichte bis auf die Schultern.

Sie drehte den Kopf und warf Montgomery einen Blick zu.

Sie hatte große, runde Rehaugen und lächelte ihn aus ihren Mundwinkeln verführerisch an.

Vielleicht bildete er sich das auch nur ein. Vermutlich war es nur ein freundliches Lächeln, sonst nichts.

Sie zwinkerte ihm zu.

Nein, Mann, mehr als freundlich.

Montgomery grinste. Auch wenn sie ziemlich direkt war, verfehlte sie nicht ihre Wirkung. Es gefiel ihm. Da Becky ihn im Bett nicht ranließ, kam er sich wie kastriert vor. Und das hier sah nach einer Frau aus, die ihm wieder das Gefühl geben könnte, ein Mann zu sein.

»... du hast keinen Mumm, Monty. Das ist dein Problem ...« In seinem Hinterkopf meldete sich die Stimme seines Vaters. Wütend. Wahnsinnig wütend, weil Monty zugelassen hatte, was Billy Sylvester seinem Bruder angetan hatte. Damals hatte es ihm nicht viel ausgemacht, doch nun, da er erwachsen war, nagte es an ihm. Vielleicht hatte sein alter Herr ja recht gehabt. Kein Mumm. Das war sein Problem.

Zum Teufel mit dem alten Herrn.

Er zwinkerte zurück.

Sie wurde rot.

Das überraschte ihn. Ein schüchternes Mädchen vom Land, und gleichzeitig so herausfordernd. Seltsame Mischung.

Aber vielleicht, dachte er, und die Sache wurde ihm plötzlich peinlich – vielleicht hatte sie ja nur was im Auge, und er hatte es für ein Zwinkern gehalten. Und er, der große Frauenheld, hatte sich bloß lächerlich gemacht.

Pop kam mit dem Wechselgeld zurück. »Hier, Majorie ...«

Jetzt konnte er ihr Gesicht nicht mehr sehen, nur noch den Rücken von Pop und seinen ergrauten Kopf.

»... 9 Dollar und 15 Cent zurück.«

»Danke, Pop«, sagte sie.

»Keine Ursache. Beehr mich bald wieder.«

Sie fuhr los, und während Montgomery ihr nachsah, fragte er sich, ob er sich gerade zum Narren gemacht hatte. Ach, und wenn schon. Er würde sie sowieso nie wiedersehen.

»Und was kann ich für Sie tun, junger Mann?«

Junger Mann? Ist ja wie im Kino, dachte Montgomery.

»Ich brauche ein paar Sachen aus dem Laden. Und etwas Benzin.«

»Das kommt Sie teuer zu stehn. Die Preise haben mächtig angezogen. Manche Leute geben mir die Schuld. Was kann ich denn dafür? Seh ich vielleicht wie ein verdammter Araber aus? Ich verkauf das Benzin so billig, ich kann. Wenn ich es noch billiger mache, verdiene ich keinen Cent mehr.«

»Nee.«

»Was nee?«

»Wie ein verdammter Araber sehn Sie nicht aus.«

Pop lachte. »'tschuldigung. Aber ich hab das Theater mit den Benzinpreisen satt, wissen Sie.«

»Na klar.«

»Fahren Sie den Wagen mal rüber an die Säule? Ähm, wie viel soll's denn sein?«

»Einmal voll.«

Montgomery parkte den Wagen neben den Zapfsäulen und ging in den Laden. Es schien, als sei der ganze Laden in einer Zeitschleife hängen geblieben. Alles war voller Waren. Sie baumelten an Haken. Klemmten und stapelten sich in den Ecken. Nichts davon war ordentlich aufgereiht. Und fast alles war mit einer dünnen Staubschicht überzogen. Die meisten Artikel waren Relikte einer fernen und einfacheren Zeit: Es gab massenhaft Haaröl – verschiedenste Marken, einige davon existierten inzwischen nicht mehr – und Zahnpastatuben, deren Inhalt vermutlich längst steinhart geworden war. Auf einem Pappdeckelständer mit Kämmen, im Firmenzeichen links unten in der Ecke, stand: »5 Cents. Machen Sie das Beste aus Ihrem Haar!« Im Ständer steckten zwölf Kämme, nur drei waren verkauft.

»Ziemlich alten Krempel haben Sie hier, Pop ... Ich darf Sie doch so nennen?«

Der Alte kam gerade zur Tür herein und wischte die Hände an einem alten Lappen ab. »Was?«, fragte er.

»Ich sagte, ziemlich alten Krempel haben Sie hier. Darf ich Sie Pop nennen?«

»Klar. Ich hör auf fast alles, wenn mich einer zum Essen ruft. Ging übrigens nicht viel rein in den Tank.«

»Volkswagen verbrauchen nicht viel.«

»Nichts für ungut, aber in so 'ne ausländische Karre kriegen mich keine zehn Pferde.«

Montgomery grinste. »Ich sagte, ziemlich alten Krempel haben Sie hier.«

»Allerdings. Einige Sachen sind zwanzig Jahre alt, oder noch älter.«

Pop verschwand hinter einer eingestaubten Glastheke, wo er sich auf einem Hocker niederließ. Montgomery ging hinüber, um zu sehen, was sich dort unter der Scheibe befand. Dort lagen künstliche Fliegen für Angler, die meisten von der Sonne ausgebleicht, und irgendwie war auch ein großes Erdnussplätzchen zwischen die Köder geraten; dem Aussehen nach hätten die Nüsse aus der Ernte von 1948 stammen können.

»Sie angeln?«, fragte Pop.

»Ja, ich wollte tatsächlich heute oder morgen mein Glück versuchen.«

»Hier.« Pop langte unter die Theke und holte eine der Fliegen heraus. »Versuchen Sie's mal damit. Wird heute nicht mehr hergestellt, keine Ahnung, wieso, aber bei dem Köder haben die Fische immer angebissen. Hab selber noch so einen, damit angle ich bis heute. Hier, nehmen Sie, schenk ich Ihnen.«

»Nett von Ihnen.«

»Ach was. Den Krempel kauft eh keiner.«

»Nun«, sagte Montgomery und schob den Köder in die Hosentasche, »ich hoffe nur, es kommt keiner auf die Idee, das Erdnussplätzchen zu kaufen.«

Pop lachte. »Das Scheißding würd ich keinem mehr verkaufen. An dem würde man sich garantiert die Zähne ausbeißen. Das Ding ist so alt wie ich. Hat auch schon die besten Jahre hinter sich.«

Montgomery schmunzelte.

»Neu in der Gegend?«, fragte Pop.

»Sozusagen ... Ich meine, wir wohnen nicht hier, sondern machen nur Urlaub. Freunde haben uns ihr Blockhaus unten am See überlassen. Eva und Dean Beaumont.«

»Aha. Ja, die Beaumonts kenn ich. Kommen so gut wie jeden Sommer her. Dieser Beaumont redet gern übers Angeln.«

»O ja.«

»Wissen Sie was? Früher oder später wird das ganze Seeufer voll mit diesen verdammten Blockhütten sein. Von Stadtleuten, die hier draußen mal ein bisschen frische Luft schnappen wollen. Ist nicht persönlich gemeint.«

»So hab ich's auch nicht verstanden.«

»Kommen Sie auch aus Galveston, wie Ihre Freunde?«

»Ja.«

»Hab gehört, der Scheißozean bei euch ist inzwischen ein einziger Ölteppich. Stimmt das?«

»Ich fürchte, ja. Jedenfalls die meiste Zeit.«

»Diese verdammten Städte. Schrecklich. Saugen einem den letzten Tropfen Blut aus dem Leib. Ist nicht persönlich gemeint.«

»So hab ich's auch nicht verstanden.« Jedenfalls nicht allzu sehr, dachte Monty.

»Wie dieses verdammte Houston. Dieses Drecksloch ist mir viel zu nah. Mit seinen ganzen Morden und was weiß ich. Das wird sich ausbreiten wie 'ne beschissene Krankheit. Und bald haben wir es vor unsrer Haustür.«

»Vielen Leuten gefällt das. Houston meine ich, nicht die Kriminalität.«

»Keine Ahnung, warum. Ist doch eine einzige Kloake. Wollen Sie 'nen Einkaufswagen? Dort hinten stehn welche. Ach, die verdammten Städte mit ihrem ganzen neumodischen Mist ... Soll das Erdnussplätzchen hier ruhig vor sich hin gammeln.«

»Was hat das damit zu tun?«

»Das Scheißding ist uralt und steinhart, aber es erinnert mich an eine Zeit, wo ein Mann sich fur ein paar Cents satt essen konnte und ein Handschlag unter Männern mehr galt als zehn Verträge und sämtliche Gerichte im Land. Es erinnert mich an Zeiten, wo ich vorn auf meiner Veranda sitzen konnte, ohne Angst davor haben zu müssen, dass irgendein Irrer aufkreuzt und mir die Nase wegballert. Zum Teufel, nicht mal hier draußen auf dem Land fühlt man sich noch sicher.«

»Die Zeiten haben sich geändert, Pop.«

»Soll das etwa eine Entschuldigung für den ganzen Scheiß sein?«

»Glaub nicht.«

Montgomery begab sich in den hinteren Teil des Ladens und zog einen von den drei Einkaufswagen hervor. Darüber, an Nägeln, hingen zwei Reihen Halloween-Masken, lauter verzerrte Fratzen. Einige waren aus Latex und wurden über den Kopf gezogen. So eine hatte er sich als Kind immer gewünscht.

Er beugte sich vor und betrachtete die Masken, die ziemlich furchteinflößend wirkten. Eine davon war nichts weiter als ein Totenschädel mit ein paar Haarbüscheln aus Gummi. Die anderen waren etwas aufwendiger. Die aufwendigste hatte ein Messer (natürlich aus Gummi) in der Stirn stecken. Und am verzerrten Gesicht lief violettes Blut herab.

»Hey, Pop, sind die Masken hier auch schon älter?«

Pop blickte auf. »Nee. Glaub, die hab ich zum vorvorletzten Halloween reingekriegt. Warum? Wollen Sie damit morgen Abend die Gegend unsicher machen?«

»Vielleicht. Aber hier werde ich nicht aufkreuzen. Sonst krieg ich doch noch das verdammte Erdnussplätzchen aufs Auge gedrückt.«

Pop stieß einen Schrei aus. »Mann, das Ding ist so steinalt, dass es nicht mal mehr stinkt.«

»Trotzdem ...«

Pop kicherte vor sich hin.

Montgomery legte einen Laib Brot in den Wagen, den er vor sich herschob.

»Hey?«

»Ja?« Montgomery stellte eine Dose Bohnen hinein.

»Die Kleine vorhin in dem Pick-up, diese Majorie. Sieht ziemlich gut aus, was?«

Montgomery spürte, wie sein Körper bis unter die Schädeldecke von einer Hitzewelle erfasst wurde. Nicht vor Leidenschaft. Sondern aus Schuldgefühl. »Stimmt, sah nicht übel aus.«

»Nicht übel? Wenn ich ein bisschen jünger und nicht glücklich verheiratet wär – also, wenn ich bloß etwas jünger wäre –, würd ich die Kleine flachlegen. Na ja, wenn ich's recht überlege, müsst ich schon einiges jünger sein. Früher bin ich jeden Morgen mit 'nem Steifen aufgewacht. Inzwischen bin ich froh, wenn ich überhaupt noch aufwache.«

Montgomery begann den Wagen schneller zu schieben. Er hatte es plötzlich eilig, seinen Einkauf zu beenden und wieder zu Becky zu fahren. Aus irgendeinem Grund hatte er ein ungutes Gefühl, weil er nicht bei ihr war.

Vermutlich Schuldgefühle, dachte er. Weil ich fremden Frauen in Pick-ups nachsehe, um meine unbefriedigten Gelüste zu stillen. Und dabei habe ich mir geschworen, so was nie zu tun.

Finde dich damit ab, Monty, alter Schlappschwanz. Becky braucht ihre Zeit, braucht Geduld und Liebe. Und hat sie das von dir bekommen? Mal ehrlich?

Wohl kaum. Du hast doch nur so getan, machst dir selbst was vor. Versuchst dich stets vor deiner Verantwortung zu drücken, willst dich immer aus allem raushalten.

»... du hast keinen Mumm, Monty. Das ist dein Problem.«

»... tut mir leid, mein Lieber ... Ihre Frau wurde vergewaltigt ...«

»... wenn ich zu Haus gewesen wäre, Officer, wär das nicht passiert. Wäre es dazu nicht gekommen.« (Aber sicher.)

»... aus Gewissensgründen den Kriegsdienst verweigern?«

»Genau.«

»... gegen jede Form von Gewalt?«

»Jawohl.«

»... sich nicht zur Wehr setzen, um Ihr eigenes Haus zu verteidigen?«

»... könnte nie einen anderen Menschen töten.«

»... nie ein richtiger Mann ...«

Worte. Erinnerungen. Das Gesicht seines Bruders. Billy Sylvester, der ihm hämisch grinsend sein Frühstücksgeld abnimmt ... mit dem Einwickelpapier eines Schokoriegels ein Stück Hundescheiße aufklaubt ... *»Ich will dich lächeln sehn, während er es frisst, du Weichei.«* Und sein eigenes Gesicht, mit diesem unsäglich irren Grinsen, während ihm die Pisse am Bein hinunterläuft.

All die Bilder aus der Vergangenheit, all die Schrecken und Ängste und Ausflüchte eines ganzen Lebens stiegen aus Montys Unterbewusstsein auf, kullerten die Treppe seines Gedächtnisses hinunter und blieben ineinander verknäult liegen.

Er zitterte, als er jetzt die letzten Waren in den Einkaufswagen legte und damit zur Kasse rollte.

»Alles in Ordnung?«, fragte Pop. »Sie sehn etwas mitgenommen aus.«

»Wahrscheinlich hab ich mir 'ne Erkältung geholt.« *(Oder den Mann-ohne-Mumm-Blues.)*

»Kriegt man schnell in dieser Jahreszeit. Bei dem ständigen Wetterumschwung. Erst regnet's, und dann ist es staubtrocken. Erst kalt, dann warm.«

»Was macht das?«

»Mal sehen.« Pop tippte die Preise in eine vorsintflutliche Registrierkasse. »30 Dollar und 23 Cents ... Schecks nehm ich nur von Einheimischen. Ist nicht persönlich gemeint.«

»Verstehe.« Montgomery holte seine Brieftasche hervor, gab Pop drei Zehner. Das Kleingeld fischte er aus der Hosentasche.

Er nahm die beiden Tüten, klemmte sie links und rechts unter den Arm und machte sich auf den Weg zur Tür.

»Beehren Sie mich bald wieder.«

»Mach ich.«

Auf dem Weg zum Wagen dachte er: Warum kamen all diese Dinge, die so lange verschüttet waren, all diese Ängste, plötzlich aus ihren Gräbern hervor und rasselten mit ihren Ketten? Woher kam diese Zerrissenheit? Es schien, als hätte sie die ganze Zeit auf der Lauer gelegen und auf den richtigen Zeitpunkt zum Angriff gewartet. Um genau dann über ihn herzufallen, wenn er am Boden lag.

Nun, er würde nicht zulassen, dass diese lächerlichen, irrationalen Ängste aus dem Unterbewusstsein sein Leben zerstörten. Schließlich leben wir im 20. Jahrhundert! Wir sind zivilisiert und müssen keinen dicken Knüppel mehr mit uns herumschleppen, uns auf die Brust trommeln und das Blut unserer Feinde verspritzen.

Mein Gott, seit Woodstock waren doch erst ein paar Jährchen vergangen. Das Zeitalter des Wassermanns! Eine Ära des gesellschaftlichen Aufbruchs.

Und eine Zeit voller Kriege, Unruhen und Hass.

Und nicht zu vergessen die abscheuliche, kleine, ganz persönliche Geschichte, die kürzlich passiert ist: Man hat deine Frau vergewaltigt.

Na schön, na schön, es ist nun mal passiert. Üble Sache. Wir werden darüber hinwegkommen. Aber was soll ich denn tun, außer Becky zu trösten und ihr beizustehen? Mann, ich bin doch keiner dieser Superhelden aus 'nem Comic. Ich bin ein ganz normaler Mann, dessen Frau das Pech hatte, Opfer einer Vergewaltigung zu werden. Das ist alles. Ich bin einfach ein Pechvogel ...

Und ein Feigling.

»... du hast keinen Mumm, Monty.«

Montgomery verstaute die Lebensmittel im Heck des Golfs und klemmte sich hinters Steuer. Der Alte stand vor seinem Laden. Er hatte sich mit einem Bier in der Hand an die Wand gelehnt, nippte bedächtig daran und schaute zu.

Weiß er, dass ich ein Feigling bin? Kann man das riechen? Gibt es tatsächlich so was wie einen Geruch der Angst?

Montgomery ließ den Motor aufheulen, sah sich nach Pop um und grinste ihn an. Der Alte hob sein Bier zum Gruß.

Während er Pop zuwinkte, steuerte Montgomery den Wagen auf die Straße, ohne sich umzusehen, ob der Alte seinen Gruß erwiderte.

Ein eisiges Frösteln erfasste seinen Körper und kroch ihm bis ins Mark. Er ließ die Schultern kreisen, um es abzuschütteln. Vergeblich.

Allmählich drehst du durch, dachte er. Wirklich. Du bist nicht verantwortlich für das, was geschehen ist. Du warst an jenem Abend nicht zu Hause. Wenn du da gewesen wärst, hätte die Sache anders ausgesehen, dann wäre es wahrscheinlich nicht dazu gekommen. *(Überdeutlich: das Bild von Billy Sylvester, wie er seinem kleinen Bruder die Hundescheiße ins Gesicht klatscht.)*

Alles Schnee von gestern. Vergiss es.

»Es gibt keinen Grund, sich zu fürchten«, sagte er leise vor sich hin, »es gibt nichts auf der Welt, wovor ich mich fürchten müsste.«

Aber er wurde dieses Frösteln nicht los.

NEUN

Fünf Minuten lang schaffte es Becky, sich in die *Cosmopolitan* zu vertiefen, dann warf sie das Magazin an die Wand. Mit einem lauten Geräusch flatterten die bunten Seiten durcheinander, dann landete es wie ein toter Vogel auf dem Boden.

Früher hatte diese Zeitschrift voller halb entblößter Brüste, schicker Mode und Empfehlungen so erwachsen und weltläufig gewirkt, so modern und unterhaltsam. Jetzt kam sie ihr eher vor wie eine 300 Seiten lange Anzeige für Sex und seine Tücken.

Sex.

Wenn es auf der Welt etwas gab, das Becky völlig kaltließ, dann war es Sex. Nein danke, das ist widerlich, tu mir so was nicht auf den Teller. Nein, dafür hatte sie wirklich nichts übrig. Becky wollte nicht, dass irgendein Mann ihren Körper in irgendeiner Weise berührte – weder freundschaftlich noch sonst wie. Selbst Montys Hände, früher vertraute Reisende auf ihrer Körperlandschaft, kamen ihr wie schleimige Würmer vor, die über ihre Haut krochen. Nachts im Bett, wenn sein schlafender Körper ihr nahe kam, hatte die Berührung etwas Reptilienhaftes – oder vielmehr, was man mit diesem Begriff verbindet: etwas Abstoßendes, Beängstigendes, Böses.

Sie fragte sich, ob ihre Abneigung gegen Montys körperliche Nähe nur von der Vergewaltigung herrührte – der Tat eines Mannes, eines Geschlechtsgenossen. Oder war es etwas, das tiefer saß? Wie eine Bakterienkultur, die schon die ganze Zeit über existiert hatte und genau jetzt ihr akutes Stadium erreicht hatte. Seine Feigheit? Könnte es damit zu tun haben? Konnte es sein, dass sie Monty durch die Vergewaltigung mit anderen Augen sah?

Sie war in einem fortschrittlichen Elternhaus aufgewachsen, mit der Überzeugung, dass man einen Mann nicht nach dem Umfang seines Bizeps oder seiner Leidenschaftlichkeit beurteilte. Und zweifellos galt das auch jetzt noch. Doch vielleicht ging diese moderne Auffassung manchmal etwas zu weit und wurde von Männern wie Monty dazu benutzt, ihre eigene Schwäche zu kaschieren. Als käme nach dem alten »Ich muss doch nichts beweisen« noch der Zusatz: »Und bin heilfroh darüber, denn ich hab mächtig Schiss.«

Wenn mich jetzt mein alter Soziologieprofessor hören könnte, dachte sie und musste grinsen. (Monty hatte übrigens auch bei ihm studiert.) Der Mann würde mich als kulturell rückständig betrachten, als soziologische Niete.

Aber wieso hatte sie insgeheim gejubelt, als sie von der Mutter und ihren Kindern las, die am helllichten Tag von drei Typen überfallen worden waren (während eine Schar »moderner« Männer dabei zugesehen hatte), bis dann ein Lkw-Fahrer von 110 Kilo Lebendgewicht auf der Bildfläche erschienen und mit bloßen Fäusten auf die drei losgegangen war?

Und noch mehr gejubelt, als sie dann las, dass er einem der Kerle den Arm gebrochen, dem zweiten die Schulter ausgerenkt und dem dritten den Unterkiefer zerschmettert hatte?

Während eine Anzahl »moderner Männer«, »zivilisierter Männer« fassungslos daneben gestanden und dumm geglotzt hatte?

Sie machte sich eine Tasse Pulverkaffee und versuchte, diese Gedanken zu verscheuchen. Sie wusste, dass sie viel zu hart mit Monty ins Gericht ging. Allerdings auch, dass ihre Einschätzung im Grunde mehr als nur ein Quäntchen Wahrheit enthielt.

Nachdem sie ein paarmal am Kaffee genippt hatte, merkte Becky, dass sie eigentlich etwas anderes wollte. Sie sah zum Fenster hinaus. Draußen war es wunderschön. Es wurde ein strahlender Tag. 21 Grad im Oktober – und noch vor einer Stunde war es ziemlich kühl gewesen. Das war kein Tag, um sich Sorgen zu machen oder zu grübeln. An so einem Tag musste man an die frische Luft, sich an den Sonnenstrahlen aufwärmen.

Sie kippte den Kaffee ins Spülbecken, ging hinüber und hob die zerfledderte *Cosmopolitan* auf, strich sie glatt, legte sie auf den Tisch und ging hinaus ins Freie.

Eine leichte Brise strich über den See, ließ ihr Haar flattern, wölbte ihr weit geschnittenes Sweatshirt und die weiten Hosen (seit der Vergewaltigung konnte sie keine körperbetonte, enge Kleidung mehr tragen, da diese sie ständig an ihre Sexualität erinnerte, sie ihre Verletzbarkeit spüren ließ).

Draußen waren jede Menge Vögel, die zwitschernd von Baum zu Baum flatterten und diesen warmen Tag im Spätherbst feierten.

Neben dem Lagerschuppen hockte ein Eichhörnchen, das friedlich auf etwas herumknabberte, jedoch ein wachsames Auge auf die näher kommende Becky hatte.

Sie ging aufs Knie hinunter, schnalzte mit der Zunge und streckte die Hand aus, wobei sie gedankenverloren ihren Daumen am Zeigefinger rieb.

Davon ließ sich das Eichhörnchen allerdings nicht beeindrucken. Es knabberte weiter, während es Becky argwöhnisch beäugte.

Becky richtete sich ein wenig auf und ging geduckt auf das Tier zu, immer noch mit der Zunge schnalzend und den Daumen am Zeigefinger reibend.

Das Eichhörnchen ließ sie bis auf zwei Meter herankommen, dann drehte es sich um und flitzte mit dem Bissen im Maul den Stamm einer Kiefer hinauf. Auf halber Höhe hielt es inne und beugte sich, nur von seinen außergewöhnlichen Krallen gehalten, zur Seite, um einen Blick nach unten zu werfen. Dann gab es ein kurzes Fiepen von sich – und weg war es, wie ein brauner Blitz im immergrünen Nadelkleid der Kiefer verschwunden.

Becky hatte ein ironisches Grinsen im Gesicht. Bist ein schlaues kleines Kerlchen, was? Schön, wie du willst.

Sie drehte sich um und ging zurück Richtung Haus, doch am Schuppen blieb sie stehen. Vielleicht sollte sie sich darin mal umsehen. Das lenkte sie ab und brachte sie auf andere Gedanken. Eva hatte gesagt, dass der Schlüssel in einem Magnetkästchen lag, das unter der Metalltreppe befestigt war. Sie hatte Becky erzählt, in dem kleinen Schuppen seien Werkzeug und Angelgerät verstaut. Keines von beiden interessierte Becky besonders, aber so hatte sie wenigstens was zu tun.

Becky tastete unter den Stufen nach dem Kästchen mit den Schlüssel.

»Werd ihr die Fotze rausschneiden ...«

Sie fuhr hoch. Was zum Teufel war das? Mein Gott, nicht schon wieder. Sie spürte, wie ihr Schweißperlen über Gesicht und Nacken rannen. Bitte ...

»... steck ihn ihr richtig in den Arsch ...«

... nicht schon wieder.

Sie stand da und biss die Zähne zusammen. In ihrem Kopf war es still.

Leise wisperten die Kiefern. An der Uferböschung des Sees plätscherte das Wasser. Sie bückte sich erneut zu den Stufen hinunter, fand das Kästchen. Schob den rostigen Schlüssel in das Vorhängeschloss,

»... ich will ihr zuerst ...«

drehte ihn um, zog das Schloss ab

»... in den Arsch ...«

und ging hinein. Im vollgestellten Blechschuppen war es warm. Es gab Werkzeuge und Gartengerät, Hacken, Schaufeln, eine Axt, Hammer und Säge. An der Wand hingen ein paar lange Plastikkästen für Angelruten. Sie erinnerten sie an eine Bemerkung Deans:

»Da oben ist es ziemlich einsam, aber die Einheimischen sind ehrliche Leute. Den Kram haben wir jetzt schon seit drei Jahren da oben, und er ist dort völlig sicher. Wäre ein Kinderspiel, das alte rostige Vorhängeschloss zu knacken.«

Sie wusste nicht, weshalb, aber die Erinnerung löste eine unbestimmte Angst in ihr aus; es lag eine Bedeutung darin, die ihr nicht ganz klar war. Es war zu vage ... zu symbolisch.

»... steck ihn ihr richtig in den Arsch ...«

In einer Ecke des Schuppens fiel ihr Blick auf etwas, dessen Namen sie nicht kannte, das ihr jedoch vertraut war,

»... steck ihn ...«

ihr Bruder hatte eins von diesen grässlichen Dingern besessen, damals, als sie noch in Gladewater wohnte. Becky konnte sich gut erinnern, wie die Jungs sie ständig mit diesem Ding getriezt hatten und mit dem, was sie zwischen den Metallbacken der Zange gefangen hatten. Es war ein Froschzwicker. Ein Gerät mit einer Spannfeder, das die Zange zuschnappen ließ,

»… richtig in den Arsch …«

wenn ein ahnungsloser Frosch im Gras hockte – ein Gerät, mit dem man Froschschenkel sammelte. Im Falle ihres Bruders ein Instrument, um die wehrlosen Kreaturen zu foltern … und Becky dann mit diesem Ding in der Hand herumzuscheuchen, und manchmal zappelte der arme, in der Zange hängende Frosch noch, strampelte sich unter Schmerzen vergeblich ab.

»… da oben ist es ziemlich einsam …«

Sie stolperte rückwärts aus dem Schuppen, als sei das abscheuliche Gerät zum Leben erwacht. Allein bei seinem Anblick

»… in den Arsch …«

wurde ihr speiübel. Mit zitternden Händen brachte sie das Vorhängeschloss wieder an, deponierte den Schlüssel in dem Kästchen unter der Treppe und sah zu, dass sie schleunigst wegkam.

Becky machte sich auf den Weg zum See und lief auf den Anlegesteg hinaus, in der Hoffnung, sich beim Anblick des friedlichen Wassers wieder zu beruhigen.

Alle möglichen Gedanken stürmten auf sie ein und flatterten wie Fledermäuse in ihrem Kopf umher. Sie ließen sich nicht verscheuchen.

»… schneid ihr die Fotze raus …«

»… richtig tief …«

»… ich zuerst …«

»... einsam dort obe...«

»... richtig in den Arsch ...«

Dann saß Becky plötzlich auf dem Steg und hielt sich mit beiden Händen die Ohren zu. Es half nichts. Die Stimmen hüpften wie Pingpongbälle in ihrem Kopf hin und her.

Dann sah sie Bilder:

Der Steg war verschwunden. Der See, die Bäume ebenfalls. Der Himmel färbte sich schwarz.

Dann stand sie allein im Dunkeln unter den Kiefern. Nein! Sie war nicht allein. *Irgendetwas war in ihrer Nähe.* Schatten. Schemen, die zwischen den Baumstämmen auftauchten, über trockenes Laub und rostbraune Kiefernnadeln schlurften.

Sie rannte. Die Schatten folgten ihr.

Der See ... sie konnte den See erkennen. Als ihr etwas Scheußliches vor die Füße sprang.

Und dann war es plötzlich wieder helllichter Tag, die Nacht war verschwunden.

Sie lag rücklings auf dem Steg, ihr Blick folgte den weißen Wattewolken, die rasch zwischen den grünen Spitzen der Kiefern am Ufer des Sees vorüberzogen.

Becky setzte sich auf, schaute aufs Wasser hinaus. Ihr Körper zitterte. Und ihr Mund war ganz trocken.

Nach und nach hörte sie auf zu zittern. Von den Bildern waren kaum mehr als Schemen zu erkennen. Aber da war ein Geräusch, das gierige Knurren des Tieres, das sie gestern Nacht gehört hatte.

Und dann war es still in ihrem Kopf.

Die Vögel zwitscherten. Das Wasser plätscherte. Der Wind säuselte.

Dann hörte sie es wieder, dieses Knurren, diesmal nicht in ihrem Kopf, sondern dort draußen. Für einen Moment war sie gelähmt vor Angst; dann, wie in einem plötzlichen Fieberanfall, war sie wieder vorbei.

Sie kannte dieses Geräusch. Es war anders als das in ihrem Kopf, dies hier war ein vertrautes Geräusch, das nähmaschinenartige Surren von Montys Golf.

Die Reifen knirschten in der Einfahrt. Der Motor erstarb. Und eine Tür wurde geöffnet.

Becky sprang auf und rannte los. Mit tränenüberströmtem Gesicht lief sie Monty entgegen, und die Aussicht auf seine Umarmung hatte in diesem Moment nichts Abstoßendes.

ZEHN

Meldung auf Seite 1 der *Galveston News* vom 30. Oktober:

EHEPAAR ERMORDET

Mr. Dean Beaumont und seine Ehefrau, Eva Beaumont, wurden heute Morgen ermordet in ihrem Haus in der Heard's Lane 7501 $^1/_2$ aufgefunden. Die Leichen wurden kurz nach 9 Uhr von Polizeibeamten entdeckt, nachdem Mr. Beaumonts Vorgesetzter an der Ball High School die Polizei verständigt hatte, weil Mr. Beaumont nicht zur Arbeit erschienen war und zu Hause niemand das Telefon abnahm. Die Leichen lagen im Schlafzimmer; beide waren bis zur Unkenntlichkeit verstümmelt. Hinweise auf ein Mordmotiv liegen bislang nicht vor. Obwohl nicht festgestellt werden konnte, ob Gegenstände entwendet wurden, geht die Polizei von einem Raubüberfall aus. Am Tatort gab es beträchtliche Verwüstungen. Über einem Bettpfosten wurden mehrere Gemälde zerschlagen, und das Blut der Opfer wurde in eine Blumenvase geschüttet. Die Nachbarn gaben an, nichts Außergewöhnliches gehört zu haben. Das Ehepaar war seit mindestens 12 Stunden tot ...

Zu diesem Zeitpunkt konnte kein Mensch ahnen, dass es eine Verbindung zwischen den beiden verstümmelten Leichen und dem gab, was Montgomery und Becky Jones bald zustoßen sollte.

ELF

Später an diesem Abend, während Highway-Cops und örtliche Polizeibeamte nach dem Auto fahndeten, dessen Kennzeichen Trawler vor seiner Ermordung durchgegeben hatte, hockten die Jugendlichen noch immer in ihrem Versteck auf der Weide und schlugen die Zeit tot, aßen Schokoladenriegel und tranken warme Cola.

Und Becky lag in ihrem Bett und träumte:

Schemenhafte Gestalten tauchten hinter den Kiefern auf. Gesichter funkelten im Schein des Mondes – Koboldfratzen.

Gelächter.

»Ich will ihn ihr richtig in den Arsch stecken.«

Es wurde wieder dunkel.

Der Mond blitzte kurz auf.

Dann erneute Dunkelheit.

Und so weiter, im ständigen Wechsel.

Dann ein Körper, eine kopfüber hängende Frau, ihre Füße waren an irgendwas festgemacht ... etwas, was Becky nicht genau erkennen konnte.

Das dunkle, schulterlange Haar flatterte im Wind. Am Gesicht der Frau lief Blut hinunter, verklumpte ihr Haar und spritzte auf den Boden. Das Gesicht ... vom Gesicht konnte Becky nichts sehen, doch es schien sich zu drehen ... wie die Erde die Sonne umkreist ... ganz, ganz langsam drehte es sich, immer weiter, wurde nun im Halbprofil sichtbar ... das Gesicht war übel zugerichtet. Verklebt mit blutigen Haarsträhnen. Der Schädel hatte eine tiefe, dunkle Kerbe. Das Gesicht drehte sich noch ein Stück weiter ... und sah aus wie ...

NEIN!

Becky wurde wach, saß aufrecht im Bett. Das Gesicht, es hatte ausgesehen wie ... Mein Gott, wie konnte das sein?

Monty war aufgewacht. Er drehte sich zu ihr um. »Was ist denn los, Schatz?«

»Was soll schon los sein? Das Übliche! Die Träum... die Vorahnungen.«

»Sind doch nur Albträume ...«

»Ach, halt's Maul!«

Sie rutschte von ihm weg, rollte auf ihre Seite hinüber und schloss die Augen. Doch nicht, um einzuschlafen. Sie wollte nicht schlafen. Wollte nichts mehr von diesem Gesicht sehen. Denn sie ahnte, wessen Gesicht es gewesen sein könnte.

Monty rief leise ihren Namen.

Sie reagierte nicht.

Er gab einen Seufzer von sich, drehte sich auf die andere Seite und zog sich die Decke über die Schulter. Bald darauf hörte sie seine gleichmäßigen Atemzüge. Monty war wieder eingeschlafen.

Gut, so war es ihr am liebsten. Sie wollte ihre Ruhe haben.

Oder nicht?

Gott, einerseits ja, andererseits nein. Ihre Ruhe wollte sie schon haben, doch sie wollte nicht allein sein. Einen Moment fühlte sie sich gut, und dann wieder kam sie sich vor wie auf dem Mond, als würde sie von dort oben, Tausende einsame Meilen entfernt, auf die Erde hinabschauen.

Es war so schön gewesen, als Monty sie heute Mittag draußen auf dem Steg im Arm gehalten hatte. Die Liebe, die er für sie empfand, seine Fürsorge – sie hatte sie gespürt, diese Wärme, die von ihm ausging, wie die Strahlen der Sonne.

Warum war sie nun so wütend auf ihn, wenn er lediglich sein Mitgefühl zeigte?

Was, wenn es umgekehrt wäre? Wenn er ihr erzählte, dass er diese Vorahnungen hätte? Würde sie ihm das abkaufen?

Gute Frage.

Und wer sagt denn, fragte sie sich, dass es sich wirklich um Vorahnungen handelt? Welcher deiner Träume – außer dem ersten – hat sich denn bewahrheitet?

Vielleicht hatte der Psychiater ja recht: Alles nur Hirngespinste, und das mit dem ersten Traum war nichts weiter als Zufall gewesen, reines Wunschdenken.

Schon möglich.

Sogar wahrscheinlich.

Nach einer Weile drehte Becky sich behutsam um und betrachtete Monty. Er schlief, sein Kissen an die Wange gepresst. Sie streckte die Hand aus, strich ihm durchs Haar.

Warum können wir uns nicht berühren? Uns nicht richtig nahe sein? Warum geht das nicht?

Sie wusste keine Antwort. Sie drehte sich weg, starrte in die Dunkelheit und kämpfte gegen den Schlaf an.

Sie schlief trotzdem ein, blieb diesmal jedoch von Träumen verschont.

Bis kurz vor dem Morgen, und dieser war besonders schlimm.

ZWÖLF

31. Oktober, 0.02 Uhr

Der 66er Chevy raste durch die samtschwarze Nacht. Am Steuer saß ein blonder Junge namens Brian Blackwood. Er hatte das Ausstellfenster bis zum Anschlag geöffnet, und der Wind blies sein Haar nach hinten. Seine Augen waren voller Tränen; doch nicht Reue, Trauer oder Schmerz trieben ihm die Tränen in die Augen, sondern der kalte Oktoberwind und das Tempo des Wagens. Dass er sinnlos Tränen vergoss, war bei Brian nicht mehr zu erwarten. Er war jetzt ein Stein, und Steine spüren keinen Schmerz.

Die Warterei machte ihn fertig. Er wollte weitermachen, seinen Plan in die Tat umsetzen.

Doch er wusste, das wäre unklug. Wenn er es schaffte, noch eine Nacht zu warten, wären die Bullen hier fertig. Und sie hätten nichts mehr zu befürchten.

Dennoch nervte es ihn, tatenlos herumzusitzen und abzuwarten, und die Stimme in seinem Kopf gab keine Ruhe. Er hatte beschlossen, den Standort zu wechseln, er wollte eine Stelle finden, die näher an seinem Ziel lag. Und dort haltmachen. Allein die Tatsache, näher am Zielort zu sein, würde die Schmerzen in seinem Kopf erträglicher machen.

Vor seinem geistigen Auge sah er die Karte, die er sich von Dean Beaumont hatte skizzieren lassen; er hatte die Umrisse genau im Kopf und brauchte gar nicht mehr draufzusehen, selbst wenn er sich auf Umwegen seinem Ziel näherte.

Bald ... bald ... bald.

In den vergangenen Tagen war er Zeuge dreier Morde gewesen und hatte bei allen dreien mitgewirkt, einen davon persönlich ausgeführt (er sah ihn noch genau vor sich, den klaffenden roten Schlitz, den sein Messer in ihrer Kehle hinterlassen hatte, nachdem er ihr die Nippel abgeschnitten hatte). Es ärgerte ihn, dass er diesen Highway-Cop nicht selbst umgelegt hatte – aber das war unvermeidbar gewesen, schließlich hatte Loony Tunes die Flinte gehabt, und das war nur gerecht.

Trotzdem hob es kaum seine Laune, einem toten Cop in die Eier zu treten, es stillte nicht seinen Drang zu töten; ständig juckte es ihn (danke, Clyde, für dieses Ekzem, denn es ist ein gutes Gefühl, sich dort zu kratzen).

Schon bald, morgen Nacht, würde er wieder daran kratzen. Er hatte zwei Morde geplant – nun, um genau zu sein: Exekutionen. Doch bevor diese Exekutionen über die Bühne gingen, würden die Opfer spüren, was Todesangst ist. Sie würden die gleichen Qualen erleiden, die Clyde in seiner Zelle durchgemacht hatte. Wenn er an diese grauen Zellenwände und die stählernen Gitterstäbe dachte ... Die Schmerzen, die sie zu spüren bekämen, würden viel, viel schlimmer sein als der Schmerz, den Clyde gespürt hatte, als er seinen Hals in die Schlinge legte.

Warum, Clyde? Warum? So was sieht dir gar nicht ähnlich.

Ach, aber vielleicht gibt es doch einen Grund dafür. Bist du das, Clyde, der da in meinem Hinterkopf rumort? Ist es dein Geist, der sich mit meinem verbindet, deine Seele, die von meiner Besitz ergreift? Bist du ich? Bin ich du?

Hm?

Ja, ich hör dich, Baby, ich hör dich, und bald kriegen sie, was sie verdienen. Verzeih, dass ich an dir gezweifelt habe. Ich bin müde, und es ist alles so seltsam.

Was sagst du?

Morgen Nacht. Nein, es wird nichts mehr aufgeschoben. Versprochen.

Und so rollte der Wagen noch ein paar Meilen dahin. Mit Brian hinterm Steuer, dessen bleiches Gesicht in der Nacht gespenstisch funkelte; während die anderen schliefen und sich ausruhten.

TEIL ZWEI

DIE EINGEWEIDE DES FISCHS

Ein Jahr zuvor (von Oktober bis Oktober)

»Manche von den Kids in der Gegend hier, die nieten dich für 'nen lumpigen Dollar um, oder einfach nur aus Jux. Ich trau mich kaum noch, nach Einbruch der Dunkelheit durch mein eigenes Viertel zu laufen, und ich bin 'n ziemlich zäher Bursche. Aber manche von denen sind echte Monster. Und sie werden jedes Jahr jünger.«

Anonymer Autodieb, Chicago

be·ses·sen *adj.* Unter Kontrolle eines Geistes oder einer fremden Kraft stehend.

»Häuser sind wie die Menschen, die sie bewohnen.«

VICTOR HUGO

1 SO SIND JUNGS NUN MAL

EINS

Vor nicht allzu langer Zeit, vor ungefähr einem Jahr, da gab es einen ziemlich miesen Typen namens Clyde Edson. Er war mit allen Wassern gewaschen, dem machte keiner was vor. Er wusste, was er wollte, und er bekam es auch, ganz egal, wie.

Er wohnte in einem großen, dunklen Haus in einer finsteren, heruntergekommenen Straße, in Galveston, Texas. Dort scharte er – wie eine alte Dame, die dreckige und halb verhungerte Katzen mit nach Hause nimmt – den jugendlichen Abschaum, die Zukurzgekommenen und Ausgestoßenen einer kranken Gesellschaft um sich.

Er formte sie. Er hauchte ihnen Leben ein. Er gab ihnen das Gefühl dazuzugehören. Es waren zwar seine Geschöpfe, doch er liebte sie nicht. Für ihn waren sie lediglich Spielzeuge, mit denen man sich die Zeit vertreibt, bis der Lack abblättert und die Batterien schlappmachen, dann flogen sie auf den Müll.

So lief es, bis er Brian Blackwood kennenlernte.

Von da an wurde alles nur noch schlimmer.

ZWEI

Der Typ trug eine schwarze Lederjacke, und sein dunkles, nach hinten gekämmtes Haar lag wie angeklatscht an seinem Kopf. Er hatte genug Öl im Haar, um einen Buick mit Kolbenfresser wieder flottzukriegen. Langsam und mit erhobenem Kopf schlenderte er den Schulflur entlang, und seine eisblauen Augen durchbohrten jeden in Sichtweite; er hatte den Flur fast ganz für sich alleine, und reichlich Platz für seinen aufreizend lässigen Gang. Die anderen Highschool-Schüler liefen dicht an der Wand entlang, wichen ihm aus wie verschreckte Schlangen, die sich aus ihrer Haut winden.

Es war nicht zu übersehen: Mit diesem Clyde war nicht zu spaßen. Er schien aus der Vergangenheit zu stammen. Direkt aus den Fifties. Nicht ganz auf der Höhe der Zeit. Aber wer hätte es schon gewagt, ihn darauf anzusprechen: »Ey, Alter, du siehst vielleicht komisch aus.«

Zäher Bursche. Zäh wie die Lederjacke, die er trug. Keine Bücher unterm Arm, nichts. Wirklich cool.

Brian stand gerade am Trinkwasserspender, als er ihn zum ersten Mal sah, und nahm einen Schluck Wasser. Er vertrieb sich die Pause und dachte an nichts Bestimmtes, bis Clyde auftauchte. Brian fühlte sich sofort von ihm angezogen. Nicht sexuell. Er war keine Tunte. Sondern so wie Metallsplitter von einem Magneten angezogen werden – unwiderruflich, einem inneren Zwang, einem Naturgesetz folgend.

Brian wusste, wer Clyde war, doch diesmal kam er ihm zum ersten Mal so nah, dass er dessen ganze Energie spürte. Bisher war der Typ für ihn nur ein harter Macker mit Lederjacke gewesen, der die meiste Zeit nicht zur Schule ging, weil er ständig rausgeschmissen wurde. Das war alles.

Doch jetzt spürte er es zum ersten Mal: Dieser Typ hatte irgendwas an sich, etwas, das wie ein geschliffenes Rasiermesser in der Mittagssonne funkelte.

Er hatte Klasse.

Er war cool.

Er war anders.

Ein Kraftwerk auf zwei Beinen.

Das also war Clyde. Der alte, fiese, seltsame Leg-dich-bloß-nicht-mit-mir-an-Clyde.

»Gibt's hier was zu sehen?«, knurrte Clyde.

Brian stand reglos da, eine Hand auf dem Trinkwasserspender.

Nach einer Pause sagte er, nichts Böses ahnend: »Dich.«

»Ach ja?«

»Mh-hm.«

»Du guckst mich an?«

»Glaub schon.«

»Aha.«

Und dann fiel er über Brian her, packte ihn an den Haaren, riss seinen Kopf nach unten und rammte ihm das Knie ins Gesicht. Als Brian wieder hochkam, sah er nur noch Sterne. Und kriegte einen Tritt in die Rippen. Dann klappte er vornüber und, bekam einen Schlag aufs Auge. Clyde machte ihn zu seinem Punchingball.

Doch Brian schlug zurück. Schaffte es, durch einen Schleier tanzender, bunter Funken hindurch einen Treffer auf Clydes Nase zu landen.

Das tat verdammt weh. So wie mit Betty Sue Flowers, wenn die dicke Sau ihm den Rücken blutig kratzte und ihr Becken nach oben stieß, bis ihm der Schwanz wehtat und ihm der Geruch nach faulem Fisch, den sie verströmte, das Hirn vernebelte ... Aber dieser Schmerz hier war besser. Zehnmal besser.

Damit hatte Clyde nicht gerechnet. Dieser Typ hielt dagegen, als würde es ihm Spaß machen.

Das gefiel Clyde.

Er verpasste Brian einen Tritt in die Eier, packte ihn am Schopf und rammte ihm seine Stirn in die Nase. Blut schoss hervor, doch der Stoß war nicht hart genug, um ihm das Nasenbein zu brechen.

Brian ging zu Boden, packte Clydes Fußknöchel und biss zu.

Und Clyde jaulte auf, schleifte Brian durch den Flur.

Die Schüler sahen gebannt zu. Einige hätten bei dem Anblick am liebsten losgelacht, doch keiner traute sich.

Clyde hob seinen freien Fuß und verpasste Brian einen Tritt ins Gesicht. Worauf dieser losließ – aber nur kurz. Dann stürzte er auf Clyde zu, rammte seinen Kopf gegen dessen Brust und stieß ihn nach hinten gegen die Wand. »Wichser!«, schrie er.

Da erschien der Schulleiter, trennte die beiden und brüllte sie an. Doch Clyde scheuerte ihm eine, sodass der Schulleiter zu Boden ging, und jetzt standen Clyde und Brian einträchtig nebeneinander und *traten mitten auf dem Schulflur dem verdammten Schulleiter die Scheiße aus dem Leib*. Seite an Seite standen sie dort und traten auf den Mann ein. Eins, zwei, drei. Eins, zwei, drei. Linkes Bein, rechtes Bein. Im Gleichtakt hoben sich die Füße, wie die Beine eines Tausendfüßlers ...

DREI

Die beiden kamen allerdings nicht ungeschoren davon. Sie landeten vorm Jugendgericht. Was für eine Lachnummer.

Brians Mutter saß an einem langen Tisch neben dem Anwalt und winselte wie ein Mixer auf Hochtouren.

Gute alte Mom. Jetzt war sie also doch noch zu was nutze. »Er ist ein braver Junge«, erzählte sie dem Richter, »er hat sich bisher nichts zuschulden kommen lassen, Euer Ehren. Wahrscheinlich wäre er auch nicht in diese Sache geraten, aber er hat ja keinen Vater zu Hause, der ihm ein Vorbild sein könnte ...« und so weiter.

Wäre es nicht zu seinem Vorteil gewesen, es hätte ihn angewidert. Doch jetzt saß er hier in seinem hübschen sauberen Anzug und versuchte, schuldbewusst dreinzublicken, als sei er selbst ein wenig überrascht über das, war er getan hatte. In gewisser Weise war er das auch.

Er sah zu Clyde hinüber. Der hatte sich nicht die Mühe gemacht, im Anzug anzutanzen, sondern trug wie üblich Jeans und Lederjacke. Momentan war er damit beschäftigt, mit einem Klipper seine Fingernägel zu reinigen.

Als Mrs. Blackwood fertig war, gab Richter Lowry ein Gähnen von sich. Heute war mal wieder so ein Tag. Ich hab eine ellenlange Liste mit Prozessterminen, dachte der Richter, und dieser Blackwood-Junge ist nicht vorbestraft und macht einen anständigen Eindruck, während dieser andere Junge, dieser kleine Scheißkerl, bereits einiges auf dem Kerbholz hat. Trotzdem, er ist noch jung, seien wir gnädig. Oder nüchtern betrachtet: Ich bin auch ohne diesen lächerlichen Fall schon im Rückstand mit meinen Terminen.

Wenn ich den kleinen Blackwood gehen lasse, sieht es aus, als würde ich ihn begünstigen, nur weil er einen anständigen Eindruck macht und es sein erstes Vergehen ist – was man ihm allerdings zugutehalten muss. Aber wenn ich diesen Edson nicht ebenfalls laufen lasse, wirkt es, als sei das gleiche Verbrechen weniger schlimm, wenn es von einem netten Jungen mit einer jammernden Mami begangen wird.

Also schön, dachte er. Machen wir die Sache nicht unnötig kompliziert. Und lassen sie beide laufen, aber nicht, ohne ihnen eine symbolische Strafe aufzubrummen.

Und das tat er dann, und damit hatte es sich. Brian bekam eine Bewährungsstrafe, und Clyde, der bereits auf Bewährung war, sollte sich jetzt noch öfter bei seinem Bewährungshelfer melden, und damit war der Fall erledigt.

Ganz einfach.

Die Schule erteilte den beiden für den Rest des Schuljahres Hausverbot, aber das war keine Strafe. Und noch vor dem Abend waren sie wieder auf freiem Fuß.

Fürs Erste ging jeder seiner Wege.

Doch es gab jetzt etwas, das sie miteinander verband.

VIER

Eine Woche später, Mitte Oktober

Brian Blackwood hockte zu Hause in seinem Zimmer und dachte nach. Überwältigt von durchaus angenehmen Gefühlen, zog er die Schreibtischlade auf, holte Stift und Spiralblock hervor und begann wie ein Blöder zu schreiben.

Ich habe zwar noch nie Tagebuch geschrieben, und ich weiß nicht, ob ich morgen damit weitermache, aber mir geistern so viele schreckliche Dinge durch den Kopf, dass ich das Gefühl habe zu explodieren, wenn ich sie nicht aufschreibe, und dass von mir nichts übrig bleibt außer Blut- und Scheißeflecken an dieser verdammten Wand da.

In der Schule habe ich über einen Schriftsteller gelesen, der meinte, ihm ging's ähnlich, und wenn er aufschrieb, was ihn beschäftigte, was seinen Schädel zum Platzen brachte, dann ging's ihm besser, also versuche ich es jetzt mal damit und hoffe das Beste, denn ich muss das irgendwem erzählen, und der lieben Mami kann ich wohl kaum damit kommen (als ob ich ihr überhaupt was erzählen könnte). Ich muss das einfach loswerden, wenn ich nur schneller schrei-

ben und alles so rasch zu Papier bringen könnte, wie es mir einfällt.

Dieser Typ, Clyde Edson, der ist wirklich anders, und er hat mein Leben verändert, das spüre ich. Ich weiß es, ganz tief in meinem Innern, dort rumort es wie eine Art Krebs, es frisst mich von innen her auf, und ich fühle mich wie neugeboren.

Mit Clyde zusammen sein, das ist, als würde man unter Strom stehen, ja, er sendet Energiewellen aus, dass es einen fast umhaut, und es kommt mir so vor, als würde ich diese Energie aufnehmen und Clyde etwas aus mir raussaugen, was er brauchen kann, und die Vorstellung, dass ich Clyde etwas geben kann, ganz egal, was, gibt mir ein Gefühl der Stärke und Vollkommenheit. Ich meine, mit Clyde zusammen zu sein, ist, als würde man nach dem Bösen greifen, oder wie bei diesem bescheuerten Star Wars*-Mist von der Verführung durch die Dunkle Seite der Macht, oder irgend so ein Schwachsinn. Aber was soll ich sagen, die Verführung durch die Dunkle Seite ist ein verdammt guter Fick, man spritzt so richtig ab, die Augen treten aus deinen Höhlen, und während du dich aufbäumst, spürst du, wie dein Arschloch zuckt.*

Vielleicht kapier ich das noch nicht so ganz, aber ich glaube, es ist ein bisschen so wie bei diesem Typ, von dem ich gelesen habe, diesem Philosophen – sein Name fällt mir jetzt nicht ein. Jedenfalls ging es darum, wie man zum Übermensch wird. Nicht Superman mit dem roten Cape, keiner von diesen Weltverbesserern aus den Comics, sondern was anderes. Ich weiß nur nicht mehr, was dort genau stand, aber soweit ich mich erinnere und so wie ich mich jetzt fühle, schätze ich, dass Clyde und ich zwei der Auserwählten sind, die Übermenschen von heute, Mutanten für die Zukunft. Ich sehe das so: Früher war der Mensch eine Art wildes Tier, das sich sein Recht mit Gewalt verschaffte, nicht mithilfe bescheuerter Regierungen und Gesetze. Dann kam eine Zeit, in der er zivilisiert werden musste, um sich gegen all seine Feinde durchzusetzen, doch jetzt ist diese Zeit vorüber, denn die meisten Feinde sind ausgestorben, und jetzt gibt es nur noch einen Haufen armseliger Schlappschwänze, die eine Straßenkarte brauchen, um ihren Arsch zu finden, und eine Gebrauchsanweisung zum Abwischen. Aber jetzt sind wieder die Mutanten am Drücker. Neue Überlebende werden geboren, und statt aus dem Urschlamm zu kriechen, aus dem wir nach Meinung der Wissenschaftler stammen, kriechen wir nun aus dem ganzen Schlamassel, den diese Schlappschwänze mit ihren beschissenen Menschenrechten und Gesetzen zum Schutz der Schwachen angerichtet haben. Aber diesmal läuft es anders. Mag sein, dass der Mensch damals aus der Ursuppe kroch, um den Haien des Meeres zu entkommen, aber diesmal kriechen die verdammten Haie heraus, und wir sind richtig fiese Kreaturen, mit rasiermesserscharfen Zähnen und Haut rau wie Schotter. Und vor allem eins ist anders: Wir sind zielstrebig und lassen uns durch nichts beirren.

Ich weiß nicht, ob ich das richtig ausdrücke, in meinem Kopf ist das noch nicht so klar, und es ist schwer in Worte zu fassen, aber ich kann es fühlen, verdammt noch mal, ich spüre es. Wir haben einen Punkt erreicht, wo wir zu zivilisiert geworden sind und unter Übervölkerung leiden, also hat die Evolution das geregelt und eine soziale Mutation hervorgebracht – Übermenschen wie Clyde und mich.

Clyde, der ist unverwüstlich, mit allen Wassern gewaschen. Er kriegt, was er will, denn sobald er sich was in den Kopf gesetzt hat, lässt er sich durch nichts davon abbringen, durch nichts. Mann, die Gespräche, die wir die letzten zwei Tage hatten ... Mist, jetzt hab ich den Faden verloren ... Ach so, die sozialen Mutationen.

Also, ich habe mich immer für einen Außenseiter gehalten, eine Art Freak. Aber die Sache ist die, ich bin einfach anders, etwas Neues. Ich meine, seit ich denken kann, bin ich anders gewesen. Ich verhalte mich anders als der Rest der Menschen, und ich habe nie kapiert, weshalb. Wegen 'nem toten Hündchen oder so 'nem Mist heulen? Was für ein Scheiß. Wenn so ein Köter tot ist, dann ist er tot. Geht mir glatt am Arsch vorbei. Schließlich ist der Scheißhund tot und nicht ich – wieso sollte mich das jucken?

Ich weiß noch, wie ich ein Kind war und das kleine Mädchen im Nachbarhaus ein junges Kätzchen hatte. Sie hat es die ganze Zeit gestreichelt und dem kleinen dreckigen Scheißding ständig was ins Ohr gesäuselt. Eines Tages schickte mein Daddy mich raus zum Rasenmähen – das war, bevor er das Gejammer der alten Dame satthatte und sich aus dem Staub gemacht hat, und ja, ich war froh, ihn los zu sein. Er wollte, dass der Rasen ständig gemäht wurde, und meinte, dass ich dafür zuständig wäre. Ich bin also gerade beim Rasenmähen, als ich das kleine Kätzchen über unseren Hof laufen sehe. Nun, Mr. Tagebuch, dieses Kätzchen ging mir auf den Geist, also hob ich es auf und streichelte es, ging in die Garage und holte mir eine Maurerkelle. Damit grub ich ein hübsches kleines Loch in den Rasen und steckte das Kätzchen hinein, sodass nur noch der Kopf hervorschaute. Die Erde rings um den Hals klopfte ich gut fest, dann ging ich zum Rasenmäher, ließ den Motor an und schob ihn auf das blöde Kätzchen zu. Ich sah, wie es den Kopf verrenkte und sein Maul aufriss, wie es miaute – ich hörte es nicht, doch ich wünschte, ich hätte es hören können. Und während ich ganz langsam den Rasenmäher auf das Kätzchen zuschob, sah ich immer wieder auf den Grasauswurf, um mich zu vergewissern, ob das Gras auch in dichten grünen Büscheln herausspritzte, dabei behielt ich das Kätzchen im Auge. Als ich zwei Meter weg war, merkte ich, wie ich einen Steifen kriegte. Ich meine, ich hatte einen Ständer, den hätte man als Brecheisen benutzen können.

Als ich nur noch einen Meter entfernt war, lief ich schneller, und als ich die Katze dann erwischte – was für ein Geräusch! Ich starrte gebannt auf den Grasauswurf. Erst war alles grün, und dann war Rot dabei und Stückchen grauer Fellfetzen, die sich auf dem Rasen kräuselten.

Soweit ich weiß, hat nie einer was von der Sache erfahren. Ich bedeckte den Stumpf des Katzenhalses mit Erde und mähte weiter. Gegen Abend, ich war gerade fertig, kam die Göre von nebenan nach Hause und rief nach ihrem Kätzchen. Als ich ihr »Miez, miez, miez!« hörte, musste ich mich zusammenreißen, um nicht lachend zusammenzubrechen. Aber ich machte ein ernstes Gesicht, und als sie rüberkam und wissen wollte, ob ich ihren Morris gesehen hätte – Morris! Das muss man sich mal vorstellen! –, sagte ich: »Nein, tut mir leid, nicht gesehen«, und sie hatte nicht mal ihr Haus erreicht, da fängt sie an zu heulen und nach ihrer kleinen Scheißkatze zu rufen.

Aber genug jetzt von meinem kleinen Abenteuer, Mr. Tagebuch. Ich glaube, ich wollte damit nur sagen, dass sich die Leute an die komischsten Sachen klammern – wie Hunde und Katzen. Aber mir ist noch nie eine Katze oder ein Hund begegnet, die einen brauchbaren Gedanken gehabt hätten.

Mann, tut das gut, endlich mal alles loszuwerden, was mir so durch den Kopf geht, und jemanden wie Clyde zu haben, der mich nicht bloß versteht, sondern derselben Meinung ist, die Dinge genauso sieht. Klasse Gefühl, plötzlich zu kapieren, wieso mir der ganze Pfadfinder-Mist von wegen Jeden Tag eine gute Tat *scheißegal war. Wieso mich die guten Noten nicht interessiert haben, oder dass mich alle für ein schlaues Bürschchen hielten. Weil das alles totaler Schwachsinn ist, darum. Wir Übermenschen brauchen diesen albernen Scheiß nicht, so was geht uns komplett am Arsch vorbei. Wir haben kein Gewissen, denn das Gewissen ist nur dazu da, um aus dir ein verdammtes Weichei zu machen, einen elenden Feigling.*

Wir tun, was wir wollen, wann und wie es uns passt. Ich glaube, dass es immer mehr Jungs wie Clyde und mich gibt, und bald werden wir, die neuen Menschen, sagen, wo's langgeht. Und diejenigen, die so sind wie wir, werden sich nicht mehr wie Einzelgänger vorkommen, denn sie werden merken, dass ihre Art, die Welt zu sehen, okay ist und dass es in dieser Welt heißt, fressen und gefressen werden, eine Welt voller blutigem, rohem Fleisch, und sie werden nicht rumjammern, sondern losziehen, dieses Fleisch finden und sich darüber hermachen.

Diese neuen Menschen werden anders sein als der Rest dieser Scheißkerle, deren Uhr ihnen sagt, wann sie morgens aufstehen müssen, die einen Boss haben, der ihnen sagt, was sie den Tag über zu tun haben, und eine Ehefrau, die auf ihnen rumhackt und sie mit ihrem ständigen Genörgel dazu bringt, weiterzumachen und Kohle ranzuschaffen, damit sie glücklich und zufrieden ist, denn sonst lässt sie ihn nicht an ihre Muschi. Nein, damit ist jetzt Schluss. Diese Nummer zieht nicht mehr. Jeder wird selbst sehen müssen, wo er bleibt. Man nimmt sich, was man will, schnappt sich die Muschi, die man will, was auch immer. Was wäre das für einen Welt, wenn jeder Scheißkerl da draußen bissig wäre wie ein räudiger Köter! Jeder Tag wäre ein Abenteuer, ein ständiger Kampf, bei dem nur der Stärkste und Gerissenste gewinnt.

Oh Mann, Clyde hat mir wirklich die Augen geöffnet! Der Typ ist wirklich was Besonderes. Noch vor ein paar Tagen kam ich mir vor wie ein verdammter Freak, der sich vor dem Rest der Welt verkriecht – dann taucht Clyde auf, und mir wird klar, dass es jede Menge Freaks gibt; aber die mit Durchblick, solche wie Clyde und mich, sind ziemlich selten, zumindest im Augenblick. O ja, dieser Clyde ... nicht, dass er besonders intelligent wäre, ich meine, er ist nicht gerade belesen. Was mich an Clyde so beeindruckt, ist seine Wildheit; seine Entschlossenheit, zuzubeißen und das Leben zwischen die Zähne zu nehmen und so lange zu schütteln, bis diesem Miststück Hören und Sehen vergeht!

Ich und Clyde, wir ergänzen uns wie zwei Hälften. Ich bin blond und hellhäutig, und intelligent – er ist ein dunkler Typ, klein und muskulös, und kann nicht besonders gut lesen. Ich bin das Getriebe, und er ist das Öl, der Stoff, der mich am Laufen hält. Jeder von uns gibt dem andern etwas ... Was wir uns geben, ist ... Mann, das klingt jetzt komisch, Mr. Tagebuch, aber ich kann es nur als psychische Energie bezeichnen. Wir zehren voneinander.

Heilige Scheiße, ich fange an zu schwafeln. Aber jetzt geht's mir besser. Offensichtlich funktioniert das Rezept dieses Schriftstellers, ich fühle mich richtig ausgelaugt. Jetzt, wo alles raus ist, kommt es mir vor, als hätte ich nach 17 Jahren Verstopfung ein Abführmittel geschluckt und den größten Haufen geschissen, den ein Mensch, Bär oder Elefant scheißen kann, und ich fühl mich sauwohl, ich könnte schreien vor Glück.

Verdammt, jetzt aber genug. Ich komme mir vor, als hätte ich eine ganze Nacht mit einer Nymphomanin gevögelt, die Spanische Fliege eingeworfen hat. Nachher will Clyde vorbeikommen, und ich werd mich durchs Fenster abseilen, denn er will mich zum Haus mitnehmen. Was er mir davon erzählt hat, hört sich gut an. Er meinte, er würde mir ein paar Sachen zeigen, so was hätte ich noch nie gesehen. Na, hoffentlich.

Verdammt, das ist, als würde man darauf warten, dass einem irgendeine abgedrehte magische Kraft verliehen wird. Durch die man plötzlich die Gabe hat, Leute mit Lepra zu infizieren oder Raquel Welch herbeizuzaubern, die sich splitternackt auf einer Folterbank windet, und man hat einen Ständer, der so lang und hart und heiß ist wie ein glühender Schürhaken, und sie starrt einen an und kreischt: Mach schnell und schieb ihn mir rein, sonst komme ich allein schon von deinem Anblick. Irgendwas in der Richtung jedenfalls.

Na, Clyde wird wohl gleich hier aufkreuzen. Ich setz mich lieber mal drüben ans Fenster, Mr. Tagebuch, damit ich ihn nicht verpasse. Wenn Mom mitkriegt, dass ich nicht da bin, könnte es eng werden, obwohl ich nicht glaube, dass sie ihren heiß geliebten und einzigen Sohn beim Bewährungshelfer anschwärzen wird. Wäre doch schäbig. Ich sag immer zu ihr, dass ich hier ausziehe, sobald ich einen Job gefunden habe, und dann hält sie die Klappe. Mann, die führt sich auf, als wär sie in mich verknallt oder so, das ist doch abartig.

Schluss jetzt mit diesem Tagebuchquatsch. Komm, Clyde, zeig mir deine Magie.

FÜNF

Es war Mitternacht, und durch den Vorgarten der Blackwoods huschten zwei schemenhafte Gestalten. Zwischen den dichten Schatten der Bäume kamen sie schließlich zum Vorschein, und zwei Jungen traten ins gleißende Mondlicht: Clyde und Brian. Sie rannten so schnell sie konnten. Ihre Absätze hämmerten einen schnellen Stakkatorhythmus auf den Gehweg und klangen dabei wie zwei Uhren, die zu schnell tickten, wie Uhren aus dem Schattenreich, die einem grausigen Schicksal entgegenhasteten.

Kurz darauf verstummten die Schritte. Und zwei Türen wurden zugeknallt. Ein Motor röhrte los. Scheinwerfer flammten auf, und der schwarze Chevy entfernte sich vom Straßenrand. Er jagte die einsame Straße entlang wie ein Rasiermesser, das über eine Vene saust, vorbei an dunklen Wohnhäusern, in deren Fenstern nur noch vereinzelt Licht brannte. Als würde ein ängstliches Goldauge durch eine Kontaktlinse starren.

Ein kleiner Straßenköter, der auf seinem nächtlichen Streifzug die Mülltonnen abklapperte, überquerte die Straße und geriet in den Scheinwerferkegel des Chevy.

Der Wagen schoss auf das Tier zu, doch es war schneller und hatte Glück, denn der Chevy streifte nur seinen Schwanz, bevor es den Gehweg erreichte.

Eine Wagentür schwang auf, um den Hund doch noch zu erwischen, aber das Tier war bereits zu weit von der Straße entfernt. Der Wagen hopste kurz auf den Gehsteig und schoss dann wieder zurück auf die Straße.

Der Hund war inzwischen verschwunden, abgetaucht im Dunkel eines von Bäumen überschatteten Vorgartens.

Die Tür wurde zugeknallt, und der Motor heulte auf. Dann jagte der Wagen hinaus in die Nacht. Und aus den offenen Fenstern trug der Wind das helle, ausgelassene Gelächter zweier Jungen herüber.

SECHS

DAS Haus, wie Clyde es immer nur nannte, stand unweit der Stoker Street, kurz hinter der Stelle, wo sie die King Street kreuzte, in einer der schmaleren Seitenstraßen. Und dort wartete es auf sie.

Fast andächtig, wie ein Leichenwagen, der vorfährt, um einen Toten abzuholen, schob sich der schwarze 66er Chevy in die Einfahrt und hielt.

Clyde und Brian stiegen aus, und wie zwei Mönche, die einen Schrein betrachten, sahen sie einen Moment zum Haus hinüber.

Brian spürte, wie er von einem Schauer der Erregung gepackt wurde und zugleich, auch wenn er das nicht zugegeben hätte, von einer leisen Furcht.

Es war ein großes, altes, graues, hässliches Haus. Wie aus einer Schauergeschichte, es passte nicht zu den anderen Häusern in der Straße. Wie aus einer Geschichte von Poe oder Hawthorne. Geduckt wie ein Hund, der Gehorsamkeit vortäuscht. In zwei der oberen Fenstern brannte Licht, sie sahen aus wie zwei kalte, viereckige Augen, die ungerührt ihre Beute fixieren.

Der Mond schien so hell, dass Brian das welke Gras im Vorgarten erkennen konnte, das welke Gras vor all den Häusern in der Straße. Um diese Jahreszeit war welkes Gras nichts Ungewöhnliches, doch für Brian sah das Gras hier brauner und toter aus als anderswo. Kaum vorstellbar, dass es mal saftig und leuchtend grün in den Himmel gewachsen war.

Merkwürdig, wie DAS Haus den ganzen Block zu dominieren schien. Es war zwar groß, allerdings nicht so groß, wie es auf den ersten Blick wirkte, und die umliegenden Häuser waren moderner und hübscher. Sie waren in einer Zeit erbaut worden, als die Menschen sich noch Gedanken über ihren Wohnraum machten, bevor alles aus Glas und Plastik errichtet wurde und Architekten das Geld einsackten, das eigentlich in ein solides Fundament und eine robuste Konstruktion investiert werden sollte. Manche der Häuser überragten das schauerliche Gemäuer zwar um ein Stockwerk, machten jedoch einen verwahrlosten und blutleeren Eindruck, als sei der alte graue Bau in Wirklichkeit so etwas wie ein Vampir aus einer anderen Welt, der sich tagsüber als Haus tarnte – ein Haus, das spätnachts mit einem hölzernen Knarzen sein Haupt drehte, aus seinen kalten viereckigen Augen in die Runde spähte und sich plötzlich erhob, auf dicken Bauernmädchenbeinen, die unter dem steifen hölzernen Rock zum Vorschein kamen, und dann mit langsamen, torkelnden Schritten die Straße hinunter stapfte, während die Haustür aufsprang und dahinter lange, löchrige Holzschraubenzähne zum Vorschein kamen; und dann machte es sich über eines der Nachbarhäuser her, öffnete seine gummiartigen Verandalippen und stieß seine zahlreichen Zähne in den Stein oder das Holz seines Opfers und saugte ihm den architektonischen Glanz aus, und all die Liebe, die seine Erbauer hineingesteckt hatten. Und wenn es dann kehrtmachte, um satt und voll zurückzuschlurfen, starb das Gras unter seinen Füßen; und ächzend und quietschend wälzte es sich die Straße hinauf zu seinem Platz, wo es sich mit einem tiefen, zufriedenen Seufzer niederließ. Die ganze Energie und Anmut der moderneren, von ihren Bewohnern liebevoll gehegten Häuser gluckerte jetzt in seinem Bauch. Und endlich schlief es ein, verdaute und wartete.

»Gehn wir rein«, sagte Clyde.

Zur Haustür führte ein Gehweg aus dicken weißen Steinen. Sie waren aufgeplatzt und verwittert. Und einige hatten sich aus dem Boden gelöst; daran hingen Klumpen aus Erde und Graswurzeln, wodurch sie wie die eitrigen Zähne eines Riesen aussahen, die ihm aus seinem fauligen Zahnfleisch gefallen waren.

Die beiden machten einen Bogen um die wackligen Trittsteine, stiegen die Veranda hinauf und zogen das quietschende Fliegengitter und die ächzende Haustür auf. Im Innern war es stockfinster. Sie gingen hinein.

»Augenblick«, sagte Clyde. Er streckte die Hand aus und drückte einen Schalter.

Ein schwaches Licht ging an. Der Glasschirm der Deckenleuchte war von einer Staubschicht überzogen, was dem Raum ein fleckiges Aussehen verlieh, als würde Sonnenlicht durch ein Tarnnetz fallen.

Zur Linken führte eine steile Wendeltreppe zu einem gefährlich aussehenden Absatz, an dem das Geländer so schief herabhing, als würde es jeden Moment hinunterfallen. Rechts unter der Treppe, am Ende des Raumes, gab es mehrere Türen. Und oben hinter dem Treppenabsatz waren noch mehr, ein halbes Dutzend, direkt nebeneinander. Unter einer der Türen schimmerte ein schmaler Lichtstreifen.

»Und?«, sagte Clyde.

»Würd mich nicht wundern, wenn Dracula gleich die Treppe runterkommt.«

Clyde grinste. »Er steht hier unten, Kumpel. Genau neben dir.«

»Was du für hübsche Beißerchen hast.«

»Mh-hm, hübsch, was? Wie wär's mit 'ner kleinen Führung?«

»Klar doch.«

»Zuerst den Keller?«

»Mir egal.«

»Also gut, dann in den Keller. Komm.«

Aus dem erleuchteten Zimmer über ihnen drang das Kichern eines Mädchens, dann war es wieder still.

»Weiber?«, fragte Brian.

»Dazu kommen wir später.«

Sie durchquerten den Raum und kamen zu einer schmalen Tür, die sich in einer kleinen Nische befand. Clyde zog sie auf. Dort unten war es dunkel und stank nach Moder, der Geruch war unglaublich penetrant.

Die ersten drei Stufen konnte Brian noch deutlich erkennen, die drei nächsten so ungefähr, und eine weitere ließ sich nur noch erahnen, danach war Schluss.

»Komm schon«, sagte Clyde.

Er kümmerte sich nicht ums Licht, falls es hier überhaupt welches gab. Er trat vor und stieg die Treppe hinab.

Brian sah zu, wie Clyde von der Dunkelheit verschluckt wurde. Von unten schlug ihm ein kühler Lufthauch entgegen. Dann folgte er ihm.

Als Brian den Übergang von Licht zu Schatten erreicht hatte, drehte er sich um und blickte zurück. Er sah jetzt nur noch ein Viereck aus trübem Licht, und es schien, als weigerte sich das Licht, in den Keller zu dringen – weil es sich ebenfalls fürchtete.

Er drehte sich wieder um, machte einen Schritt ins Dunkel, tastete sich mit Zehe und Ferse vorsichtig die hölzerne Stiege hinab. Fast rechnete er damit, dass die Stufen ruckartig zurückschnellten und ihn ins Maul irgendeiner Bestie zerrten – wie die Zunge einer Kröte, die sich eine unvorsichtige Fliege schnappt. Jedenfalls war der Gestank so widerlich, dass man dort den Schlund eines Monsters hätte vermuten können.

Als er Clyde erreichte, blieb Brian stehen und hörte, wie dieser in der Tasche seiner Lederjacke kramte. Es gab ein kurzes Ratschen, dann flammte ein Streichholz auf, sein gelbroter Kopf wanderte herum und warf die Schatten der beiden Jungen an die Wand: Sie wirkten wie monströse siamesische Zwillinge oder wie ein Ungeheuer mit zwei Köpfen und vier Armen.

Das Wasser reichte bis zu ihren Füßen. Einen Schritt weiter, und sie wären drin. Eine Schweißperle rann von Brians Stirn, lief seine Nase herab und tropfte herunter. Ihm wurde klar, dass Clyde ihn auf die Probe stellte.

»Die Keller hier in der Gegend taugen nichts«, sagte Clyde, »außer du hast was ganz Spezielles vor.«

»Zum Beispiel?«, fragte ihn Brian gelassen.

»Wirst du schon noch früh genug sehen. Außerdem weiß ich nicht, ob ich dir trauen kann.«

Das kränkte Brian, doch er schwieg. Die erste Regel für einen Übermenschen lautete, über solchen Dingen zu stehen. Man musste stark sein und cool. Clyde würde das zu schätzen wissen.

Clyde deutete auf das Wasser. »Das kam beim Sturm letzten Monat rein.«

»Hübscher Platz, um Welse zu züchten.«

»Ja.«

Das Streichholz erlosch. Und irgendwie konnte Brian in seinem Rücken jetzt Clydes Hand spüren, als spielte dieser mit dem Gedanken, ihn ins Wasser zu stoßen. Brian schluckte tonlos und fragte dann sehr gelassen: »Und jetzt?«

Nach einer Weile spürte er, wie Clydes Hand verschwand. Hörte, wie sie knarzend in seiner Lederjacke verschwand. »Lass uns wieder raufgehn«, sagte Clyde, »es sei denn, du willst 'ne Runde schwimmen. Wie wär's?«

»Ich hab keine Badehose dabei. Und ich möchte nicht, dass du meinen Schwanz siehst.«

Clyde lachte. »Wieso denn? Ist es dir peinlich, weil er bloß zwei Zentimeter lang ist?«

»Nee, ich hab nur Angst, dass du ihn für 'ne Riesenschlange hältst und ihn mit deinem Messer zerstückelst.«

»Woher willst du wissen, dass ich ein Messer hab?«

»Denk ich mir.«

»Vielleicht mag ich dich ja.«

»Na toll.« Aber Brian bedeutete das eine Menge. Er freute sich über das Kompliment, auch wenn er das nie zugegeben hätte.

Er hörte das Knarzen der Lederjacke. Ein zweites Streichholz flammte auf.

»Vorsicht beim Umdrehn«, warnte Clyde, »die Stufen sind ziemlich schmal, teilweise vermodert.«

Brian drehte sich abrupt um und ging vor Clyde die Treppe hinauf.

»Vorsicht, sagte ich.«

Brian blieb stehen, er stand jetzt am Rand des flackernden Lichtscheins. Er drehte sich um, lächelte zu Clyde hinab. Er hatte keine Ahnung, ob Clyde im schwachen Licht der Streichholzflamme sehen konnte, wie er grinste, aber er hoffte, dass er es spürte. Er beschloss, ihn ebenfalls ein wenig zu verunsichern.

»Vorsicht? Ja, Scheiße«, sagte er. »Hast du mich nicht bloß hier runtergeführt, weil du sehn wolltest, ob ich's mit der Panik kriege? Ob mir die knarrende Treppe und das Wasser und deine Hand am Rücken Angst einjagen?«

Das Streichholz erlosch. Von Clyde konnte Brian jetzt kaum etwas erkennen. Und das machte ihn nervös.

»Kann schon sein«, kam es aus der Dunkelheit.

Ein weiteres Streichholz flammte auf.

»Dacht ich mir.«

Brian drehte sich um und ging unbeirrt, aber ohne Eile, nach oben. Die Stufen wackelten unter seinen Füßen.

Es war ein beruhigendes Gefühl, wieder in das trübe, gesprenkelte Licht der Eingangshalle zu treten. Brian gab einen leisen Seufzer von sich, holte tief Luft. Es roch muffig, aber das war immer noch besser als der säuerliche, faulige Gestank unten im Keller. Er lehnte sich an die Wand und wartete auf Clyde.

Es schien eine Ewigkeit zu dauern, bis er endlich aus dem Keller auftauchte und die Tür hinter sich schloss. Dann drehte er sich um und lächelte Brian an.

(Was du für hübsche Zähne hast.)

»Du bist okay«, sagte Clyde leise. »Du bist okay.«

Jetzt machten sie die große Runde. Clyde führte Brian durch Zimmer, die voller Abfälle waren und nach Pisse, Scheiße, Sex und Kot stanken; durch leere Zimmer, in denen es so kalt und dunkel war wie im Herzen eines versteinerten Gottes.

Zimmer. Lauter Zimmer.

Schließlich war die Führung durchs Erdgeschoss beendet, und es wurde Zeit, die Treppe hinaufzusteigen und herauszufinden, was hinter den Türen dort oben lauerte, einen Blick in das Zimmer zu werfen, in dem Licht brannte.

Am Fuß der Treppe blieben sie stehen. Brian legte Clyde die Hand auf die Schulter.

»Wie zum Teufel bist du zu dem Haus hier gekommen?«, fragte er.

Clyde grinste.

»Gehört es dir?«, fragte Brian.

»Alles«, sagte Clyde. »War ganz leicht. Mir fällt nichts schwer. Hab einfach irgendwann beschlossen, hier einzuziehn, und fertig.«

»Wie hast du ...«

»Pass auf, hör zu. Früher war das hier mal ein echt schickes Apartmenthaus. Damals wohnten hier 'ne Menge alter Leute, weißt du, so richtige Fossilien. Damals lebte ich auf der Straße und brauchte dringend 'nen Platz zum Pennen. Mir gefiel es hier, allerdings hatte ich keine Kohle. Also ging ich zum Hausmeister. Der war rund um die Uhr hier. Ein Typ mit 'nem verkrüppelten Bein. Ich sag zu dem Trottel: Hör zu, ich zieh hier im Keller ein – der stand damals nicht voll Wasser –, und falls er was dagegen hätte, würde ich ihm die Fresse polieren. Ich mach ihm klar, dass es keinen Zweck hat, die Cops zu rufen, weil ich noch minderjährig bin und schon so oft vorm Jugendrichter stand, dass ich bei dem Rabatt kriege. Ich sag ihm, dass ich von seinen Kindern wüsste, und dass er ja wirklich 'ne reizende kleine Tochter hätte und es sich bestimmt gut machen würde, wenn ich sie mir auf den Schwanz setze. Sag zu ihm, ich würd die Süße wie 'n Kreisel darauf rotieren lassen. Ich hatte mich nämlich genau über den alten Knacker informiert, wusste alles über ihn, über seine kleine Tochter und den kleinen Jungen.

Der hatte tierisch Schiss. Wollte keinen Ärger und hat mich und die Schnalle, die ich damals gevögelt habe, unten einziehn lassen.«

Clydes Augen funkelten. »Nur damit du weißt, dass ich keine halben Sachen mache: Die Schnalle, die gibt's nicht mehr. Sie und das Blag, mit dem sie schwanger war, machen grad ihren Freischwimmer.«

»Du hast sie ins Meer geworfen?«

Clyde nickte Richtung Kellertür.

»Ah ja«, sagte Brian und spürte, wie er eine Erektion bekam, und zwar eine gewaltige. Etwas Warmes wanderte von seinen Zehenspitzen bis hinauf zur Schädeldecke und überflutete sein Hirn. Als hätte er eine übervolle Blase, die seinen Körper mit Urin füllte. Der alte Clyde hatte jemanden getötet und zeigte keinerlei Reue, sondern war stolz darauf. Das gefiel Brian. Es bedeutete, dass Clyde der Übermensch war, für den er ihn hielt. Und da Clyde ihm gegenüber diesen Mord zugab, wusste er, dass er ihm vertraute, ihn als Gefährten betrachtete, als Übermensch an seiner Seite.

»Und dann?«, fragte Brian. Er musste etwas sagen, sonst hätte er sich die Lippen geleckt.

»Ich bin also mit der Schnalle hier eingezogen. Ein paar Jungs, die ich kannte, wollten ebenfalls mit ihren Mädchen herkommen. Ich hatte nichts dagegen. Und bald hauste ein halbes Dutzend von uns unten in dem verdammten Keller. Es war kein Problem, den Hausmeister dazu zu bringen, uns mit Essen zu versorgen. Denn er hatte tierisch Schiss. Wir zeigten ihm ständig, wie scharf wir auf die Muschi seiner Kleinen waren. Ich konnte ihm genau aufzählen, was ich alles mit der Göre machen würde.

Das lief eine ganze Weile so. Bis er uns eines Tages nichts mehr zu essen brachte. Später hab ich dann rausgefunden, dass er seine fette Alte und die zwei kleinen Bälger geschnappt und sich aus dem Staub gemacht hatte. Ich sage also zu meinen Jungs – übrigens, frag nie 'ne Schnalle nach ihrer Meinung, die glauben nämlich, sie müssten zu allem ihren Senf dazugeben, obwohl sie keinen Schimmer haben ... es sei denn, du willst wissen, wie man am besten einen Tampon einführt oder welche Farbe gut zu Blau passt. Ich sag also zu meinen Jungs, so kann das nicht weitergehn, es ist Zeit für eine kleine Einschüchterungsmaßnahme. Ein paar der alten Leute haben wir eine höllische Angst eingejagt, und den Hund einer alten Dame mit den Ohren an die Tür genagelt.«

»Sind die Cops nicht hier aufgekreuzt?«

»Schon, irgendjemand hat uns angezeigt, und sie meinten, wir sollten uns verdrücken. Aber was konnten sie schon machen? Außer den Leuten, die uns angezeigt hatten, hatte niemand was mitbekommen. Also stand unser Wort gegen ihres. Trotzdem haben sie uns rausgeschmissen.

Also haben wir ein paar Worte mit dem Hausverwalter gewechselt, ihn ein wenig eingeschüchtert. Er hat uns dann eines der Zimmer überlassen, und wir zahlten brav unsere Miete. Inzwischen schickten wir ein paar von den Schlampen auf den Strich, das brachte uns ein paar Dollar ein. Und jetzt, wo wir Miete zahlten – was wollten sie uns anhaben? Trotzdem verbreiteten wir weiter Angst und Schrecken, gerade so viel, dass die Leute hier in ständiger Angst lebten. Es dauerte nicht lange, da schmiss der Verwalter seinen Job hin, und die alten Leute packten ihre Sachen.«

»Und was ist mit dem Eigentümer?«

»Der tauchte irgendwann hier auf. Aber wir zahlten Miete, also ließ er uns hier wohnen. Der lässt sowieso seine ganzen Häuser verfallen. Es waren die alten Leute, die die Bude in Schuss gehalten haben. Kaum waren sie weg, ging alles den Bach runter, und dieser Typ hatte nicht vor, auch nur einen Cent hier in das Haus zu stecken. Er war froh, dass er unsre Kohle kriegte, und fertig. Wir zahlten ihm mehr als all die alten Knacker zusammen. Denn inzwischen brachten unsre Mädchen ganz hübsch was ein. Außerdem hat er keine Lust, sich mit uns anzulegen. Weißt du, was ich meine?«

»Sauber eingefädelt.«

»Kann nicht klagen. Als Minderjähriger bist du fein raus. Kein Gericht kann dir was. Sie haben keine Ahnung, was sie mit uns machen sollen, also heißt es meistens: Scher dich zum Teufel. Es ist einfacher, uns laufen zu lassen, als sich mit uns abzugeben. Bist du erst mal achtzehn, macht das Leben keinen Spaß mehr. Dann gelten die Gesetze nämlich auch für uns. Momentan sind wir bloß gestrauchelte Kids, die schon wieder auf den rechten Weg finden.«

»Verstehe.«

»Gut. Lass uns nach oben gehn. Da sind ein paar Leute, die ich dir vorstellen will.«

»Ach ja?«

»Ein Mädchen. Ich will, dass du sie fickst.«

»Ach ja?«

»Ja. Die Schnalle ist was ganz Besonderes. Dreizehn Jahre alt, von zu Hause abgehauen, glaub ich. Hab ich vor ungefähr 'nem Monat auf der Straße aufgelesen. Total weggetreten. Mädchen haben sowieso nicht viel in der Birne, doch die da oben ist völlig naiv. Aber Titten hat die, Mann. Wie Fußbälle. Und ficken tut sie wie 'ne richtige Frau.«

»Soll ich dafür bezahlen?«

»Spinnst du? Du kriegst, was du willst, und das kostet dich nichts – jedenfalls kein Geld.«

»Was soll das heißen?«

»Ich bin scharf auf deine Seele. Nicht dein Geld.«

Brian grinste. »Wer bist du eigentlich – der Teufel persönlich? Ich dachte, du wärst Dracula.«

»Beides.«

»Muss ich irgendwas mit Blut unterschreiben?«

Clyde gab ein hysterisches Lachen von sich. »Das ist gut. Echt gut. Blut. Mit Blut unterschreiben. Brian, du gefällst mir, wirklich.«

Also bekam er die dunklen Räume im Obergeschoss zu sehen. Als Letztes war der mit dem Licht und den Leuten dran.

Dort stank es. Auf dem Boden lag eine Matratze, auf der Matratze ein nacktes Mädchen und auf dem Mädchen ein nackter Typ. Das Mädchen lag völlig apathisch da, aber der Typ war voll bei der Sache.

Ein zweites Mädchen mit riesigen Brüsten und großen Augen und ein stämmig wirkender Junge hockten nackt auf der anderen Seite der Matratze und sahen dem Typ auf dem Mädchen zu. Als Clyde und Brian eintraten, hoben beide den Kopf, und Brian bemerkte, dass sie völlig zugedröhnt waren. Sie grinsten sie unisono an, als hätten beide dieselben Gesichtsmuskeln.

Der Bursche, der auf dem Mädchen ritt, gab ein lautes Grunzen von sich. Kurz darauf rollte er grinsend und mit halb erigiertem und tröpfelndem Penis von ihr herunter.

Auch jetzt zeigte das Mädchen keinerlei Regung. Es lag mit geschlossenen Augen da, die Arme an die Seiten gelegt.

»Das ist Loony Tunes«, sagte Clyde und zeigte auf den grinsenden Typen. »Und das hier ist Stone«, fuhr er fort und deutete auf den stämmigen Jungen. »Redet nicht viel. Hab ihn jedenfalls noch nie was sagen gehört.« Die Mädchen stellte Clyde nicht vor. »Das sind alle, die momentan hier wohnen. Meine Auserwählten.«

Das Mädchen auf der Matratze hatte sich noch immer nicht geregt.

Der Bursche, der Loony Tunes hieß, stieß ohne ersichtlichen Grund hin und wieder ein Lachen aus.

»Los«, sagte Clyde, »du solltest dich lieber wieder auf die Rattenjagd machen, ich und Brian haben was vor.« Dann schnippte er mit den Fingern und deutete auf das nackte Mädchen mit den großen Brüsten und dem entrückten Lächeln.

Auf wackligen Beinen kam sie zum Stehen. Mit etwas mehr Fleisch auf den Rippen und einem echten Grund zum Lächeln wäre sie ein hübsches Mädchen gewesen. Sie sah aus, als hätte sie ein Bad nötig.

Clyde hielt ihr die Hand hin. Sie kam um die Matratze herum und griff danach. Dann legte er ihr den Arm um die Hüfte.

Der Typ namens Stone kroch jetzt über das Mädchen, das auf der Matratze lag.

Sie rührte sich noch immer nicht.

Brian konnte erkennen, dass ihre Augen nur halb geschlossen waren und man teilweise die Augäpfel sah. Sie wirkten kalt und ausdruckslos wie Murmeln.

Stone packte seinen erigierten Schwanz und schob ihn hinein. Es rührte sich nicht.

Stone begann zu stöhnen.

Loony Tunes lachte.

Es rührte sich nicht.

»Komm mit«, sagte Clyde zu Brian, »rüber ins andere Zimmer.«

Sie gingen hinaus, das Mädchen mit den großen Augen zwischen sich. Das Mädchen auf der Matratze bekam Brian nie wieder zu sehen. Und auch die ungewaschene Blondine mit den großen braunen Augen sollte er nach dieser Nacht nie wieder zu Gesicht bekommen.

Im nächsten Zimmer gab es im Wandschrank eine kleine Matratze. Clyde griff zielsicher ins Dunkel und zerrte sie heraus. »Muss in Übung bleiben für den Tag, an dem ich die

Stromrechnung nicht mehr bezahle. Lerne, mich wie 'ne Fledermaus zu bewegen.«

»Aha«, sagte Brian. Die Blondine lehnte sich an ihn. Einmal gab sie nuschelnd etwas von sich, was jedoch keinen Sinn ergab. Sie war derart zugeknallt, mit Koks und billigem Wein, dass sie überhaupt nicht mehr wusste, wer oder wo sie war. Sie roch nach schimmeliger Wäsche.

Nachdem Clyde die Matratze auf den Boden des Zimmers geworfen hatte, zog er sich aus und rief die beiden zu sich. Auf dem Weg durchs Zimmer musste sich die Blondine auf Brian abstützen.

ihre Zähne seine Haut zerkratzten und sein Schwanz anfing zu bluten, und es fühlte sich an, als würde er immer länger werden, immer tiefer in ihren Hals dringen, durch ihren Körper hindurch, als berührte seine Schwanzspitze die von Clyde, und als wäre Clydes Penis wie der Finger Gottes, der dem Lehmklumpen Adams Leben einhauchte, und er wäre Adam, der vom Allmächtigen den göttlichen Funken empfing, und er war dankbar für die Kraft und die Herrlichkeit; das erinnerte ihn an Frankensteins Monster und daran, wie es gewesen sein musste, als dessen Schöpfer den Schalter umlegte und ihm die ganze Energie des Gewitters durch den Leib jagte und Dr. Frankenstein den grollenden Donner und die knisternden Blitze übertönte, als er aus Leibeskräften schrie: »Es lebt!«

Brian und Clyde kamen gleichzeitig, und ein grellweißer Atomblitz durchzuckte ihre Leiber, und für Brian war es das explosive Ende seiner alten Welt und der Urknall einer neuen ...

Dann nur noch atemloses Hecheln und das Wohlgefühl, als sein Orgasmus sich in den Mund der Blondine entlud.

Clyde streckte die Hand aus, griff nach der von Brian und druckte seine Finger, und Clydes Hand war so kalt und klamm wie die Hand des Todes.

Clyde brachte ihn nach Hause. Leise schlich Brian ins Haus und stieg die Treppe hinauf. Kaum war er in seinem Zimmer, huschte er zum Fenster und hielt Ausschau: In der Ferne konnte er Clydes Chevy hören, und obwohl es eine sternenklare Nacht war und man ziemlich weit sehen konnte, war Clyde bereits außer Sichtweite.

Und im Laufe dieser Nacht erfüllte ein schreckliches Geheul das Haus, denn die Blondine, die sich Clyde und Brian geteilt hatten, rang mit unsichtbaren Raubvögeln, und Clyde schleppte sie in den Keller hinunter und ließ sie eine Runde schwimmen. Der willenlose Körper des Mädchens auf der Matratze folgte ihr. Keines von beiden schaffte es, sich lange über Wasser zu halten.

... Und noch in jener Nacht folgte eine Serie von Raubüberfällen, wie man sie zuvor in Galveston nicht erlebt hatte.

... Und in einem stillen kleinen Haus unweit der Galveston Bay brachte ein Pfadfinder und vorbildlicher Schüler seinen Vater um und vergewaltigte seine Mutter.

... Und ein Streifenpolizist mit Familie und glänzenden Aufstiegschancen fuhr in einer düsteren Straße rechts ran, schob sich den Lauf seines Dienstrevolvers in den Mund, drückte ab und hinterließ eine Masse aus Hirn, Blut und klebrigen Knochensplittern auf der Heckscheibe des Wagens.

... Und in einer komfortablen Villa unweit der Sea Arama Marineworld ging eine nette, brave Hausfrau ihrem schlafenden Ehemann mit dem Tranchiermesser an die Gurgel und erzählte später der Polizei, sie habe es getan, weil ihr Gatte an jenem Abend über ihren Braten gemeckert habe, was lächerlich sei, da ihm der gleiche Braten eine Woche zuvor geschmeckt hätte.

... Und in ihrer winzigen Wohnung unternahmen Monty und Becky einen verzweifelten Versuch, miteinander zu schlafen, doch Becky wollte einfach nicht in Stimmung kommen, und Monty bekam keinen hoch. Was ein schrecklicher Moment für die beiden war, aber nur, weil sie keine Ahnung hatten, was alles noch auf sie zukommen sollte.

Alles in allem war es eine seltsame Nacht in Galveston, Texas. In der eine Menge Hunde jaulten.

2 DAS PAAR

EINS

Es war Anfang Mai, als Becky und Montgomery einen Ausflug zum Strand von Galveston machten. Sie hatten leckere Sachen für ein Picknick, einen kräftigen Appetit und eine Menge nostalgischer Gefühle mitgebracht. Denn hier am Galveston Beach hatten sie sich vor einigen Jahren kennengelernt. Ebenfalls an einem warmen Tag im Mai.

Wie Montgomery schon öfter gestanden hatte, war es ihr schwarzer Stringtanga gewesen, der als Erstes seine Aufmerksamkeit erregt hatte. Und er gab zu, dass er noch einer Reihe anderer Bikinis nachgesehen hatte, doch nachdem sie an seinem Badetuch vorbeigeschlendert war, hatte er nur noch Augen für ihren. Er hatte ihr hinterhergeblickt und sich an den zwei wackelnden Monden ihres Hinterns erfreut, die durch einen schwarzen Stoffkeil voneinander getrennt wurden.

Schnell wurde es ihm bei diesem Anblick untenrum ganz anders, sodass er nicht länger auf dem Bauch liegen konnte. Und als Monty sich auf die Seite drehte, stellte er fest, dass seine Badehose auf Halbmast stand. Hätte er sich auf den Rücken gedreht, hätte es ausgesehen, als hätte er im Schoß ein kleines Zelt aufgeschlagen. Er musste sich also wieder auf den Bauch drehen und auf seinen Ständer legen. Von da an behielt er die beiden Monde im Auge, bis sie außer Sichtweite wackelten und zwischen den anderen Körpern verschwunden waren, zwischen aufblitzenden Badetüchern und Luftmatratzen auf dem Weg ins Meer und zurück.

Die Bikinis, die danach kamen, waren zwar auch nicht schlecht, doch kein Vergleich zu dem Exemplar, das er gerade aus den Augen verloren hatte. Sosehr er sich auch auf andere hübsche Hüften und lange braune Beine konzentrierte – die beiden, fast vollen Monde, von denen jetzt nichts mehr zu sehen war, gingen ihm nicht mehr aus dem Sinn.

Er nahm sein Sonnenöl, sein Radio und das Handtuch – das er sich so über die Schulter drapierte, dass es ihm vorn über den Bauch hing und seine Erektion verbarg – und stakste den Strand entlang, während er Ausschau nach diesem absolut perfekten Bikini hielt.

Da, Steuerbord voraus versanken zwei samtweiche, fast volle Monde langsam im Meer.

Endlich begann Montgomery mit dem großen Kopf statt mit dem kleinen zu denken. Und als er seinen Blick vom natürlichen Fixpunkt sexuellen Interesses hob, erblickte er ein umwerfendes Becken, einen herrlichen Busen und ein wunderhübsches Gesicht – denn sie hatte sich umgedreht, watete jetzt wieder an Land, und als sie näher kam, umspülte die Gischt ihre Hüften und Schenkel wie der Speichel tollwütiger Hunde, und sie erschien Monty so schön und mythisch wie die schaumgeborene Venus auf dem berühmten Gemälde. Ja, diese Frau sah großartig aus.

Nein. Großartig war nicht das richtige Wort. *Großartig* bedeutete: hervorragend, außergewöhnlich. Das klang nicht ganz falsch, doch es genügte nicht.

Wie wär's mit perfekt? Das kam der Sache schon näher, das war ungefähr so nah dran wie das Center Field am Home

Plate – na gut, vielleicht, aber nur vielleicht, so nah dran wie der Backstop, aber keinen Fingerbreit näher.

Nein, weder im Englischen noch im Französischen, weder im Deutschen noch in sonst einer Sprache gab es ein passendes Wort für eine Frau wie diese.

Sie hatte ... Magie.

Dann dachte er: Vielleicht bin ich einfach blauäugig. Aus der Nähe betrachtet hat sie womöglich Zähne, mit denen sich mühelos eine Dose grüner Bohnen öffnen lässt, oder vielleicht hat sie oben auf ihrem Schädel 'ne kahle Stelle, oder sie hat eine völlig unreine Haut.

Er entschied, dass er näher rangehen musste – insgeheim fürchtend, sein Engel könnte sich aus der Nähe als herbe Enttäuschung erweisen.

Den Blick nach unten auf die Badehose gerichtet, sagte er zu sich selbst: »Also gut, kleiner Kopf – du gehst voran.«

Als er platschend ins Wasser lief, dachte er an den alten Trick, in sie hineinzulaufen und zu sagen: »Entschuldigung, ich hab Sie gar nicht gesehn«, doch da in unmittelbarer Nähe nur noch drei weitere Leute im Wasser waren, und zwar in rund zehn Meter Entfernung, schien das keine besonders gute Idee.

Nein, er würde die Sache ganz locker angehen. Wie ein edler Wassergott zu ihr rüberwaten, eine witzige Bemerkung à la Cary Grant fallen lassen und im Sturm ihr Herz erobern. Er warf sich in die Brust.

Da, die Sonne fiel auf ihr Haar, und sie sah absolut umwerfend aus; es schien, als hätte sie einen Heiligenschein um ihren Kopf, und ...

Er stürzte.

Keine Chance, es wie einen lässigen Hechtsprung aussehen zu lassen. Er war mitten in eine weiche Sandkuhle getreten, hatte sich den Knöchel verdreht und verlor das Gleichgewicht.

Eben noch hat Monty einen leibhaftigen Engel vor Augen, und im nächsten Moment spuckt er Salzwasser und spürt, wie der Sand an Knie und Schienbein brennt.

Eine Welle schwappte über ihn hinweg, warf ihn einen Meter zurück und zog ihm die Badehose über den Hintern. Er griff danach und zerrte sie hastig wieder hoch, während ihn die Brandung an den Strand spülte.

Dort setzte er sich auf. Das nasse Handtuch klebte ihm an der Haut, sein Radio und das Sonnenöl hatte er verloren, doch wenigstens hatte er es geschafft, die Hose hochzuziehen, und mit etwas Glück hatte der Engel nicht gesehen, wie sein kreideweißer Hintern aus den Fluten geragt hatte. Hoffte er zumindest. Es war schlimm genug, ein Tollpatsch zu sein und Radio und Sonnenöl zu verlieren (wieso hatte er vergessen, dass er das verdammte Radio und das Sonnenöl in der Hand hielt?), doch vor einem Engel den schneeweißen Hintern zu entblößen, war unverzeihlich.

Er blickte sich um und entdeckte sie.

Der Engel stand am Strand und sah zu ihm herüber. Hielt sich die Hand vor den Mund und bog sich vor Lachen – es war eins von der schlimmsten Sorte: ein unterdrücktes Lachen, bei dem man sich die Hand vor den Mund hält, um nicht laut loszuprusten.

Eine Welle schwappte an den Strand, obenauf trieb seine Flasche Sonnenöl. Na, klasse. Das Radio hatte 19,95 Dollar gekostet, und was tauchte wieder auf? Das Sonnenöl für 2,98 Dollar.

Er schnappte sich das Sonnenöl und blickte zum Engel hinüber. Links und rechts von ihrer Hand sah er jetzt Zähne, und überrascht stellte er fest, dass es tatsächlich Menschen gab, die von einem Ohr bis zum andern grinsen konnten.

Langsam wurde er etwas sauer.

Er stand auf und tastete mit dem Fuß im Sand herum, in der Hoffnung, das Radio zu finden. Vergeblich.

»Entschuldigung«, sagte Monty und blickte den Engel an, der aussah, als würde er gleich hyperventilieren.

»Wa...?« Mehr bekam der Engel nicht heraus.

Monty klopfte sich den nassen Sand von Beinen und Badehose und watete an Land. Das Handtuch hing an ihm wie eine Schärpe. Das Sonnenöl hielt er wie einen stumpfen Gegenstand umklammert – da hatte er eine Idee.

»Entschuldigung«, wiederholte er. »Hat Ihnen gerade jemand einen guten Witz erzählt?«

»Neee«, kam es hinter ihrer Hand hervor, dann brach sie in hysterisches Gelächter aus.

»Ach nein?«

»... n... nein.« Wusste sie denn nicht, dass es unhöflich war, mit einem Knie in den Sand zu sinken und lauthals loszulachen?

»Nein?«

Sie holte tief Luft und stand auf. »Hab grad was Witziges *geschn.*«

»Schön.«

»Sind Sie immer so ungeschickt?«

»Vor allem, wenn ich gut aussehende Frauen beeindrucken will.«

»Ich bin beeindruckt.«

»Das sehe ich. Klappt immer.«

»Verstehe. Jedes Mal, wenn Sie 'ne attraktive Frau sehen, werfen Sie sich hin?«

»Zum Schreien, was?«

»Schon mal dran gedacht, Beinschienen mitzunehmen, wenn Sie den Mädchen hinterhersehen?«

»Die würden in der salzigen Luft nur rosten.«

»Beinschienen sind also keine Lösung?«

»Apropos Beine – das sind jedenfalls zwei hübsche Exemplare, auf denen Sie sich durch die Gegend bewegen.«

»Oh, dann hatten Sie also nur Augen für meine Beine?«

»Wie soll ich mich über Ihre geistigen Fähigkeiten auslassen, wo wir uns gar nicht kennen. Ich weiß nur, was ich sehe, und das gefällt mir. Aber vielleicht komme ich dahinter, dass Sie nicht besonders helle sind und es mit der Hygiene nicht so genau nehmen?«

»Oh, ich glaube nicht, dass sich die Gelegenheit dazu ergibt.«

»Oh, jetzt hab ich Sie verletzt. Ich meine bloß, dass ich gern mal rausfinden würde, ob Sie ... klug sind.«

»Klug genug, um zu sehen, worauf das hier hinausläuft. Und jetzt muss ich leider los.«

»Na, dann hab ich wohl was Falsches gesagt? Mich zum Affen gemacht?«

»Ja, das haben Sie – und nicht zu knapp. Ihr Hintern ist übrigens ziemlich blass und sieht nicht besonders gut aus. Ich glaub, ich hab sogar Pickel gesehn.«

»Sie haben ...?«

»War kaum zu übersehen.«

»Hören Sie, ich wollte sie bloß beeindrucken ...«

»Das haben Sie allerdings. Und nun ziehen Sie ab und fischen Sie Ihr Radio aus dem Wasser.«

»Moment, Moment, bleiben Sie hier. Ich bin hingefallen. Sie haben meinen Hintern gesehn, und dann hab ich versucht, die Situation zu retten und Sie zu beeindrucken, und das lief ja auch ganz gut, bis dann wieder der Chauvi mit mir durchgegangen ist und ich die Bemerkung über Ihre Beine gemacht habe. Aber ich meine ... Sie würden das Ding doch nicht tragen, wenn Sie nicht wollten, dass die Männer Sie ansehen ... ach, Scheiße.«

»Bravo, mit beiden Füßen ins Fettnäpfchen.«

Sie bückte sich und hob ein großes blaues Badetuch vom Boden auf.

»Ist das Ihres?«, fragte Monty, was er sogleich bereute.

»Nein, ich klaue alle Handtücher, an denen ich vorbeikomme. Und nähe sie zusammen, zu wunderschönen Bettdecken. Das gibt tolle Weihnachtsgeschenke!«

»Scheint, als hätte ich keine guten Karten.«

»Allerdings.«

Sie wandte sich zum Gehen.

»Hey«, rief er und sprang ihr nach, »Sie können doch nicht einfach so abhauen!«

»Ach nein? Aber sicher doch.«

»Das können Sie nicht machen. So einfach kommen Sie mir nicht davon.«

Sie drehte sich um, machte ein grimmiges Gesicht und warf sich das Handtuch über die Schulter. »So? Und wie wär's damit?« Sie begann weit ausholende, lächerlich große Schritte zu machen.

Montgomery konnte ein Lachen nicht unterdrücken.

Sie ging noch ein paar Schritte, blieb dann stehen und drehte sich um, die Hände in die Seiten gestemmt. Dann lachte sie ebenfalls. »Hey«, rief sie, »so müssen Sie laufen«, und dann stelzte sie mit lächerlich großen Schritten den Strand entlang, und Montgomery folgte ihr und imitierte ihren Gang, und bald liefen sie lachend Seite an Seite.

Dann blieben sie stehen.

»Hören Sie«, sagte Montgomery, »es tut mir leid. Wir sollten noch mal von vorn anfangen.«

»Na schön.«

»Nun, kenne ich Sie nicht von irgendwoher?«

»Nein. Mein Name ist Becky Shiner.«

»Und meiner Montgomery Jones.«

»Schon mal dran gedacht, ihn zu ändern?«

»Schon oft.«

»Das ist einer der schlimmsten Namen, die ich je gehört habe.«

»Abwarten. Mein zweiter Vorname lautet Buford.«

»Sie wollen mich auf den Arm nehmen?«

»Schön wär's ... Scheiße.«

»Vielleicht später.«

»Ach ja?«

»Fettnäpfchen!«

»'tschuldigung.«

»Montgomery Buford Jones. Hmmmm. Mann, das ist kein Name, das ist eine Strafe! Hängt da auch noch ein junior dran?«

»Stimmt, junior, aber vergessen Sie's.«

»Montgomery Buford Jones junior ...«

»Na, das hat ja mächtig Eindruck gemacht!«

»... was halten Sie davon, mich zu 'nem Hotdog einzuladen?«

»Soll das ein Witz sein? Ich klaue den kompletten Stand, wenn Sie wollen.«

»Ich hab nichts dagegen, wenn sie mir einen kaufen. Und danach fahren wir los und überfallen eine Tankstelle.«

Kurz darauf holte Montgomery Geld aus dem Handschuhfach seines Wagens. Sie kauften Hotdogs und spazierten händchenhaltend am Strand entlang und unterhielten sich, bis die Sonne allmählich unterging und der Mond ihren Platz einnahm. Sie sprachen über alles Mögliche. Politik. Religion. Er erzählte ihr von seinem Teilzeitjob und sie ihm von ihrem, und dann erzählte er ihr, dass er im nächsten Jahr an der University of Houston seinen Collegeabschluss mache, und sie meinte, genau das habe sie auch vor, seltsam, dass sie sich bisher noch nie über den Weg gelaufen seien? Allerdings, erwiderte Monty, und ob es nicht nett wäre, einige Kurse gemeinsam zu belegen, und sie war einverstanden. Dann erzählte er ihr, wie er es in der Highschool mal mit Sport versucht hatte und dabei ständig auf die Klappe gefallen war, und sie erzählte ihm, dass sie ein recht erfolgreiches Mitglied der Leichtathletik- und Schwimmmannschaft gewesen war, und er solle ihr das jetzt nicht krummnehmen, aber sie halte ihn nicht gerade für eine Sportskanone, wenn man seinen dramatischen Auftritt im Wasser bedenke, und darüber musste er lachen, und sie unterhielten sich über dies und jenes, bis es sehr, sehr spät geworden war.

Diese erste Nacht verbrachten sie in seinem Apartment in Houston.

... mich ein.

... mich ein, Monty.

»Monty. Mensch, Monty!«

»Was?«

»Monty, ich bin's, deine Frau! Du erinnerst dich? Das Mädchen, das neben dir auf dem Badetuch liegt? Würdest du mich bitte mit Sonnenöl einreiben?«

»Mist, tut mir leid. Hab vor mich hingeträumt.«

»Von langen braunen Beinen, stimmt's?«

»Ja.«

»Du Mistkerl.«

»Von deinen.«

»Sicher doch.«

»Wirklich.«

»Verarsch mich nicht, Mr. Montgomery Buford Jones junior.«

Er legte den Arm um sie. »Ich hab an damals gedacht, als wir uns kennengelernt haben.«

Sie rümpfte die Nase. »Oh, und was passierte da? Ich kann mich gar nicht mehr erinnern. Scheint, als wärst du schon immer bei mir. Wie ein Geburtsfehler.«

»Dafür gibt's plastische Chirurgie.«

»Davon würde 'ne Narbe zurückbleiben.«

»Das hoffe ich.«

»Hast du wirklich an meine Beine gedacht?«

»Sicher.«

»Denkst du auch an die Beine anderer Frauen?«

»Für wen hältst du mich?«

»Ach komm, Monty.«

»Na, manchmal.«

»Denkst du dann auch an andere Sachen als die Beine?«

»Manchmal schon.«

»Scheißkerl.«

»Manchmal.«

»Hast du eigentlich gewusst, dass ich immer zu Tom-Jones-Platten masturbiere, wenn ich allein bin? Ich brauche nur an diesen hüftschwingenden Kerl zu denken, und zack, krieg ich drei Orgasmen hintereinander.«

»Klingt nett.«

»Ist es auch.«

»Mitten in unserem Wohnzimmer, wie?«

»Ja, auf der Couch.«

»Aha. Und ich dachte immer, der komische Geruch in den Kissen wäre Katzenpisse.«

»Du Scheißkerl.«

»Manchmal.«

»Ständig. Hier, reib mich mit dem Sonnenöl ein.«

»Gut so?«

»Hmmmmm.«

»Becky?«

»Ja.«

»Was ist eigentlich aus diesem schwarzen Stringtanga geworden?«

»Der liegt zu Hause.«

»Passt er dir noch?«

»Ich sollte dir 'ne Ohrfeige geben, Montgomery Buford Jones junior. Du weißt, dass er mir noch passt. Ich hab vielleicht ein oder zwei Pfund zugelegt, aber da quillt nichts raus. Oder hast du das nicht bemerkt?«

»Doch.«

»Ich wette, du siehst mich nicht mal mehr an.«

»Und ob. Wieso hast du ihn heute nicht an?«

»Den trage ich schon seit Jahren nicht mehr.«

»Wieso nicht?«

»Ich bin eben altmodisch.«

»Damals hattest du das knappe Ding aber an. Da warst du also nicht altmodisch?«

»Da war ich auf Männerfang.«

»Mann, das klingt aber nicht gerade emanzipiert.«

»Stimmt.«

»Und warum hast du ihn jetzt nicht an?«

»Wie gesagt, ich war auf Männerfang. Und dich hab ich ja geangelt, so viel steht fest. Außerdem, ist dir dieser hier nicht hübsch genug?«

»Der ist zu groß.«

»Ich glaube, das war jetzt ein richtiger Chauvi-Spruch, Mr. Montgomery Buford Jones junior.«

»Absolut.«

»Was würden wohl deine liberalen Freunde dazu sagen?«

»Darf ich mal 'nen Blick auf den Arsch deiner Frau werfen, vermute ich.«

»Monty.«

»Kein Witz. Hast du dir mal die Frauen von denen angesehen? Die sind hässlich wie die Nacht. Überhaupt – bin ich etwa ein Eunuch? Du gefällst mir nun mal in dem Ding.«

»Okay, wenn wir das nächste Mal an den Strand gehn, zieh ich ihn für dich an.«

»Bloß nicht.«

»Du bist unmöglich.«

»Du kannst ihn zu Hause anziehen, gleich heut Abend. So seh ich dich in dem Ding, und am Galveston Beach müssen sie nicht den Sand trockenlegen.«

»Was?«

»Wegen dem ganzen Sabber, der den Typen aus dem Mund läuft, wenn sie dich in dem Ding sehn.«

»Du kriegst gleich was auf die Nase!«

»Wie wär's mit 'nem Kuss?«

»Ist ja fast dieselbe Stelle.«

»Tiefer.«

»Bitte, Monty.«

»Nicht *so* tief.«

»Das heben wir uns auch für zu Hause auf?«

»Und ob, Schatz. Jetzt gib mir 'n Kuss. Auf den Mund.«

»Nicht schlecht. Und reibst du mich jetzt vielleicht mit dem Sonnenöl ein?«

Er fing an, ihr den Rücken einzucremen, und fuhr dabei verstohlen über den Ansatz ihrer Brüste.

»Lass das, Monty.«

»Na schön.«

»Schluss jetzt ... Monty?«

»Hmmm?«

»Wir werden niemals zulassen, dass uns irgendwas auseinanderbringt, oder?«

»Was sollte das sein?«

»Wir werden das nie zulassen, oder?«

»Hey, warum plötzlich so ernst?«

»Sag schon.«

»Ach komm, was sollte uns denn auseinanderbringen?«

»Versprich mir, dass es nie dazu kommt. Ganz egal, was passiert. Versprich es mir, dass es nie so weit kommt.«

»Was soll denn Schlimmes passieren? In ein paar Jahren krabbeln ein paar kleine Hosenscheißer durch unsere Wohnung, und irgendwann sind sie dann erwachsen ... und vermutlich sterben wir mit 106 in der 69er-Stellung im Bett.«

»Im Ernst, versprich es mir.« Sie rollte auf ihre Seite hinüber und sah ihn an.

»Okay, Baby. Ich versprech es dir. Nichts auf der Welt, egal, wie bescheuert, wie schlimm oder schrecklich es auch sein mag, wird uns je auseinanderbringen. Da kannst du Gift drauf nehmen.«

ZWEI

Später, als sie wieder zu Hause waren, legte Becky für Montgomery ihren Stringtanga an. Aber nicht lange. Denn den Rest des Nachmittags verbrachten sie damit, sich ausgiebig und hingebungsvoll zu lieben, ohne Probleme. Becky fand, dass es noch nie so gut gewesen war.

So hatten sie, beseelt von der Sonne, dem Meer und ihren Erinnerungen, ihre Liebe erneuert, und der Sommer kam und flog dahin, und mit ihm die guten und die unbeschwerten Tage, ohne dass sie wussten, was die Zukunft bringen würde.

Und die Uhr des Schattenreichs tickte weiter.

3 DER KESSEL BRODELT

EINS

Meldung auf der Titelseite der *Galveston News* vom 22. Mai:

RIPPER SCHLÄGT ERNEUT ZU

Gestern Nacht ereignete sich in der Strand Street 304 der insgesamt fünfte in einer Serie brutaler Überfälle, der bisher ausschließlich Frauen zum Opfer fielen. Keine der Taten konnte bisher aufgeklärt werden. Bei dem jüngsten Opfer handelt es sich um die 26-jährige Lena Carruthers. Wie die Polizei mitteilte, ist die Vorgehensweise des Täters – der dem Opfer, nachdem er es vergewaltigt hatte, die Kehle aufgeschlitzt hat – identisch mit dem Muster der letzten vier Überfälle; der erste hatte sich Ende Oktober ereignet. Neue Beweise deuten darauf hin, dass es sich bei dem Ripper, wie er nun genannt wird, möglicherweise nicht nur um einen, sondern um mehrere Täter handelt. Die Polizei ...

ZWEI

Aus Brian Blackwoods Tagebuch, Eintrag vom 23. Mai:

Letzte Nacht bin ich aufgewacht und wusste nicht, wo ich war. Ich kam zu mir und hatte nicht den geringsten Schimmer, und als ich endlich kapiere, dass ich bei den Jungs im

Haus bin, drehe ich mich auf die andere Seite und sehe Clyde neben meinem Bett stehen, splitternackt. Er steht einfach bloß da und schaut auf mich runter. Ich frage ihn: »Hey, was ist los?«, aber er sagt kein Wort. Steht bloß im Dunkeln neben meinem Bett, glotzt auf mich runter und gibt keinen Mucks von sich, die Augen total verdreht, wie bei 'nem Zombie, und dann wird mir klar: Clyde ist Schlafwandler.

Ich wusste nicht, was ich tun sollte. Ich hab mal gehört, dass man Schlafwandler nicht aufwecken soll, weil sie sonst vielleicht sterben. Ich glaub zwar nicht an so 'nen Scheiß, aber ich wollte nichts riskieren. Allerdings hatte ich keine Ahnung, was ich sonst tun sollte. Bis ich schließlich dachte, vergiss diesen abergläubischen Mist. Also sagte ich laut seinen Namen. Beim ersten Mal reagierte er noch nicht, doch als ich ihn erneut rief, diesmal etwas lauter, sagt er: »Wunderbar, das Blut und das alles. Einfach klasse.«

Und da kapiere ich, dass er von dem spricht, was wir gestern Nacht getan haben, und dass er immer noch nicht wach ist. Und dann dreht er sich um und geht aus dem Zimmer, und ich hab das Gefühl, wir hätten gerade eine Szene von so einem drittklassigen Streifen für die Spätvorstellung im Drive-in gedreht.

Also unter uns, Mr. Tagebuch, das hat mir eine Heidenangst eingejagt. Aber irgendwie gefiel es mir auch. Ich meine, so ist das nun mal mit Clyde. Er tut immer, was man nicht erwartet. Mit dem wird's nie langweilig, und allmählich ist das bei mir genauso, um mich herum passieren immer häufiger irgendwelche ungewöhnlichen Dinge.

Wow.

DREI

Schlagzeile der *Galveston News* vom 12. Juni:

RIPPER FORDERT SECHSTES OPFER: VERGEWALTIGUNG UND MORD

VIER

15. Juni

»Ich hab sie beobachtet.«

»Sieht sie gut aus?«

»Und ob. Du kennst sie. Ist Lehrerin an der Highschool.«

»Ach ja?«

»Eine Mrs. Jones. Gibt Sozialkunde und Geschichte.«

»Kenn ich. Klar. Tolle Frau. Aber die weiß, wer wir sind.«

»Na und? Du, ich, Stone und Loony, wir sind der Ripper, vergiss das nicht. Danach sagt die keinen Ton mehr.«

»Stimmt. Logo. Wann?«

»Heute Nacht.«

»Die Abstände werden immer kürzer, Clyde, oder?«

»Willst du immer nur bei Vollmond losziehen?«

»Nein. Ich mach mir bloß Sorgen wegen der Cops.«

»Hey, Brian, wenn wir sie im Abstand von mehreren Monaten erledigen und sie erwischen uns nicht, wieso sollten sie uns schneller kriegen, wenn wir eine pro Tag umbringen?«

»Ja, schätze, du hast recht.«

»Du weißt, dass ich recht habe. Also heute Nacht?«

»Geht klar. Heute Nacht.«

»Hast du den Läufer eingesackt?«

»Mist! Erwischt.«

»Na, na. Wenn du mich beim Schach betrügen willst, Eva, musst du dir schon etwas mehr Mühe geben.« Eva hob ihre linke Hand. »Heißt das etwa, ich muss auch meinen Bauer zurückgeben, Becky?« Sie machte die Hand auf. Neben dem Läufer lag auch noch ein weißer Plastikbauer.

»Du Miststück. Wann hast du den abgegriffen?«

»Vorhin, als du meinen Turm kassiert hast. Ich fand's einfach ungerecht, wie du das Brett abräumst, während ich dabei zusehen muss.«

»Wenn du aufhören würdest, mit den Schachfiguren Dame zu spielen, hättest du mehr Glück.«

»Dann lass uns Dame spielen.«

»Kommt nicht infrage. Da bist du viel zu gut drin, und Dame spiel ich nicht halb so gut wie du Schach. So peinlich das auch ist.«

»Das ist unfair. Mein Spiel spielst du nicht.«

»Nicht in meinen eigenen vier Wänden.«

»Trotzdem unfair.«

»Stell den Läufer und den Bauer wieder zurück, Eva. Nicht dahin – dort, wo sie hingehören.«

»Zufrieden?«

»Mh hm. Schachmatt.«

»Gut. Bin froh, dass ich das hinter mir hab.«

»Noch was zu trinken?«

»Nein. Ich muss noch fahren.«

»Tja, zwei Tassen Tee, und schon fährst du Schlangenlinien.«

»Kein Scherz, Beck, Koffein macht mich ganz hibbelig. Raubt mir noch mein letztes bisschen Verstand.«

»Okay, ich genehmige mir noch einen.«

»Ach, Scheiß drauf, keine Gefangenen. Zwei Würfel Zucker und ordentlich Zitrone.«

Becky stand auf und ging in die winzige Küche. »Weißt du, Beck, ist schon nett, wenn die Jungs mal 'ne Weile nicht da sind. Auch wenn ich ihn liebe, mein kleines Dummerchen, tut's gut, ihn mal für ein paar Stunden nicht um sich zu haben.«

»Sicher. Es sei denn, man muss ein paar Tage lang solo klarkommen. Sagtest du zwei Stück Zucker?«

»Genau, zwei. Das stimmt natürlich. Ich fahr nach Hause zu meinem Kerl, aber deiner ist unterwegs. Sag mal, soll ich Dean anrufen und ihm sagen, dass ich über Nacht hierbleibe?«

»Nein, du musst ja morgen früh zur Arbeit. Ich, ich bin frei wie ein Vogel.«

»Du Glückliche.«

»Ja, ich Glückliche. Wir machen Sommerferien, als ob wir uns das leisten könnten. Ich hätte besser Ferienkurse gegeben, und Monty auch. Unser Bankkonto macht nämlich ebenfalls Sommerferien.«

»Nun, Monty wird doch bezahlt dafür, dass er zu dieser Veranstaltung nach Houston fährt, oder? Was auch immer das ist.«

»Eine Soziologentagung. Jede Menge Vorträge über soziale Probleme Jugendlicher, und so weiter.«

»Warum bist du nicht mit? Ist doch auch dein Gebiet.«

»Hatte keine Lust. Eva, ich muss dir was beichten. Ich will nicht länger unterrichten.«

»Und lieber Hausfrau sein?«

»Nicht unbedingt.«

»Gut. Dazu bist du auch gar nicht der Typ. Die Wohnung hier sieht wirklich scheußlich aus.«

»Irrtum. Die Strumpfhose, die da am Brausegriff baumelt, ist Avantgarde-Dekoration. Du bist einfach nicht auf dem Laufenden.«

»Ach wirklich? Hey, sag mal, musst du die Teeblätter erst noch anbauen und trocknen?«

»Nee, ich übergieße sie mit heißem Wasser. So wird Tee zubereitet. Möchtest du 'nen Teebeutel lutschen, bis ich fertig bin?«

»Nein. Übrigens, bei Teebeuteln fällt mir ein ziemlich versauter Witz ein. Aber den behalt ich wohl besser für mich.«

»Tausend Dank.«

»Du hast mir immer noch nicht erzählt, weshalb du deinen Lehrerjob an den Nagel hängen willst. Ich wollte bloß etwas Rücksicht nehmen und nicht zu neugierig sein, weil ich dachte, du wirst es schon noch erzählen.«

»Ich weiß nicht ... aber in letzter Zeit macht es mir kaum noch Spaß. Es kommt mir vor, als sei den Kids alles scheißegal. Und einige sind einfach nur widerlich; die machen mir Angst. Während meiner eigenen Schulzeit wär es mir nicht in den Sinn gekommen, meine Lehrer blöd anzumachen, das wäre für mich undenkbar gewesen. Für mich waren Lehrer fast so was wie Götter – diejenigen, die das Wissen vermitteln. Aber heutzutage ... wenn ich meine Schüler bloß ansehe und ihnen in die Augen blicke, läuft's mir eiskalt über den Rücken.«

»Man fragt sich schon, ob es an dem ganzen widerlichen Zeug in unsrer Nahrung liegt, dass Mütter heutzutage eine Rasse von fiesen Mutanten zur Welt bringen, hm? Da fällt mir dieser Film ein, den ich mal gesehn hab, wo in einem Dorf sämtliche Kinder schon im Mutterleib von irgendwas befallen werden, und als sie heranwachsen, entwickeln sie übernatürliche Kräfte, sodass alle Erwachsenen total Schiss vor ihnen haben.«

»Nun, die brauchen gar keine speziellen Kräfte, um mir Angst einzujagen, die schaffen das auch wunderbar ohne – manche von denen. Aber es gibt auch 'ne ganze Reihe anständiger Kids. Bloß dass mir im Moment keins einfällt.«

Eva lachte.

»Aber es ist nicht nur das«, fuhr Becky fort. »Ich muss einfach mal was anderes machen. In meinem Leben passiert überhaupt nichts Neues mehr. Ich bin nicht unzufrieden, Monty und mir geht es gut. Es langweilt mich bloß, was ich jeden Tag tue, das ist alles.«

»Ich glaube, ich weiß, was du meinst ... Schon 'ne ganze Weile her, seit wir damals die Welt retten wollten, was, Beck?«

»Mit Zitrone, sagtest du?«

»Ja.«

»Ja, lange her. Ich wollte, ich könnte noch so idealistisch sein wie damals. So wie Monty. Der glaubt wirklich noch an seine Mitmenschen. Glaubt, dass der Mensch im Grunde seines Wesens gut ist, und wenn man nur genügend Leute von dieser Tatsache überzeugen könnte, wären alle freundlich und nett zueinander, und die ganze Welt würde sich in einen Ort verwandeln, an dem es sich wunderbar leben lässt.«

»Hört sich an wie ein Disneyfilm. Glaubst du an so was?«

»Nein.«

»Gut. Das ist nämlich absoluter Schwachsinn.«

Becky kam mit dem Tee und setzte sich wieder: »Er erzählt mir zum Beispiel, wenn's mal zu einer Lebensmittelknappheit käme, wenn also plötzlich in sämtlichen Läden die Regale leer wären, dann gäbe es zwar ein kleinen Aufstand und ein wenig Chaos, aber die meisten Leute wären schließlich vernünftig genug, um zusammenzuhalten und dafür zu sorgen, dass jeder was zu essen kriegt und niemand zu kurz kommt. Und so weiter und so fort.«

»Das ist ja wie bei Bambi. Vielleicht wär das früher so gelaufen – ich meine, bis zu einem gewissen Grad. Aber der Mensch ist nun mal eine fleischfressende Bestie, und ich schätze, wenn du dich vor einen Haufen ausgehungerter, übergeschnappter Leute stellst, dann hast du ganz schnell lauter Fußabdrücke im Gesicht, falls sie dich nicht längst angeknabbert haben.«

»Ganz genau. Allmählich glaube ich sogar, dass diese Überlebenskämpfer gar nicht mal so bekloppt sind. Ich meine, früher hab ich sie für Spinner gehalten. Aber mittlerweile bin ich mir da nicht mehr so sicher.«

»Monty ist naiv ... Aber er ist ein gut aussehender Bursche. Wie kommt's eigentlich, dass du bei ihm gelandet bist und ich beim hässlichen alten Dean?«

»Dean ist doch nicht hässlich.«

»Beck.«

»Okay, er ist ein bisschen hässlich, aber er ist nett.«

Eva lachte.

»Und du bist bei ihm gelandet, weil du ihn geliebt hast.«

»Tja, wird wohl so sein. Und weißt du was? Ich tu es immer noch. Und weißt du, was noch?«

»Was?«

»Wenn wir nach all den Jahren immer noch so verrückt nach unseren Ehemännern sind, zeigt das doch, dass es unter den Menschen immer noch so was wie Liebe gibt. Nicht wie bei Bambi, aber vielleicht ist es ja doch ein Beweis für irgendwas.«

»Ich weiß, was du meinst.« Becky hob ihr Teeglas. »Auf unsre Ehemänner und unsre Ehen und auf eine bessere Welt.«

Sie stießen an und tranken.

Ein heißer Juniwind drückte gegen die Fenster und rüttelte an der Eingangstür.

SECHS

21.20 Uhr

Unaufhaltsam bewegte sich der schwarze 66er Chevy durch die Nacht; hinterm Steuer saß Clyde, neben ihm Brian, und auf dem Rücksitz Stone und Loony Tunes.

Sie ließen eine Flasche kreisen, die in einer braunen Papiertüte steckte.

»Sind wir bereit?«, fragte Clyde.

»Ja«, riefen Brian und Loony im Chor. Stone nickte schweigend.

»Gut«, sagte Clyde.

SIEBEN

21.23 Uhr

»Ich muss langsam mal los, Beck.«

»War nett mit dir, Eva.«

»Hör mal, willst du, dass ich Dean anrufe und zusehe, dass ich heut Nacht bei dir bleibe? Es gefällt mir nicht, dich hier allein zu lassen.«

»Nein, ich komm schon klar.«

»Ist echt kein Problem.«

»Ich weiß. Aber ich komm schon klar.«

»Bist du sicher?«

»Ja. Ich werd mir den Spätfilm ansehn, dann wird mir nicht langweilig.«

»Bestimmt einer von diesen japanischen Monsterfilmen?«

»*Bizarre Morde*, irgendwas in der Richtung.«

»Na schön, aber wunder dich nicht, wenn ich irgendwann zurückkomme und an die Tür klopfe. Du siehst aus wie ein verlassenes Hündchen.«

»Mir geht's wunderbar, wirklich. Keine Angst. Ich werd ein bisschen Ray Charles hören, und wenn der Film kommt, mach ich den Fernseher an. Vielleicht vergess ich sogar meine Diät und mache mir etwas Popcorn.«

»Klingt verlockend, ich würd am liebsten dableiben.«

»Ich komm schon klar, Eva, wirklich. Ich bin ein großes Mädchen.«

»Okay, dann knabber dein Popcorn eben allein ... ist nur wegen dieser Geschichten, die in letzter Zeit passiert sind, das mit dem Ripper ...«

»Hör auf, erinner mich bloß nicht *daran*.«

»'tschuldigung.«

Becky brachte Eva zur Tür.

»Hör mal, Beck. Wenn du dich einsam fühlst, rufst du mich an. Jederzeit, egal, wie spät es ist. Verstanden?«

»Verstanden.«

»Versprochen?«

»Himmel, ja, ich versprech's.«

»Tschüss, Beck, und gute Nacht ... und wunder dich nicht, wenn ich draußen auf dem Parkplatz beschließe, umzukehren, um dich davon zu überzeugen, dass ich besser bleibe.«

Becky lächelte und öffnete die Tür. Ein heißer Luftschwall drang in die klimatisierte Wohnung. Von dem Temperaturunterschied wurde Becky ein wenig flau im Magen.

»Mensch«, sagte Eva, »glaubst du, wir kriegen einen von diesen schlimmen Winden wie in Kalifornien? Wie heißen die noch? Santa Ana?«

»Pass auf dich auf.«

»Mach ich. Bis dann.«

Becky sah Eva hinterher, wie sie über den langen Balkon vor den Apartments zur Treppe ging, die nach unten führte. Bevor sie auf der Treppe aus dem Blickfeld verschwand, lächelte sie Becky noch einmal zu und winkte.

Becky erwiderte ihr Lächeln und winkte zurück. Dann schloss sie die Tür.

ACHT

21.26 Uhr

Die Schweinwerfer des schwarzen Chevy gingen aus, und er rollte im Leerlauf auf den Parkplatz vor dem Apartmenthaus. Es sah aus, als gleite ein Metallhai über ein Meer aus Beton.

»Sind wir schon da?«, fragte Loony.

»Nee«, sagte Clyde, »ich dachte, ich halte hier mal kurz. Nur so zum Spaß.«

»Okay«, sagte Loony, »hab nicht nachgedacht.«

»Tust du nie«, erwiderte Brian.

»Ist mir nur so rausgerutscht. Hat nichts zu bedeuten.«

»Halt deine verdammte Klappe, Loony«, sagte Clyde. Clyde stellte den Motor ab, und es schien, als hätten eine Million Heuschrecken plötzlich aufgehört mit den Flügeln zu schlagen; es war ungewöhnlich still. Während sie im Dunkeln warteten, blies der heiße Wind durch die offenen Wagenfenster. Sie ließen die Flasche kreisen. Keiner sagte einen Ton.

Aus dem Apartment, das Clyde beobachtete, kam eine Frau gehuscht. Sie eilte die Treppe hinunter, verschwand einen Moment im Schatten und tauchte im Schein einer der Leuchten, die das Geländer säumten, wieder auf. Dann trat sie erneut ins Dunkel. Ging durchs Licht. Um abermals abzutauchen. Ihr weißes Kleid mit den blauen Punkten leuchtete jedes Mal kurz auf, wie die Flügel einer Riesenmotte, und Sekunden später war sie nur noch eine undeutliche Gestalt in der Dunkelheit, und ihr Kleid schwarz wie die Schwingen einer Fledermaus.

»Wie wär's denn mit der?«, fragte Loony.

»Nein. Ich hab's auf eine andere abgesehn.«

Die Frau lief zu einem Kleinwagen, öffnete die Tür an der Fahrerseite. Die Innenbeleuchtung ging an, die Mottenflügel leuchteten kurz auf, als sie sich hinters Steuer schwang, dann wurde die Tür zugeknallt, und es war wieder dunkel. Man hörte, wie sie den Motor anließ, die Scheinwerfer flammten auf, und kurz darauf war sie verschwunden.

»Die oder 'ne andere, was spielt das für eine Rolle?«, sagte Loony. »Ich fand sie gar nicht übel.«

»Ich hab meine Gründe«, sagte Clyde. »Ich steh mehr auf die Lehrerin. Außerdem war sie irgendwann mal nett zu mir, und das hab ich nicht vergessen.«

Loony lachte. »Sie war nett zu dir, darum willst du sie ficken und ihr anschließend die Kehle durchschneiden. Mann, das gefällt mir.«

Clyde drehte sich auf dem Sitz um und sah Loony an. Loonys Gesicht wurde so ausdruckslos wie das von Stone. »Ich will dir mal was sagen, du Vollidiot, und hör mir gut zu, ich sag's kein zweites Mal. Ich sage hier, wo's langgeht. Was ich sage, wird gemacht, und wenn ich mal nicht da bin, dann ist Brian derjenige, der bestimmt, was gemacht wird. Ganz einfach. Kapiert, Schwachkopf?«

»Ja, ja, kapiert.«

»Gut. Dann merk's dir. Schreib's dir ein für alle Mal hinter die Ohren. Und nicht vergessen, Loony. Sonst vergess ich mich und lackiere diesen schwarzen Chevy rot. Mit deinem Blut.«

»Ich sag doch, ich hab's kapiert. Hab's kapiert.«

»Gut.« Clyde drehte sich wieder nach vorn.

Ein heißer Wind wehte durch den Wagen und kräuselte ihre Nackenhaare. Irgendwo in der stickigen, einsamen Nacht hupte ein Auto, und ein Dutzend Motoren heulte auf, als eine Ampel auf Grün sprang.

»Das läuft folgendermaßen«, sagte Clyde. »Diesmal gehn ich und Stone rauf, und ihr beiden bleibt unten und passt auf.«

»Hey, ich bin dran«, sagte Loony. »Stone war doch letztes Mal dran.«

»Stone führt sich nicht auf wie 'n Vollidiot«, sagte Clyde. »Und jetzt halt die Klappe und nimm die Flinte. Ich will, dass du an der Treppe Stellung beziehst. Verstanden?«

»Verstanden«, sagte Loony. Er bückte sich und hob eine 12er Schrotflinte vom Wagenboden, legte sie quer auf den Schoß. Wobei er Stone mit dem Lauf in die Eier stieß. Wortlos schob Stone ihn mit der flachen Hand zur Seite.

Als Loony sich zu Stone umdrehte, sah er dessen gerunzelte Stirn. Er hob die Waffe, sodass die Mündung nun zum Wagendach zeigte. Loony war ziemlich genervt. Heute Abend machte er einfach alles falsch.

»Ihr wartet mal kurz im Wagen«, sagte Clyde. »Hab was Privates mit meinem Kumpel zu besprechen.«

Clyde öffnete die Wagentür und stieg aus. Brian folgte ihm. Beide liefen draußen vor dem Auto auf und ab.

»Der und sein Kumpel«, zischte Loony leise. »Die sind ganz dicke miteinander.«

Draußen vor dem Wagen erklärte Clyde: »Ich wollte dich nicht kränken.«

»Ich weiß. Wir wechseln uns ab.«

»Es geht nicht bloß darum. Ich brauch einen guten Mann, der unten aufpasst. Loony hat mal wieder zu viel Leim geschnüffelt. Ich brauch aber jemand mit klarem Kopf. Stone tut, was man ihm sagt, aber das reicht mir nicht.«

»Kein Problem. Fick sie für mich.«

»Mach ich. Und die Hälfte der Kehle schlitz ich auch für dich auf.«

»Du meintest, dass sie mal nett zu dir war – stimmt das?«

»Ja. Ist lange her. Bei 'ner Schulschlägerei hat sie mir mal 'nen älteren Schüler vom Leib gehalten. Obwohl ich den

Typen garantiert fertiggemacht hätte. Aber seitdem bin ich scharf auf ihren Arsch.«

»Träume werden wahr.«

Clyde zog ein Schnappmesser aus der Tasche und ließ die Klinge herausspringen. »Sieht ganz so aus.«

NEUN

21.38 Uhr

Raymond Caldwell hatte Verstopfung, und der Pudel musste kacken.

Typisch.

Dass die Scheiße in seinem Innern so hart geworden war wie eine verdammte Betonsäule, war seiner Frau scheißegal, aber sie bekam fast einen hysterischen Anfall, wenn sie meinte, dass der Pudel mit den rosa Zehen und dem gelockten und shamponierten Fell mal nicht auf die Sekunde genau seinen Haufen gemacht hatte. Und natürlich fiel Raymond dann die Ehre zu, Mimi Gassi zu führen.

Na klasse, er hatte diesen Betonklops im Arsch, und der verwöhnte Köter musste ein Ei legen. Ausgerechnet jetzt, wo die Ausscheidungskämpfe der Catcher anfingen, auf die er schon die ganze Woche gewartet hatte.

Heute Abend würde nämlich der Raider diesem miesen Kraut namens Eric Von Stropper zeigen, wo der Hammer hängt. Ihn in die Mangel nehmen und ihm seine hässliche Rübe abreißen. Das würde wahrscheinlich nicht ohne Blut und Knochenbrüche abgehen – tja, und wer musste jetzt Gassi gehen?

Wo war Raymond wohl, wenn auf der Mattscheibe das Blut spritzte?

Draußen auf dem Gehweg, neben dem verdammten Pudel, der gerade sein Ei legte.

Die gute alte Mimi war so alt wie Methusalem. Wieso kratzte der Köter nicht endlich ab? Dieser verdammte Hund würde ihn noch überleben. Raymond war jetzt siebzig, und nächstes Jahr um diese Zeit lümmelte sich womöglich der verdammte Köter auf seinem verwaisten Sessel und sah sich die Ausscheidungskämpfe der Catcher an.

»Mensch, Selma, kannst du heute nicht mal mit dem Hund zum Scheißen rausgehen? Jetzt beginnen gleich die Kämpfe.«

»Ray! Was sind das für Ausdrücke. Mimi kann schließlich nicht wie wir auf Toilette gehn.«

»Und wer muss wohl auf Toilette? Mir kommt es vor, als hätte ich einen Korken im Arsch.«

»Ray, ich dulde in diesem Haus nicht solche Ausdrücke.«

»Das hier ist kein Haus, sondern bloß ein verdammtes Apartment.«

»Ray.«

»Komm mir nicht mit deinem Ray. Wenn du so redest, heißt das, dass du mich nachher nicht ranlässt. Und wenn schon. Vor zehn Jahren war das vielleicht noch 'ne große Sache. Aber die Zeiten sind vorbei. Dann eben nicht. Ich würde die alte Salami nicht mal mit 'nem Kran hochkriegen.«

»Ray, du wirst jetzt auf der Stelle mit Mimi Gassi gehn.«

»Für einen erwachsenen Mann gibt es nichts Peinlicheres, als an der Straßenecke zu stehn und mit anzusehn, wie ein verdammter Pudel seine Visitenkarte hinterlässt. Ich komm mir jedes Mal vor wie auf dem Präsentierteller. Wenn wir schon einen Hund haben müssen, wieso schaffen wir uns dann nicht einen Schäferhund an, ein Tier mit etwas Würde. Nicht so 'ne aufgedonnerte Ratte.«

»Ray, ich kann sehr ungemütlich werden.«

»Als ob ich das nicht wüsste. Meinst du das Zusammenleben mit dir macht Spaß? Da, so ein Mist, jetzt fangen gleich die Kämpfe an.«

Sie warf einen Blick auf die Mattscheibe. »Die werden sich noch 'ne ganze Weile beschimpfen, und dann kommt erst mal Werbung ... Du weißt, dass ich da nicht rausgehn kann. Eine Frau allein ...«

»Ja ja, alle Kerle im Viertel hängen am Fenster, bloß um einen Blick auf dich zu erhaschen.«

»Ich hab früher nicht schlecht ausgesehen.«

»Die Dinosaurier sind mittlerweile auch tot, Selma.«

»Und du bist grad ein Jährchen älter als ich.«

»Verdammt noch mal. Gib mir schon die Scheißleine, damit ich's hinter mich bringe.«

»Und vergiss nicht die Häufchenschaufel mitzunehmen.«

»Ich schaufle keine frische Hundescheiße vom Boden auf.«

»Du kannst das nicht einfach liegen lassen. Sonst tritt noch jemand rein. Du musst es in den Müllcontainer werfen.«

»Also gut, scheiß drauf, gib schon die verdammte Kackschaufel her.«

ZEHN

21.47 Uhr

Becky legte eine Platte von Ray Charles auf und setzte die Nadel auf »Born to Lose«, ihren Lieblingssong.

Da klopfte es an die Tür.

Sie lächelte. Diese verdammte Eva, dachte sie. Sie ging zur Tür und riss sie auf.

Es war nicht Eva.

21.50 Uhr

Mimi machte einen Buckel, und Raymond stellte zufrieden fest, dass der kleine Köter sich ganz schön abmühte. Vielleicht drückte er so fest, dass er tot umfiel. Geschah dem kleinen Mistvieh recht. Er kannte das: Zweimal am Tag krepierte er fast selbst, und die Hämorrhoiden erst, oh Mann, groß wie Fußbälle.

Da schrie jemand – nur kurz, als hätte man den Schrei erstickt.

Raymond drehte sich um. Es kam von gegenüber, aus der oberen Etage des Apartmenthauses.

Er zerrte an Mimis Leine, machte sich auf den Weg zur Treppe. Bis ihm sein gesunder Menschenverstand sagte: Augenblick mal. Vermutlich bloß irgendein Ehemann, der gerade seinen Ständer in die ...

Erneut ein Schrei, gedämpft wie der erste, als sei die Stimme hinter einer Hand hervorgekommen, die sie genauso schnell wieder erstickt hatte.

Er kam auf jeden Fall aus einer der oberen Etagen, dachte Raymond. Er verließ die Rasenfläche und steuerte im Halbdunkel auf die Treppe zu. Als er um den Müllcontainer bog, sah er die Gestalt, die am Treppenaufgang stand. Sie hatte ihm den Rücken zugekehrt, einen Fuß auf der untersten Stufe. Raymond konnte erkennen, dass der Mann ein Gewehr in den Händen hielt, vielleicht war es auch eine Schrotflinte.

Raymond ließ die Hundeleine los, legte beide Hände fest um den Griff der Kotschaufel und hielt sie vor sich wie einen Baseballschläger. Mit zügigen Schritten ging er auf die Gestalt zu. Das Herz schlug ihm bis zum Hals, wie ein Sandsack, der von einem Boxer mit rhythmischen Schlägen bearbeitet wird.

Als er die Treppe erreicht hatte und ihn nur noch die Metallstufen von dem Mann mit der Waffe trennten, sah er durch die Zwischenräume der Stufen, wie sich der Typ plötzlich umdrehte.

Er war sehr jung, sein Gesicht nahm plötzlich einen verdutzten Ausdruck an, die Schrotflinte – Raymond sah nun, dass es sich um eine Schrotflinte handelte – hob sich, und der Junge legte durch die Metallstufen hindurch auf ihn an.

Raymond schlug mit der Kotschaufel seitlich gegen den Lauf, sodass dieser nach rechts sauste. Es gab einen lauten Knall, und Raymond fragte sich: Bin ich jetzt tot?

Eine Sekunde später war ihm klar, dass er nichts abbekommen hatte. Mit der freien Hand packte er den Lauf der Flinte, zerrte daran und riss sie dem Jungen, durch die Stufen hindurch, aus der Faust.

Der Junge schrie ihm irgendwas zu und kam grinsend um die Treppe herum; dabei bleckte er die Zähne wie ein tollwütiger Hund.

Raymond ließ die Flinte fallen, packte mit beiden Händen die Kotschaufel, holte tief Luft und schlug sie ihm mit voller Wucht auf den Schädel.

Der Junge ging in die Knie.

Dann holte Raymond erneut aus, und als er diesmal seinen Schädel traf, spritzte Blut hervor; wie ein schwarzer flüssiger Schatten klatschte es auf den Betonboden.

Und der Typ fiel nach vorne aufs Gesicht. Er war erledigt.

Mimi kam angerannt und verbiss sich in sein Bein.

Raymond packte die am Boden liegende Schrotflinte und stieg die Treppe hinauf, denn er wollte wissen, woher die Schreie gekommen waren. Da stimmte etwas nicht, irgendwas stank hier gewaltig.

Oben angekommen, blieb er stehen und warf einen Blick nach unten. Der Junge war immer noch bewusstlos. Die Kotschaufel lag, wo Raymond sie hatte fallen lassen, um sie gegen die Flinte zu tauschen. Und Mimi kaute auf dem Schuh des Jungen herum, zerrte daran und knurrte wütend. Na ja, dachte Raymond, vielleicht ist der kleine Scheißer ja doch zu was zu gebrauchen. »Braver Hund«, sagte er leise.

Dann lud er die Flinte durch.

Brian hatte am Auto Wache geschoben, von der Straße aus behielt er die Zufahrt im Auge. Loonys Job war es, das Grundstück und die Treppe zu überwachen.

Doch beim Knall der Schrotflinte war er herumgefahren.

In einiger Entfernung, im Schatten, sah er zwei Gestalten miteinander kämpfen. Eine davon konnte er als Loony identifizieren, und er sah, wie er sich an den Kopf fasste und in die Knie ging. Die andere Gestalt hatte etwas in der Hand und schlug damit auf Loony ein, und sofort begriff Brian, dass der Mann jetzt die Schrotflinte hatte und damit die Treppe hinaufging. Ein kleiner Köter knabberte an Loonys Bein.

»Verdammt«, sagte Brian leise.

Er sprang in den Chevy, ließ den Motor aufjaulen. Den Schuss hatten Clyde und Stone bestimmt auch gehört, aber falls nicht ...

Er drückte dreimal kräftig auf die Hupe.

Raymond, der gerade den Gang vor den Apartments entlangschlich und Ausschau nach etwas Verdächtigem hielt, hörte ebenfalls die Hupe. Er warf einen Blick auf den Parkplatz und sah ein Scheinwerferpaar, das sich rasch dem Wohnhaus näherte.

Dann hörte er rechts neben sich ein weiteres Geräusch und fuhr herum.

Die Tür, vor der er stand, flog auf und zwei Körper knallten mit solcher Wucht gegen ihn, dass er rückwärts gegen das Geländer prallte und die Flinte fallen ließ. Sie sauste in die Tiefe – und er fast hinterher.

Mehrere Fäuste schlugen auf seinen Kopf ein, und er rutschte, den Rücken am Geländer, zu Boden. Er sah jetzt nichts außer Beine. Und hörte Musik, von diesem schwarzen Typen, Ray Charles – und durch die Beine hindurch sah er eine Frau am Boden liegen, nackt und geknebelt, die ausgestreckten Arme an ein Möbelstück gefesselt.

Dann setzten sich die Beine vor ihm in Bewegung, traktierten ihn mit Tritten. Es tat weh.

Und ihm fiel der Raider ein, der Raider mit seiner berühmten Beinschere, und wie er einst Leroy Jerowsky in die Zange genommen und ihn mit solcher Wucht zu Boden geworfen hatte, dass Leroy hinterher ein Loch im Schädel hatte.

Schon wieder ein Tritt auf den Brustkorb, Raymond wälzte sich, ließ seine alten Beine durch die Luft sausen, erwischte eines der Beinpaare überm Knie und nahm es in die Zange. Der Junge kippte nach vorn und knallte mit der Stirn aufs Geländer, das gab ein hübsches, angenehmes Geräusch: als wenn man eine Wassermelone hochwirft und mit einem Vierkantholz zuschlägt. Der Junge fiel genau neben ihn.

Raymond versuchte, seine Beine unter ihm hervorzuziehen und aufzustehen, doch da verpasste ihm der andere Typ einen kräftigen Tritt gegen den Kopf.

Raymond versuchte davonzukriechen, aber die Tritte folgten ihm.

Und er verlor für einen Moment das Bewusstsein.

Die Beine entfernten sich.

Unten schrie jemand. Dann hörte er, wie Mimi einmal kurz aufheulte. Und etwas Scharfes drang in seine Kehle, drehte sich, und er spürte eine feuchte Wärme im Gesicht und auf der Brust, und sein letzter Gedanke war, dass er jetzt die verdammten Kämpfe der Catcher verpasste, das hatte er nun davon.

Dann rollte er zur Seite und landete auf dem bewusstlosen Jungen neben sich.

Elf

Der schwarze Chevy rauschte durch die Nacht. Am Steuer saß Brian. Loony hielt sich den Schädel, Blut lief über seine Finger.

Auf dem Wagenboden der tote Pudel mit blutverschmiertem Fell. Und auf dem Rücksitz Stone, mit hängendem Kopf.

»Ihr dummen Wichser«, fluchte Brian. »Ihr dummen Wichser! Schmeißt den verdammten Hund raus!«

»Ich werd das Scheißviech ausstopfen«, sagte Loony. »Ich werd den kleinen Bastard ausstopfen und ihn als Fußball benutzen.«

»Schmeiß den verdammten Hund raus, du Idiot!«

»Der Schwanzlutscher hat mir das halbe Bein abgeknabbert ...«

»Schmeiß diesen Scheißhund raus, oder – verdammt, oder ich schmeiß *dich* raus.«

Loony packte den blutigen Pudel am Nacken und warf ihn zum Wagenfenster hinaus. Bluttropfen spritzten auf die Seite des Wagens und wurden zu Stones Fenster wieder hineingeweht; sie sprenkelten sein Gesicht, als wäre eine Erdbeere darin explodiert. Er reagierte nicht, saß bloß mit hängendem Kopf da.

»Loony, du blöder Sack. Du dämliches Stück Scheiße«, sagte Brian. »Und du, Stone, haust einfach ab und lässt Clyde im Stich. Was ist los mir dir, Mann?«

Stone schüttelte heftig den Kopf. Er hatte Tränen in den Augen. Und mit der flachen Hand schlug er immer wieder neben sich auf den Sitz. Er gab einen Laut von sich, der wie eine Mischung aus Schrei und Stöhnen klang.

Brian überfuhr eine rote Ampel, bog nach rechts in eine Seitenstraße und gab Vollgas. Dann wurde der schwarze Chevy eins mit der Nacht. Und war verschwunden.

4 BESESSEN

EINS

So zog der Sommer ins Land.

Clyde behielt die Namen seiner Komplizen für sich, und die drei Jungs, die ihn in jener Nacht begleitet hatten, atmeten erleichtert auf; Brian meinte zu den beiden anderen nachdenklich: »Na ja, das wundert mich nicht. Er ist eben ein Übermensch.«

Doch es dauerte nicht lange, da erhängte sich der Übermensch an den Gitterstäben seines Zellenfensters, und Brian fragte sich so manche Nacht, warum er das getan hatte.

Darauf verließen sie DAS Haus (als sein dubioser Besitzer es dann doch noch renovieren musste, fand man im überflu teten Keller lauter Leichen, und die Zeitungen waren voll davon), und Stone und Loony gingen zunächst getrennte Wege, schauten hin und wieder zu Hause bei Brian vorbei, nachts, wenn es dunkel war und die Leute in der Straße schliefen.

Die drei verhielten sich ruhig und unauffällig.

Und schließlich verloren die Zeitungen, die Radio- und Fernsehstationen das Interesse am Ripper, sowie an der Tatsache, dass die anderen Beteiligten nach wie vor frei herumliefen.

Es gab keine Überfälle des Rippers mehr. Galveston atmete auf und war zufrieden.

Aus dem Sommer wurde Herbst.

Und Mitte Oktober lag Brian eines Nachts schlafend im Bett und spürte zum ersten Mal, wie sich etwas, zunächst noch ganz zaghaft, in sein Hirn schlängelte.

Er träumte von einer langen schmalen Gasse, die vollkommen dunkel war, und aus dem Dunkel näherte sich langsam eine Gestalt, die bei jedem Schritt ein ploppendes Geräusch machte, und irgendwie wusste Brian, dass diese Gestalt ein Dämon war, und dieser Dämon nannte sich der Gott der Klinge.

Der dämonische Gott kam die finstere Gasse seines Bewusstseins hinunter, und Brian bekam es mit der Angst. Er wollte aufwachen, aber es ging nicht. Er versuchte, krampfhaft an etwas anderes zu denken. Vergeblich.

Langsam kam der Dämon näher, und bei jedem Schritt ertönte dieses schreckliche Ploppen.

Er war jetzt ganz nah. Und deutlich zu erkennen, als er aus der Finsternis trat.

Der Gott der Klinge war groß und schwarz, in seinen Augen glühte das Licht explodierter Sterne, und sein Gebiss bestand aus 32 silbernen, auf Hochglanz polierten Krawattennadeln. Er trug einen Zylinder, an dessen Hutband verchromte Rasierklingen blinkten. Sein Mantel und seine Hose (auch das wusste Brian, ohne dass ihm klar war, woher) war aus dem gehäuteten Fleisch eines alten Aztekenkriegers angefertigt. Aus den Hosentaschen ragten, wie Süßigkeiten, abgehackte, blutige Finger. Von der Westentasche – ein rosiger Schlitz, aus dem mal ein Menschenauge geblickt hatte – hing eine lange Schnur aus Gedärmen, an der eine riesige Taschenuhr baumelte, die Uhr des Schattenreichs (das wusste Brian ebenfalls, ohne es ganz zu begreifen). Als Schuhe trug der Dämon (auch das wusste Brian unerklärlicherweise) die zerfetzten Köpfe guillotinierter Franzosen, Relikte einer längst vergessenen Revolution. Seine Pferdefüße passten wunderbar in die toten Münder, und die Köpfe gaben bei jedem Schritt ein dumpfes

Geräusch von sich, als würde jemand mit einem schweren Medizinball über einen Holzboden dribbeln.

Und anstelle der Fingernägel hatte der Dämon Rasiermesserklingen. Er rieb sie beim Gehen aneinander, sodass es klapperte und Funken sprühten.

Dann war er ganz nah und zauberte aus dem Nichts einen Stuhl aus menschlichen Beinknochen hervor, er nahm auf der Sitzfläche Platz, die aus Rippen, Fleischstücken und Haarbüscheln bestand, schlug die Beine übereinander und ließ einen der kaputten Kopfschuhe herabbaumeln. Dann griff er in die Luft und ließ eine Bauchrednerpuppe erscheinen, die er auf seinem Knie platzierte. Die Puppe trug eine schwarze Lederjacke mit Reißverschlüssen, Jeans, ein schwarzes T-Shirt und Turnschuhe. Der aus Holz geschnitzte Kopf, mit lächerlich roten Wangen, hatte Clydes Gesicht.

Der Gott schob von hinten seine Hand in die Clyde-Puppe, richtete sie auf und setzte sie auf sein Knie. Die Puppe machte den Mund auf. »Lang genug rumgehangen, was?«

Brian wollte etwas sagen, brachte jedoch kein Wort über die Lippen. Er wusste nicht so recht, wo genau er sich in diesem Traum befand.

»Zeit, in die Gänge zu kommen«, sagte die Puppe. »Es gibt noch einiges zu erledigen. Diese Lehrerin hat nämlich nicht bekommen, was sie verdient. Du musst dich jetzt darum kümmern.«

Brian brachte immer noch keinen Ton heraus. Er hatte nicht das Gefühl zu träumen. Und er hatte Angst.

»Meinen Kumpel kennst du ja, oder?«, fragte die Puppe.

»Der Gott der Klinge«, sagte Brian, der plötzlich die Sprache wiedergefunden hatte.

»Richtig. 'ne ganz große Nummer. Wer dazugehört, erkennt ihn, wenn er ihn vor sich hat. Man könnte sagen, dass ich seine Puppe bin, war ich ja schon immer. Und du bist meine. Ich werd mich in deinem Kopf einquartieren. Heute Nacht schaffe ich die Möbel rein ... für Miete und Nebenkosten kommst du auf, kapiert?«

»Glaub schon.«

»Aber sicher doch. Schön, ich will, dass du diese zwei Scheißkerle ausfindig machst, Loony Tunes und Stone, und ich will, dass ihr euch endlich diese Lehrerin vorknöpft. Ich will, dass du ihr das Herz aus dem Leib schneidest und das Weibsstück an ihren Zehen aufhängst. Verstanden?«

»Ja, aber ...«

»Aber? Aber? Kein aber. Das kannst du dir in den Arsch schieben. Kapiert? In den Arsch. Also sieh dich vor, Brian, und tu lieber, was man dir sagt, sonst reiß ich dir den Arsch auf. Du jämmerliches, beschissenes Exemplar eines Übermenschen.« Die Clyde-Puppe drehte quietschend den Kopf, blickte hinauf in die schauerliche Visage des Gottes der Klinge und schüttelte den Kopf. Der Dämon schüttelte ebenfalls den Kopf, ganz langsam, und machte keinen besonders glücklichen Eindruck. Er blickte so finster drein, dass seine spitzen Zähne aus dem schmalen Mund ragten. Sie bohrten sich durch die Lippen, bis schwarze Blutstropfen heraustropften.

Die Puppe hob ihre hölzerne Hand und sagte: »Moment mal, einen Augenblick. Brian ist in Ordnung, er ist momentan nur etwas durcheinander, nicht ganz da.«

Worauf sich die Puppe wieder Brian zuwandte, ein Stück vorbeugte und sagte: »Brian, das hier ist kein Traum, mein Junge. Das hier ist das einzig Wahre, und klopf auf Holz« – die Puppe klopfte sich mit den Knöcheln gegen die hölzerne Brust –, »ich hab dem alten Klingengott hier klargemacht, dass auf dich Verlass ist.« Die Puppe beugte sich so weit nach vorn, dass sie fast vom Knie kippte. »Du wirst mich doch nicht enttäuschen, oder?«, fragte sie leise.

»Nein«, sagte Brian. »Natürlich nicht.«

»Natürlich nicht.«

»Ich dachte nur, dass ich träume, das ist alles. Ich meine, ich wusste nicht, dass du das wirklich bist.«

»Gut.« Die Puppe lehnte sich zurück, drehte den Kopf und sah dem Dämon erneut ins Gesicht. »Siehst du«, sagte sie. »Ich hab dir doch gesagt, dass Brian okay ist, oder?«

Der Dämon gab keine Antwort, doch einige seiner spitzen Zähne verschwanden wieder im Mund. Und seine Miene schien sich zu entspannen; das abstoßend hässliche Gesicht war jetzt einfach nur noch hässlich.

Die Puppe wandte sich wieder an Brian: »Also sieh zu, dass du in die Gänge kommst, Mann, und zwar schnell. Heut Nacht pack ich meine Koffer, und ich werd dafür sorgen, dass mein ganzes Zeug in deinen hohlen Kopf gebracht wird ... sagen wir, so um sechs?

Nur damit du Bescheid weißt: Der Gott hier ist ein ziemlich geduldiger Kerl, ja, noch geduldiger als ich. Und du weißt ja, ich hab eine Engelsgeduld. Ich meine, ich hab's einfach nicht übers Herz gebracht, Loony die Eier abzureißen, obwohl ich es hätte tun sollen. Hätt ich das rechtzeitig getan, nun, dann säße ich jetzt nicht hier und würde mich mit dir unterhalten.

Nicht, dass mich das sonderlich stört – ich meine, ich musste mich ganz schön auf die Hinterbeine stellen für das, was mir der alte Gott hier versprochen hat. Er kam zu mir in die Zelle und sagte: ›Clyde, mein Junge, es gibt einen Ausweg für dich. Du musst nur zu uns ins Schattenreich kommen.‹ Ich dachte mir: Wieso eigentlich nicht? Ich meine, was sollte ich sonst tun? Und hier bin ich also.« Die Puppe breitete die Hände aus und grinste.

»Hier lässt es sich leben. Bier, Muschis, jede Menge Blut. Ja, das Blut, Brian, wunderbar. Und die Macht, die ich hier habe, Mann. Ich meine, ich kann tun und lassen, was ich will, alles, was Spaß macht.

Ich will dir nicht das Ohr abkauen. Sondern nur eins klarmachen: Entweder tust du deine Pflicht und kommst zu uns ins Schattenreich und lebst wie ein König, oder du landest bei uns, nachdem du es versaut hast, aber dann hast du nicht viel zu lachen, Alter.

Für Versager gibt's hier echt fiese Strafen. Sie lassen dich zum Beispiel in alle Ewigkeit auf einer Messerschneide reiten – während du spürst, wie sie dir in die Eier und den Unterleib dringt, ohne dass du verreckst, sie sägt einfach nur immer weiter und ... nun, wir müssen nicht noch deutlicher werden, oder?«

Brian schüttelte den Kopf.

»Du bedeutest mir etwas, Brian, wirklich. Ich will nur das Beste für dich, aber bevor du so richtig Spaß haben kannst, musst du ein paar Sachen erledigen. Glaub mir, ich weiß, dass das nicht einfach ist. So was kann leicht ins Auge gehen, oder? Ich meine, ich hab meine Erfahrung gemacht, und ich hab's nicht vergessen. So leicht vergesse ich nichts, Alter. Also, um es auf den Punkt zu bringen – ich will, dass du diese Fotze von Lehrerin erledigst, und jeden, der versucht, dir dabei in die Quere zu kommen. Und wenn du damit fertig bist, kannst du dir überlegen, ob du zu uns kommst, um mit uns zu feiern.« Die Puppe wandte sich dem Gott zu. »Richtig, G. K.?« Der Gott nickte kaum merklich mit seinem furchterregenden Haupt.

»Ich verstehe«, sagte Brian.

»Na, klasse«, sagte die Clyde-Puppe. »Dann ist ja alles bestens.«

»Kein Problem, Clyde.«

»Und es kommt noch besser: Ich werd die ganze Zeit bei dir sein. In deinem Kopf. Ich bin du. Und du bist ich – sozusagen. Du verstehst, was ich meine?«

Brian nickte.

»Gut.« Plötzlich wandte sich die Puppe dem Gott zu und fragte: »Wie bitte, G. K.?«, was Brian überraschte, denn er hatte den Gott kein Wort sagen hören. »Genau«, sagte Clyde zu der finsteren Gestalt.

»Er sagt, wir schlagen die Zeit tot, aber keine Leute. Er hat recht, weißt du.«

Der Dämon griff nach unten, nahm die Uhr des Schattenreichs, die an den Gedärmen baumelte, und hielt sie vors Gesicht. Er blickte so finster drein, dass sich die spitzen Zähne erneut durch die Lippen bohrten. Dann drehte er die Uhr um, damit Brian das Zifferblatt sehen konnte.

Brian sah zwei Knochenfinger, die als Zeiger dienten, die Uhr hatte allerdings keine Ziffern, sondern ein Gesicht, ein menschliches Gesicht, und zwar seins. Es war unter dem Uhrglas gefangen, wand sich, drückte sich die Nase am milchigen Glas platt und hinterließ kleine fettige Schlieren.

Der Dämon zog die Uhr zurück und warf einen Blick drauf. Und zum ersten Mal sprach er, und seine Stimme dröhnte und krachte wie ein schauerliches Gewitter in stürmischer Nacht: »Friede deiner Asche«, sagte er.

Er ließ die Uhr wieder zwischen seine Beine fallen. Sie schwang hin und her wie ein Pendel, und jedes Mal, wenn sie über den Boden schrammte, sah man Funken sprühen.

Brian stöhnte auf, während er dachte: Wie komm ich nur aus diesem Albtraum?

»Das ist kein Albtraum«, sagte die Clyde-Puppe, als hätte Brian laut gesprochen. »Jedenfalls keiner, aus dem man irgendwann aufwacht. Wir haben was zu erledigen. Du musst nichts überstürzen, aber ...« Rings um den Mund und die Augen bekam das Holz des Puppenkopfs Risse und begann zu splittern, und Brian konnte unter dem Holz menschliches Fleisch erkennen, während Clyde den Satz mit lauter, schallender Stimme beendete: *»Ich will diese Schlampe! Ich will sie* *haben! Und ich will sie tot! Tot! Tot! Tot!«* Dann fuhr er fort, mit einer Stimme so ruhig wie das Auge eines Hurrikans: »Und wenn ich sie nicht kriege – na, rate mal, wer dann stattdessen dran ist? Du kennst ihn. Ich kenne ihn. Sein Vorname fängt mit B an, und sein Nachname auch. B. B. Kommt dir bekannt vor?«

»Ich knöpfe sie mir vor, Clyde.«

»Hey, seh ich aus, als würd ich mir deswegen Sorgen machen? Ich habe nie dran gezweifelt. Das wirst du, ich weiß es.« Die Puppe hob die Hand, deutete mit dem Zeigefinger auf Brian. Durch die Fingerkuppe drang echtes Fleisch. »Ich bin du. Du bist ich.« Um den Mund und die Augen der Puppe erschienen jetzt immer mehr Risse. Einer lief die Wange hinauf, bis zum rechten Auge, das in lauter Stücke zersprang. Dahinter prangte ein menschliches Auge – Clydes Auge.

»Die knöpf ich mir vor, Clyde. Glaub mir, ich knöpfe sie mir vor.«

»Dir bleibt keine Wahl – es sei denn, du willst mit 'nem Rasiermesser im Arsch in der Ewigkeit landen. Weißt du, Brian, der Gott der Klinge ist unser Gott. Der Herrscher über alles, was scharf ist und schneidet – ob Messer, Rasierklingen oder die scharfe Kante eines Blatt Papiers. Ich meine, er ist unsere Nummer eins. Er wird bei dir sein, wenn du der Schlampe das Herz aus der Brust schneidest – er wird bei uns sein! Er wird uns die Hand führen.«

Die Clyde-Puppe sackte in sich zusammen. Aus ihrem Gesicht fielen Holzsplitter. Der Gott der Klinge nahm seinen Zylinder ab – wenn Brian nicht so entsetzt gewesen wäre, hätte er die Glatze mit dem Reißverschluss in der Mitte vielleicht komisch gefunden – und stopfte die Puppe hinein. Dann setzte er den Hut wieder auf, und Brian hörte deutlich, wie unter dem Hut ein Reißverschluss auf- und zugezogen wurde.

Der Dämon griff nach den Gedärmen, an denen seine Uhr baumelte, ließ sie in seine Hand schnellen und drehte mit der anderen schnell am Rädchen. Brian spürte, wie sich in seinem Kopf eine Feder spannte, so stark, dass sie fast riss.

»Tempus fugit«, brummte der Dämon, und Brian saß aufrecht im Bett, wie ein halb geöffnetes Schnappmesser, und draußen vorm Fenster dröhnte es ebenfalls, doch das war nur ein Donner, nicht der Gott der Klinge mit seiner Stimme, und kurz darauf zuckte ein Blitz auf, das Zischen klang fast wie ein kosmischer Seufzer.

Und Brian merkte, dass er wie ein Baby ins Bett gemacht hatte.

ZWEI

Am nächsten Morgen zog Brian sein Bettlaken ab, trug es runter und steckte es in die Waschmaschine. Seiner Mutter erklärte er, es sei verschwitzt. Sie stellte keine Fragen, weil sie auch sonst bisher keinen Anlass dazu gesehen hatte, und Brian ging wieder hinauf in sein Zimmer. Doch auf halbem Wege blieb er stehen und lauschte. Da war ein Geräusch, als würde ein Stuhl über den Boden scharren. Kam das aus seinem Kopf? Oder bildete er sich das nur ein?

»Heut Nacht schaffe ich die Möbel rein ... packe meine Koffer ... sagen wir so um sechs ...«

Brian stürmte die Treppe hinauf in sein Zimmer und rannte zum Spiegel im Bad. Hinter seinen Augen konnte er, wenn auch nur schwach, die Augen von Clyde erkennen.

»Hab's kapiert, Alter«, sagte Brian. »Mach dir mal keine Sorgen, Alter. Ich krieg das schon hin. Stell da drüben bei euch schon mal das Bier für die Party kalt.«

DREI

Geisterstunde.

Eine kühle Oktobernacht, in den Bäumen und im Gebälk der Häuser ächzt der Wind, als würden unzählige sterbende Menschen gleichzeitig ihren allerletzten Atemzug tun.

Auf der Straße nähert sich ein schwarzes Auto mit tanzenden Scheinwerfern und brummendem Motor.

Vor dem Haus der Blackwoods erlöschen die Scheinwerfer, verstummt der Motor. Türen werden geöffnet und leise wieder zugedrückt.

Kurz darauf klappert es bei Brian am Schlafzimmerfenster. Zweimal.

Brian dreht sich auf die Seite und lauscht. Während er sich fragt: Ist das Clyde, der gegen mein Hirn klopft?

Zitternd setzt er sich auf.

Wieder das Klappern am Fenster.

Er schlägt die Decke zurück, schlüpft in seine Pantoffeln und schlurft zum Fenster.

Schon wieder das Klappern, und jetzt wird Brian klar, dass von draußen jemand Steinchen gegen die Scheibe wirft. Er blickt hinaus und sieht ein wartendes Auto am Straßenrand stehen. Er kennt den Wagen.

Wieder fliegt ein Steinchen gegen die Scheibe. Brian schiebt das Fenster hoch, blickt hinunter und sieht zwei vertraute Gestalten.

Sie winken. Brian hebt die Hand, winkt zurück.

Dann schließt er das Fenster, zieht sich an und geht hinunter.

VIER

»Clyde hat sich bei mir gemeldet«, sagte Brian zu den beiden.

Stone und Loony sahen sich an.

»Möchte wetten, dass er ganz schön stank«, sagte Loony, der Brians Bemerkung für einen Scherz hielt.

»Im Traum. Er meinte, wir sollen diese Lehrerin töten, die Schlampe, bei der er geschnappt wurde. Wir müssen das dringend erledigen.«

Loony wechselte erneut einen Blick mit Stone.

»Ich weiß, das hört sich vielleicht ein bisschen komisch an, aber es stimmt. Clyde hat sich in meinem Kopf eingenistet. Wie in ein Puppenhaus oder so was, wisst ihr.«

Loony schwieg, sagte dann: »Klar.«

»Ich weiß, ihr denkt, ich wäre verrückt. Aber er meinte zu mir, dass wir das tun müssen.«

»Ist mir egal, ob du verrückt bist oder nicht«, sagte Loony und fügte rasch hinzu: »Nicht, dass ich dich für verrückt halte. Ich meine, wenn du sagst, wir müssen das tun, dann machen wir das. Egal, was du sagst, ich bin dafür. Ich find's gut, wenn mir einer sagt, was ich tun soll. Allein krieg ich ja doch nichts auf die Reihe. Und Stone geht's genauso. Was, Stone?«

Stone nickte.

»Clyde ist jetzt in mir«, sagte Brian. »Er wohnt in meinem Kopf.«

»Klar«, sagte Loony. Er hatte Terpentin geschnüffelt, daher konnte ihn nichts aus der Fassung bringen.

»Hört zu, wir knöpfen uns die Alte sehr bald vor«, sagte Brian.

»Wann du willst. Von mir aus gleich heute Nacht.«

»Nee. Wir wollen nichts überstürzen. Wir müssen auf das richtige Omen warten.«

»Omen?«

»Ein Zeichen.«

»Was denn für ein Zeichen?«

»Am achtundzwanzigsten Oktober.«

»Was ist denn am achtundzwanzigsten?«

»Clydes Geburtstag. Dann schlagen wir zu.«

»Von mir aus. Ist mir egal, welche Nacht.«

»Nein. Die ist perfekt. Die Nacht von Clydes Geburtstag. Dann wäre er achtzehn geworden. Es wäre ihm bestimmt nicht recht, wenn ich länger warten würde.«

»Dann also am Achtundzwanzigsten.«

»Abgemacht ... Hey, sitzt da noch jemand im Wagen?«

»Ja.«

»Was soll der Scheiß? Was hat der im Auto zu suchen? Wer ist das?«

»Jimmy und seine Alte.«

»Wer?«

»Jetzt werd nicht gleich sauer. Der hat uns aus der Klemme geholfen.«

»Wie denn?«

»Er arbeitet beim Gericht.«

»Du sollst mir nicht den Lebenslauf von dem Scheißkerl erzählen. Ich will wissen, wieso ihr den hier anschleppt. Los, raus mit der Sprache!«

»Ist ein Freund von uns. Ehrlich.«

»Du meinst, er hat dir 'ne Tube Klebstoff spendiert.«

»Er arbeitet beim Gericht ...«

»Was hat das damit zu tun?«

»Ich versuch's dir ja dauernd zu erklären. Reg dich ab und hör zu.«

»Jetzt bin ich aber gespannt.«

»Hör mal, ich dachte, dass er uns vielleicht helfen kann, weil er beim Gericht arbeitet. Dass er uns vielleicht ein paar vertrauliche Informationen über Clyde beschaffen kann, aber dann hat Clyde sich aufgehängt, hat einfach Schluss gemacht.«

»Er ist in meinem Kopf.«

»Ach so, ja. Klar, Mann. Ich meine ... ich hab gedacht, vielleicht können wir mithilfe von Jimmy rauskriegen, wie das im Knast so läuft, ich dachte, vielleicht können wir Clyde da rausholen, aber dann hat er sich aufgehängt – und das war's dann. Aber Jimmy hat uns bei sich wohnen lassen.«

»Weiß er über uns Bescheid? Was wir angestellt haben?«

»Na ja ...«

»Na ja, was?«

»Na j... irgendwie schon.«

»Vollidiot!« Brian gab ihm eine schallende Ohrfeige.

»Ach Scheiße, Mann«, wehrte sich Loony, »er hat uns wirklich geholfen. Er will bei uns einsteigen. Ich meine, Clyde hat früher doch auch neue Leute angeschleppt.«

»Der wusste auch genau, was er tat. Du nicht.«

»Der Typ ist in Ordnung. Stimmt's, Stone?«

Stone nickte.

»Wunderbar, Stone findet, dass der Typ in Ordnung ist. Ich meine, darauf hab ich echt gewartet, dass mir Stone sagt, der Typ ist in Ordnung. Wenn man euch zwei Arschlöcher auch nur eine Minute aus den Augen lässt – wie lange wohnt ihr schon bei ihm?«

»Seit der Nacht, in der wir beschlossen haben, nicht mehr in unser altes Haus zurückzukehren. Hör mal« – Loony trat näher an Brian heran –, »du wirst stolz auf mich sein. Der Typ ist ein Vollidiot. Ich meine, der hat Schiss vor uns. Macht einen auf Freund, was er ja irgendwie auch ist. Der würde es sich nie mit uns verscherzen. Wegen seiner Freundin. Wir haben ihm zwar nie genau gesagt, was wir mit ihr anstellen würden, aber ich hab da mal was angedeutet.«

»Du hast mal was angedeutet.«

»Ich sage dir, der ist okay. Ein Mann mehr kann nicht schaden.«

»Eine Schnalle mehr schon.«

»Für ein Mädchen ist sie ganz in Ordnung.«

»Mensch, Loony. Wieso gibst du nicht gleich 'ne Anzeige in der Zeitung auf?«

»Der ist okay. Wenn er nicht okay ist, mach ich ihn persönlich fertig. Auf der Stelle. Wenn er dir nicht gefällt, schneid ich ihm die Eier ab. Und zwar gleich hier. Und dem Mädchen lutsch ich die Augen aus. Hier. Auf der Stelle. Ein Wort von dir genügt. Wenn du keinen Bock hast, sie dir anzusehen – auch gut. Du musst nur sagen, dass ich sie alle machen soll, und ich geh rüber und tu's. Was du sagst, wird gemacht. Musst es nur sagen.«

»Lass sie mich mal ansehen.«

»Klar. Falls sie dir nicht gefallen – ein Wort genügt. Du musst nur sagen was ich tun soll, und ich mach's. Stone ebenfalls. Oder, Stone?«

Stone nickte.

Loony zog sein Sweatshirt hoch. Vorne in der Hose hatte er ein langes Messer samt Scheide stecken. »Ein Wort genügt.«

»Also gut, dann gehn wir mal zu diesem Jimmy und seiner Schnalle.«

»Sie heißt Angela.«

»Mir scheißegal, wie die heißt.«

»Ich mein ja nur.«

»Schnauze, Loony. Du bist klüger, wenn du einfach die Klappe hältst.«

»Ja, ist gut. Ich hab von nichts 'ne Ahnung.«

Sie gingen hinüber zum Chevy. Hinten ging eine Tür auf und ein schlaksiger Junge mit pickligem Gesicht stieg aus dem Wagen. Ein dunkelhäutiges, attraktives Mädchen folgte ihm.

»Na, ihr zwei Hübschen«, sagte Brian.

Die beiden gaben keinen Ton von sich. Angela legte ihren Arm um Jimmys Hüfte.

»Bist wohl 'ne Latino-Braut?«, fragte Brian.

»Kann sein.«

»Ja oder nein. Was jetzt?«

»Ja.«

»Ihr beiden wollt bei uns einsteigen?«

»Ja«, sagte Jimmy. »Ja, wollen wir.«

»Und wie steht's mit dir?«, wollte Brian von Angela wissen.

Sie sah Jimmy an. »Klar doch.«

»Wir machen keine halben Sachen. Das wisst ihr?«

»Ja, wissen wir.«

»Wer sich nicht an die Spielregeln hält, kann ganz schnell als Rasendünger enden. Ihr wisst, was ich meine?«

»Ja, ich weiß«, sagte Jimmy. »Wissen wir.«

»Das ist gut. Ihr müsst in unserem Team alle Positionen übernehmen können. Fänger, First Base, Shortstop. Ihr spielt, wo wir euch hinstellen. Kapiert?«

»Kapiert«, sagte Jimmy.

»Sie auch?«

»Kapiert«, sagte Angela. »Ich tu, was Jimmy mir sagt.«

»Nee, du tust, was ich dir sage.«

»Wird sie«, sagte Jimmy.

»Das ist gut. Sehr gut. Mir gefällt, wenn ein Mädchen weiß, wer das Sagen hat. Und eins noch: Jetzt, wo ihr dazugehört, kommt bloß nicht auf die Idee, wieder auszusteigen. Kein Versteck ist vor uns sicher, nicht mal, wenn euch die Bullen beschützen.«

»Hab's kapiert«, sagte Jimmy.

»Dann gehört ihr jetzt dazu. Hockt euch wieder ins Auto. Ich hab noch was mit Loony und Stone zu bereden.«

Sie stiegen wieder ein. Und Brian schlenderte mit Loony und Stone zur Mitte der Einfahrt.

»Und? Was hältst du von ihnen?«, fragte Loony.

»Ich weiß nicht. Behaltet sie im Auge. Wenn sie zur Polizei gehn oder was in der Richtung, stopf ich eure Eier mit Kaffeebohnen voll und mach mir 'ne hübsche Rassel draus. Kapiert?«

»Kapiert. Die werden nirgendwo hingehn. Wir werden sie im Auge behalten, oder, Stone?«

Stone nickte.

»Na schön. Ich nehm euch beim Wort. Bis zum achtundzwanzigsten will ich euch beide nicht mehr sehn. In der Zwischenzeit besorgt ihr eine Schrotflinte und ein paar Messer. Vergesst auf keinen Fall die Messer, schön scharf müssen sie sein. Ich werd dieser verdammten Lehrerin das Herz aus dem Leib schneiden.«

»Die Messer gehn klar.«

»Gut. Also bis dann. Ich muss mich wieder aufs Ohr hauen, damit ich's morgen früh rechtzeitig zur Schule schaffe.«

»Zur Schule?«

»Sicher. Im Gegensatz zu euch krieg ich mächtig Ärger, wenn ich da nicht regelmäßig antanze. Darf mir nichts zuschulden kommen lassen.«

»Ich dachte, sie hätten dich rausgeschmissen.«

»Sie haben's rückgängig gemacht. Meine Mutter hat ihnen die Ohren vollgejammert.«

»Was für ein Scheiß.«

»Am Achtundzwanzigsten ist Schluss damit. Dann geht's Richtung Norden.«

»Nichts dagegen.«

»Also, bis dann.«

FÜNF

Es dauerte gut eine Woche, bis die Polizei die Leiche von Brians Mutter fand. Sie lag zerstückelt im Bett und wurde nur entdeckt, weil sich die Nachbarn von nebenan über den Gestank beschwert hatten. Da die alte Dame von ihrer Rente lebte und keine Freunde hatte, sondern nur ihren »lieben kleinen Jungen«, hatte sie niemand vermisst. Wie sich später herausstellen sollte, war sie vermutlich in den frühen Abendstunden des 28. Oktober ermordet worden. Mit ihrem Blut hatte der Täter an die Wand geschrieben:

Gute Nacht, Mami. Ich fahr zur Hölle. Und bleibe dort.

Dein lieber Junge.

PS: Herzliche Grüße von Clyde.

SECHS

28. Oktober, 23.30 Uhr

Sie fuhren zu dem Apartmenthaus, in dem Becky und Montgomery wohnten, stiegen aus dem Wagen und standen einen Moment in der kühlen Oktoberluft.

»Jimmy, du gehst mit uns. Angela, du bleibst im Wagen und passt auf. Sobald hier draußen irgendwas passiert, von dem wir wissen sollten, drückst du auf die Hupe. In diesem Fall lässt du den Motor an und fährst rüber zur Treppe, damit wir rasch in den Wagen kommen. Kapiert?«

Alle nickten.

»Los geht's«, sagte Brian. Die vier überquerten das Grundstück und stiegen die Treppe zur Wohnung hinauf. Brian legte sein Ohr an die Eingangstür. Nichts zu hören.

Dann holte er sein Taschenmesser hervor, schob die Klinge zwischen Türkante und Schloss und ruckelte damit so lange hin und her, bis man ein leises Klicken hörte.

»Kinderspiel«, flüsterte er.

Sie betraten die Wohnung. Brian, Stone und Jimmy hatten jeder ein Messer dabei, Loony die Schrotflinte. Knapp eine Minute später war ihnen klar, dass niemand zu Hause war.

Bis auf eine Katze, die Loony vom Boden hob und streichelte. »Sie hat sich 'ne Katze zugelegt«, sagte er.

Brian fluchte. Sah sich um. Auf dem Küchentresen lag ein Zettel mit einer Nachricht:

Lieber Dean, liebe Eva:
Die Katzenstreu für Casey muss nur einmal gewechselt werden. Frische Streu ist unter der Spüle, Futter auch. Danke fürs Füttern. Und nochmals vielen Dank, dass ihr uns das Blockhaus überlassen habt. Beck

»Scheiße«, sagte Brian, »die sind campen gefahren.«

»Die kommen schon wieder«, sagte Loony und kraulte die Katze hinterm Ohr.

»So lange warten wir nicht. Wir werden sie suchen.«

»Wie denn?«, fragte Loony.

Brian knipste die Lampe über dem Küchentresen an und schlug ein kleines Adressbuch mit Telefonnummern auf, das dort lag. Darin fand er die beiden Namen: Dean und Eva Beaumont. Sie wohnten in der Heard's Lane.

»Na bitte, da haben wir sie«, sagte er. »Die Beaumonts. Wir werden den beiden mal einen kurzen Besuch abstatten und uns erkundigen, wo dieses Blockhaus liegt.« Er riss die Seite aus dem Adressbuch.

Nachdem Loony die Katze getötet hatte, fuhren sie los, Richtung Heard's Lane.

Auf dem Herd in der Hölle hatte der Topf mit Blut gerade zu brodeln begonnen.

TEIL DREI

DER HAI ZEIGT ZÄHNE

31. Oktober (Halloween)

»Alle 16 Minuten wird irgendwo in den Vereinigten Staaten ein Mensch brutal ermordet.«

Statistisch ermittelter Wert

»Wild wie Furien, grausig wie die Hölle.«

MILTON, *Das verlorene Paradies*

»Ha! Mir juckt der Daumen sehr
Etwas böses kommt hierher …«

SHAKESPEARE, *Macbeth*

EINS

31. Oktober, 0.02 Uhr

Ein gewundener Feldweg. Unaufhaltsam schnurrte der 66er Chevy darauf der Zukunft entgegen ...

Ein paar Meilen fuhr der Wagen so weiter. Hinterm Steuer Brian; die Nacht verlieh seinem bleichen Gesicht etwas Gespenstisches; die anderen schliefen, schonten ihre Kräfte.

ZWEI

31. Oktober, 0.27 Uhr

Kurz darauf entdeckten sie eine weitere Weide. Brian hielt an, und Loony stieg aus, um das Stacheldrahtgatter zu öffnen.

Brian fuhr hindurch, Loony schloss das Gatter und stieg wieder ein. Sie rollten über die Weide; vorbei an schlafenden Kühen. Einige wachten auf, hoben den Kopf und sahen zu, wie der schwarze Hai vorüberglitt.

Schließlich erreichten sie eine Gruppe von Kiefern, unter denen eine Tränke stand; neben dem Metalltrog und ringsumher lagen Salzblöcke herum. Der Wagen hielt an, die Scheinwerfer erloschen.

Brian stieg aus, er musste mal pinkeln. »Bin gleich wieder da«, sagte er und verschwand.

Fünf Minuten später stiegen Jimmy und Angela aus dem Wagen und gingen in die entgegengesetzte Richtung. Sie schlenderten über eine kleine Erhebung der Weide, bis sie zu einem Wäldchen aus Laubbäumen kamen, deren Blätter der Herbst fortgefegt hatte. Unter den Bäumen ließen die beiden sich nieder, den Rücken an den Stamm einer Eiche gelehnt.

»Jimmy, ich hab Angst«, sagte Angela.

»Ich weiß. Ich auch.«

»Was sollen wir tun?«

»Weiß nicht.« Dass er noch größere Angst als Angela hatte, behielt Jimmy lieber für sich. Seit er mitbekommen hatte, dass Angela Angst hatte, war Jimmy kurz davor durchzudrehen. Trotz seines Macho-Gehabes gab Angela ihm Halt, und wenn Angela erst mal die Fassung verlor, gingen Jimmy vollends die Nerven durch – und zwar schnell.

»Der Typ ist total durchgeknallt, Jimmy. Und die anderen auch.«

»Ich weiß.«

»Mein Gott, wie sind wir bloß da reingeraten?«

»Durch mich. Ich dachte, ich hätte zwei tolle neue Freunde. Ich, der Draufgänger. Aber Angela, eigentlich bin ich gar nicht so ein harter Typ.«

»Wozu auch. Meine Kindheit war hart genug. Das hat mir gereicht. Ich brauche Zärtlichkeit. Und ich will weg hier. Jimmy, diese armen Leut ...«

»Ich weiß ... als du draußen im Flur standst und fast gekotzt hättest, hat Brian mich gezwungen, an der Frau rumzuschnippeln ... Sie war zwar schon tot, aber er hat mich gezwungen, ein Messer zu nehmen und ihre Brust zu bearbeiten ... Ich wollte nicht, aber wenn ich's nicht getan hätte, hätten sie mich getötet ... und dich auch.«

»Erst hätten sie sich über mich hergemacht. Hast du gemerkt, wie mich dieser Loony manchmal anstarrt?«

»Ja. Ich würd ihn am liebsten umbringen. Aber ... ich bin halt nicht so ein harter Typ, Angela, ich bin einfach ... ich bin einfach Jimmy, sonst nichts.«

»Wir sollten uns absetzen, Jimmy. Dieser Brian, der wird diese Frau töten, und ich weiß nicht mal, wieso eigentlich.«

»Je weniger wir wissen, umso besser.«

»Mein Gott, der ist total durchgeknallt. Völlig irre, noch schlimmer als die beiden anderen. Gestern Nacht, als wir auf der anderen Weide geparkt haben, bin ich ausgestiegen, weil ich mal musste. Ich habe mich unter ein paar Bäume gehockt, und alles war prima, und da hab ich mir ausgemalt, wie es wäre, wenn ich nicht mehr zum Wagen zurückkehre, sondern einfach abhaue.«

»Das hättest du tun sollen.«

»Ich kann dich doch nicht allein lassen. Das würd ich nie machen. Lieber würd ich sterben. Ich hock mich also hin, um zu pinkeln – kommt mir vor, als müsst ich in letzter Zeit ständig pinkeln –, und da merke ich, dass gar nicht weit von mir, im Mondlicht, dieser Brian steht. Er konnte mich zwar nicht sehn. Aber trotzdem hatte ich Angst, weißt du, ich wollte mich lieber nicht zeigen. Bei dem weiß man nie, wie er reagiert, vielleicht denkt er, ich spioniere ihm nach oder so. Also bleibe ich ruhig hocken und denke, der wird schon weitergehn, als er plötzlich anfängt, mit sich selbst zu reden, aber ... das war echt gespenstisch, Jimmy. Ich konnte hören, wie er sich selbst antwortete. Aber nicht mit seiner eigenen Stimme, sondern mit einer anderen, ich schwör's dir, mein Gott« – sie bekreuzigte sich –, »die Stimme, die ihm antwortete, klang ganz anders als seine. Ich hab davon 'ne Gänsehaut gekriegt. Das war zwar eine menschliche Stimme, Jimmy, aber ... irgendwas stimmte nicht damit. Und diese Stimme nannte er Clyde – ich glaub, das ist der Typ, den sie irgendwann mal erwähnt haben. Dieses Schwein, das sich erhängt hat.

Jedenfalls habe ich mich nicht von der Stelle gerührt und mir das angesehen. Mittlerweile hatte ich richtig Angst. Ich konnte sehen, wie Brian anfing, hin und her zu laufen, als wär er nervös, weißt du, und dann war da auf einmal eine dritte Stimme, und ... diese Stimme hatte überhaupt nichts

Menschliches, Jimmy, sie war tief und grollend und klang, als würde jemand gurgeln und gleichzeitig reden, und zwar laut. Am liebsten wäre ich einfach abgehauen, weißt du, aber ich hatte eine Heidenangst. Ich glaube, dieser Typ ist völlig durchgeknallt. Redet mit sich selbst und antwortet mit zwei verschiedenen Stimmen ... Ich hab keine Ahnung, wie er die dritte Stimme hingekriegt hat, keine der beiden klang wie seine. Und einmal, ich bin mir nicht sicher, Jimmy, ich hatte solche Angst, und vielleicht hab ich mir das bloß eingebildet – aber einmal hörte es sich an, als würden Brian und diese Stimme, die er Clyde nannte, gleichzeitig reden ... nur ein paar Sekunden lang, weißt du, so als wollten beide, Brian und diese Clyde-Stimme, gleichzeitig etwas sagen, und als Brian es merkte, war er still, und die Stimme, die er Clyde nannte, redete weiter.

Ich hab nicht verstanden, worüber sie geredet haben, zumindest nicht viel, ich war zu weit weg. Aber ich hab irgendwas von Klingen und morgen Nacht gehört, und dann setzte sich Brian auf den Boden – ich meine, er saß plötzlich da, als wären ihm die Beine weggeknickt, und dann sagte er was ... das war völlig verrückt, noch verrückter als alles andere. Er sagte: ›Clyde, mach den verdammten Fernseher aus.‹ Ich hab's genau gehört, jedes Wort. Als hätte irgendjemand einen Fernseher laufen, und der wäre ihm zu laut. Und dann war er still und saß einfach nur da, mit gesenktem Kopf, und da hab ich mich verdrückt. Ich sage dir, Jimmy, das war echt unheimlich. Der Typ ist völlig durchgeknallt, der hat nicht mehr alle Tassen im Schrank.«

Zitternd sagte Jimmy: »Ich weiß.«

»Ich glaube, heute Nacht passiert das wieder. Er zieht los, um irgendwo da draußen mit diesem Clyde zu reden und vielleicht auch mit dieser anderen Stimme. Scheiße, Jimmy, das hättest du hören sollen. Keine Ahnung, wie er das mit seiner Stimme gemacht hat. Sie klang wie die Stimme des Dämons in diesem Film mit der grünen Kotze, wie hieß der noch gleich? *Der Exorzist.* Oh Jimmy ... Heilige Scheiße.«

DREI

31. Oktober, 5.49 Uhr

Er wurde wach, bevor der Wecker losschrillen konnte, und warf einen Blick neben sich, wo normalerweise seine Frau lag, doch sie war nicht da. Nur der Abdruck ihres Körpers auf dem leeren Bett und ihr lieblicher weiblicher Duft, der sich mit der frischen Morgenluft mischte.

Ted Olson stellte den Wecker ab und rief: »Roxanne?«

»Ich mache gerade Frühstück«, antwortete sie aus der Küche. »Komm doch rüber, hier ist es wärmer.«

Er kratzte sich am Kopf, griff in den Schlitz seiner Boxershorts und kratzte sich am Sack. Dann stand er auf und ging ins Badezimmer, um sich zu waschen und die Zähne zu putzen. Morgens putzte er sich immer erst die Zähne, auch wenn er gleich danach frühstückte. Beim Zähneputzen fühlte er sich wieder wie ein Mensch, es gab nichts Besseres, als sich den grünlichen Pelz von den Beißern zu bürsten. Und nach dem Frühstück putzte er sie gleich noch mal. Er ging sogar so weit, Zahnpasta und Bürste mit zur Arbeit zu nehmen, um sie im Laufe des Tages zwei- oder dreimal zu putzen. Das war schon fast so was wie ein Fetisch. Das kam wohl daher, dass seine Eltern so schlechte Zähne hatten.

Er beendete seine Morgentoilette, verzichtete aufs Duschen und zog sich an. Dann trat er aus der Kälte in die warme Küche, wo ihn der Duft von Speck und Eiern und der Anblick von Roxanne erwartete.

Roxanne, Roxanne.

Sie stand am Herd, den Bratenheber in der Hand. Sie trug ihr kurzes blaues Negligé, unter dessen Saum sich aufreizend die halb entblößten Pobacken wölbten. Olson spürte, wie sich etwas in seiner Hose regte, und es war nicht das Kleingeld in seiner Tasche. Er sah auf die Uhr. Tja, es hätte genauso gut das Kleingeld sein können. Wäre er eine halbe Stunde früher aufgestanden, wäre jetzt noch Zeit. Er konnte ein Lied davon singen. So war es immer. Keine Zeit.

Wenn er in Stimmung war, war keine Zeit. Und wenn Zeit war, war er nicht in Stimmung. Mein Gott, er war fünfunddreißig und musste sich einen Stundenplan machen, wenn er mit seiner Frau ins Bett wollte.

Er sah erneut auf die Uhr und überlegte, ob nicht wenigstens ein Quickie drin war.

Nein, nicht mal dazu reichte es mehr. Dieses Arschloch Larry würde in Kürze aufkreuzen, und wenn es wie gestern lief, wäre er wieder zu früh dran. Jetzt, wo dieser Psycho, der ihren Kollegen Trawler ermordet hatte, frei herumlief, war es notwendig, im Team zu arbeiten, aber er wäre verdammt froh, wenn alles wieder seinen normalen Gang ging und er allein in seinem Streifenwagen hockte.

Er nahm den Gürtel mit der Waffe von der Stuhllehne (den ihm Roxanne jeden Morgen hinhängte, wenn er Dienst hatte, was meistens der Fall war) und schnallte ihn um. Das war eine dumme Angewohnheit von ihm. Er hatte noch nicht mal gefrühstückt, doch nach all den Jahren bei der Highway Patrol war dieser Handgriff für ihn so normal wie das Hochziehen des Reißverschlusses am Hosenschlitz – eigentlich noch normaler.

Männer und ihre Knarren, dachte er.

Er setzte sich an den Tisch und gab sich Mühe, nicht auf Roxannes Arsch zu starren, was ihm schwerfiel, denn während sie das Frühstück zubereitete, wackelte sie damit in der Gegend herum.

Er seufzte.

Sie drehte sich um und stellte ihm einen Teller mit Eiern und Speck auf den Tisch. Ihre Blicke trafen sich, und beide lächelten. Wie auf Kommando sprang der frisch gebräunte Toast hoch (ihr Timing war unschlagbar), und mit einer Gabel reichte sie ihm die heiße Brotscheibe. Dann brachte sie Butter und Kaffee und setzte sich zu ihm. Sie hatte keinen Teller vor sich, nur eine Tasse Kaffee. Wie üblich würde sie erst frühstücken, wenn er gegangen war.

Manchmal beschlich ihn ein leises Schuldgefühl, was Roxanne und ihre Hausfrauenrolle betraf. Die Frau hatte einen Collegeabschluss und verbrachte ihre Zeit damit, ihn jeden Morgen wie die Serviererin eines zweitklassigen Cafés zu bedienen. Alles, was er vorzuweisen hatte, war ein Highschool-Abschluss und einen miesen, undankbaren Job, den er seit fünfzehn Jahren ausübte. Würde er sich heute erneut bewerben, würden sie ihn nicht mehr nehmen. Heute musste man auf dem College gewesen sein – und sei's auch nur für ein paar Tage.

Eigentlich müsste er ihr das Frühstück servieren, müsste Roxanne jeden Morgen in einem dieser piekfeinen Kostüme oder einem der Kleider, die ihr so blendend standen, zur Arbeit gehen. Meistens hatte sie keine Gelegenheit, so etwas zu tragen. Es gab nie einen Anlass.

Hier draußen auf dem Lande zu wohnen mit einem Ehemann, der die meiste Zeit nicht zu Hause war, und wenn doch, einfach zu müde war, um irgendwas zu unternehmen, war kein Zustand für eine attraktive Frau. Und die Tatsache, dass er seinen Job immer öder und ermüdender fand, machte die Sache nicht besser.

Und jetzt hatte er auch noch diesen Larry am Hals.

Der beknackte Larry. Dass einer wie er noch nicht suspendiert war, hatte er wohl der Gnade Gottes und Freunden an höherer Stelle zu verdanken – meine Güte! Konnte ein Typ wie der Freunde haben?

Gestern, gleich am ersten Tag ihrer Zusammenarbeit, hätten sie sich um ein Haar geprügelt. Dieser Typ war noch schlimmer, als Ted vom Hörensagen wusste. Larry hatte ihn ohne Umschweife nach seinem politischen Standpunkt gefragt und ihn – als Ted sagte: Demokrat – als Kommunisten beschimpft.

Dann hatte Larry ihn gefragt, was er von »Niggern«, »Latinos«, »Itakern« und anderen Ausländern denke. Und als Ted darauf meinte, dass er solche Bezeichnungen für beleidigend halte, hatte er eine viertelstündige Tirade über »die niggerliebenden Schießkerle, die unser Land auf den Hund bringen« über sich ergehen lassen müssen.

Falls ihm der Typ heute wieder auf diese Tour kam ... Nun, vielleicht würde er das Schwein kurzerhand abknallen, ihn in den Straßengraben schmeißen und dem lieben Gott erzählen, sein Partner sei überraschend gestorben.

Herrgott noch mal, wie konnte es sein, dass so ein Typ frei herumlief? Da durchkämmten sie die Gegend nach einem oder mehreren Verrückten, die einen Kollegen ermordet hatten, und auf seinem Beifahrersitz hatte er einen der verrücktesten Typen des ganzes Landes sitzen.

»Ist das Frühstück okay, Baby?«

»Hmmm, wunderbar«, sagte er. »Wieso, weil ich grad die Stirn gerunzelt habe?«

»Ein bisschen.«

»Liegt nicht am Frühstück. Sondern an Larry.«

»Jetzt warst du erst einen Tag mit ihm unterwegs, und schon kriegst du ein Magengeschwür.«

»Dieser Typ *ist* ein Geschwür.«

»Hört sich ganz danach an.«

»Freu mich schon drauf, wenn ich die Karre wieder für mich habe. Ich dachte immer, es wäre schön, einen Partner zu haben, aber wenn das dieser Larry sein soll, dann lieber nicht. Wenn ich rauskriege, wer mir den zugeteilt hat – den werd ich eigenhändig erwürgen, und zwar schön langsam.«

»Glaubst du, die treiben sich immer noch hier in der Gegend rum, Ted? Die Typen, die Jim auf dem Gewissen haben?«

»Bisher wurden sie nicht geschnappt. Ich schätze, die sind mittlerweile irgendwo in Louisiana. Die Gegend bei uns wurde ziemlich gründlich abgesucht.«

»Es gibt hier 'ne Menge Nebenstraßen und Waldwege.«

»Da hast du recht. Ich schätze, wenn sie klug genug waren und sich irgendwo versteckt haben, ohne gleich durchzudrehen, könnten sie noch in der Gegend sein. Aber ich glaub's eigentlich nicht.«

»Schießen ihn einfach grundlos tot.«

»Für sie gab es vielleicht einen Grund. Ich wünschte, es wäre Larry gewesen.«

»Ted!«

»'tschuldigung, ist mir nur so rausgerutscht. Außerdem werde ich Larry selbst erledigen.«

»Weiß man inzwischen, auf wen der Wagen zugelassen ist?«

»Eben nicht. Bevor sie Jim umlegt haben, hat er noch das Kennzeichen durchgegeben, aber durch irgendeinen Computerfehler kommen wir nicht an den Namen des Halters. Sie können ihn nicht mal in den Akten finden. Soweit ich weiß, ist so was noch nie passiert.«

»Wenn man bedenkt, dass Jim nur eine Routinekontrolle gemacht hat ... und jemand pustet ihm einfach den Schädel weg.«

Er wusste, was sie damit meinte – dass es genauso gut ihn hätte treffen können.

»Roxanne, mir wird keiner mehr den Schädel wegpusten. Ich werd nicht länger als Cop arbeiten.«

Sie sah von ihrem Kaffee hoch.

»Ich weiß zwar noch nicht, was ich danach machen werde, aber sobald ich es weiß, schmeiß ich den Job hin.«

»Aber du liebst ihn.«

»Nicht mehr.«

»Das sagst du jetzt bloß.«

»Nein. Ich weiß nicht, weshalb, aber eines Morgens bin ich aufgewacht, und es war plötzlich nicht mehr da. Das Gefühl, wie ein Ritter mit schimmernder Rüstung in die Schlacht zu ziehen.«

»Ach, das kommt schon wieder.«

»Nein, wird es nicht. Das war vor Monaten. Und seitdem ist es nur noch schlimmer geworden. Vielleicht hab ich schon alles gemacht, was dieser Job zu bieten hat. Ich weiß nicht. War immer 'ne aufregende Sache – das alte Räuber-und-Gendarm-Spiel, du weißt schon. Das ist wie weggeblasen. Der Job macht keinen Spaß mehr. Ganz einfach.«

»Du willst wirklich hinschmeißen?«

»Ja.«

»Das sagst du jetzt nicht bloß, weil du ...«

»Es liegt nicht an dir. Ich will Schluss machen und normale Arbeitszeiten haben und leben wie ein ganz normaler Mensch. Mit Kindern. Ohne dass du ständig Angst haben musst, ihr Daddy könnte eines Tages nicht mehr heimkehren. Sobald ich kann, häng ich den Job an den Nagel.«

»Weißt du schon, was du danach machen willst?«

»Keine Ahnung.«

»Ich könnte ja wieder 'ne Weile arbeiten gehn, bis du dich entschieden hast.«

»Darüber können wir uns später Gedanken machen. Ich muss mir die Sache in Ruhe durch den Kopf gehen lassen.«

Sie lächelte. »Jetzt frühstück erst mal.«

Er erwiderte ihr Lächeln und aß.

Ted putzte sich erneut die Zähne, als er Roxanne aus der Küche rufen hörte: »Larry ist da!«

»Mistkerl«, stieß er leise hinter seiner schäumenden Zahnpasta hervor.

»Okay«, rief er Roxanne zu. Er spülte den Mund aus, warf seine Extra-Zahnbürste und die Zahnpastatube in eine zerknitterte Papiertüte.

Als er aus dem Badezimmer kam, hielt Roxanne seinen Hut bereit. Er nahm ihn entgegen, umarmte sie und gab ihr einen Kuss.

»Das war nicht schlecht«, sagte sie, als sich ihre Lippen lösten.

»Allerdings.« Er zog sie erneut an seinen Körper und gab ihr einen weiteren Kuss.

»Mensch, Teddy«, sagte sie, als sie voneinander abließen. Sie griff nach unten und tastete nach seiner Erektion. »Ich dachte schon, dir sei der Revolver nach vorn gerutscht.« Durch den Hosenstoff begann sie sein Glied zu massieren.

»Das kann ich jetzt gar nicht brauchen.«

»Oh?« Ihre Lippen verzogen sich zu einem entzückenden Schmollmund.

»Doch nur, weil ich jetzt keine Zeit habe.«

»Schon besser.«

Sie küsste ihn erneut.

Draußen hupte es.

»Arschloch«, sagte Ted. »Schon wieder zu früh, weißt du.«

»Wenn du heimkommst, werden wir alles nachholen.«

»Keine Ahnung, wann ich heut nach Hause komme.«

»Weiß ich. Egal, wann du kommst – wir holen es nach.«

Er gab ihr noch einen Kuss.

Es hupte erneut.

»Hör zu, ich verschwinde bloß mal für 'ne Minute und erwürg den Kerl, und dann komm ich wieder.«

Sie grinste.

»Ich muss los.« Als er das Schlafzimmer verließ, streckte er die Hand aus und gab ihr einen Klapps auf den Hintern. Auf dem Weg nach draußen blieb er stehen und drehte sich um. »Noch was«, sagte er. »Wenn ich meinen Job an den Nagel hänge und was andres anfange, möchte ich, dass du was aus deinem College-Diplom machst. Ich wollte nie, dass du nur hinterm Herd stehst.«

»Wir werden sehen.«

»Tschüss, Baby.«

»Ich liebe dich«, sagte sie, und er ging aus dem Haus. »Pass auf dich auf.« Tonlos kamen die Worte über ihre Lippen.

VIER

Im Hinausgehen setzte Ted seinen Hut auf. Larry stand gegen die geöffnete Wagentür gelehnt. »Mach schon, Ted«, rief er. »Wir müssen los.«

»Halt deine verdammte Klappe, Larry.«

»Ach, so läuft das jetzt also, hm? Okay, okay.«

Larry stieg in den Wagen, legte die Arme übers Steuer und blickte geradeaus.

Ted ging vorne um den Wagen herum und warf durch die Scheibe einen Blick auf Larry. Er wirkte wie ein zu Stubenarrest verdonnerter kleiner Junge, dem man das Spielzeug weggeschlossen hatte.

Ted schüttelte den Kopf. Aus was für einer Welt kam dieser Typ? Man hatte den Eindruck, er sei gerade von einem andern Stern gefallen und noch nicht ganz mit den hiesigen Umgangsformen vertraut.

Ted öffnete die Beifahrertür und stieg mit einem lauten Seufzer in den Wagen. Ohne ihn eines Blickes zu würdigen, ließ Larry den Motor an und fuhr mit dem Streifenwagen aus der Auffahrt. »Verdammt«, sagte Larry schließlich, »du machst mich wahnsinnig. So ein schräger Typ wie du ist mir noch nicht unterkommen.«

»Ich?«, fragte Ted. »Ich?« Es gefiel ihm so gut, dass er es ein drittes Mal sagte: »Ich?«

»Denkst du, ich rede mit jemandem auf dem Rücksitz? Ja, du.«

»Mann, Larry, du bist ein Fall für die Klapse, und du meinst, ich wär ein schräger Typ?«

»Du hast lauter komische Ideen. Und benimmst dich komisch. Du magst Nigger und Kommunisten ...«

»Es reicht, Larry.«

»Du und die Nigger, daran krankt dieses Land.«

Ted fragte sich, ob er sich mal in den Arm kneifen sollte. Vielleicht wachte er ja auf, und die Begegnung mit Larry war bloß ein Albtraum?

»Larry, ich sage es dir noch mal – zum letzten Mal. Deine Nigger-Sprüche ziehen bei mir nicht. Du kannst von mir aus glauben, was du willst, aber verschone *mich* damit, hm?«

»Bist du ein verdammter Katholik?«

»Was?«

»Ob du katholisch bist?«

»Was tut das zur Sache? Suchst du einen neuen Vorwand, um mit mir zu streiten?«

»Dann bist du also katholisch?«

»Habe ich nicht gesagt.«

»Aber du hast es nicht bestritten.«

»Nein, ich bin nicht katholisch. Ich bin nicht mal Baptist. Ich bin gar nichts.«

»Also ein gottverdammter Atheist. Dachte ich mir. Ein gottverdammter Atheist.«

»Habe ich nicht gesagt ... Hey, was spielt das für 'ne Rolle?«

»Für mich spielt das schon eine Rolle, ob ich mit einem gottverdammten Atheisten durch die Gegend kutschiere. Ich meine, ich riskier hier draußen mein Leben, und da will ich schon wissen, was mein Partner für eine Einstellung hat.«

»Zur Hölle mit dir, Larry.«

»Hey, da bist *du* zu Hause, Partner. Du bist hier der Atheist.«

»Ich bin kein Atheist, Larry. Ich kann nur mit religiösen Institutionen nichts anfangen, das ist alles. Ich glaube nicht, dass man in die Kirche gehn muss und was so dazugehört.«

»Hab ich mir gedacht.«

Ted hasste sich dafür, doch er konnte sich die Frage nicht verkneifen. »Was soll das heißen?«

»Es bedeutet, was du gesagt hast – dass du ein Atheist bist.«

»Das hab ich nicht gesagt.«

»Hey, irgendwer hat das eben gesagt.«

»Ich sagte, ich geh nicht zum Gottesdienst ...«

»Siehst du.«

»Das ist nicht dasselbe. Ich sagte, ich halte nichts von organisierter Religion. Das habe ich gesagt.«

»Läuft aufs Gleiche hinaus. Wer nichts von der Kirche hält und nicht in den Gottesdienst geht, ist Atheist.«

Ted stöhnte auf. »Wie du willst, Larry.«

»Hey, man sollte sich schon mal Gedanken über Gott und die Kirche machen, Kollege. Das hat einen ganz neuen

Menschen aus mir gemacht. Davor, na ja, war ich nicht viel wert.«

»Tja, jetzt bist du einfach unwiderstehlich, Larry.«

»Sollte das ein Witz sein?«

»Wieso hackst du ständig auf mir rum? So ging das gestern den ganzen Tag. Ich hatte Kopfschmerzen, als ich heimkam! Machst du das immer, wenn du mit ’nem neuen Partner losziehst?«

»Was machen?«

»Ihn in den Wahnsinn treiben.«

»Wenn du's genau wissen willst – niggerliebende Kommies hab ich nicht oft als Partner.«

»Fahr rechts ran.«

»Was?«

»Fahr rechts ran.«

»Wieso?«

»Fahr einfach rechts ran.«

»Sag mir, verdammt noch mal, wieso ich anhalten soll.«

»Weil ich dir in den Arsch treten will, damit du quer über den Highway fliegst.«

»Du und wie viele von deinen Niggerfreunden? Wenn ich fragen darf?«

»Los, halt an, du feiges Arschloch.«

»Schon gut, schon gut, verdammt noch mal. Ich sag dir eins: Du wirst dir noch wünschen, du hättest das Maul gehalten. Und nicht so ’ne große Klappe riskiert.«

Er bremste abrupt ab. Der Streifenwagen blieb schaukelnd stehen.

Larry stieß die Tür auf und trat vor den Kühler des Wagens. Ted stieg auf der Beifahrerseite aus und kam ebenfalls nach vorn.

»Also schön, Alter«, sagte Larry, »jetzt ist es also so weit, heut ist dein großer Tag im Ring.«

Ted verpasste Larry einen Tritt in die Eier und drückte ihn zu Boden. Dann bückte er sich, packte mit beiden Händen die Krempe von Larrys Hut und zog ihm das Ding über Augen und Ohren.

Ein Auto mit einer älteren Dame am Steuer umkurvte den Streifenwagen, der halb auf dem Highway stand. Sie staunte nicht schlecht, bremste ab und fuhr an den Straßenrand, wo sie stehen blieb und die beiden im Rückspiegel beobachtete.

Na, dachte Ted, kommt wohl nicht alle Tage vor, dass man zwei Jungs von der Highway Patrol sieht, die mitten auf dem Highway anhalten, um sich zu prügeln.

Er bedeutete ihr weiterzufahren. Sie lenkte den Wagen zurück auf den Highway und fuhr los. Allerdings sehr langsam.

»Bist du okay?«, fragte Ted.

Larry zog die Hand zwischen den Beinen hervor und zerrte sich den Hut aus dem Gesicht. »Das fragst du mich, während ich völlig fertig am Boden hocke – das fragst du mich?«

»Okay, es hat dir wohl noch nicht gereicht?«

»Ich knie hier vor dir und halt mir meine zerquetschten Eier, und du fragst mich, ob es mir noch nicht reicht?«

»Dann wollen wir uns also ab jetzt wieder wie anständige Polizeibeamte benehmen?«

»Wieso trittst du mir in die Eier, Mann?«

»Weil ich's in dem Moment für angemessen hielt.«

Schließlich ließ Larry seine Eier los und rappelte sich schwankend wieder auf. »Schlag mich jetzt nicht.«

»Ich werd dich nicht schlagen, Larry.«

»Hast du aber eben getan. Mich getreten. Das ist nicht besonders mutig.«

»Du hast mich wahnsinnig gemacht, Larry. Du bist völlig durchgeknallt, und das färbt auf mich ab. Komm, gib mir die Hand.«

»Kommt nicht infrage. Ich schüttle keinem Mann die Hand, der mir vor zwei Minuten noch in die Eier getreten hat.«

»Wie du willst. Möchtest du, dass ich fahre, damit du dir die Eier halten kannst?«

»Du lässt nicht locker, wie?«

»Ich?!«

»Dann fahr halt, verdammt noch mal.«

Ted klemmte sich hinters Steuer, und Larry nahm auf dem Beifahrersitz Platz. Er saß da und hielt sich die Eier.

Ted warf ihm einen Blick zu.

»Du hättest mir nicht in die Eier treten müssen, Alter. Du hast Glück gehabt, dass du mich gleich voll erwischt hast. Sonst hättest du ein Problem gehabt.«

»Tja. Glück gehabt.«

Ein paar Meilen fuhren sie schweigend weiter, dann sagte Larry in erstaunlich munterem Tonfall: »Willst du ein Snickers?«

Ted sah zu ihm hinüber. Larry hatte zwei Schokoriegel aus dem Handschuhfach geholt und bot ihm grinsend einen an. Einen kurzen Augenblick lang fragte Ted sich, ob womöglich eine Rasierklinge drinsteckte.

»Ja, denk schon«, sagte Ted. »Danke.«

»Ich steh auf die Dinger«, sagte Larry.

Ted griff nach dem Schokoladenriegel, während Larry anfing, seinen auszuwickeln.

Ted riss die Packung mit den Zähnen auf und biss ein Stück ab. Keine Rasierklinge.

Er schielte zu Larry hinüber. Larry knabberte so zufrieden daran herum wie eine wiederkäuende Kuh. Es war, als hätte es den Tritt in die Eier nie gegeben.

Na, leck mich, dachte Ted.

Kurz nach dem Traum von der blutigen Hand wachte sie auf. Etwas Glänzendes hatte in der Handfläche gesteckt, und alles war voller Blut gewesen, die Finger, das Handgelenk.

Als sie sich aufsetzte und den Rücken ans Kopfteil des Bettes lehnte, merkte sie, dass Monty schon wach war. Er hatte den Kopf in die Hand gestützt und sah sie mit gerunzelter Stirn an. »Alles in Ordnung?«

Sie nickte.

»Wieder diese Träume?«

»Ja.«

Er wälzte sich unter der Decke hervor und hob seine Hose vom Boden auf. Sie sah ihm dabei zu, und zum ersten Mal seit Langem nahm sie seinen Körper wieder wahr. Und zum ersten Mal seit Langem merkte sie, dass ihn seine Männlichkeit erregte. Man musste keine große Sache daraus machen – aber immerhin.

Er stieg in die Hose, hob sein Hemd auf und schlüpfte hinein. Als er sich umdrehte, ertappte er sie dabei, wie sie ihn ansah.

»Becky, willst du mir von dem Traum erzählen?«

»Ist nicht so wichtig.«

»Doch das ist es.« Er setzte sich auf die Bettkante.

»Ist schon okay.«

»Nein, ist es nicht. Ich weiß nicht genau, wie ich dir das sagen soll, aber ... ich nehme das ernst. Ich weiß, dass du glaubst, diese Träume seien mehr als nur gewöhnliche Träume, und dass ich ... nun, dass ich mir nicht genug Mühe gebe, dich zu verstehen. Glaub mir, ich versuche es. Aber sieh es doch mal von meinem Standpunkt aus.«

»Hab ich.«

»Ich will damit eigentlich nur sagen: Wie wär's, wenn wir noch mal von vorne anfangen?«

»Wie meinst du das?«

»Dass wir noch mal von vorn anfangen. So, wie es jetzt läuft, funktioniert es offensichtlich nicht. Offensichtlich gehe ich nicht richtig damit um.«

Sie schwieg. Sein Bedürfnis und der Wunsch zu gefallen waren so deutlich zu spüren wie die Hitze, die ein Ofen abstrahlt. Ihr fiel ein, dass sie ihn vor gar nicht allzu langer Zeit um das Versprechen gebeten hatte, dass nichts auf der Welt sie auseinanderbringen würde. Und er hatte es ihr versprochen. Und jetzt stand doch etwas zwischen ihnen, und es war so unüberwindlich wie eine Wand aus Stahl.

»Was schlägst du vor?«, fragte sie ihn schließlich.

»Ich schlage vor, dass ich dir zuhöre. Dass du mir von deinen Träumen erzählst. Und dass ich, wenn du sie mir erzählt hast, nicht wieder anfange, sie auf meine populärwissenschaftliche Weise zu deuten.«

Sie lächelte. »Monty ... ich weiß, das ist schwer zu begreifen, wirklich. Aber diese Dinge wirken so real ...« Und bevor sie es überhaupt merkte, erzählte sie ihm erneut in aller Ausführlichkeit von ihren Träumen, erklärte, dass zu den alten Visionen neue hinzugekommen waren. Schon seit einiger Zeit schon erschienen ihr im Traum diese Kobolde, doch jetzt sah sie immer mehr Details, surreale Details. Und dann war da noch dieser neue Traum von der blutigen Hand.

»Keine Ahnung, ob ich nicht doch verrückt bin«, fuhr sie fort. »Ob ich nicht allmählich den Verstand verliere. Aber diese Träume sind anders als normale Träume oder Albträume: Sie sind viel intensiver ... ich sehe alles deutlich vor mir, ich höre es, rieche es, ich kann es sogar schmecken, Monty. Ich kann sogar die Nachtluft riechen ... und vor allem ist da dieses schreckliche Gefühl der Angst, als würde ich auf einem Brett mit verbundenen Augen über einen Abgrund laufen, und ich bin kurz davor runterzufallen.«

»Okay«, sagte er sanft. »Wie kriegen wir das in den Griff? Ich meine, sehn wir es doch mal so: Die Träume sind real. Sie haben was zu bedeuten. Es sind tatsächlich ... Visionen. Aber was sind das für Visionen? Lass uns versuchen, sie zu analysieren und einzuordnen, betrachten wir alles mal ganz nüchtern.«

»Die Gestalten in den Träumen sehen aus wie ... Dämonen, Kobolde, Teufel ... ich weiß nicht. Vielleicht sind die Träume ja symbolisch. Aber das hatten wir doch alles schon.« Sie hatte plötzlich das Gefühl, als sei Montys Anteilnahme nur eine andere Methode, um sie auf den Pfad der Psychoanalyse zu führen. Aber das behielt sie für sich. Im Zweifelsfall für den Angeklagten, meine Liebe.

Monty schüttelte den Kopf. »Ich will ehrlich zu dir sein. Mir ist das alles ein Rätsel. Ich kann mir einfach keinen Reim darauf machen. Ich meine, der Traum mit der blutigen Hand und der mit der Frau, von der du glaubst, das wärst du, die sind offensichtlich. Es bedeutet, dass jemandem wehgetan wird. Aber warum? Und von wem? Ich hab keine Ahnung.«

»Natürlich nicht, du hast gerade mal drei oder vier Sekunden darüber nachgedacht.«

»Geht das jetzt wieder los?«

»Tut mir leid.« Sie war sich nicht sicher, ob es ihr wirklich leidtat.

»Okay, pass auf. Ich höre auf, dich zu bevormunden, und du entscheidest im Zweifelsfall für den Angeklagten. Was hältst du davon?«

»Okay. Sieh mal, Monty. Vielleicht bilde ich mir das ja nur ein. Ehrlich gesagt, dieses Gespräch jetzt ... ich meine, dass ich offen darüber reden kann, dir alles erzähle und du mir zuhörst, ohne mich zu bemitleiden, das hat mir schon geholfen. Wir wissen zwar nicht, was in meinem Kopf vor sich geht, aber mir geht's jetzt besser ... ein bisschen so wie früher, als wir zusammengehockt und diskutiert haben, als wir die Probleme der Welt gelöst haben.«

»Verrückt, nicht wahr? Die Probleme der Welt zu lösen, wenn man es kaum schafft, die eigenen auf die Reihe zu kriegen.«

»Ja. Schon verrückt.«

»Möchtest du noch weiter darüber reden? Und wir machen uns dazu ein paar Gedanken?«

»Nein, jetzt nicht. Wir sind schon einen Schritt weiter, aber wir sollten nicht versuchen, zu viel auf einmal zu machen.« Sie griff nach seiner Hand. »Was hältst du davon, wenn wir uns jetzt erst mal Frühstück machen?«

»Gute Idee.«

Sie wälzte sich aus dem Bett, schlüpfte aus dem Pyjama und griff nach ihrem Hemd und den Jeans.

Dann drehte sie sich mit den Kleidern in der Hand um und bemerkte Montys lüsternen Blick. Er versuchte ihn mit einem Grinsen zu überspielen, doch sie sah ihn weiter an, und schließlich ließ sie die Kleider fallen. »Hey, Süßer, was hältst du von 'ner kleinen Nummer?«

Mein Gott, dachte Monty, sie macht mich an, und sie meint es wirklich ernst.

»Klar.« Bloß nichts überstürzen, sagte er sich, immer schön locker bleiben.

Er stand auf und zog sich aus. Sie schlüpften unter die Decke. Er legte ihr die Hand auf die Hüfte, und ihre Lippen glitten aufeinander. Doch als sein steifes Glied ihren Bauch berührte, zog sie ruckartig ihren Mund von ihm fort und fing an zu schreien.

SECHS

»Bist du sicher, dass alles in Ordnung ist?«

»Aber ja, Monty. Frag mich nicht ständig, du machst mich wahnsinnig.«

»'tschuldigung. Ich mach mir halt Sorgen. Hier, trink noch etwas Wasser.«

Sie nahm das Glas, das er ihr hinhielt, und trank. »Ach Monty, es tut mir leid. Ausgerechnet ...«

»Kein Problem.«

»Es war alles bestens, bis ich die Augen geschlossen habe, um dich zu küssen. Deine Lippen waren ... es war, als liege dieser Kerl auf mir, Monty. Deine Lippen waren seine *(»Wenn du schreist, schneid ich dir das Herz raus«),* und ich konnte seine widerliche Bierfahne riechen, dann ist das Laken an meinem Fuß hängen geblieben, und es fühlte sich an wie die Hand dieses anderen Jungen; der mit dem ausdruckslosen Gesicht *(»Halt sie fest, halt sie fest«),* und mir fiel ein, wie meine Hände festgebunden waren, wie dieser Typ grunzend auf mir lag und der andere meine Füße hielt, es war wie eine Zeitreise, Monty, ich war wieder mittendrin *(»Wenn du dich wehrst, schneid ich dir die Kehle durch, du Nutte«),* und du warst er, und das Laken am Fuß war der andere. Ich konnte ihn riechen, die Ray-Charles-Platte hören – hab ich dir schon erzählt, dass ich sie weggeschmissen hab? – und spüren, wie er sich an mich drückte mit seinem ... Schwanz.«

»Ich weiß.« (Himmel, das ertrag ich nicht. Der Schwanz eines andern.)

»Ich schwöre, das hat nichts mit dir zu tun. Ich hatte sogar Lust auf Sex, zum ersten Mal seit Monaten wollte ich Sex haben, aber als ich dann die Augen schloss ...«

»Ich weiß. Mach dich deswegen nicht verrückt.«

»Es ist schon so lang her, seit wir das letzte Mal miteinander geschlafen haben, stimmt's? So lange.«

(Über drei Monate, aber wer zählt die schon?) »Es ist nicht deine Schuld.«

»Hältst du zu mir, Monty?«

»Das weißt du doch, Baby.«

SIEBEN

12.35 Uhr

Ihr Mittagessen bestand aus Thunfischsandwiches, Kartoffelchips und Instant-Eistee. Monty, dem die Sache am Morgen auf den Magen geschlagen war, ging es danach nicht viel besser. Er war froh, als Becky darauf bestand, dass er angeln ging. Er hatte vorgehabt, einen Teil von Deans Ausrüstung auszuprobieren, bisher jedoch nicht mal einen Blick darauf geworfen. In seiner Jugend war er ein ziemlich guter Angler gewesen, und vielleicht war das genau das Richtige, um wieder ein wenig Ruhe zu finden und einen klaren Kopf zu bekommen.

Er zog einen dünnen Pullover über, gegen den kühlen Oktoberwind, gab Becky einen Kuss auf die Stirn und ging hinaus zum Schuppen.

Er holte den Schlüssel aus dem Versteck und suchte die Ausrüstung zusammen, er beschloss, es mit einem Spinner zu versuchen. Dann lief er hinaus zum Anlegesteg, wo er ein paarmal probehalber die Leine auswarf. Den richtigen Schwung hatte er immer noch drauf. Sein Timing ließ zwar zu wünschen übrig, aber der Schwung stimmte, und das beruhigte ihn. Irgendwie schien es sehr wichtig, dass noch irgendetwas so war wie früher – wenigstens fast.

Unter dem Schrank entdeckte Becky (im Blockhaus herumzustöbern war plötzlich zu ihrer Obsession geworden) ein kleines Fernsehgerät mit abgeknickter Antenne, die mit Alufolie umwickelt war. Mensch, das Ding kam wie gerufen. Ein bisschen Zerstreuung würde ihr guttun. Sie zog den Fernseher hervor und stellte ihn auf das Abtropfbrett der Spüle, bog die verknickte Antenne wieder gerade und zupfte die Alufolie fest. Dann steckte sie den Stecker in die Dose. Das Bild, das auf dem Schirm erschien, war so grisselig, als hätte sie einen Fernsehsender vom Mond erwischt.

Na wunderbar, dachte sie, *Hogan's Heroes*, die Serie, die ich am allerwenigsten mag.

Und wenn schon. Sie zog einen Stuhl heran, schenkte sich noch einen Eistee ein (in der letzten halben Stunde hatte sie drei Gläser geleert) und sah fern.

Monty warf den Spinner aus.

Becky sah fern.

Der schwarze Chevy stand auf der Weide.

Und entlang des Highways, auf den Asphaltstraßen und Feldwegen kurvte die Polizei ziellos umher, ohne jemanden zu verhaften.

ACHT

13.30 Uhr

»Das meinst du doch nicht im Ernst. Du willst bei jedem einzelnen Haus hier in der Gegend anhalten und diese Nigger fragen, ob sie ein Auto gesehen haben, auf das Trawlers Beschreibung passt? Das darf nicht wahr sein.«

»Ist vielleicht etwas weit hergeholt, aber was sollen wir sonst tun?«

»Mann, ist dir nicht klar, dass das Nigger waren, die Trawler umgelegt haben?«

»Nein, das weiß ich nicht. Und du auch nicht.«

»Ich geh jede Wette ein, dass es so war. Wenn sie diese Arschlöcher irgendwann schnappen, dann irgendwelche Nigger. Und glaubst du etwa, die Nigger hier würden andere Nigger verpfeifen?«

»Larry, du bist wohl scharf auf 'ne neue Runde?«

»Was für 'ne Runde?«

»Vergiss es«, sagte Ted. Sollte er je herauskriegen, wer ihm diesen Larry zugeteilt hatte, würde der Betreffende einen langsamen und qualvollen Tod sterben. Vielleicht würde er ihm mit der Kneifzange jeden Zahn einzeln rausbrechen. Nur zum Aufwärmen. Als Nächstes würde er ihm mit einer Pinzette jedes Haar am Leib einzeln ausreißen. »Lass uns das jetzt einfach machen. Wenn's dir nicht gefällt, kannst du ja im Wagen bleiben.«

»Okay. Tu, was du nicht lassen kannst.«

Das dritte Haus, vor dem sie hielten, gehörte Malachi Roberts. »Verlotterte Niggerbude«, meinte Larry, als sie mit dem Wagen in der Einfahrt hielten.

»Du wartest hier?«

»Nee, ich hab's satt, im Auto zu hocken.«

»Lass mich die Fragen stellen.«

»Hey, mit Niggern red ich nur, wenn's sein muss.«

»Gut.«

Sie stiegen aus, gingen zum Haus und klopften. Ein großer Schwarzer in sandfarbener Arbeitskleidung öffnete die Tür. Er war von Kopf bis Fuß mit Motoröl verschmiert.

»Meine Herrn«, begrüßte er sie freundlich.

»Tag«, sagte Ted. »Dürfte ich wohl ein paar Fragen stellen?«

»Denk schon.«

»Dauert nicht lange.«

»Fragen Sie. Aber viel Zeit hab ich nicht. Muss wieder in die Werkstatt. Mich um 'nen Wagen kümmern.«

»Werkstatt?«

»Bin Automechaniker. Hab 'ne kleine Werkstatt unten an der Straße, neben dem Highway.«

»Aha. Die hab ich gesehn.«

Larry ging ein paar Schritte, setzte sich auf den Rand der Veranda und ließ die Füße über dem leeren Blumenbeet baumeln. Ted stellte einen Fuß auf die Stufe und legte den Ellbogen aufs Knie.

»Am Neunundzwanzigsten, ist noch keine zwei Tage her, wurde nicht weit von hier ein Beamter der Highway Patrol erschossen. Ich weiß, das ist eine ziemlich gewagte Frage, aber der Mann hat den Wagen als schwarzen 66er Chevy identifiziert und durchgegeben, es hätten mehrere Leute dringesessen ...«

»Den hab ich gesehn.«

Larry, der zum Highway hinübersah, drehte sich um und sah Malachi an. »Sind Sie sicher?«, fragte Ted. »Ich meine, das ist zwei Tage her ...«

»Ja.« Malachi ging zu einem großen eisernen Schaukelstuhl, der mal grün gewesen sein musste und jetzt mit einer Rostschicht überzogen war, und setzte sich. »Allerdings nicht vor zwei Tagen, sondern vor einem.«

»Da waren die doch längst über alle Berge«, sagte Larry.

»Nein, ich hab sie gesehn.«

»Erzählen Sie mir mehr«, sagte Ted.

»Es war in der Nacht, als meine Frau starb. Muss so gegen ein Uhr morgens gewesen sein, als ich die Karre gesehen hab. In der Nacht konnte ich nicht schlafen. Darum war ich hier draußen und hab meine Pfeife geraucht. Dann sah ich die Scheinwerfer, ich hörte ... verdammt, ich spürte, wie sich dieser Wagen näherte, als wär er 'ne schwarze Katze oder so, wie ein böses Omen. Als es dann blitzte, konnte ich den Wagen deutlich erkennen, als wäre es helllichter Tag, noch heller als jetzt. Ich konnte die Leute darin sehen. Falls es Leute waren.«

»Falls es Leute waren?«

Malachi, der mit dem Stuhl ein wenig hin- und herschaukelte und ins Leere starrte, hielt abrupt inne und sah Ted an. »Sie können ruhig denken, ich wär nicht ganz dicht, aber das in dem Wagen waren keine menschlichen Wesen. Das waren Ausgeburten der Hölle. Das konnte ich spüren, ganz deutlich. Ausgeburten der Hölle.«

»Über den Zeitpunkt sind Sie sich hundertprozentig sicher?«

»Mister, das werd ich nie vergessen. Ich geh heute Nachmittag auf eine Beerdigung. Und ich muss erst noch 'nen Job erledigen, damit ich genug Geld habe, um die Beisetzung zu bezahlen. Ich begrabe nachher nämlich meine Frau. Vorgestern Nacht – eigentlich schon am frühen Morgen – hab ich dieses Auto hier vorbeifahren sehen, und dann war meine Frau tot. So etwas vergisst man nicht. Nein. Diese Nacht wird mir so schnell nicht mehr aus dem Kopf gehen.«

»Tut mir leid, das mit Ihrer Frau.«

»Nicht halb so viel wie mir.«

»Gibt es sonst noch irgendwas, was Ihnen dazu einfällt?«

»Der Wagen bog ab Richtung Minnanette. Mehr weiß ich nicht. Außer, dass es Ausgeburten der Hölle waren.«

»Danke. Und wie gesagt, tut mir leid, das mit Ihrer Frau.«

»Ich muss jetzt in die Werkstatt. Ich hab nur zwei Stunden Zeit, dann muss ich mich waschen und zur Kirche.«

»Verstehe. Ich danke Ihnen.«

Ted und Larry gingen zurück zum Auto.

»Jetzt haben wir was«, sagte Ted.

»So, was denn?«

»Wir haben 'ne Zeugenaussage zum Wagen. Dieser Mann hat ihn gesehn.«

»Behauptet er.«

»Möglich wär's schon. Ich glaube ihm. Du nicht?«

Larry zögerte. »Bin mir nicht sicher. Aber er hat sich wahrscheinlich im Datum geirrt.«

»Vielleicht auch nicht. Vermutlich nicht. Er weiß, wann seine Frau gestorben ist, und in der Nacht hat er den Wagen gesehen – an dem Morgen. Wir wollen eben gerne glauben, die Typen hätten dermaßen Schiss vor uns, dass sie sich schleunigst nach Louisiana abgesetzt haben.«

»Dann haben sie eben eine wenig befahrene Straße Richtung Louisiana genommen.«

»Sicher, aber es war am Morgen des Dreißigsten, und das bedeutet, sie haben sich einen Tag lang irgendwo versteckt. Wenn er gesehen hat, wie sie hier vorbeigefahren sind, heißt das, dass sie am Neunundzwanzigsten, nach dem Mord an Trawler, nicht allzu weit gefahren sind. Dumm sind die nicht. Die halten schön den Ball flach.«

»Ausgeburten der Hölle«, sagte Larry, indem er versuchte, die Stimme des Schwarzen nachzuäffen.

»Nun, Larry, vielleicht sind es ja keine Dämonen aus der Hölle, aber ich würde sagen, dass das ziemlich üble Gestalten sind. Sie haben Trawler den Kopf weggepustet, sein Hirn war über den ganzen Highway verteilt.«

»Trawler war ein blöder Wichser. Er war es gewohnt, mit Partner unterwegs zu sein. In der Gegend hier war so wenig los, dass sie jedem Streifenwagen einen zweiten Mann zugeteilt haben; um Benzin zu sparen. Aber an diesem Tag war er allein unterwegs, und Trawler wurde leichtsinnig, weil er es gewohnt war, einen Partner dabeizuhaben.«

»Wir sind auch zu zweit, Larry.«

»Bloß, weil sie glauben, hier würden sich 'n paar böse Jungs rumtreiben. Jede Wette, dass nur 'ne Bande besoffener Nigger dahintersteckt.«

»Egal. Wir haben es hier mit kaltblütigen Killern zu tun, und wenn der Alte sie Ausgeburten der Hölle nennt, find ich das ziemlich passend. Mann, stell dir nur vor, du musst vor dem Begräbnis deiner Frau an einem kaputten Wagen rumschrauben, damit du den Totengräber bezahlen kannst.«

»Der Trottel hätte ja 'ne Sterbeversicherung abschließen können, dann wär ihm das erspart geblieben.«

Ted schüttelte den Kopf. Dann fuhren sie los, zur Abkürzung Richtung Minnanette.

NEUN

17.20 Uhr

Das Auswerfen der Angel klappte bestens, bloß wollte kein Fisch anbeißen. Monty hatte immer noch nichts gefangen, es sei denn, man zählte das im Wasser treibende Grünzeug mit. Davon hatte er schon genug an Land gezogen, um sich einen Korb daraus zu flechten.

Er warf erneut die Leine aus, ohne sie jedoch einzuholen. Erst wollte er es sich auf dem Anlegesteg bequem machen. Er war sich sicher, dass er immer noch geschickt genug war, um auch im Sitzen einen guten Fang zu machen.

Beim Hinsetzen stützte er sich mit der Linken auf den Planken des Stegs ab, als seine Hand von einem heftigen Schmerz durchzuckt wurde. Rasch zog er sie zurück, doch der Schmerz wurde nur noch schlimmer. Er musterte seine Hand. Ein alter, halb verrosteter Angelhaken hatte im Holz des Steges gesteckt, und jetzt steckte das Ding in seiner Hand. Es tat höllisch weh.

Ihm fiel Beckys Traum ein – der letzte, der mit der blutenden Hand und dem glänzenden spitzen Ding, das darin steckte. Denn an dem rostigen Haken gab es Stellen, an denen das Metall durchschimmerte. Sie funkelten in der Sonne, als Monty die Hand vor sich hielt.

»Halt, Moment mal«, rief er, »jetzt aber mal langsam.« Monty verstummte und dachte: Komm schon, das hier ist keine Folge von *Twilight Zone*, Mensch, jetzt reiß dich mal zusammen. Sonst redest du noch genauso wirres Zeug wie Becky.

(»Ich konnte eine Hand erkennen, Monty, sie war blutig, und in der Hand steckte irgendwas Spitzes und Glänzendes, der Traum tat so weh, und ich hatte das Gefühl, als finde das alles ganz in unserer Nähe statt.«)

Das war reiner Zufall. Und sonst nichts. Reiner Zufall.

Monty sah auf seine Hand, auf den schimmernden Haken und das Blut.

Er hatte die Angelrute fallen lassen, ohne zu bemerken, dass sie vom Steg gerutscht und ins Wasser gefallen war. Er starrte wie hypnotisiert auf seine Hand, stand auf, drehte sich um und machte sich auf den Weg zur Blockhütte.

Er ging hinein, und obwohl er versuchte Ruhe zu bewahren, klang seine Stimme ein wenig schrill, als er rief: »Becky?«

Keine Antwort. Nur der Ton des Fernsehers, aus den Lautsprechern dröhnte das Motorengeräusch eines Autos.

»Becky?« Sie saß in der Küche, er konnte den oberen Teil ihres Kopfes hinter dem Tresen sehen.

»Becky?«

Keine Antwort.

Er ging um den Tresen herum.

Becky rührte sich nicht. Stocksteif, die Augen weit aufgerissen, saß sie auf dem Stuhl. Sie hatte dicke Schweißperlen im Gesicht, und aus ihrer Kehle drang ein halb ersticktes Stöhnen.

»Becky! Beck! Beck ...?« Aus dem Augenwinkel bemerkte er den Fernseher, er drehte sich um und warf einen Blick auf das Gerät. Über den Schirm flimmerte ein unscharfes Schwarz-

Weiß-Bild ... doch irgendwas daran stimmte nicht. Das schwarze Auto, das Monty dort sah, wirkte unwirklich, wie ein Phantom. Das Motorgeräusch klang verzerrt, hörte sich wie das Knurren eines wilden Tieres an, und die Scheinwerfer glühten wie kreisrunde Augen.

Beim Anblick des Autos lief ihm ein kalter Schauer über den Rücken, wie bei einem Horrorfilm. Ja, klar doch: Sie zeigten einen von diesen alten Horrorstreifen in Schwarz-Weiß.

Er wandte sich vom Fernseher ab und sagte: »Becky?« Er packte sie bei der Schulter und schüttelte sie. »Baby?«

Sie schlug die Augen auf.

»Beck ...«, fing er an, aber da hörte er hinter sich Lucille Ball rufen: »Waaaahhh, Ricky!«

Er fuhr herum, sah auf den Schirm: Das Auto war verschwunden. Stattdessen lief irgendeine Szene aus der alten *I Love Lucy-Show*, und nun war das Bild auch wieder scharf ... Was ging hier vor?

»Monty«, rief Becky, »deine Hand!«

ZEHN

17.49 Uhr, und die Uhr tickt ...

Minnanette war eine nette, kleine Stadt. Ohne Probleme, ohne Sorgen. Gut, hin und wieder hauten ein paar Kids ordentlich auf den Putz, zettelten eine Schlägerei an oder tranken ein paar Bierchen über den Durst, doch das war nichts, im Vergleich zu der Gewalt, die sich sonst draußen in der Welt abspielte.

Das Aufregendste, was hier bisher passiert war, war die Sache mit Hiram Ryan gewesen, als dieser sich vor zehn Jahren eine Pistole an die Schläfe gehalten hatte und ein Loch in den Kopf schießen wollte, weil seine Frau mit Tully Grishom, einem Versicherungsvertreter aus Tulsa, Oklahoma, durchgebrannt war. Aber Hiram hatte nicht richtig gezielt und überlebt. Was ihm jedoch nicht viel nutzte. Denn seitdem lebte er im Rusk State Hospital, und wie Pop zu sagen pflegte: »Was für ein Trauerspiel. Der alte Hiram ist nur noch Gemüse.«

Doch nach dieser Nacht würde man sich in Minnanette einiges zu erzählen haben. Allerdings keine besonders angenehmen Geschichten.

Pop hockte in seinem Laden hinter der Theke, schaute durchs Fenster auf die rasch hereinbrechende Dämmerung hinaus und dachte: Hoffentlich bringt mir meine Frau heute Abend ein anständiges Abendessen vorbei. Von dem verdammten mexikanischen TV-Dinner gestern brennt mir jetzt noch das Arschloch.

Den ganzen Tag über hatte er im Laden gerülpst und gefurzt. Und es war ihm richtig peinlich gewesen, als Mrs. Banks gefragt hatte: »Riechen Sie das, Pop? Hier müffelt's, als wäre irgendwas verdorben.«

Und ob. Sein Magen. Doch Pop gab dem vergammelten Erdnussplätzchen die Schuld.

Er sah auf die Uhr. Sein Abendessen musste jede Minute kommen. Und danach waren es nur noch zwei Stunden, bis er seinen Laden dichtmachen konnte.

Fünf Minuten später bekam Pop sein Abendessen und einen Kuss von seiner Frau. Dann ging sie wieder. Er zog die Serviette beiseite und blickte auf ein leckeres Mahl: Brathähnchen, Kartoffelbrei mit brauner Soße, grüne Zwiebeln, dazu Eistee. Und zum Dessert die Krönung: Schokoladenpudding mit Schlagsahne. Lauter Sachen, die er für sein Leben gern aß, und er genoss jeden Bissen.

Bis auf den Nachtisch. Zu dem kam er nicht mehr.

Etwa um die gleiche Zeit, als sich Pop in seinem Laden über das Abendessen hermachte, war Moses Franklin dabei, unter lautem Fluchen seine Hunde auf die Ladefläche seines Pickups zu verfrachten. Als er damit fertig war, verstaute er sein Gewehr, ein Mortadella-Sandwich und ein paar Dosen Bier im Führerhaus. Dann warf er einen Blick in den Himmel und sah, dass allmählich der Mond zum Vorschein kam. Na wartet, ihr Beutelratten, dachte er, euch werd ich's zeigen.

Und während sich Pop über sein Abendessen hermachte und Moses Drohungen gegen Beutelratten ausstieß, machten sich die harten Jungs von Minnanette – zumindest hielten sie sich dafür – bereit für ein paar Halloween-Streiche und jede Menge Bier. Sie waren zu viert, keiner älter als fünfzehn und alle schon ziemlich betrunken. Sie hatten auf der Weide von Old Man Reed die ersten Bierchen weggekippt und waren jetzt genau in der richtigen Stimmung, um ein paar Fenster einzuseifen, mit Eiern zu schmeißen und in den einen oder anderen Hauseingang zu kacken, aber hallo.

Jeder kippte rasch noch ein Bier und markierte dabei wie üblich den starken Mann. Dann stiegen sie johlend in den kleinen weißen Dodge Dart, und unter lautem »Whoopee!« und »Verdammmich!« ging es los.

Larry und Ted waren bereits dreimal auf Schleichwegen nach Minnanette gefahren und dabei jedes Mal vor Pops Laden gelandet, und jedes Mal, wenn sie dort wendeten, hatte ihnen der Alte zugewinkt und sie sein Winken erwidert. Es schien, als führten alle Wege zu Pop.

Doch allmählich begann sie das zu langweilen.

Schließlich beschlossen sie, wieder auf den Highway zurückzukehren, wo sich ein Stückchen weiter ein Truckstop befand; dort wollten sie eine Pause einlegen und etwas essen. Anschließend würden sie auf einem anderen Schleichweg vielleicht wieder nach Minnanette fahren. Vielleicht. Ted konnte es kaum erwarten, für heute Schluss zu machen. Er hatte die endlose Fahrerei satt, und Larry fing schon wieder mit seinen Niggern, Katholiken und verdammten Kommunistenschweinen an. Wenn er sich das noch eine Stunde länger anhören musste, so fürchtete Ted, würde er Larry seinen Dienstrevolver über den Schädel ziehen.

Deshalb war Ted mehr als erleichtert, als er endlich auf den Parkplatz des Truckstop rollte und sich dabei einen Teller mit Hähnchenschnitzel und Pommes frites und dazu reichlich Ketchup vorstellte.

Kaum hatte es zu dämmern begonnen, setzte sich der schwarze Chevy in Bewegung und verließ die Weide. In einem Mordstempo rasten Brian und seine Komplizen über die holprigen Landstraßen Richtung Minnanette.

Und das Unheil nahm seinen Lauf.

ELF

Pop hatte gerade die Ladenbeleuchtung eingeschaltet, als der schwarze Chevy aufkreuzte. Er bog in die Einfahrt und hielt bei den Zapfsäulen. Brian und Loony stiegen aus.

Pop ließ sein Essen stehen, ging hinaus und sah sich die zwei Jungen an. Sie gefielen ihm gar nicht, trotzdem fragte er: »Was kann ich für euch tun, Jungs?«

»Jungs?«, fragte Loony. »Jungs? Hey, Alter, dann ist ein Alligator für dich wohl auch 'ne Eidechse?«

Pop zog eine Grimasse. »Ein Furz ist für mich ein Furz. Und was ich hier vor mir sehe, ist ein kleiner Furz, sonst nix. Und jetzt seht zu, ihr Fürze, dass ihr mit eurer Scheißkarre wendet und schleunigst aus meiner Einfahrt verschwindet. Aber plötzlich.«

Mit diesen Worten ging Pop wieder zurück zum Laden.

Nur wenige Schritte, und Brian war bei ihm. »Sag mal, Alter, du bist aber nicht grad sehr höflich.«

»Nimm deine Drecksflosse weg, Kleiner, falls du sie nicht in einem Gipsverband spazieren tragen willst.«

»Für ein altes vertrocknetes Stück Scheiße bist du ja ganz schön mutig«, sagte Brian.

Das alte vertrocknete Stück Scheiße fuhr herum und erwischte ihn mit einem Uppercut im Magen. Keuchend sackte Brian auf ein Knie herab.

Wie aus dem Nichts tauchte Loony bei ihnen auf und knallte Pop seine Faust gegen den Schädel, worauf dieser zu Boden ging.

Brian stand auf und hielt sich den Bauch. »Du wirst dir noch wünschen, das hättest du nicht getan, Alter.«

»Ach ja?«, sagte Pop und versuchte auf die Beine zu kommen.

Loony versetzte ihm einen Tritt gegen den Kopf; Pop blutete jetzt über dem rechten Auge.

»Ja«, sagte Brian, »das wirst du.«

Pop wischte sich das Blut vom Auge.

»Schaff ihn rüber zu den Zapfsäulen«, sagte Brian.

Loony packte Pop am Kragen und begann ihn zu den Zapfsäulen zu schleifen. Der Alte trat um sich und zappelte, ohne dass er es jedoch schaffte, sich zu befreien.

Mittlerweile waren auch Stone, Jimmy und Angela aus dem Wagen gestiegen.

Stone ging zu Loony, um ihm zu helfen. Die beiden stießen den Alten mit dem Rücken gegen eine der Säulen. Pop hockte benommen da und schnappte nach Luft.

»Los, den Wagen volltanken«, sagte Brian zu Loony.

Loony griff sich einen Zapfhahn, ging zum Chevy und ließ Benzin in den Tank laufen.

Brian kam zu Pop herüber, baute sich rechts neben ihm auf und verpasste ihm einen Fußtritt. Der Alte versuchte auf Hände und Knie zu rollen, um sich aufzurappeln, da versetzte Brian ihm erneut einen Tritt. Und Pop fiel um.

Dann umkreiste Brian den Alten und trat immer wieder zu. Hin und wieder gab der Alte einen Furz von sich.

»Was sagt man dazu?«, sagte Brian. »Tritt zu, und es furzt.«

Loony hängte den Zapfhahn zurück an die Säule. »Der Tank ist voll.«

»Gib mir das Benzindings«, befahl Brian.

»Was?«

»Den Zapfhahn, Arschloch.«

Loony hob ihn aus der Halterung und reichte ihn Brian.

»Stone. Jimmy. Haltet ihn fest.«

Stone kam herüber, packte den Alten und drehte ihn auf den Rücken. Dann hockte er sich hinter ihn auf den Boden und zog mit einem Würgegriff Kopf und Schultern des Alten in seinen Schoß.

»Jimmy?«, rief Brian. »Mach schon, steh nicht so blöd rum!«

»Nein«, sagte Jimmy. Und konnte im ersten Moment selbst nicht fassen, was er da eben gesagt hatte.

»Was?«

»Mach, was du willst«, sagte Jimmy, »ich werd nicht versuchen, dich davon abzuhalten, aber ...«

»Du bestimmt nicht«, sagte Loony.

»... mach es allein. Ich ... ich und Angela, wir wollen damit nichts zu tun haben. Mach, was du für richtig hältst, aber ich werde niemanden wehtun. Ich nicht.«

»Hey, du bist so gut wie tot«, sagte Loony.

»Nein«, sagte Brian ruhig. »Geht schon in Ordnung. Ich versteh das.«

»Wir erzählen's auch nicht weiter«, sagte Jimmy. »Ehrenwort.«

»Ehrlich«, sagte Angela. »Wir wollen bloß weg.«

»Okay«, sagte Brian.

»Hey«, sagte Loony, »jetzt verarschst du mich, Brian.«

»Klappe, Loony. Der Chef hier bin immer noch ich. Wenn die beiden sagen, sie halten dicht, dann halten sie dicht. Sie haben's versprochen.« Er sah Jimmy und Angela an. »Stimmt's? Ich hab euer Ehrenwort?«

Beide nickten.

»Siehst du, Loony. Und jetzt geh rüber und hilf Stone den Alten festhalten.«

»So was lässt du denen durchgehn?«, fragte Loony. »Du hast gesagt ...«

»Loony, tu, was ich dir sage. Solange du noch dazu in der Lage bist.«

Loony machte den Mund auf, doch Brians Gesichtsausdruck ließ ihn verstummen. Unterhalb seiner linken Wange war ein nervöses Zucken zu sehen, das sich immer weiter ausbreitete, so als würde sich unter der Haut etwas bewegen.

Loony schlenderte zum Alten hinüber, er musste erst ein paar Tritte einstecken, bevor er es schaffte, Pops Füße zu packen. Dann hockte Loony sich auf den Boden, unter jedem Arm eines der dürren Beine.

Das Zucken in Brians Gesicht war verschwunden. »Kein Problem«, sagte er zu Jimmy und Angela.

Dann nahm er sich Pop vor.

Pop schrie, sie sollten ihn loslassen.

Brian kam mit der Zapfpistole und ließ etwas Benzin heraussprudeln, sodass es auf Pops Brust spritzte. Dann bückte er sich, legte die Hand um Pops Kiefer und drückte zu. Sein Gebiss löste sich, und mit Daumen und Zeigefinger zog Brian es vorsichtig heraus und warf es fort.

»Mistkerl«, nuschelte Pop.

Brian rammte ihm das Rohr des Zapfhahns in den Mund. »Ich fürchte, jetzt musst du uns noch ein paar Liter extra auf die Rechnung setzen, Alter. Volltanken!« Brian drückte den Abzug, und ein Schwall Benzin schoss dem Alten in den Rachen.

Pop warf den Kopf von einer Seite zur anderen, doch er konnte sich von dem Zapfhahn nicht befreien. Brian verpasste ihm erneut eine Ladung. Schäumend quoll das Benzin aus Pops Mundwinkeln und lief über seine Wangen, übers Kinn und den Hals.

Mit einem Ruck zog Brian die Zapfpistole heraus und spritzte Stone und Pop mit Benzin voll.

Pop drehte den Kopf zur Seite und erbrach sich. Stone ließ ihn los, damit er nichts abbekam. Und Pop wälzte sich auf den Bauch, er würgte und kotzte immer noch.

Brian kniete sich neben ihn. »Ich hätte mal 'ne Frage, Alter. Ich suche diese Lehrerin. Sieht richtig gut aus, das Miststück, hat vermutlich ihren Mann dabei. Ich hab mir von jemand eine Karte zeichnen lassen, damit ich herfinde und weiß, wo dieses Blockhaus steht, aber stell dir vor: Der Typ hat glatt vergessen, die genaue Position zu markieren. Ich meine, ich könnte hier jetzt eine Blockhütte nach der andern abklappern, um meine Lehrerin zu finden. Weißt du, der Typ war nicht ganz bei der Sache, als er diese Karte gezeichnet hat – Loony, haben wir da nicht gerade seiner Frau die Titten zerschlitzt?«

»Die Ohren«, sagte Loony.

»'tschuldigung.« Und wieder an Pop gewandt: »Egal, du siehst unser Problem. Das Pärchen wohnt also in einer Blockhütte am Lake Minnanette, und diese Hütte gehört den

Beaumonts, und ich möcht wetten, du kennst die Leute und weißt, wo ihre Hütte steht. Stimmt's, Alter?«

»Leck mich«, sagte Pop.

»Wie du willst.«

Brian drückte ihn mit dem Gesicht flach auf den Boden. Dann schob er die Mündung des Zapfhahns hinten in Pops Hose und ließ das Benzin hineinlaufen. Innerhalb von Sekunden war Pops Hose klatschnass.

Brian stand auf und warf den Zapfhahn hin. Er griff in die Hosentasche, kramte darin herum. »Loony, Stone, habt ihr mal Feuer?«

Pop wollte sich aufrappeln und abhauen, doch mit einem Satz war Brian bei ihm und trat ihm mit voller Wucht in den Bauch. Pop sackte zu Boden, und Brian verpasste ihm erneut einen Tritt. Man hörte eine Rippe knacken.

»Bleib liegen«, sagte Brian.

Pop stöhnte und versuchte jetzt nicht mehr aufzustehen.

Da kam Loony mit einem Streichholzbriefchen an. Während Brian danach griff, sagte er zu Pop: »Wir spielen jetzt ein kleines Spielchen, Alter. Früher habe ich hinter unserem Haus öfter Gürteltiere gefangen, dann hab ich mir aus dem Kanister für den Rasenmäher etwas Benzin geholt, es den Viechern über den Arsch geschüttet und sie laufen lassen. Und während ich hinter ihnen hergerannt bin, habe ich mit brennenden Streichhölzern nach ihnen geworfen. Mir ist nie eins von den Viechern entwischt. Du verstehst, was ich meine?«

Pop hatte es auf Hände und Knie geschafft. Die gebrochene Rippe fühlte sich an, als hätte er ein Messer in der Seite stecken.

»Wir werden jetzt das kleine Spielchen machen, das ich immer mit meinen Gürteltieren gespielt habe. Und du bist das Gürteltier. Los, Alter, lauf.«

Pop kam hoch und rannte los.

»Dich krieg ich!«, rief Brian und schnipste ein brennendes Streichholz hinter ihm her.

Es traf den Alten am Rücken und landete auf der Hose, die sofort in Flammen aufging. Sein Körper brannte wie eine Fackel. Gesicht und Haare, die voller Benzin waren, fingen ebenfalls Feuer. Und sein Hemd begann zu lodern. Schreiend rannte er im Zickzack, bis er schließlich hinfiel und über den Asphalt rollte. Er warf sich hin und her und zappelte wie ein Fisch auf dem Trockenen.

»Ist er nicht drollig?«, fragte Loony.

»Echt niedlich«, sagte Brian. Er wandte sich Jimmy und Angela zu. »Los, ihr beiden, geht in den Laden und holt was zu essen und zu trinken. Wir hauen ab.«

Jimmy beobachtete, wie sich der Alte am Boden hin und her warf; er winselte wie eine Ratte, die in die Falle gegangen war. »Klar«, sagte er. Er drehte sich zu Angela um, die am Chevy lehnte und sich erbrach.

»Kotz mir bloß nicht das Auto voll«, schnauzte Brian sie an. »Mach, dass du vom Wagen wegkommst.«

»Ich kümmer mich schon drum«, sagte Jimmy. Er legte einen Arm um Angela und zog sie sanft vom Auto fort.

»Tut, was ich euch gesagt hab, holt Proviant«, sagte Brian.

»Machen wir«, sagte Jimmy und dirigierte Angela hinüber zum Laden.

»Und was wird jetzt mit denen?«, fragte Loony, als sie im Innern des Ladens verschwunden waren. »Du lässt sie doch nicht einfach ziehen?«

Brian starrte ihn finster an. Erst war es nur ein heftiges Zucken im Mundwinkel, dann hatte es das ganze Gesicht erfasst – das Gesicht verzog und beulte sich wie ein Ledersack, in dem eine Ratte zappelte.

»Was glaubst du denn, Loony?«

»Die kriegen ihr Fett weg?«

»Genau, die kriegen ihr Fett weg – wenn ich Zeit dazu habe. Nicht jetzt.«

Sie betrachteten Pop. Er lag jetzt still da. Die Flammen loderten vom Rücken bis zu den Schuhen. Vor den Lichtern des Ladens kräuselte sich Rauch wie eine entweichende Seele.

Brian drehte sich um und rief Stone zu: »Jetzt fährst du.«

Stone nickte.

»Loony, geh rein und mach den beiden Beine.«

Loony trabte zum Laden. Zwei Minuten später kamen Jimmy und Angela heraus, gefolgt von Loony. Er hatte die Hände voller Halloween-Masken. »Hey«, rief er, »seht euch die an! Ist heute nicht Halloween?«

»Los, ins Auto«, befahl Brian, und das Trio lief weiter Richtung Wagen.

Brian rannte in den Laden. Kurz darauf kam er wieder herausgerannt. Hinter ihm aus der Eingangstür züngelten Flammen.

ZWÖLF

»Komm zurück, du Mistköter«, brüllte Moses Franklin.

Der schwarzbraune Hund verschwand in die Dunkelheit. Und Moses hörte noch, wie er im Unterholz raschelte, dann war es still.

»Elender Mistköter«, brüllte er. »Wart nur, wenn ich dich erwische! Dir blas ich den Arsch weg!«

Er war sauer, stinksauer. Beim Canton Trades Day hatte er für diesen Hund hundertfünfzig Dollar hingeblättert, aber der Mistköter konnte höchstens den Mond anbellen, von der Pirsch hatte er keine Ahnung.

Da kamen seine anderen beiden Hunde mit hängender Zunge durchs Dickicht gesprungen. Allerdings ohne den schwarzbraun gefleckten Blindgänger, der war auf und davon.

Moses knipste die Lampe an, die er vorn an seinem Helm hatte, und setzte sich mit einem Seufzer in Bewegung. Er ging in die Richtung, die der verschwundene Hund eingeschlagen hatte. Die beiden anderen trotteten neben ihm her.

Er sah auf sie hinunter. So tolle Jagdhunde waren die beiden zwar auch nicht, aber sie kamen wenigstens, wenn man sie rief. Wenn man einen Hund hat, dann muss der flohverseuchte Mistköter zumindest wissen, wo er hingehört.

Er arbeitete sich durchs Dickicht und rief nach dem Hund, doch ohne Erfolg. Schließlich griff er nach seinem Jagdhorn. Er hob es gerade an die Lippen, als er aus dem Augenwinkel etwas bemerkte.

Etwas Rotes.

Er kniff die Augen zusammen. Was zum Henker? Das war, ungefähr Richtung Hauptstraße, dort, wo Pop seinen Laden hatte.

Mein Gott, bei Pop brannte es!

Er schob sein Horn zurück in den Gürtel und warf den Riemen der Flinte über die Schulter. Dann lief er mit zügigen Schritten auf die Flammen zu, während er mit den Armen das Gestrüpp beiseitedrückte.

Die Hunde sprangen hinter ihm her.

In einer großen Eiche hockte seelenruhig eine Beutelratte und sah zu, wie die Jagdgesellschaft von dannen zog.

Zwei Wagen kamen die dunkle, unbefestigte Straße hinunter. Der eine war ein Dodge Dart. Der andere ein schwarzer Chevy. Der Dodge hatte zwar ein paar Meilen Vorsprung, doch er fuhr um einiges langsamer. Die Kids im Dodge waren betrunken und gut drauf. Die Kids im Chevy waren high vom Feuer, vom Blut und vom Hass – außer Angela und Jimmy: Sie waren voll auf Angst.

Sam Griffith, der hässlichste und betrunkenste unter den Insassen des Dodge, warf seine leere Bierflasche zum Fenster hinaus, indem er sie im hohen Bogen nach hinten schleuderte. Die Flasche segelte hinauf in die Nacht, blitzte im Mondlicht einmal kurz auf, als wäre sie aus Silber, und landete dann mitten auf der Fahrbahn, wo sie zweimal aufhüpfte und schließlich liegen blieb.

Der Dodge bog nach links in einen schmalen Seitenweg. Griffith meinte, er kenne dort unten am See ein paar hübsche Blockhäuser, deren Einwohner sie ein wenig ärgern könnten.

Der Chevy raste weiter, erfasste mit dem linken Hinterrad Griffiths Flasche und schleuderte sie zehn Meter weit hinter sich, wo sie in drei scharfe Teile zerbrach.

Die Mägen voll mit Hähnchenschnitzel und zu viel Kaffee fuhren Ted und Larry wieder Richtung Minnanette, diesmal auf der Hauptstraße. Von Minnanette aus wollten sie ein paar weitere Seitenstraßen überprüfen, dann hier Schluss machen und es woanders versuchen.

»Oh Gottogott!«, rief Moses.

Der Laden sah aus wie ein zuckendes Monster aus roten, gelben und orangefarbenen Flammen, das schwarzen Qualm in den Himmel spuckte.

Was von Pop noch übrig war, erinnerte mehr an einen verkohlten Stock.

»Oh Gottogott«, wiederholte Moses immer wieder. Er ging zu Pop, beugte sich über ihn.

»Mein Gott ... Pop?«

Eine von Pops Händen hob sich ein wenig, wie ein sterbender Schmetterling, und plumpste dann wieder auf den Asphalt.

»Oh Gottogott.«

Über den Kiefern sahen Ted und Larry den Schein der hochschlagenden Flammen.

Als sie um die Kurve bogen, erblickten sie den Laden – besser gesagt, was davon übrig war: ein verkohltes Gerippe, durch das sich ein Feuerball fraß.

Ein Mann kauerte neben etwas, das in der Einfahrt lag. Ted gab Vollgas und kam dort mit quietschenden Reifen zum Stehen.

Die Kids im schwarzen Chevy näherten sich jetzt der Abzweigung, die zu dem Blockhaus führte, in dem Becky und Montgomery Jones wohnten, doch das wussten sie nicht. Brian fluchte, weil er Dean Beaumont zu früh umgebracht hatte. Hätte er noch ein bisschen gewartet, bevor er dem Mann die Augen ausgestochen hatte, hätte er jetzt eine bessere Wegbeschreibung gehabt.

Aber egal, sie würden diese Blockhütte finden, und wenn sie jeden verdammten Waldweg hier draußen abklappern mussten. Brian wusste nur eins: Sie waren ganz dicht dran. Das hatte er noch aus Beaumont herausbekommen, ehe er starb. Weit konnte es nicht mehr sein.

»Ich hab nichts getan«, sagte Moses.

Ted nahm ihm die Flinte ab. »Sicher doch«, sagte er.

»Erzählen Sie«, sagte Larry.

»Ich war gerade oben im Wald auf der Jagd und suchte einen meiner Hunde« – Moses deutete auf die Vierbeiner, die in der Nähe herumschnüffelten –, »da hab ich die Flammen gesehen. Ich bin dann hier runter und habe Pop so vorgefunden, wie er hier liegt.«

»Die Tanksäulen hier könnten hochgehn«, bemerkte Larry unvermittelt.

»Ist er tot?«, fragte Ted.

»Als ich seinen Namen sagte, hat er einen Finger bewegt.«

Larry lief hinüber zu Pop und kauerte sich neben ihn. »Auwei, völlig verkohlt«, sagte er.

»Bitte, Larry«, rief Ted, »halt die Klappe, ja?«

»Sieh ihn dir nur mal aus der Nähe an.«

Ein Hund kam herbei und schnüffelte an Pop herum. Larry versetzte ihm einen Schlag mit dem Handrücken. Der Hund jaulte auf und schlich davon.

Ted kniete sich neben den Kopf des verbrannten Mannes. »Können Sie mich hören?«, fragte er.

Ein Finger hob sich, tippte auf den Boden.

»Wir werden Sie hier fortschaffen. Fort von den Säulen. Verstanden?«

Erneut hob sich der Finger und sank dann wieder herab.

»Larry, nimm seine Füße.« Ted hängte sich Moses' Flinte über die Schulter.

»Wenn du ihn fortträgst, fällt er auseinander«, meinte Larry.

»Wenn wir's nicht tun, fliegen ihm vielleicht die Tanksäulen um die Ohren. Und uns übrigens auch.«

Larry griff sich Pops Füße. Er spürte die Hitze, die von den verkohlten Schuhen ausging. Ein Teil davon löste sich und blieb an seinen Händen haften.

Sie trugen Pop von der Einfahrt ins offene Gelände. Sie waren jetzt etwa dreißig Meter von den Säulen entfernt. Hier waren sie zumindest etwas sicherer.

Moses kam herüber und stellte sich zu ihnen. »Oh Gottogott.«

Ted und Larry zupften sich die verkohlten Stoff- und Fleischfetzen von den Händen.

»Scheiße stinkt«, meinte Larry.

Ted sah ihn an und schüttelte wortlos den Kopf.

Er kniete sich neben Pop. »Wir holen jetzt den Wagen und laden Sie ein. Ich wollte Sie von den Säulen weghaben, damit wir Sie in Ruhe stabilisieren können. Hier fühl ich mich etwas sicherer. Ich glaube, wir bringen Sie besser zu einem Arzt, weil ... na ja, es hat Sie übel erwischt, und ein Krankenwagen müsste erst mal hierherkommen ...«

Der Alte versuchte, etwas zu sagen. Es war ein rauer, unangenehmer Laut.

»Immer mit der Ruhe«, sagte Ted.

»Kids«, röchelte Pop.

»Wie bitte?«

»Kids.« Mehr brachte Pop nicht heraus.

»Hören Sie, bleiben Sie ganz ruhig. Ich werd jetzt den Wagen holen.«

Ted ging zum Auto hinüber.

Larry hockte sich neben den Alten, beugte sich über ihn und blickte in das rußige, zerstörte Gesicht. »Wer hat das getan? Niggerkids?«

Pop bewegte die Lippen, brachte aber keinen Ton heraus.

»Versuchen Sie's noch mal.«

»Schwarzer Chevy«, stieß Pop abgehackt hervor. Es war kaum mehr als ein Krächzen.

»Kids in einem schwarzen Chevy?«

Pop tippte mit seinem Finger auf den Boden.

»Gut, habe verstanden.«

Wieder tippte der Finger auf den Boden.

»Was gibt's?«

»Wollen ein Pärchen ... töten.« Er brachte die Worte nur mit Mühe heraus, sie waren jetzt kaum noch zu verstehen.

»Die Kids?«

Der Finger tippte auf den Boden.

»Verstanden.«

»Beaumonts ... Blockhütte«, sagte Pop. Er hörte sich an wie eine Feile, die über kalten Stahl scharrte.

»Wie bitte?«

»Er meint die Beaumonts«, erklärte Moses. »Ich hab sie ein paarmal getroffen.«

»Und?«

»Die haben 'ne Blockhütte am See. Das meint er.«

»Wissen Sie, wo sie steht?«

Moses nickte.

Ted kam mit dem Wagen und stieg aus.

»Hör mal«, sagte Larry zu ihm, »der Typ hier hat gerade noch was erzählt.«

»Was denn?«

»Von ein paar Kids und 'ner Blockhütte. Dass sie dort unten ein Pärchen umbringen wollten, so was in der Richtung. Ich konnte ihn nicht besonders gut verstehen.«

»Vielleicht fantasiert er.«

»Glaub nicht.«

Larry, der während des kurzen Gesprächs neben Ted gestanden hatte, kauerte sich wieder neben den Alten. »Hey«, sagte er, »hey, sind Sie noch da?«

Pop rührte sich nicht.

Larry griff ihm an den verbrannten Hals, um nach dem Puls zu fühlen. Nichts.

»Tot«, sagte Larry und stand auf.

»Vermutlich besser so, mit diesen Verbrennungen«, sagte Ted.

»Oh Gottogott«, kam es von Moses.

»Der Mann hier«, sagte Larry, »Der Jäger – er sagt, er wüsste, wo das Blockhaus der Beaumonts steht.«

»Das Blockhaus der Beaumonts?«, fragte Ted.

»Das waren seine Worte. Das Blockhaus der Beaumonts.« Larry deutete auf Moses. »Er meint, er wüsste, wo es ist.«

»Stimmt das?«, fragte Ted.

Moses nickte.

»Steigen Sie ein«, sagte Larry zu ihm, »wir nehmen die Verfolgung auf.«

»Das geht nicht«, sagte Ted, »dieser Mann ist Zivilist.«

»Bin ich«, sagte Moses. »Und nie was andres gewesen.«

»Willst du die Typen schnappen, die das hier angerichtet haben, oder nicht?«, fragte Larry.

»Klar will ich das«, erwiderte Ted. »Er braucht uns ja nur den Weg beschreiben, unser ... wie heißen Sie noch gleich?«

»Moses.«

»Mh-mh«, sagte Larry. »Ich will nur sichergehn, dass wir auch hinfinden. Wir können Moses ja kurz vorher aussteigen lassen.«

»Das gefällt mir nicht«, sagte Ted.

»Mir auch nicht«, sagte Moses.

»Sieh dir den armen Kerl an«, sagte Larry und deutete auf Pop. »Wir können nicht zulassen, dass diese Kids irgendwelche Leute rösten und ungeschoren davonkommen.«

»Jetzt wirst du plötzlich sentimental, Larry.«

»Wir sind die Guten, die sind die Bösen. Hör zu, die knöpfen wir uns vor, die machen wir fertig!«

Ted warf einen Blick auf das brennende Gebäude. Inzwischen hatten die Flammen alle Wände zerstört, es stand nur noch ein hölzernes Gerippe. Dann blickte er hinab auf das verkohlte Etwas, das einmal ein Mensch gewesen war.

»Also schön«, sagte er zu Moses, »steigen Sie ein. Und nehmen Sie endlich diesen bescheuerten Helm mit der Lampe ab.«

»Mir gefällt das nicht«, sagte Moses. »Und meine Hunde?«

»Zum Teufel mit Ihren Hunden! Steigen Sie ein, verdammt noch mal«, sagte Larry. Und mit einem Blick auf Ted: »Wieso gibst du ihm nicht seine Flinte zurück, für alle Fälle.«

Mit einem müden Kopfnicken gab Ted dem Mann seine Flinte.

Er hielt ihm die hintere Wagentür auf, und Moses stieg ein. Er warf den Helm neben sich auf den Sitz, die Flinte legte er quer über beide Knie. Ted drückte die Tür zu.

»Falls irgendwas schiefgeht, Larry, geht das auf deine Kappe«, sagte Ted.

»Aber gern. Los geht's. Ich fahre. Du alarmierst Krankenwagen und Feuerwehr ... die Zapfsäulen können immer noch hochgehn.«

Sie stiegen in den Wagen, und Larry klemmte sich hinters Steuer. Er ließ den Motor an und betrachtete durchs Fenster Pops Leiche. »Die kriegen wir, Alter.«

»Erst mal hier geradeaus«, sagte Moses, »und später müssen wir dann abbiegen.«

Der Wagen ließ die Flammen hinter sich und bog auf die Straße. Ted griff zum Funkgerät und gab der Zentrale die Position des Brandes und des Toten durch.

»Stoßt ins Horn«, sagte Larry. »Hier kommt die verdammte Kavallerie! Euch reißen wir den Arsch auf, euch Höllenbrut!«

DREIZEHN

»Monty, halt still! Gleich hab ich ihn!«

Mit einer Drahtschere aus dem Schuppen hatte Becky die Spitze des Hakens abgeknipst, und jetzt zog sie Monty das verrostete Ding aus der Hand. Sie warf es in den Aschenbecher, der auf dem Tresen stand, und desinfizierte die Wunde mit Alkohol.

»Genau wie in deinem Traum«, sagte Monty. »Und das auf dem Fernseher ... was ich da gesehen habe, kam auch in dem Traum vor, den du mir erzählt hast.«

»Das gibt's doch nicht. Im Fernsehen?«

»Jetzt bin ich derjenige, der wirres Zeug redet, und du erklärst mir, ich sei nicht ganz dicht. Wir haben die Rollen getauscht. Trotzdem, ich schwör dir, auf dem Bildschirm hab ich das Auto gesehn, von dem du mir erzählt hast. Hast du's auch gesehn oder nicht?«

»Ich hab bloß dagesessen und mir *Lucy* angesehen, und plötzlich hatte ich das Gefühl, als würde sich was durch meinen Kopf schlängeln, und dann weiß ich nur noch, wie ich auf einmal deine blutige Hand vor mir sah ...«

»Das passt alles zusammen«, unterbrach Monty sie. »Wenn du so 'ne Art Empfänger bist ... und es irgendwo einen Sender gibt, oder was auch immer diese Botschaften an dich sendet ... vielleicht hat der Fernseher sie ebenfalls empfangen, so wie du ...«

»Mir schießt was durch den Kopf, und zack, sieht man's auf dem Bildschirm?«, fragte Becky ohne eine Spur von Ironie. »Die gute alte Beck als Satellitenempfänger?«

»Vielleicht hat mir ja die Fantasie einen Streich gespielt. Das mit der Hand ist jedenfalls passiert, genau wie in dem Traum, von dem du mir erzählt hast. Du warst völlig weggetreten, als ich reinkam, und dann hab ich einen Blick auf den Fernseher geworfen ... vielleicht gab es ja eine Störung auf dem eingestellten Kanal, weil irgendeine andere Sendung dazwischengefunkt hat, und deshalb war das Bild so verschwommen.«

»Klingt logisch«, meinte Becky. Dann lachte sie. »Ist ja verrückt. Jetzt bin ich die Normale, die versucht dir klarzumachen, dass du dir das nur eingebildet hast. Ich würde das lieber lassen.« Sie schwieg. Und nach einer langen Pause sagte sie: »Monty, die Träume sind real. Vielleicht hast du ja wirklich was auf dem Bildschirm gesehn. Jedenfalls hast du dir die Hand verletzt, wie ich gesagt habe. Clyde hat sich erhängt, genau wie in meinem Traum. Und wenn das alles eingetroffen ist, dann gilt das auch für die anderen Sachen. Die Frau, die ich gesehen habe ...«

»Jetzt warte mal ...«

»... war ich, Monty. Sie war tot, an den Füßen aufgehängt, und das war ich. Das weiß ich ganz sicher.«

»Weißt du nicht.«

»Und ob. Die Kobolde ...«

»Es gibt keine Kobolde.«

Becky lächelte. »Hin und her«, sagte sie, »wir tauschen ständig die Rollen. Aber es gibt auch niemanden, der mithilfe seiner Träume in die Zukunft sehen kann, vergessen?«

Monty schwieg einen Moment. »Vielleicht sind es Warnungen«, meinte er dann. »Hätte ich gewusst, dass es sich in deinem Traum um einen Angelhaken handelt, der in der Hand steckt, und es ernst genommen, hätte ich es vielleicht verhindern können, wenn ich nicht angeln gegangen wäre.«

»Aber vielleicht lässt sich an der Zukunft gar nichts ändern. Vielleicht hättest du selbst dann nicht gewusst, dass es sich um einen Angelhaken handelt, wenn du den Traum ernst genommen hättest. Ich wusste es auch nicht – ich hab bloß die Hand und das Blut gesehen.«

»Hör zu. Egal, was es damit auf sich hat, wir lassen uns davon nicht fertigmachen.«

»Ich werde sterben«, sagte Becky leise. Ihre Augen schienen hinter einem Schleier zu verschwinden.

Monty sah, dass sie kurz davor war durchzudrehen. Im Grunde ging es ihm nicht viel besser. Ruhig und gefasst sagte er: »Wenn du jetzt den Kopf verlierst, passiert das vielleicht. Aber wenn wir die Ruhe bewahren, werden wir das hier heile überstehen. Vielleicht ist es ja wirklich so, dass wir uns das nur einbilden, und später lachen wir darüber.«

»Die Träume bilde ich mir nicht nur ein.«

Den falschen Knopf gedrückt, dachte er. »Wir werden jetzt die Ruhe bewahren. Nun, so wie du mir den Traum geschildert hast, gab es da dieses Auto, und da waren Bäume und ein See. Was auch immer passieren soll, wird hier geschehen – falls wirklich was an der Sache dran ist. Also verschwinden wir einfach. Auf der Stelle. Ohne zu packen. Komm, lass uns fahren.«

»Monty ...«

»Sofort. Los, komm schon, wir fahren. Versuch dich, so gut es geht, an diese Träume zu erinnern. An jedes Detail. Erzähl mir unterwegs davon. Je mehr es gibt, vor dem du uns warnen kannst, umso größer ist unsre Chance, dem zu entgehen.«

Er nahm sie am Arm, und als er sie hinausführte, kam er sich auf einmal ziemlich dämlich vor. Es war ganz plötzlich über ihn gekommen. Was redete er für einen Stuss? Mein Gott! Er schnappte allmählich über, so wie Becky.

Einen Moment lang zweifelte er, ob sie das Richtige taten, aber dann fiel ihm das Auto auf dem Bildschirm wieder ein.

Bescheuert, es war vollkommen bescheuert. Wie sollte der Wagen auf den Bildschirm kommen? Das war kompletter Schwachsinn.

Aber je mehr er über den Wagen und die anderen Träume Beckys nachdachte, desto weniger Lust verspürte er, im Blockhaus zu bleiben. Ja, sie brachen so überstürzt auf, dass sie das Licht brennen ließen und vergaßen, die Haustür abzuschließen.

VIERZEHN

Inzwischen war es dunkel geworden. Hoch oben, am kalten, sternenklaren Firmament, leuchtete der Mond. Und in den Wipfeln der Kiefern rauschte der Wind. Der Chevy kam näher und verscheuchte mit seinem grellen Scheinwerferlicht die Schatten.

Monty ließ den Golf an, setzte zurück, fuhr zur Landstraße und bog ab Richtung Minnanette.

Der Streifenwagen der Highway Patrol raste die Straße entlang. Larry grinste. Ted hielt sich am Sitz fest. Und Moses murmelte, den Kopf zwischen den Knien: »Oh Gottogott.«

Monty drückte aufs Gas, während Becky ihm den Traum noch einmal in allen Einzelheiten erzählte. Bis sie mitten im Satz abbrach und sagte: »Das ist er. Das ist er, Monty.«

»Was?« Er warf ihr einen Blick zu. Sie deutete auf das Scheinwerferpaar, das ihnen entgegenkam.

Und plötzlich wusste Monty, was sie meinte. Tatsächlich, es war das Bild aus dem Fernseher: Ein dunkler Wagen mit eingeschalteten Scheinwerfern kam direkt auf sie zu.

»Hey!«, rief Brian, als sie den Golf passierten. »Das ist doch die Karre von dieser Schlampe!« Er riss das Steuer herum. Eine dunkle Staubwolke wirbelte auf, und noch ehe sich der Staub zu legen begann, war der Chevy aus der Wolke geschossen und nahm die Verfolgung auf.

Monty konnte sehen, wie die Scheinwerfer im Rückspiegel auftauchten und rasch näher kamen. Er trat so fest aufs Gaspedal, dass lauter kleine Nadelstiche sein Bein hinaufwanderten. Der Golf schaukelte und vibrierte.

Der Chevy kam unaufhaltsam näher.

»Ich bin derjenige, der ihr das Herz rausschneidet«, verkündete Brian.

Aus der Gegenrichtung näherte sich der Streifenwagen, er hatte den Golf fast erreicht.

Aber nur fast.

Denn Larry sah die Scherben der Bierflasche nicht, die auf der Straße lagen. Als sie darüberfuhren, platzte ein Reifen. Sie hatten siebzig Meilen drauf, und der Wagen kam ins Schleudern und drehte sich, feiner Lehmstaub wirbelte auf, dann rotierte er einmal um die eigene Achse, brach erneut aus und landete mit den Vorderrädern im Straßengraben.

Larry öffnete die Tür, trat in die Staubwolke und sagte: »Verdammt.«

Der Chevy war jetzt auf gleicher Höhe mit dem Golf, schien wie im Leerlauf neben ihm herzugleiten. Monty warf einen Blick nach links und sah, wie ihn der irre Loony Tunes mit aufgerissenen Augen anstarrte.

»Warum?«, sagte Monty laut vor sich hin. »Warum ausgerechnet wir?«

Der Chevy machte einen Schlenker und berührte ganz leicht den Golf. Monty konnte Loony Tunes Gelächter hören. Sein Gekicher tänzelte im Wind wie ein lebendiges Wesen.

Monty warf einen Blick auf sein Armaturenbrett. Irgendwas stimmte nicht – die Temperaturanzeige blinkte wie das Leuchtfeuer einer Landebahn.

Dann blickte er wieder zum Chevy hinüber. Der Typ auf dem Beifahrersitz hatte ein Gewehr – eine Schrotflinte, und legte an.

Monty stieg voll auf die Bremse, und der Golf kam ins

Schleudern. Der Chevy neben ihnen schoss davon wie eine Pistolenkugel. Becky flog nach vorn und knallte gegen die Windschutzscheibe.

Als sie wieder in den Sitz plumpste, war Blut auf dem Glas. Monty sah kurz zu ihr hinüber. Sie blutete aus Nase und Unterlippe.

Er hatte jetzt keine Zeit, sich darum zu kümmern.

Er legte den Rückwärtsgang ein, riss das Steuer herum und setzte zurück, dann trat er das Gaspedal durch und raste in die Richtung, aus der sie gekommen waren.

Inzwischen hatte auch der Chevy gewendet, die Scheinwerfer in Montys Rückspiegel wurden immer größer.

Am Streifenwagen war der linke Vorderreifen geplatzt. Das Fahrzeug hing mit dem Kühler so weit über den Rand des Straßengrabens, dass die Vorderräder keine Bodenhaftung mehr hatten.

»Und jetzt?«, fragte Moses, der sich ein Taschentuch unter die blutende Nase hielt.

Ted stand da, hatte die Hände in die Seiten gestemmt und überlegte.

»Wenn wir ihn mit dem Wagenheber raufhieven?«, fragte Larry.

»Das können wir vergessen … vielleicht kriegen wir ihn wieder raus, wenn wir den Reifen wechseln und ihn in den Graben schieben.«

»In den Graben?«

»Bis die Räder den Boden berühren, dann versuchen wir's im Vorwärtsgang …«

»In den Graben?«

»Rückwärts geht's auf keinen Fall, hinten hat die Karre keinen Antrieb. Es könnte klappen, wenn wir in den Graben fahren, und weiter knapp am Rand entlang. Vielleicht ist der

Graben unten schmaler, und wir schaffen es dort zurück auf die Straße.«

»Vor den Bäumen musst du aber ziemlich hart einschlagen ... falls es der Wagen überhaupt aus dem Graben schafft.«

»Hast du 'ne bessere Idee? Na los, ich höre.«

»Nee.«

»Also?«

»Lass uns den Reifen wechseln und es versuchen.«

Der Chevy kam erneut näher und schob sich neben den Golf. Monty bezweifelte, dass derselbe Trick ein zweites Mal funktionierte, aber vielleicht ein anderer.

Er machte sich die Wendigkeit des kleinen Golfs zunutze, riss das Steuer nach links und hielt mit der Stoßstange direkt auf den Chevy zu. Er erwischte ihn genau hinter dem rechten Kotflügel, durch die Wucht von Montys Attacke wurde der Chevy nach links, Richtung Straßengraben, geworfen.

Monty wusste, wenn der Fahrer schnell genug reagierte, wenn er rechtzeitig das Steuer herumriss, war der schwere Chevy dem Golf haushoch überlegen.

Doch der Fahrer des Chevy reagierte zu spät. Der schwarze Wagen scherte aus, sein Heck wirbelte herum, und Monty drängte ihn immer weiter nach links, Richtung Straßengraben.

Es fehlte nicht mehr viel.

Los, komm schon. Wir haben's fast geschafft.

Nur noch ein kleines Stück, kleiner Volkswagen, na los, mach schon, Schätzchen.

Geschafft!

Das linke Rad des Chevy rutschte in den Graben, und Monty riss den Golf wieder nach rechts. Doch sein Wagen hatte ebenfalls was abbekommen. Das Manöver hatte die Vorderseite ordentlich zerknautscht; und auch das Heck, das herumgeschleudert und gegen den Chevy geprallt war, war ganz schön verbeult. Doch das machte nichts, dafür waren sie diese Typen jetzt los.

»Mann, denen hab ich's gezeigt«, schrie Monty. »Die sind wir los!«

Er steuerte den Wagen in eine Kurve, nicht ohne kurz vorher einen Blick in den Rückspiegel zu werfen – und sah, dass sein Manöver nicht ganz geglückt war. Er hatte den Chevy nicht weit genug abgedrängt. Der Wagen hatte noch genügend Bodenkontakt, um im Rückwärtsgang wieder aus dem Graben zu kommen.

Die Typen kamen erneut näher. Und zwar schnell.

Larry und Ted hatten inzwischen den Reifen gewechselt, diesmal setzte sich Larry ans Steuer, während Ted und Moses versuchten, den Streifenwagen ein Stückchen in den Graben zu schieben – in der Hoffnung, dass die Vorderräder nicht im weichen Boden stecken blieben, und dass sie es schafften, zurückzusetzen, zu wenden und zurück auf die Straße zu fahren.

Larry ließ den Motor an und rief zum Fenster hinaus: »Los, schieben!«

Und Moses und Ted stemmten sich gegen den Wagen und schoben.

Monty bog um eine Kurve. Die Scheinwerfer des Chevy waren jetzt nicht mehr zu sehen.

Mein Gott, dachte er, gleich sind wir wieder am Blockhaus. Er warf einen kurzen Blick auf Becky. Sie war weiß wie ein Bettlaken, und im fahlen Mondlicht sah sie noch schlimmer aus.

Sie hatte sich mit dem Ärmel das Blut vom Gesicht gewischt, doch auf der Stirn und unter der Nase fing es erneut an zu tropfen.

»Okay?«, fragte er.

Sie gab keine Antwort.

Vor ihnen erstreckte sich ein schmaler Weg, der kurz vor der Beaumont-Hütte abzweigte. Er beschloss, dort abzubiegen. Vielleicht führte dieser Weg ja zu einem Haus. Wo ihnen jemand helfen konnte.

Er bog von der Straße ab.

Im letzten Moment sah Monty im Rückspiegel die Scheinwerfer des Chevy aufblitzen. Wenn er gesehen hatte, wie die Jungen um die Kurve kamen, mussten sie ebenfalls einen Blick auf seine Rücklichter erhascht haben, bevor er abgebogen war.

Die Schatten der Kiefern kauerten auf der Straße wie große schwarze Spinnen, die vor seinen Scheinwerfern nur widerwillig das Weite suchten.

Monty lief ein kalter Schauer über den Rücken. Er dachte: Kiefern. Der See. Er warf einen Seitenblick auf Becky. Ihre Nase und ihre Lippen waren schon wieder voller Blut, und von der Stirn lief ebenfalls ein schmales Rinnsal. Ihm fiel ein, was sie ihm von der kopfüber hängenden, blutenden Frau erzählt hatte.

»Becky!«, rief er mit schneidender Stimme.

Sie antwortete nicht.

Ihr Blick war unverwandt nach vorn gerichtet, das Gesicht zu einer blutigen Maske erstarrt.

Die Vorderräder des Streifenwagens landeten im Graben, und drehten durch, Schlamm spritzte auf. Das Heck schlingerte nach links, dann wieder zurück.

Schließlich berührten die Vorderräder den Boden und zogen den Wagen, wie die Klauen eines Faultiers, vorwärts.

Der vordere Teil des Wagens hob sich aus dem Graben, und das Heck rutschte die Schräge hinab. Die Hinterräder landeten mit einem lauten *Plopp* im Schlamm und versanken bis zu den Radkappen.

Larry gab weiter Gas.

Und die Reifen gruben sich noch tiefer ins Erdreich.

»Warte!«, rief Ted. »Stopp, verdammt noch mal!«

Die Straße wurde schmaler, und plötzlich ahnte Monty, was ihn hinter der nächsten Biegung erwartete. Eine Sackgasse.

Genau.

Die Straße hörte plötzlich auf. Der Boden vor ihm war mit Kiefernnadeln bedeckt. Unter den Bäumen stand ein Picknicktisch, und weiter hinten sah man den See.

Er hatte sie beide in eine Falle geführt.

»Raus aus dem Wagen!«, schrie er Becky an.

»Ist doch sinnlos. Wir sind tot ... ich bin tot.«

Er langte rüber und verpasste ihr eine Ohrfeige. »Steig aus dem Wagen! Hörst du mich, du Miststück? Mir geht der Arsch auf Grundeis – und wo bleibt sie jetzt, deine ganze Emanzipation? Mach, dass du aus dem Scheißauto kommst! Oder die schaffen es nicht mehr, dich umzubringen! Weil ich es tue!«

Becky öffnete die Tür und stieg wie in Trance aus dem Wagen.

Monty sprang hinaus, rannte auf die andere Seite, packte Becky am Arm und begann sie nach links zu zerren, zu einer Baumgruppe, die ganz im Dunkeln lag.

»Lauf, verdammt noch mal, lauf!«, rief er.

Becky rannte los. Sie befreite sich von Montys Griff und lief voraus, und er konnte nichts weiter tun, als ihr in einem Meter Abstand zu folgen. Ihm fiel wieder ein, was sie ihm damals über ihre Läuferkarriere an der Highschool erzählt hatte.

Da wurden sie von einem Lichtstrahl erfasst – die Scheinwerfer des Chevy.

Und dann waren sie unter den Bäumen, rannten stolpernd weiter, kämpften sich mit rudernden Armen durchs Dickicht, zwischen widerspenstigen Schlingpflanzen hindurch.

Die Scheinwerfer waren jetzt nicht mehr zu sehen, aber Monty hörte, wie die Wagentüren zugeschlagen wurden, er stellte sich vor, wie die Typen hinter ihnen herrannten – und mindestens einer von ihnen war bewaffnet, er hatte eine Schrotflinte dabei.

Zwischen den Baumstämmen hindurch sah Monty Lichter schimmern. Ein Haus!

»Lauf, verdammt noch mal«, rief er, obwohl Becky ihm ein gutes Stück voraus war und die Schlingpflanzen und dünnen Äste zur Seite schlug. Mehr als einmal peitschte Monty ein Ast, den sie zur Seite gebogen hatte, ins Gesicht. Darum lief er mit erhobenen Armen weiter und blickte zwischen ihnen hindurch.

Plötzlich traten sie aus den Bäumen heraus, und vor ihnen im Mondlicht stand ein hell erleuchtetes Haus. Monty hätte vermutlich losgelacht, wenn das Ganze nicht so verdammt bescheuert gewesen wäre.

Sie standen vor ihrer Blockhütte. Waren genau dort gelandet, wo sie hergekommen waren. Sie konnten Beckys Träumen die blutige Hand schütteln.

Monty warf einen kurzen Blick über die Schulter.

Nichts zu sehen. Keine Verfolger.

Besonders ermutigend war diese Erkenntnis nicht.

»Du gehst ins Haus«, keuchte Monty. »Ich werde ... mir was aus dem Werkzeugschuppen holen ... irgendwas, womit ich ihnen Paroli bieten kann.«

Becky lief weiter, doch als sie die Haustür erreicht hatte, blieb sie stehen, drehte sich um und blickte Monty hinterher.

Er ging in den Schuppen. Die Tür war nicht abgeschlossen, genau wie er sie zurückgelassen hatte, als er am Nachmittag das Angelzeug herausgeholt hatte. »Beeil dich, Baby«, rief sie, »beeil dich!«

Mit einer Axt und dem Froschzwicker kam Monty aus dem Schuppen gerannt.

»Er steckt fest«, sagte Moses.

Ted stöhnte auf. »Geht los und sammelt Äste und Steine, alles, was ihr finden könnt, was wir unter die Äste schieben können. Als Unterlage.«

»Hast du noch mehr solcher Ideen auf Lager, Ted?«, fragte Larry.

Ted drehte sich um und fuchtelte mit dem Finger. »Mach mich nicht an, Arschloch, oder ich verprügle dich, dass du nicht mehr weißt, wo oben und unten ist.«

Wortlos fingen sie an, Gegenstände aufzulesen, die man unter die Wagenräder schichten konnte.

FÜNFZEHN

Die Kids hatten sich nicht sofort an Montys und Beckys Fersen geheftet, denn: Als die fünf aus dem Chevy gestiegen waren, hatte Brian sich mit den Worten »Schnapp dir die beiden« an Loony gewandt und dabei auf Jimmy und Angela gedeutet.

»Du hast's uns versprochen«, sagte Jimmy.

»Aber *ich* nicht«, erwiderte Brian, doch es war die Stimme von Clyde.

»Mann, ist ja unheimlich«, sagte Loony und sah Brian an. »Du klingst genau wie Clyde.«

Brian blickte ihn finster an. »Ich bin Clyde, du dämliches Arschloch.« Dann erklang wieder die Stimme von Brian:

»Und ich bin auch Brian.« Worauf wieder Clyde zu hören war: »Siehst du, du dummes Arschgesicht?«

»Ja, ja, Clyde ... Brian ... ja, ihr beiden.«

Stone starrte Brian mit offenem Mund an.

»Was gibt's da zu glotzen?«, wollte Clydes Stimme wissen.

Stone schüttelte den Kopf.

»Dann schaff die beiden zu dem Tisch da.«

»Tut uns nichts«, sagte Jimmy. »Lasst uns gehn. Wir erzählen's auch nicht weiter.«

»Klar doch. Los, marsch. Rüber zum Tisch.«

»Lauf«, rief Jimmy plötzlich und stieß Angela kräftig nach rechts, während er selbst nach links sprang.

Doch Stone stellte ihm ein Bein, und er fiel hin. Dann trat Loony zu Jimmy und knallte ihm den Kolben der Flinte an den Hinterkopf, worauf er das Bewusstsein verlor.

Währenddessen rannte Stone hinter Angela her, er erwischte sie, bevor sie die Bäume erreicht hatte. Er packte sie an den Haaren und zerrte sie zurück zu den anderen, wie ein Höhlenmensch, der seine Frau hinter sich herschleift.

Er warf sie vor Brian auf den Boden.

Brian beugte sich vor und zog sein Messer aus dem Gürtel. »Jetzt werden wir uns erst mal ein bisschen amüsieren«, verkündete er mit Clydes Stimme.

»Mann«, sagte Loony, »diese Stimme ist echt unheimlich.«

Brian fuhr herum »Meinst du etwa, das hier ist nur Theater?«, schnauzte ihn Clydes Stimme an. »He?«

»Nee, ich kapier bloß nicht, wie du das hinkriegst ... klingt wirklich echt.«

»Du dummer Wichser« – noch immer sprach Clydes Stimme –, »wir sind beide hier drin.« Brian tippte sich mit der Messerklinge an den Schädel. »Pass auf.«

»Ja?«

Clydes Stimme sagte: »Ich bin hier.«

Und Brians: »Und ich hier.«

»Aber ich bin immer noch der Chef hier«, fuhr Clydes Stimme fort. »Also, bevor ihr Schwachköpfe zu viel nachdenkt und Kopfschmerzen davon bekommt, schafft lieber diese Schlampe zum Tisch!«

»Bitte«, flehte Angela, »tut mir nichts.«

Stone griff ihre Haare und zerrte sie hinüber. Auch wenn sie schrie und strampelte, schaffte er es, sie zum Tisch zu bugsieren. Dann packte Loony Jimmy am Kragen und schleifte ihn ebenfalls rüber.

Stone hielt Angela immer noch an den Haaren.

»Du liebst ihn also«, fragte Clydes Stimme, »diesen Angsthasen?« Wobei Brian mit dem Messer auf Jimmy deutete.

»Tu uns nichts«, sagte sie.

»Bist du taub?«, fragte Clydes Stimme. »Du liebst dieses Arschloch? Hör gut zu, wir machen gleich ein kleines Quiz. Also überleg dir genau, was du antwortest.«

»Wer bist du?«

»Ich stelle hier die Fragen«, erwiderte Clydes Stimme.

»Bitte ...«, flehte sie.

»Ich frag dich zum letzten Mal. Liebst du diesen Scheißkerl hier?«

»Ja, ja.«

»Ich mach dir einen Vorschlag«, sagte Clydes Stimme. »Ich lasse dich laufen, wenn du mir sagst, dass ich ihn und nicht dich mit dem Messer bearbeiten soll.«

Sie sah ihn entgeistert an.

»Genau«, fuhr Clydes Stimme fort. »Du sagst: Schneid ihn in Stücke, Clyde, in lauter Stücke – wenn du das zu mir sagst, lass ich dich laufen. Genau wie Brian es bei dieser Beaumont-Fotze gemacht hat.«

»Nein ... nein«, wimmerte Angela.

»Hoch mit ihr.«

Stone starrte Brian ungläubig an. Es war nicht allein Clydes Stimme, sondern auch die Pose, die Brian jetzt einnahm ... nicht zu fassen.

»Seid ihr denn alle taub? Los jetzt, hoch mit ihr.«

Stone zog sie an den Haaren nach oben.

»Leg bitte ihre Hand auf den Tisch.« Es war noch immer Clydes Stimme, doch klang sie jetzt eigenartig sanft, fast freundlich. Stone kannte diesen Ton; er bedeutete, dass gleich was Schreckliches passierte. Das war bisher immer so gewesen.

»Nein, lass mich los«, flehte Angela.

Stone packte ihr Handgelenk und zerrte die Hand auf den Tisch.

Brian stellte sich hinter Angela und strich mit der Hand durch ihr langes schwarzes Haar. Angela zitterte.

Dann beugte er sich zu ihrem Ohr hinunter: »Ich hab was für dich«, flüsterte er, »was Schönes, Langes, Hartes.«

Es gab eine lange Pause, dann fauchte er: »Das hier!«

Er riss seine Faust hoch, vor ihr Gesicht; damit hielt er ein Messer umklammert.

»Nicht ganz, was du erwartet hast, was?«, fragte er.

Dann war das Messer verschwunden, und Brian kam nach vorn, packte Angela und drückte ihr Gesicht auf die Tischplatte. Er zog ihr den Arm lang; und sie vernahm ein dumpfes Geräusch. Dann spürte sie den Schmerz.

Sie drehte den Kopf zur Seite, um etwas zu sehen. Er hatte ihr mit einem einzigen Stich den Zeigefinger abgehackt, direkt am Knöchel. Er bückte sich, um ihr Gesicht zu sehen. Den abgetrennten Finger hielt er so, als würde er mit dem Fingernagel in seinen Zähnen herumstochern.

Sie schrie; dann wurde der Schrei schwächer, bis nur noch ein Schluchzen zu hören war. Angela wurde ohnmächtig. Doch leider nur für einen kurzen Augenblick.

Als sie wieder zu sich kam, sah sie wie durch einen Schleier, dass Brian sich jetzt ihren Mittelfinger zurechtgelegt hatte. Stone half ihm, das Handgelenk festzuhalten.

Erneut beugte sich Brian zu ihr herab. Er hatte ihren Finger zwischen den Zähnen und rollte ihn wie eine Zigarre hin und her.

»Jetzt lass uns mal hören, was du über dein Schätzchen zu sagen hast«, sagte Clydes Stimme, »aber schnell.«

Das Mondlicht fiel auf Brian/Clydes Augen, und sie leuchteten so kalt wie das Messer in seiner Hand, und hinter den hellen, stahlharten Augen blitzte etwas abgrundtief Böses auf.

»Mach mit ihm weiter«, sagte sie. »Hör auf, mir wehzutun. Mach mit ihm weiter!«

Brian grinste. »Zieh ihm die Hosen runter«, befahl er Loony. »Los, weck ihn auf.«

»Ja, Clyde«, sagte Loony. »Oder Brian. Wer immer du bist.«

Loony und Stone drehten den ohnmächtigen Jimmy auf den Rücken, machten seine Hose auf und zogen sie bis zu den Knien runter. Loony hielt Jimmys Füße fest; Stone hockte sich neben den Kopf und schlug ihm, um ihn zu wecken, mit der Handfläche mehrmals ins Gesicht, nur ganz leicht zwar, aber immer schneller.

»Zieht ihm die Unterhose runter«, kommandierte Brian, noch immer mit der Stimme von Clyde.

»Mein Gott«, sagte Angela und begann zu schluchzen.

Brian starrte sie an. Er war kaum wiederzuerkennen, sein Gesicht wirkte härter und fülliger, düsterer, und die Brauen schienen jetzt tiefer zu sitzen. »Du kannst dir's überlegen, Latino-Braut.« Er zeigte ihr das Messer, an dessen Schneide noch ihr Blut klebte. »Du oder er, Baby?«

»Er«, sagte sie leise und drehte ihr Gesicht zur Tischfläche.

Jimmy war zu sich gekommen und ahnte, was ihm blühte. »Um Gottes willen, nein! Tu das nicht, Brian. Bitte, ich flehe dich an!«

Brian, der jetzt noch mehr wie Clyde aussah und sich auch so bewegte, ging um Loony herum und stellte sich zwischen Jimmys Beine.

»O Gott, tu's nicht. Bitte, tu's nicht.« Dann fing er plötzlich an zu beten. »Vater unser, der du bist im Himmel ...«

Brian langte hinunter und hielt ihn mit der linken Hand fest umklammert. In der Rechten hatte er das Messer, dessen Klinge im Mondschein kurz aufblitzte.

SECHZEHN

Sie hörten Jimmys Schreie, gefolgt von denen eines Mädchens, und obwohl sie nicht wussten, was dort draußen geschah, empfanden sie es wie ein Echo ihrer eigenen Zukunft.

»Monty ...«, begann Becky.

»Mach Wasser heiß«, sagte Monty.

Becky sah auf; sie saß auf einem Stuhl und hatte die Axt in der Hand. Auf ihrer Stirn glitzerte Blut, und auch von ihrer Nase liefen ein paar Tropfen.

»Mach Wasser heiß«, wiederholte Monty.

»Für 'ne Tasse Kaffee, nehm ich an?« Ihr Tonfall schwankte zwischen Sarkasmus und Hysterie.

»Verdammt noch mal, geh und setz Wasser auf. Nimm die größten Töpfe, die du finden kannst. Lass sie volllaufen und bring sie zum Kochen. Ich habe das mal in 'nem Film gesehen. Dort haben sie die Einbrecher mit kochendem Wasser überschüttet. Mach schon. Ich muss alles verbarrikadieren.«

Becky lief wie benommen zur Küche und machte sich an die Arbeit.

Monty überprüfte Fenster und Türen, überzeugte sich, dass sämtliche Außentüren verschlossen waren. Die Schlafzimmertür blockierte er mit der Couch, für den Fall, dass sie durchs Schlafzimmerfenster kamen. Wenn sie die Tür mit der Couch davor aufdrücken wollten, hatten sie erst mal eine Weile zu tun. Jedenfalls lang genug, um den Bereich hier zu verteidigen.

Er überlegte, wie er die anderen Schlafzimmertüren verbarrikadieren sollte. Ihm fiel ein, dass im halb fertigen Bad Tischlerwerkzeug und Teile für die Wandverkleidung herumlagen.

Er ging ins Bad und kam mit lauter Nägeln zwischen den Zähnen wieder heraus, dazu einen Hammer in der einen und ein paar schmale Streifen Wandverkleidung in der anderen Hand. Er stapelte die Teile aufeinander und ging den Rest holen. Er musste einige Male gehen. Dann nagelte er die Schlafzimmertüren zu, sodass er und Becky vom Rest des Hauses getrennt waren.

Die übrigen Wandplatten nagelte er über die Fenster, die zur Einfahrt rausgingen. Nur die beiden nebeneinanderliegenden, großen Fenster zur Seeseite und das in der Küche waren noch nicht verbarrikadiert. Aber immerhin hatte er jetzt einige Fenster weniger zu verteidigen, und das schmale in der Küche, das sich ziemlich weit oben befand, ließ sich relativ leicht bewachen.

Er holte den Froschzwicker, und einen Augenblick lang war Monty ganz zufrieden mit sich, doch dieses angenehme Gefühl war schlagartig vorbei, als eines der Fenster Richtung See zersplitterte und zusammen mit den Scherben ein schrumpliges Etwas hereingeflogen kam und auf dem Wohnzimmerboden landete.

Eine Stimme rief: »Hey, ihr Arschlöcher! Wer hat Angst vorm schwarzen Mann?«

Becky kam aus der Küche, hielt sich die Hand vor den Mund und dachte im gleichen Moment: Du benimmst dich wie ein kleines Mädchen! Und dann sah sie die Glasscherben am Boden, und was zwischen ihnen lag.

Obwohl Monty es angewidert durchs Zimmer kickte, erkannte sie, was es war.

Ein blutiger Hodensack.

SIEBZEHN

»Das Licht«, rief Monty, »mach das Licht aus!« Mit eingezogenem Kopf eilte er zum Fenster und spähte hinaus. Er kam sich vor wie ein zweitklassiger Schauspieler in einem billigen Western. Als Nächstes müsste er mit dem Gewehrlauf den Rest der Scheibe aus dem Fensterrahmen schlagen, damit er ungehindert auf die Rothäute ballern konnte. Nur – er hatte keinen Gewehrlauf. Waffen gab's bloß draußen.

Weiter hinten, zwischen Schuppen und Blockhaus, bot sich ein bizarres Schauspiel. Dort stand einer der Jungen und vollführte komische Verrenkungen. Seine Bewegungen wirkten irgendwie anmutig und dennoch befremdlich. Er hatte ein Messer in der Hand, das – wie sein Lächeln – hin und wieder im Mondschein aufblitzte. Der Junge spreizte die Arme wie ein flugbereiter Kranich seine Schwingen, legte sie an, spreizte sie erneut, stand erst auf einem, dann auf zwei Beinen, wechselte aufs andere und stand wieder auf beiden Beinen, während er die ganze Zeit lachte.

Der Junge begann auf das Blockhaus zuzutänzeln, wobei er Ausfallschritte nach links und nach rechts machte, während er langsam näher kam.

Monty hielt den Froschzwicker so fest umklammert, dass seine Knöchel weiß wurden.

Er sah zu Becky. Sie hatte die Axt aufgehoben und stand neben der Eingangstür.

Der Junge kam immer näher. Blieb stehen.

»Frau Lehrerin«, rief er, »kennen Sie mich noch?«

Monty hörte einen dumpfen Schlag. Er sah zu Becky. Sie hatte die Axt fallen lassen und stand kopfschüttelnd da.

»Das ist er«, sagte sie.

»Er? Wer?«

»Clyde ... der Kerl, der mich vergewaltigt hat!«

»Reiß dich zusammen, Becky.«

»Er ist es, ich kenne diese Stimme. Es ist ...«

»Heb die Axt auf«, sagte Monty, jede Silbe einzeln betonend.

»Frau Lehrerin«, kam Clydes Stimme von draußen, »wie wär's mal wieder mit 'ner kleinen Nummer? War ein geiles Gefühl, ihn dir reinzustecken. Hast 'ne heiße Muschi, Baby. Eins kann ich deinem Alten sagen, du bist ...«

»Halt's Maul! *Halt dein verdammtes Maul!*« Monty hatte einfach losgebrüllt, bevor ihm überhaupt klar wurde, was er da tat.

Der Junge tänzelte ein Stück weiter, drehte auf dem Absatz eine Pirouette, streckte die Hand mit dem Messer aus und ließ auf der Messerspitze das Mondlicht tanzen.

Dann hielt er inne, blickte herüber und deutete mit dem Messer aufs Blockhaus, und Clydes Stimme rief: »Wir warten, Frau Lehrerin«, und Brians Stimme ergänzte: »Hey, Kumpel, wir werden der hübschen Lehrerin das Herz aus dem Leib schneiden!«

Monty sah, dass der Junge schlagartig eine andere Haltung annahm, und selbst aus der Ferne konnte er erkennen, dass sich sein Gesichtsausdruck ebenfalls stark verändert hatte. Nun sprach Clyde: »Und wir schneiden ihr die Fotze raus. Hörst du? Hast du gehört, Arschloch? Aber erst, nachdem wir ihr die Seele aus dem Leib gevögelt haben – und ich bin als Erster dran!«

Brian lachte, und seine Stimme sagte: »Wir sind als Erstes dran.«

Dann wieder Gelächter. (Lachten jetzt beide in Stereo?)

Monty blinzelte. Er merkte, wie er allmählich den Überblick verlor. Was hatte das ganze Theater da draußen zu ...

Als es an der Vorderseite des Blockhauses plötzlich klopfte, begriff er. Monty war auf einen uralten Trick hereingefallen. Die übrigen Typen hatten sich von der anderen Seite angeschlichen.

Er warf dem Jungen vor sich einen wütenden Blick zu.

Doch er war fort.

Monty schnappte sich den Froschzwicker und ging zur Haustür, von wo das Hämmern kam.

Becky, die bei der Erinnerung an die Stimme aus dem Jenseits am ganzen Leib zitterte, hob die Axt auf.

Monty schlich sich zur Tür und lauschte. Er hörte es tröpfeln und plätschern, als liefe aus der Regenrinne des Vordachs Wasser auf die Verandastufen.

Er schob sich ans Fenster, bückte sich und spähte durch einen Spalt zwischen zwei Brettern nach draußen.

Er musste heftig schlucken. Etwas hing vom Dach der kleinen Veranda – eine junge Frau. Sie baumelte im Wind, und Monty sah ihr Gesicht. Die Augen waren weit aufgerissen, das Gesicht blutüberströmt. In den Schritt ihrer Jeans war ein Loch geschnitten, und das Schamhaar war ebenfalls voller Blut.

»Wa... was ist da?«, fragte Becky.

»Die Frau aus deinen Träumen«, sagte Monty.

ACHTZEHN

Nachdem sie genügend Holz, Steine und platt getretene Bierdosen unter die Hinterräder geschoben hatten, schaffte Larry es, den Streifenwagen in Bewegung zu setzen. Er fuhr, an einem Stacheldrahtzaun vorbei, den Graben entlang; die tief hängenden Äste der Bäume schrammten über die Seite des Wagens. Als der Graben enger und flacher wurde, bog Larry auf die Straße.

Ted und Moses rannten herüber und stiegen ein.

»Soweit ich weiß«, sagte Moses, »kommt kurz vor der Einfahrt zu den Beaumonts eine asphaltierte Strecke, die ziemlich lang ist. Das ist mehr eine kurze Straße, weniger eine Zufahrt.«

»Sagen Sie Bescheid, wenn's so weit ist«, sagte Larry und trat aufs Gas.

NEUNZEHN

Sie setzten die Halloween-Masken auf, die Loony in Pops Laden eingesteckt hatte. Brian trug die mit dem Messer im Schädel – es war die Maske, die Monty bei seinem Einkauf im Laden am grässlichsten gefunden hatte.

Loony, der die Flinte trug, sagte: »Los, schlachten wir sie ab.«

»Tun wir. Aber wir dürfen's nicht vermasseln«, sagte Brian – aus seinem Mund sprach die Stimme von Clyde. »Stone, du gehst ein Stück die Zufahrt runter und suchst dir ein Plätzchen, von wo aus du die Straße im Auge behältst, falls wir ungebetenen Besuch kriegen sollten. Was ich mit den beiden vorhab, könnte 'ne Weile dauern, und ich will dabei nicht gestört werden. Ich will, dass die Schlampe leidet. So wie ich in meiner Knastzelle gelitten habe.«

Loony, der hinter Brian stand, warf Stone einen Blick zu und zuckte die Schultern, dann tippte er sich mit dem Zeigefinger an die Stirn.

Doch Loony hörte sofort damit auf, als Brian sich umdrehte und Clydes Stimme zu ihm sagte: »Wir beide haben was anderes vor, Loony.«

Stone stampfte wütend mit dem Fuß.

Brian wandte sich wieder Stone zu und sagte, noch immer mit Clydes Stimme: »Keine Sorge. Wir lassen dir was übrig. Du sollst auch deinen Spaß haben. Loony, gib ihm die Flinte.«

Loony tat, was man von ihm verlangte; Stone nahm die Flinte an sich und lief die Zufahrt hinunter. Bei jedem Schritt wippte die Latexmaske in seinem Gesicht auf und ab.

Nicht weit von der Stelle, wo die Zufahrt von der Straße abzweigte, entdeckte er einen kleinen Baum mit einer breiten Astgabel. Er kletterte hinein, legte sich die mit Kugeln geladene Flinte übers Knie und wartete.

Fünf Minuten nachdem Stone Stellung bezogen hatte, nahm der Streifenwagen mit Larry hinterm Steuer eine falsche Abzweigung und fuhr den Waldweg entlang, an dessen Ende der 66er Chevy und der Volkswagen parkten.

Larry verfluchte Moses wegen seiner falschen Angaben, und sie drehten um. Allerdings erst nachdem Ted ausgestiegen und mit seinem Taschenmesser die Reifen der beiden Wagen zerstochen hatte. Damit war sichergestellt, dass außer ihnen kein anderer Wagen die Gegend verließ.

Dann wendeten sie und fuhren zurück auf die Straße. Und diesmal erwischten sie die Zufahrt zur Beaumont-Hütte.

Monty und Becky fingen an, reihum alle Fenster und Türen systematisch zu überprüfen. Sie eilten von einem vernagelten Fenster zum nächsten und jedes Mal, wenn sie das ungeschützte Fenster zum See passierten, duckten sie sich, so tief es ging.

Bisher deutete nichts darauf hin, dass jemand versuchte, gewaltsam ins Haus einzudringen.

Brian und Loony, die an der Außenwand der Blockhütte lehnten, hatten in der Ferne zwischen den Baumstämmen die Scheinwerfer des Streifenwagens aufblitzen sehen.

Sie beobachteten ihn schweigend, bis Loony sagte: »Wer ist das?«

»Für was hältst du mich?«, fragte Clydes Stimme. »Für 'ne verdammte Kristallkugel?«

»Was machen wir jetzt?«

»Gar nichts. Zumindest fürs Erste. Wenn sie hierherkommen, verpasst Stone ihnen 'ne Ladung.«

Sie beobachteten, wie der Wagen wendete und die Scheinwerfer wieder verschwanden. Doch kurz darauf sahen sie den Wagen von Neuem auftauchen, als er auf die Zufahrt zum Blockhaus der Beaumonts bog.

Und dort geschah Folgendes:

Moses meinte, er wolle lieber aussteigen, was Larry jedoch ignorierte. Stattdessen steuerte er den Wagen in die Zufahrt, und Stone, der im Baum auf der Lauer lag, legte die Flinte an und drückte ab. Die Kugel traf den rechten Vorderreifen. Der Wagen, der nicht besonders schnell fuhr, kam ein wenig ins Schleudern und blieb stehen.

Stone feuerte erneut. Die Kugel durchschlug das Türfenster auf der Beifahrerseite und traf Ted knapp vor dem rechten Ohr.

Glas- und Knochensplitter sowie Blut und Hirnmasse spritzten wie ein Meteoritenschauer durchs Innere des Wagens. Die Kugel trat durch Teds Stirn wieder aus, streifte das Lenkrad (wobei es Larrys Gesicht um wenige Zentimeter verfehlte) und flog zusammen mit winzigen Glassplittern durchs linke Ausstellfenster nach draußen; wobei sie vom Metallrahmen abprallte und mit einem leisen Scheppern auf der Motorhaube landete.

Larry stieß die Tür auf, schnappte sich die Polizeiflinte von der Ablage und warf sich auf den Waldboden. Ein weiterer Schuss zertrümmerte die Heckscheibe, und Larry ging geduckt zur hinteren Tür; sie hatte innen keine Griffe, und er öffnete sie für Moses, der, wenn auch unversehrt, aber voller Glassplitter, aus dem Wagen fiel. Er griff nach dem Riemen seines Jagdgewehrs und zog es mit sich. Er zitterte vor Angst.

»... ist der tot?«, fragte er.

»Was glauben Sie denn?« Larry hob die Hand und berührte etwas, das wie ein grausiges Rangabzeichen auf seiner Schulter prangte – ein wurmartiges, grau-rot gesprenkeltes Stück Hirngewebe. »Um zu überleben, mein Lieber«, sagte er, schnipste sich das Zeug von der Schulter und traf beinahe Moses damit, »muss man dieses Zeug hier immer hübsch im Schädel behalten.«

»Scheiße, o Gottogott«, sagte Moses. »Der Typ wird uns erschießen.«

»Nein, wird er nicht. Dem puste ich den Arsch weg.«

Eine weitere Kugel traf den Wagen. Erneut flogen Glassplitter durch die Luft und regneten auf die zusammengekauerten Männer herab.

»Der schießt auf die Scheiben, weil er's nicht besser weiß. Er ist so gut wie tot, wir dürfen nur nicht die Nerven verlieren. Hören Sie, ich werde mir diesen Burschen jetzt vorknöpfen. Ich schlage mich da hinten in den Wald, überquere weiter unten die Straße und versuche mich von hinten anzuschleichen.«

»Wollen Sie mich etwa hier allein lassen? Das können Sie nicht machen!«

»Klar, kann ich das. Den Drecksack kauf ich mir ... wissen Sie, für einen niggerliebenden, kommunistenfreundlichen Katholiken war der alte Ted nämlich gar kein so übler Kerl.«

Moses nickte stumm.

»Wahrscheinlich gibt's hier noch mehr von den Arschlöchern, seien Sie also auf der Hut.«

»Lassen Sie mich nicht allein. Ich hab mit der ganzen Sache doch gar nichts zu tun. Sie meinten, Sie würden mich vorher aussteigen lassen.«

»Lassen Sie meinen Arm los. Gut. Ich gehe jetzt.«

»Sie meinten, Sie würden mich vorher rauslassen.«

»Hab ich doch, oder? Hören Sie, nehmen Sie sich in Acht, oder Sie sind ein toter Mann. Und jedes Mal, wenn Sie die Knarre wegschmeißen wollen, um aufzugeben, werfen Sie einfach einen kurzen Blick auf den alten Ted hier. Kapiert?«

Moses gab keine Antwort, dazu ließ ihm Larry auch gar keine Zeit. Lautlos wie ein Indianer schlich er davon und verschwand im Unterholz.

ZWANZIG

Brian zog den Polizeirevolver, den er dem toten Jim Trawler abgenommen hatte, aus seinem Gürtel.

»Was hast du vor?«, fragte Loony. Sie lehnten immer noch an der Blockhauswand. Sie hatten den Streifenwagen gesehen und die Schüsse gehört. Jetzt stand das Auto mit eingeschalteten Scheinwerfern da und rührte sich nicht vom Fleck. Und ein gutes Stück dahinter hatten sie eine Gestalt über den Weg huschen sehen, die auf Stones Seite im Wald verschwand.

»Ich werde tun, was zu tun ist. Du bleibst hier beim Blockhaus! Wenn die beiden versuchen, rauszukommen, nimmst du dein Messer. Ich bin, so schnell es geht, wieder da.«

Es war Brians Stimme, die zu ihm sprach, und Loony, der selbst völlig durch den Wind war, fand das alles allmählich etwas verwirrend.

»Wo ist denn Clyde?«, fragte er.

»Genau hier«, erwiderte Clydes Stimme. Vor Loonys Augen verzog und verformte sich Brians Gesicht und ähnelte immer mehr dem von Clyde. Es war wirklich abgefahren. Wie bei einem dieser Imitatoren im Fernsehen, die jemanden täuschend echt nachmachen. Brian hatte Clydes Stimme und sein Auftreten perfekt drauf. Konnte es sein, dass Clyde von ihm Besitz ergriffen hatte? Selbst wenn Loony gerade am Klebstoff geschnüffelt hätte, könnte er das kaum glauben – und wie gerne würde er sich jetzt die Dröhnung geben. Er merkte, wie ihm die Hände zitterten und wie die Wirklichkeit begann, die Nebelschleier seiner Drogenträume zu vertreiben.

»Bleib hier«, befahl ihm Clydes Stimme. Dann drehte sich Brian um und verschwand im Wald. Und wieder fragte sich Loony: Wie zum Teufel kriegt Brian bloß diese Stimme hin?

Das Wasser auf dem Herd hatte zu kochen begonnen, und Becky stellte die Platten auf »Sieden«. Dann nahm sie die Axt und trat zu Monty.

»Kocht es?«, fragte er.

»Ja«, flüsterte sie. »Seine Stimme, Monty ... das ist er, der Typ, der mich vergewaltigt hat.«

»Nein, ist er nicht. Er ist tot und begraben.«

»Ich kenne diese Stimme.«

»Der Junge zieht nur 'ne Show ab und macht ihn nach.«

»Es ist mehr als das.«

»Die Toten kehren nicht zurück, vergiss es.«

»Wieder ganz der alte Skeptiker.«

»In die Zukunft zu sehen, ist eine Sache – aber Besessenheit, das meinst du wohl damit, ist was anderes. Die Toten sind tot. Dieser Junge macht die Stimme nur nach. Ich nehme an, das ist so 'ne Art von Besessenheit, er ist besessen von einer Erinnerung. Er hat sich diesem kranken Geist völlig untergeordnet. Aber daran ist nichts Unheimliches oder Übernatürliches. Wir alle haben die Fähigkeit zu dieser Art von Nachahmung, und unser Unterbewusstsein ist weitaus aufnahmefähiger und komplexer als unser Bewusstsein. Es kann die winzigsten Details einer Stimme, selbst die Worte einer fremden Sprache abspeichern und das Bewusstsein veranlassen, so zu sprechen.

Dieser Typ ist vollkommen durchgeknallt, sonst nichts. Das musst du dir klarmachen. Wenn wir ihn ausschalten wollen, müssen wir immer daran denken, dass wir es hier nicht mit etwas Übernatürlichem zu tun haben.«

»Der Psychoanalytiker ist wieder da.«

»Jetzt ist wohl kaum der richtige Augenblick, sich zu streiten.«

»Monty, ich sage dir, das ist Clydes Stimme! Spar dir dein ganzes Psychogeschwätz, das überzeugt mich nicht.«

»Okay, also gut, es überzeugt dich nicht.«

»Erinnerst du dich, wie er sagte, er wolle bei mir der Erste sein? Genau das habe ich geträumt, weißt du noch?«

»Ich habe an deinen Träumen eigentlich nicht mehr gezweifelt, seit ich ... dieses Bild auf dem Fernseher gesehen habe.«

»Alles, was ich geträumt habe, passiert auch. Es gibt nichts ...«

»Aber bei dem Mädchen draußen auf der Veranda, dachtest du auch, das wärst du. Wenn du dich also getäuscht hast, dann ... dann könnten wir es schaffen zu entkommen. Bist du es nicht, die immer auf mir rumhackt, weil ich zu leicht aufgebe, weil ich ein Schwächling bin? Bist du nun eine emanzipierte Frau, oder ist das bloß hohles Geschwätz?«

»Vielleicht«, sagte sie schließlich. »Vielleicht ist ja alles bloß dummes Geschwätz.«

Weil Loony eine frische Ladung Klebstoff brauchte und seine Nerven wie Dornen in die Haut piekten, wurde er immer unruhiger und ignorierte die Anweisung, die er von Brian (oder Clyde) bekommen hatte. Loony musste sich abreagieren. Am liebsten hätte er jemanden mit dem Messer bearbeitet. Vielleicht die Frau im Blockhaus?

Er spähte die Zufahrt hinauf. Doch es war niemand zu sehen.

Er wusste, dass er besser hierbleiben und warten sollte. Wenn er es nicht tat, würde Brian (Clyde?) sauer auf ihn werden.

Unschlüssig ließ er sein Messer von der einen Hand in die andere gleiten. Und dachte: Zum Teufel mit Brian, der ist völlig durchgeknallt.

Er schlich um die Ecke der Blockhütte, rannte am kaputten Fenster an der Seeseite vorbei und rief: »Hey, ihr Arschlöcher! Wer hat Angst vorm schwarzen Mann?«

Monty und Becky sahen die maskierte Gestalt vorbeilaufen, sahen, wie der Bursche ihnen durch den Mundschlitz der Maske die Zunge rausstreckte.

Im Wald auf der anderen Seite der Blockhütte näherte sich Larry gerade dem Baum mit der Astgabel.

Stone, der glaubte, Larry hocke immer noch hinter dem Streifenwagen, blickte weder nach links noch nach rechts. Außerdem hatte er durch die Halloween-Maske nur eine begrenzte Sicht.

Larry, dessen Vater Jäger war und der die Wälder wie seine Westentasche kannte, pirschte sich langsam an Stone heran, ohne dass man auch nur einen Zweig knacken hörte.

»Deine Kobolde«, sagte Monty. »Diese Halloween-Maske. Das passt alles zusammen.«

Bevor Becky etwas darauf erwidern konnte, hörten sie Glas klirren. An einem der Fenster Richtung Einfahrt wurde eine Messerklinge zwischen Fensterbrett und Verkleidung geschoben. Die Klinge bewegte sich schnell auf und ab, dann seitwärts – jemand versuchte, das festgenagelte Stück Wandverkleidung auszuhebeln.

Monty legte seinen Froschzwicker auf den Boden und nahm Becky die Axt aus der Hand. Er zitterte. Dann ging er leise zum Fenster und holte mit dem stumpfen Ende der Axt aus.

Mit voller Wucht traf er die Messerklinge; sie brach allerdings nicht ab. Stattdessen löste sich das Brett auf der linken Seite und schlug auf den Boden. Durch die Öffnung konnte Monty den Typen sehen, wie er sein maskiertes Gesicht gegen eine der noch heilen Scheiben drückte. Er kicherte und sprang zur Seite.

Blitzschnell riss Monty die Axt hoch, holte aus und schleuderte sie durchs Fenster. Die Scheibe splitterte, die Axt traf Loony an der Stirn und prallte zurück. Loony heulte kurz auf, taumelte zwei Schritte rückwärts, stand einen Augenblick schwankend da, dann hob er seine zitternde Hand und riss sich die Maske vom Kopf.

Der riesige Blutfleck auf seiner Stirn wurde immer größer. Loony machte erneut zwei Schritte rückwärts, dann kippte er hintenüber und blieb flach auf dem Rücken liegen. Das Messer glitt aus seiner Hand, und er rührte sich nicht mehr.

»Erwischt!«, kreischte Monty.

Dann hörte er den Schuss einer Schrotflinte.

Mit langsamen, leisen Schritten hatte Larry sich so nah herangeschlichen, dass er Stones Position ausmachen konnte. Erst auf den zweiten Blick bemerkte er, dass der Junge dort oben eine Halloween-Maske trug, er musste grinsen und dachte: *Wer hat Angst vorm schwarzen Mann?* Larry hob seine kurzläufige Flinte und legte an. Im Magazin steckten abwechselnd Kugeln und Schrotpatronen; bei der Highway Patrol ging man davon aus, dass die Kugel zunächst die Scheibe zertrümmerte und die Schrotladung dann den Mann außer Gefecht setzte.

Eine Windschutzscheibe gab es hier nicht. Bloß ein Junge auf einem Baum, mit einer Maske auf dem Kopf.

Für die kurzläufige Schrotflinte war das eine ziemliche Entfernung, doch da als Erstes eine Kugel im Lauf steckte, war Larry zuversichtlich.

Er drückte ab und schoss Stone in den Hals. Die Kugel schlug mit so hoher Geschwindigkeit ein, dass sie den Halswirbel durchtrennte und Stone fast den Kopf abriss. Die Maske segelte davon, und die Wucht des Aufpralls schleuderte Stone vom Baum, kopfüber auf den Waldboden. Seine Beine zuckten unkontrolliert, und die linke Ferse hämmerte in einem unregelmäßigen Rhythmus auf den Boden, bis die Körperreflexe nachließen und er reglos liegen blieb.

Larry dachte gerade über die erstaunliche Tatsache nach, dass es sich bei dem Heckenschützen um einen Weißen handelte, als er ein Geräusch hinter sich hörte.

Er fuhr herum, hob seine Waffe. Doch als er sie hochriss, fiel sein Blick in die Mündung eines Revolvers; sie kam ihm riesig wie die Öffnung eines U-Bahn-Tunnels vor. Der Tunnel rülpste. Und ein Zug raste in Larrys Mund, er riss Lippen und Zahnfleisch mit sich und kam im Nacken wieder zum Vorschein.

Im Fallen ließ Larry die rechte Hand sinken, krümmte reflexartig den Finger um den Abzug der Schrotflinte und schoss sich die eigene Kniescheibe weg. Sie kullerte das Hosenbein hinunter, wie ein Reifen, der sich von einer Felge gelöst hatte.

Aber das Schlimmste ist, dachte Larry, dass ich noch nicht tot bin.

Brian sorgte für Abhilfe. Er beugte sich über den Highway Cop, setzte den Lauf der .357 auf Larrys rechtes Auge, und als er abdrückte, blieb davon nur noch Pudding übrig.

Nachdem das erledigt war, pirschte sich Brian an den Streifenwagen heran.

Nichts geschah.

Kein Mensch rührte sich, niemand eröffnete das Feuer.

Er warf einen Blick in den Wagen. Ein Cop war nach vorn übers Armaturenbrett gesackt. Sein Kopf war nur noch eine blutige Masse.

Brian bückte sich und spähte unter den Wagen. Dort gab es weder Beine noch Füße, auf die er hätte schießen müssen.

Dann schlich er zur Vorderseite des Streifenwagens, spähte um die Motorhaube. Auch dort niemand. Von den Bullen hatte er nichts mehr zu befürchten.

Er begann, die lange Zufahrt zur Hütte hinunterzulaufen. Um Stone musste er sich nicht mehr kümmern. Er hatte gesehen, wie der Highway Cop abgedrückt hatte und wie Stones Hals zertrümmert worden war. Nicht mal eine Schlange konnte ohne Kopf weiterleben.

Moses hatte sich zwischen die Kiefern verdrückt und verharrte im Dunkeln. In seinem Versteck hatte er gehört, wie Larry mit der Schrotflinte geschossen hatte, und er hatte gesehen, wie Brian von einem Waldstück in ein anderes gegangen war. Dann hatte er einen Revolverschuss gehört, wieder die Schrotflinte, gefolgt von einem weiteren Revolverschuss. Dann hatte er gesehen, wie der Junge um den Streifenwagen geschlichen war und sich schließlich wieder auf den Weg zur Blockhütte gemacht hatte.

Er hätte den Jungen töten können, gleich als er ihn zum ersten Mal erblickt hatte, er hätte genügend Zeit gehabt. Doch Moses hatte Angst, ihn zu verfehlen, und er hatte eine Familie und seine Jagdhunde (ach ja, die hatte er einfach unten bei Pop zurückgelassen!), um die er sich kümmern musste. Und wenn er den Jungen verfehlt und dieser getroffen hätte? Dann läge er jetzt mit weggeblasenem Schädel unter irgendeiner Kiefer.

Außerdem hatte er Angst. Er hatte solche Angst, dass er sich glatt die Hose vollgeschissen hatte.

Als er die Schrotflinte hörte, spähte Monty durchs Fenster und sah in der Ferne die Scheinwerfer eines Wagens, sonst nichts. Er ging in Deckung, zog das Brett wieder vors Fenster und drückte die Nägel in die ausgeleierten Löcher. Viel Schutz bot das zwar nicht, doch so konnte man nicht von draußen hereinsehen und auf sie zielen.

Er fragte sich, was die Schüsse zu bedeuten hatten, die auf den ersten Schuss der Flinte gefolgt waren, fand dafür jedoch keine plausible Erklärung. Nur ein etwas vager Gedanke geisterte durch seinen Kopf: dass die Jungen Verstärkung bekommen hatten und wild in der Gegend herumballerten, dass sie erst etwas Dampf abließen, bevor sie auf Menschen feuerten.

Er blickte auf seine Hände. Sie zitterten.

Hätte Monty erneut einen Blick nach draußen geworfen, hätte er sehen können, wie Brian mit dem Polizeirevolver aufs Haus zugerannt kam, wie ein Dämon, der durchs Mondlicht hüpfte. Das Gummimesser im Kopf seiner verzerrten Maske wackelte auf und ab wie eine groteske Antenne.

Auch wenn ihm die Hände zitterten, hatte Monty zum ersten Mal im Leben das Gefühl, Mumm zu haben. Sein Vater hatte keine Ahnung. Und ob Monty Mumm hatte! Beim Gedanken daran, wie er mit seiner Axt den Jungen am Fenster erledigt hatte, hätte er am liebsten einen urtümlichen Kriegsschrei ausgestoßen. Es war grausam und brutal, doch er hatte ein gutes Gefühl dabei und sah nicht ein, wieso er es nicht haben sollte. Er wünschte, der gute alte Billy Sylvester wäre jetzt hier – er würde ihm einen Haufen Hundescheiße in die Fresse stopfen und dafür sorgen, dass er sie mit einem Grinsen hinunterschluckte!

Er warf einen Blick auf Becky. Sie hatte die Zange vorne am Froschzwicker gespannt und hielt ihn vor sich wie eine Lanze. Aus irgendeinem scheußlichen Grund wurde Monty plötzlich von einer solchen Euphorie erfasst, dass er eine Erektion bekam. Es waren das Töten und seine Gewaltbereitschaft, die ihn mit einem Fieber und einer seltsamen Lust erfüllten.

Bis Monty in seinem Triumphgefühl schlagartig klar wurde, wo er sich befand. Er hockte vor dem verbarrikadierten Fenster, im Rücken das ungeschützte Fenster zum See! Ihm lief ein kalter Schauer über den Rücken, und jedes einzelne seiner Härchen richtete sich auf.

Er blickte hinter sich.

Kein Gesicht, das durch das zersplitterte Fenster zu ihm hereinstarrte, nichts.

Geduckt ging er zu Becky. »Alles in Ordnung bei dir?«, fragte er und richtete sich auf, um sie zu berühren.

»Hast du ihn umgebracht?«

»Der ist ein für alle Mal erledigt.«

»Gut«, sagte sie leise. »Was glaubst du, wie viele noch da draußen sind?«

»Keine Ahnung.«

»Ich liebe dich«, sagte sie.

»Ich dich auch.«

»Was auch immer geschehen mag, ich liebe dich. Denk dran.«

»Ich habe nie dran gezweifelt.«

Als Brian die Leiche von Loony fand, wurde er richtig sauer. Stinksauer. Er hatte diesem ewig kichernden Trottel befohlen, an Ort und Stelle zu bleiben, und was macht er? Genau das Gegenteil.

Brian verpasste ihm einen Tritt in die Rippen, und in einem Anfall von blinder Wut hob er den Revolver und schoss der Leiche ins Gesicht – zweimal.

Besser gesagt, Clyde tat es.

»Immer mit der Ruhe, Clyde«, sagte Brian.

»Schon gut«, erwiderte Clyde keuchend, »mach dir um mich keine Sorgen. Sondern schnapp dir endlich diese Lehrerin, diese dumme Schlampe. Hol sie mir. Ich will ihr Herz.«

»Mach ich. Machen wir.«

»Das sagst du schon die ganze Zeit, verdammt noch mal!«

»Jetzt ist es so weit.«

»Nimm das Messer. Benutz das Messer. Ich will, dass du's mit dem Messer machst. Stoß es in sie rein. Opfere sie dem Gott der Klinge. Vergewaltige sie mit seinem Schwanz – mach's ihr mit dem Messer.«

Brian tätschelte das Messer, das in der Scheide an seinem Gürtel hing. »Hab's hier, Clyde.«

»Jetzt!«, befahl Clyde.

Im Innern des Blockhauses konnten Monty und Becky Stimmen hören. Zwei Stimmen, die sich deutlich voneinander unterschieden. Wahrscheinlich dieser durchgeknallte Typ – der mit sich selbst redete. Monty merkte, dass ihn das allmählich verwirrte.

Er ging in die Küche und fand ein Schlachtermesser. Er konnte immer noch die Stimme draußen hören. Erst die eine, dann die andere.

Aus dem Augenwinkel beobachtete er, wie Becky jedes Mal erstarrte, wenn Clydes Stimme erklang. Er wusste, dass vor ihrem geistigen Auge jetzt ein detaillierter Film der Vergewaltigung ablief, und das machte ihn rasend vor Wut und Hass. Er tat nichts, um seine Emotionen unter Kontrolle zu bringen. Sondern düngte sie, ließ sie wachsen und gedeihen.

Die Stimmen verstummten.

Monty und Becky hielten den Atem an. Für einen kurzen Moment schien wieder alles ganz normal zu sein. Durch das kaputte Fenster wehte die Nachtluft herein, sie roch nach See und Kiefern. Die beiden hörten, wie die Wellen des Sees gegen das Ufer plätscherten und wie irgendwo in der Ferne ein Nachtvogel rief.

Dann gab es vor der Haustür ein dumpfes Geräusch, als wäre etwas Schweres zu Boden gefallen. Monty glaubte zu wissen, wo das Geräusch herkam. Die Leiche des Mädchens war abgehängt worden.

Aber wozu?

Die Antwort folgte sogleich, und zwar in Form eines heftigen, dumpfen Schlags.

Der Junge hatte die Axt aufgehoben, die Monty Loony entgegengeschleudert hatte, und schlug jetzt damit wie ein Holzfäller auf die Haustür ein. Die Leiche hatte er abgehängt, damit er besser ausholen konnte.

Die Axt krachte mit einem lauten, dumpfen Geräusch ins Holz und wurde quietschend wieder herausgezogen.

Wieder und wieder. *Rums! Quietsch! Rums! Quietsch!*

Und bei jedem Schlag rief Clyde: »Wer hat Angst vorm schwarzen Mann?«

Die Axt krachte ein letztes Mal gegen die Tür, zerteilte das Holz und blitzte kurz auf, dann quietschte es, und sie war verschwunden.

Stille.

Becky packte Montys Arm, und der packte das Schlachtermesser, so fest, dass sich seine Finger verkrampften. Wortlos entfernte er sich von ihr, ging zur Tür. Vor dem verbarrikadierten Fenster blieb er stehen und lauschte.

Noch immer rührte sich nichts.

Während er darauf wartete, dass die Axt erneut niedersauste, wurde ihm klar, dass nicht viel fehlte, bis die Tür nachgab. Es waren bereits einige Stücke herausgesplittert, und durch die Spalte konnte Monty den nächtlichen Wald und die Lichter des Streifenwagens sehen.

Aber die Axt tauchte nicht wieder auf.

Da beschlich Monty ein schrecklicher Verdacht, und gerade als er sich umdrehte, flogen die restlichen Splitter aus dem Rahmen des gegenüberliegenden Fensters, und der Junge kam hereingesprungen. Seine Klamotten hingen voller Splitter, und mit beiden Händen hielt er den Stiel der Axt umklammert. Durch die Wucht des Zusammenpralls wurde Monty nach hinten geschleudert. Er ließ das Messer fallen, und es schlidderte fort, irgendwo in die Dunkelheit.

EINUNDZWANZIG

Die beiden wälzten sich über den Boden, und Monty setzte sich mit beiden Händen gegen Brians Axt zur Wehr.

Brian schaffte es, Monty die Axt zu entreißen und damit auf ihn einzuschlagen, doch Monty warf den Kopf zur Seite, und statt ihm den Schädel zu spalten, trennte ihm die Axt die Hälfte der linken Ohrmuschel ab.

Monty packte mit einer Hand die Axt und schlug Brian mit der anderen ins Gesicht. Seine Finger glitten unter die Latexmaske und rissen sie herunter.

Brian drehte den Kopf von Montys Fingern weg, und im selben Augenblick trat Becky in sein Blickfeld, in der Hand, wie einen Spieß, den gespannten Froschzwicker.

Und Clydes Stimme schrie: »Ich ramme dir das verdammte Ding in den Arsch, du Schlampe!«

Die Stimme traf sie wie ein Fausthieb, und sie erinnerte sich, dass zu dieser Stimme ein anderes Gesicht gehört hatte, ihr fiel ein, wie Clyde in sie eingedrungen war und sein Glied wie der Tentakel eines Außerirdischen ihr Inneres erforscht hatte, wie sein Samen in ihr explodiert war; und sie hörte wieder das Grunzen, mit dem er sein wildes Vergnügen beendet hatte.

Mit aller Kraft schleuderte sie Brian den Froschzwicker entgegen.

Der duckte sich.

Das Ding schrammte über seinen Schädel, riss einen Streifen Kopfhaut mit und fiel scheppernd zu Boden.

Im selben Moment versetzte Monty ihm mit der freien Hand einen Schlag ins Gesicht.

Er erwischte ihn nicht voll, denn der Winkel war zu schlecht; mit einer gleichzeitigen Drehung des Körpers gelang es Monty jedoch, sich unter Brian hervorzuwinden und auf allen vieren davonzukrabbeln.

Brian rollte über den Boden, rappelte sich auf und ging mit der Axt auf Becky los. Als er ausholte, machte sie einen Satz rückwärts. Die Axt traf ihren Fuß und drang, durch den Schuh, genau zwischen großer und zweiter Zehe, ins Fleisch.

Becky stieß einen schrillen Schrei hervor und zog mit einem Ruck ihren Fuß aus dem Schuh. Ehe Brian ein zweites Mal ausholen konnte, war Monty auf den Beinen und stürmte auf ihn zu.

Als Brian ihn hörte, fuhr er herum. Monty packte die Axt knapp unterhalb der Schneide und zerrte daran.

Brian versetzte ihm einen Tritt in die Hoden und ließ die Axt los.

Monty stolperte rückwärts.

Da zog Brian den Revolver aus dem Hosenbund und drückte zweimal ab.

Beide Kugeln trafen Monty in der Hüfte und schleuderten ihn gegen die Wand. Er ging zu Boden.

Becky sprang Brian ins Genick und bohrte ihm die Fingernägel ins Gesicht.

Er drehte sich im Kreis und versuchte sie abzuwerfen, doch sie klammerte sich fest und grub ihre Zähne in seinen Hals, bis sie sein Blut schmeckte. Es war süß – süß wie die Rache.

Immer schneller drehten sich die beiden jetzt im Kreis. Brian versuchte sie abschütteln, doch Becky hielt sich mit Klauen und Zähnen an ihm fest und hatte die Beine um seine Hüfte geschlungen.

Brian lief rückwärts und donnerte ihren Körper gegen die Ecke der Bar. Aber Becky ließ nicht locker.

Brian knallte sie erneut gegen die Bar, und diesmal spürte Becky, wie ein stechender Schmerz ihre Wirbelsäule hochjagte. Sie öffnete den Mund in seinem Nacken, ihre Beine machten schlapp, und als er sie zum dritten Mal gegen die Bar knallte, ließ sie los, kippte rückwärts über den Tresen und fiel auf der anderen Seite herunter.

Brian lehnte sich so weit über den Tresen, dass seine Füße vom Boden abhoben. Grinsend richtete er den Revolver auf

Becky und drückte ab. Der Hahn schlug auf eine leere Kammer.

Da rappelte Becky sich auf und eilte zum Herd mit den siedenden Wassertöpfen.

Brian warf den Revolver fort, folgte ihr, zog sein Messer aus der Scheide.

Doch Becky schnappte sich einen der Töpfe, wirbelte herum und schüttete ihm das heiße Wasser ins Gesicht. Dabei verbrühte sie sich am Topfgriff so schlimm die Hand, dass beim Loslassen Haut daran kleben blieb.

Brian jaulte auf, ließ sein Messer fallen und griff sich ans Gesicht.

Becky stürmte auf ihn los, stieß ihm mit den flachen Händen gegen den Brustkorb und lief weiter.

Brian strauchelte, sackte auf die Knie.

Dann hob Becky den Froschzwicker auf, spannte die Zange und drehte sich um.

Inzwischen war Brian wieder auf den Beinen, das Messer in der Hand.

Seine rechte Gesichtshälfte war voller Quaddeln, groß wie Tennisbälle. Und das rechte Auge war weiß wie ein Marshmallow; das heiße Wasser hatte es erblinden lassen.

Sekundenlang standen sich die beiden wie versteinert gegenüber, dann gab Brian auf. Er rannte zum Fenster, schwang ein Bein über das Fensterbrett und wollte das zweite gerade heben, als Becky ihm den Froschzwicker von unten zwischen die Arschbacken rammte, genau in die Eier. Dann krümmte sie den Finger. Und die Zange schnappte zu.

Brians Schrei hallte über den See. Er fiel unsanft aus dem Fenster und riss Becky den Stiel des Froschzwickers aus der Hand.

Vorsichtig trat sie näher, spähte über das Fensterbrett. Brian lag auf dem Bauch; er hatte sich zur Hauswand gedreht, parallel zum Fenster; unter ihm bildete sich eine Blutlache. Sein Messer lag einen Meter entfernt und glänzte im Mondlicht.

Geschafft, dachte sie. Ich hab's geschafft!

Plötzlich spürte sie, wie erschöpft sie war, und sie beugte sich vor, um sich mit beiden Händen auf dem Fensterbrett abzustützen.

Mit einer blitzschnellen Bewegung drehte Brian sich zu ihr und ergriff eine ihrer Hände. Er drückte so fest zu, dass ein Knochen brach.

Becky schrie auf und versuchte die Hand wegzuziehen. Vergeblich. Während Brian sich mit einer Hand an ihr festhielt, legte er die andere aufs Fensterbrett und begann sich damit hochzuziehen. Nach und nach tauchte sein kaputtes Gesicht wieder auf.

Da entdeckte Becky einen langen, spitzen Glassplitter, der aus dem Fensterrahmen ragte. Mit der freien Hand griff sie danach und zog ihn heraus. Aus ihrer Handfläche strömte Blut, doch sie biss die Zähne zusammen, ignorierte den Schmerz und rammte die Spitze des Splitters in Brians Handrücken.

Zusammen mit der Scherbe riss er sie fort.

Becky trat vom Fenster zurück, und im selben Augenblick kam Brian wieder auf die Beine. Er stand da, hielt seine Hand vors Gesicht und starrte auf die Glasscherbe. Ohne sie zu entfernen, ließ er beide Arme an den Seiten herabbaumeln und starrte zu Becky hinüber.

Doch er kam nicht auf sie zu. Sondern taumelte rückwärts, drehte sich um und entfernte sich langsam, den Froschzwicker zwischen den Beinen.

Plötzlich sackte er auf die Knie, stützte sich einen Moment ab, fiel dann auf den Bauch und begann davonzurobben.

»Tut weh ...«, jammerte er, »tut höllisch weh.« Er fing an, im Kreis zu kriechen, wie ein gepeinigter Hund, dem man Glasscherben ins Futter gemischt hatte.

Nun hörte Becky Clydes Stimme: »Du verdammtes Arschloch ... du dämlicher Scheißkerl.«

»... für dich, Clyde ... hab es versucht ...«

»Das hast du wunderbar hingekriegt ... die Fotze lebt noch! Hörst du? Die Fotze lebt noch!«

»... tut mir leid ... echt lei... mein Gott, tut das weh, ich halt's nicht mehr aus ...«

»Du wirst auf des Messers Schneide reiten ... du Scheißkerl ...«

»Ich weiß ... ich weiß ... aber du wirst da sein ... ich werd dich sehen. Clyde, antworte mir ... antworte ... mir.«

»... ja ...«

»... du wirst da sein ... wir sehn uns wieder ...?«

»Und ob ich da sein werde ... wir kriegen beide das Messer zu spüren, du ... Scheißkerl ...«

»Ich ... ich war nie ein Übermensch ... wie du, Clyde.«

»Erzähl mir was Neues.«

»... ich ... ich liebe dich ... Clyde.«

»... dich auch ... du gottverdammter Scheiß...«

Zusammengerollt wie ein Embryo blieb Brian liegen und rührte sich nicht mehr. Zwischen seinen Beinen ragte obszön der Stiel des Froschzwickers hervor.

Becky legte die lädierten Hände auf das Fensterbrett, lehnte sich weit hinaus und schrie, in der Hoffnung, dass er noch lange genug lebte, um es zu hören: »Du Scheißkerl! Wer hat Angst vorm schwarzen Mann?«

ZWEIUNDZWANZIG

Weinend ging Becky zu Monty hinüber und kniete sich neben ihn. Er hob jedoch nicht den Kopf, um sie anzusehen.

»Monty?«, fragte sie leise.

Er gab keine Antwort, blickte starr geradeaus. Sie strich ihm das Haar aus der Stirn. »Monty?«

»Ich bin da«, sagte er leise.

Sie beugte sich zu ihm hinunter, drückte ihre Lippen auf seinen Mund. »Schlimm?«, fragte sie. »Ist es sehr schlimm?«

»Der rechte Arm ist gebrochen. Ist wohl passiert, als ich gegen die Wand geknallt bin. Ich glaube, eine der Kugeln ist am Hüftknochen abgeprallt und steckt in meinem Bein. Von der Hüfte abwärts ist so gut wie alles taub.«

»Ach, Monty.«

»Keine Sorge, Baby. Ich werd's überleben. Der Schmerz tut gut, verdammt gut. Als hätte ich 'nen Blick in den Himmel geworfen ... und weißt du was, Beck?«

»Nein, Monty, was denn?«

»Gott hat den dicksten Prügel, den du je gesehn hast.«

Sie begriff nicht, was er meinte, und wollte auch nicht weiter nachfragen. »Monty, ich mach's dir jetzt bequem und hole Hilfe ... hörst du mich, Baby?«

Doch Monty hörte sie nicht mehr. Er hatte einen Traum. Und in diesem Traum war er mit Billy Sylvester zugange, er hatte ihn am Boden, diesen Scheißkerl, er hatte sein Knie auf Billys Brust; und in seiner Hand, in Schokoladenpapier gewickelt, hielt Monty den dicksten, schmierigsten, widerlichsten und stinkendsten Haufen Hundescheiße, den je ein abfallfressender Bernhardiner ausgekackt hatte, und den stopfte er Billy Sylvester ins Maul, und Monty und sein kleiner Bruder Jack bogen sich vor Lachen, sie lachten so laut, dass ihr Gelächter bis zum Mond hinaufhallte ...

Nachdem Becky Montys Kopf auf eine weiche Unterlage gelegt hatte, ging sie nach draußen, um Hilfe zu holen. Doch sie war noch nicht weit gelaufen, als ihr ein Streifenwagen entgegenkam. Die Polizisten verfrachteten sie auf die Rückbank, neben einen Mann, der roch, als ob er die Hosen voll hätte. Er sagte, er sei in der Nähe gewesen, als die Schießerei begonnen hatte und sei zu einer fünf Meilen entfernten Blockhütte gelaufen, um die Polizei zu rufen.

Becky sank in den Sitz zurück und fragte sich, wie es nun wohl zwischen Monty und ihr sein würde. Komisch, aber sie war sich sicher, dass mit den Albträumen und den düsteren Bildern in ihrem Kopf nun endgültig Schluss war. Doch mit welchen Augen würden sie jetzt durch die Welt gehen? Sie waren auf der dunklen Seite gewesen und hatten einen Augenblick jenseits sämtlicher Regeln und Logik erlebt; und hatte man diese Regeln erst einmal gebrochen – wie ein Glas, das in tausend Teile zerspringt –, so fragte sie sich, war es dann überhaupt noch möglich, die Splitter wieder aufzusammeln und ordentlich zusammenzukleben.

Becky konnte es nur hoffen, und diese Fähigkeit zu hoffen bedeutete ihr alles.

EPILOG

Nachdem man Monty und Becky fortgebracht hatte und die Leichen abtransportiert waren, stieg an der Stelle, wo Brian gelegen hatte, ein kleiner Staubteufel auf, wirbelte herum und sauste durch die Luft. Heulend wie ein wütender kleiner Junge fegte er einmal um das Blockhaus, ließ die Scheiben erzittern und trieb dann zum See hinunter, übers Wasser, wo er sich schließlich auflöste und nichts weiter zurückließ als ein leichtes Kräuseln. Und auch das war bald verschwunden, und der See lag wieder so glatt und einsam und so düster da wie zuvor.

DER GOTT DER KLINGE

Die folgende Geschichte geht ebenfalls auf Nightrunners *zurück; darin habe ich am meisten aus dem Roman übernommen, zumindest was die Beschreibung des Gottes der Klinge angeht.*

Mir gefiel, wie ich ihn dort beschrieben hatte; ich weiß, das klingt nicht gerade bescheiden, aber es ist nun mal so. Ich habe mich schon mit der Figur beschäftigt, lange bevor sie in Nightrunners *auftauchte. Sie ist gleichzeitig märchenhaft und alltäglich, und wie die Gestalt aus einer Sage oder einem Albtraum; im Traum ist sie mir auch zum ersten Mal erschienen.*

Das Bild und die Idee des Gottes ließen mich von da an nicht mehr los, und ich war, gelinde gesagt, ganz schön enttäuscht, dass der Roman nicht sofort herauskam und der Gott der Klinge der Öffentlichkeit vorenthalten wurde. Dann verfiel ich plötzlich auf die Idee, aus der Beschreibung des Gottes im Roman eine Kurzgeschichte zu machen, und auch wenn ich sie nicht als meine beste Arbeit betrachte, finde ich sie doch ziemlich effektvoll. Sie führt ein hartnäckiges Eigenleben; sie wurde inzwischen wieder aufgelegt und ist zu meiner großen Freude sogar als Hörspiel auf CD erschienen.

Die Geschichte hätte eine großartige Episode für die Masters of Horror-*Reihe oder irgendwas in der Richtung abgegeben. Doch hier ist sie in ihrer ultimativen Form. Als Prosa. Viel Spaß damit.*

Es war etwa acht Uhr, als Richards das Haus erreichte. Obwohl es leicht bewölkt war, tauchte der Vollmond die Nacht in ein helles Licht; so hell, dass er das Gebäude gut erkennen konnte. Es sah genauso aus, wie der Besitzer es beschrieben hatte. Heruntergekommen. Alt. Und sehr hässlich.

Das Gebäude, eine Mischung aus Gutshaus und Holzhütte, war in einer Art gotischem Stil errichtet. Als hätte sich der Architekt zu keiner einheitlichen Bauweise durchringen können oder als hätte er eine Leidenschaft für ausgefallene Winkel gehabt.

Richards kramte den geliehenen Schlüssel aus der Hosentasche, in der Hoffnung, dass sich die Fahrt gelohnt hatte. Schon häufiger hatte sich seine Suche nach Antiquitäten als Reinfall erwiesen. Und diesmal war die Sache mehr als ungewiss. Der Besitzer, ein kranker alter Mann namens Klein, hatte das Haus seit zwanzig Jahren nicht mehr betreten. Auch wenn ein Gebäude abgeschlossen und verbarrikadiert war, waren alte Möbel über so einen langen Zeitraum einer Menge Einflüsse ausgesetzt. Dieben. Insekten. Ratten. Kaputten Wasserleitungen. Eines dieser Dinge oder eine Kombination davon konnte die besten Möbelstücke im Handumdrehen in einen Haufen Kleinholz verwandeln. Doch es war das Risiko wert. Hin und wieder hatte er auch wahnsinniges Glück gehabt.

Als sich eine dicke schwarze Wolke vor den Mond schob, stieg Richards mit einer Taschenlampe bewaffnet die wacklige Veranda hinauf, zog das quietschende Fliegengitter auf und öffnete die Tür. Sie knarzte laut.

Nachdem er eingetreten war, ließ er den Strahl seiner Lampe umherwandern. Der Staub und die Dunkelheit schienen undurchdringlich – bis die Wolke verschwand, das Mondlicht durch die vernagelten Fenster fiel und ein gesprenkeltes Lamellenmuster ins Innere warf, das Ähnlichkeit mit einem Tarnnetz hatte. Richards konnte erkennen, dass sich die Tapete an einigen Stellen in breiten Streifen von der Wand gelöst hatte und wie die schlaffen Äste einer Trauerweide halb auf den Boden herabhing.

Zu seiner Linken erstreckte sich eine ausladende Wendeltreppe, und als er mit dem Strahl seiner Lampe den Stufen folgte, sah er, dass das kaputte Geländer teilweise schräg zur Seite gekippt war.

Direkt gegenüber befand sich eine Tür. Sie war schmal und lag in einer Nische. Da nichts in diesem Raum sein Interesse weckte, beschloss er, dort mit seinen Erkundungen zu beginnen. Es war ohnehin völlig egal, wo er anfing.

Durch eine Schicht aus Spinnweben arbeitete er sich mit der Taschenlampe zur Tür vor und öffnete sie. Kalte Luft schlug ihm entgegen, und mit ihr ein säuerlicher Geruch, wie aus einem Kühlschrank, der mit verdorbenem Fleisch gefüllt ist. Fast hätte Richards sich übergeben, und für einen Moment wollte er die Tür schließen und wieder gehen. Doch vor seinem geistigen Auge tat sich ein dunkler Raum auf, der von einer Wand bis zur anderen mit Antiquitäten vollgestopft war, und er trat entschlossen vor. Wenn er sich schon die Mühe gemacht hatte, den Schlüssel zu besorgen und den weiten Weg hier rauszufahren, um nach alten Möbeln zu suchen, die er kaufen konnte, dann sollte er sich auch gründlich umschauen; Gestank hin oder her.

Im Schein der Lampe und des Mondes konnte er erkennen, dass er auf einen der Kellerräume gestoßen war. Die Treppe, die nach unten führte, wirkte alt und gefährlich, und im Strahl seiner Lampe schimmerte der Boden seltsam milchig.

Um auch wirklich jeden Winkel zu überprüfen, beschloss Richards die Treppe hinabzusteigen. Sachte trat er auf die erste Stufe und verlagerte langsam das Gewicht auf den Fuß. Sie hielt. Vorsichtig nahm er drei weitere Stufen, und obwohl sie ächzten und quietschten, trugen sie ihn.

Als Richards die sechste Stufe erreichte, begann er sich aus einem unerfindlichen Grund unwohl zu fühlen. Ihn fröstelte. Es war, als hätte ihm jemand aus eiskalten Nieren auf die Rückseite seines Mantelkragens gepisst.

Jetzt bemerkte er, dass der Boden gar nicht milchig war. Er war vielmehr überhaupt nicht zu sehen. Dieser Eindruck hatte sich ihm nur deshalb aufgedrängt, weil der Boden komplett unter Wasser stand. Aus der Gesamtgröße des Kellers schloss Richards, dass das Wasser wahrscheinlich etwa zwei Meter hoch reichte. Vielleicht auch höher.

Am Rand des Lichtstrahls rührte sich etwas, und Richards folgte der Bewegung. Eine riesige Ratte paddelte von ihm fort und schob etwas vor sich her; einen alten Volleyball vielleicht, aus dem etwas Luft entwichen war. Er konnte es nicht genau erkennen. Auch nicht, ob die Ratte an dem Gegenstand hinaufklettern oder hineinbeißen wollte.

Aber das war ihm egal. Denn wenn es zwei Dinge gab, die ihn nervös machten, waren es Ratten und Wasser, und hier war beides. Obendrein waren die Ratten hier die größten, die er je gesehen hatte, und das Wasser war unglaublich dreckig. Es schien, als würde jede Menge Öl und Schlamm in der trägen Brühe herumschwimmen.

Es wurde wieder dunkler, und Richards bemerkte, dass sich erneut eine Wolke vor den Mond geschoben hatte. Er betrachtete das als Zeichen. Hier unten gab es nichts mehr zu entdecken, also wandte er sich nach oben. Doch dann hielt er inne. Im Türrahmen ragte die Silhouette eines sehr großen Mannes auf.

Als Richards die Lampe nach oben riss, bemerkte er sofort, dass die Schatten ihm einen Streich gespielt hatten. Der Mann war nicht so groß, wie er zunächst geglaubt hatte. Und er trug auch keinen Hut – obwohl er sich da eben noch ganz sicher gewesen war. Der Typ trug nichts auf dem Kopf und hatte jugendliche, eher unauffällige Züge; sämtliche seiner Eigenschaften schienen zwischen seinen Gesichtsmuskeln zu verschwinden oder sich in den dunklen Vertiefungen seines wirren Haars zu verflüchtigen. Als Richards die Lampe senkte, meinte er an den Zähnen des jungen Mannes für einen kurzen Moment eine Zahnspange zu erkennen.

»Die Keller hier in der Gegend kann man vergessen«, sagte der Mann. »Müssen ein paar Yankees gebaut haben, die es in den Süden verschlagen hat. Jemand, der keine Ahnung vom Grundwasserspiegel hatte, vom Wetter ...«

»Ich wusste nicht, dass noch jemand hier ist«, sagte Richards. »Hat Klein Sie geschickt?«

»Ich kenne keinen Klein.«

»Der Hausbesitzer. Von ihm hab ich den Schlüssel.«

Der junge Mann schwieg einen Moment. »Wussten Sie, dass sich eine Wolke vor den Mond geschoben hat? Wenn der Mond hinter einer Wolke liegt, erscheint die Nacht in einem völlig anderen Licht. So wie manche Leute, wenn sie ihre Klamotten wechseln oder wenn sich ihre Laune oder ihr Gesichtsausdruck ändert.«

Unruhig trat Richards von einem Fuß auf den anderen.

»Wissen Sie«, sagte der junge Mann, »ich konnte mich heute Morgen nicht rasieren.«

»Wie bitte?«

»Als ich eine Klinge in den Rasierer stecken wollte, hab ich gemerkt, dass sie ein Auge hatte, mit dem sie mir zublinzelte, ganz schnell. Ungefähr so ... Oh, Sie können von da unten nichts sehen, was? Na ja, jedenfalls sehr schnell. Ich ließ sie fallen, und sie rutschte am Waschbecken runter, landete auf dem Boden und krabbelte die Wanne hinauf, bis in die Seifenschale. Dann öffnete sie ihr Auge und fing an zu miauen, wie ein Kätzchen, das Milch will. Eigentlich klang es mehr so: Uuuuuaaa, uuuuuaaa, aber trotzdem hat es mich an ein Kätzchen erinnert. Ich hab natürlich gewusst, was die Klinge will. Was sie immer will. Was alle scharfen Gegenstände wollen.

Bei dem Gedanken daran wurde mir schlecht, und ich hab mich in die Toilette erbrochen und eine Rasierklinge hochgewürgt. Sie war ganz dick, als wäre sie schwanger. Als ich sie runterspülte, zwinkerte sie mir zu. Nachdem sie verschwunden war, fing die Klinge in der Seifenschale an zu singen, ganz hoch, als wäre sie verrückt.

Ich weiß, wie die Klinge, die ich erbrochen habe, in meinen Körper gekommen ist.« Der junge Mann hob die Finger an den Hals. »Ich hatte heute Morgen hier einen kleinen roten Kratzer, auf dem sich etwas Schorf gebildet hatte. Ein oder zwei Klingen schaffen es immer rein. Manchmal auch ein paar Nägel. Im Schlaf wollten sie durch meine Fußsohlen schlüpfen, aber das lässt sich ganz gut dadurch verhindern, dass ich im Bett meine Schuhe anbehalte.«

Obwohl es im Keller kühl war, hatte Richards angefangen zu schwitzen. Er dachte daran, auf den Typen loszustürmen oder sich an ihm vorbeizuschieben, ließ es dann aber. Einer plötzlichen Bewegung war die Treppe möglicherweise nicht gewachsen, und vielleicht haute dieser Spinner auch einfach wieder ab, wenn er mit seinem Vortrag fertig war.

»Ganz egal, wie sehr ich versuche, sie auszutricksen«, fuhr der junge Mann fort, »am Ende gewinnen sie immer. Immer.«

»Schätze, ich werd jetzt hochkommen«, sagte Richards und gab sich alle Mühe, entspannt zu klingen.

Der junge Mann ging ein wenig in die Knie. Die Treppe zitterte und kreischte widerspenstig auf. Richards fiel fast rückwärts ins Wasser.

»Hey«, schrie er.

»Ist in 'nem schlechtem Zustand«, erklärte der junge Mann. »Müsste mal renoviert werden. Am besten baut man sie gleich ganz neu.«

Richards gewann gleichzeitig die Balance und seine Fassung zurück. Er konnte nicht sagen, ob er wütend oder eingeschüchtert war, aber er würde sich erst mal nicht von der Stelle bewegen. Oben warteten morsche Treppenstufen und dieser Bekloppte auf ihn. Und hinter ihm die Ratten und das Wasser. Er steckte in der sprichwörtlichen Klemme.

»Vielleicht zieht's zu, und es fängt an zu regnen«, sagte der junge Mann. »Was meinen Sie? Wird's heute Nacht Regen geben?«

»Keine Ahnung«, stieß Richards hervor.

»Ziemlich bewölkt. Vielleicht sind das ja Regenwolken. Hab ich Ihnen schon vom Gott der Klinge erzählt? Das hatte ich eigentlich vor. Er ist der Herrscher über alle scharfen Gegenstände. Er ist der Gott derjenigen, die von der Klinge leben. Wie mein Freund Donny. Wussten Sie, dass er auch der Gott von Jack the Ripper war?«

Der junge Mann steckte seine Hand in die Manteltasche, zog sie rasch wieder heraus und ließ seinen Arm zweimal über seinen Körper sausen, und zwar sehr schnell. Richards erhaschte einen flüchtigen Blick auf einen langen metallischen Gegenstand in seiner Hand. Selbst im Licht des wolkenverhangenen Mondes blitzte er mattsilbern auf.

Richards richtete erneut die Lampe auf ihn. Der junge Mann hielt den Gegenstand vor seinen Körper, als wollte er, dass man ihn genau betrachtete. Es war ein unglaublich großes Rasiermesser.

»Ist von Donny«, sagte der junge Mann. »Er hat es in irgendeinem alten Laden gekauft. In Gladewater, glaub ich. Es gehört zu einem Barbier-Set und kam ursprünglich aus England. Steht so auf der Hülle. Sie sollten mal den Griff von diesem Prachtstück sehen. Elfenbein. Sind 'ne Menge Zeichnungen und Symbole eingeritzt. Donny hat ihre Bedeutung nachgeschlagen. Das sind geometrische Formen, mit denen man Dämonen beschwört. Und wissen Sie was? Jack the Ripper war gar kein Chirurg. Sondern Barbier. Ich weiß das, weil Donny nach dem Kauf des Messers diese Visionen hatte, in denen Jack the Ripper und der Gott der Klinge zu ihm gesprochen haben. Sie haben ihm erklärt, was es mit dem Messer auf sich hat. Donny hat behauptet, sie hätten zu ihm sprechen können, weil er sich beim Rasieren mit dem Messer geschnitten hat. Das Blut an der Klinge und die Symbole auf dem Griff hätten ein Tor geöffnet. Sodass der Gott der Klinge sich in Donnys Kopf einnisten konnte. Und Jack the Ripper hat ihm erzählt, dass das Metall der Klinge aus einer alten Opferstätte von Druiden stammt.«

Der junge Mann hörte auf zu reden und ließ die Klinge seitlich nach unten baumeln. Dann warf er einen Blick über die Schulter. »Da kommt eine ziemlich dunkle Wolke ... ganz langsam. Ich wette, es gibt Regen.« Dann wandte er sich wieder Richards zu. »Habe ich Sie übrigens schon gefragt, ob Sie glauben, dass es heute Nacht noch regnen wird?«

Richards brachte keinen Ton heraus. Als hätte sich die Zunge in seinem Mund in einen Korken verwandelt. Der junge Mann schien das nicht zu merken oder nicht zu beachten.

»Nachdem Donny diese Visionen hatte, erzählte er ständig von diesem Haus. Wir haben hier früher als Kinder immer gespielt. Die Bretter, mit denen die Fenster auf der Rückseite vernagelt waren, hatten wir so präpariert, dass man sie wie eine Falltür hochklappen konnte. Funktioniert immer noch ... Donny meinte immer, dass dieses Haus mit seinen Winkeln die stumpfen Kanten deines Verstandes schärft. Jetzt weiß ich, was er damit gemeint hat. Fühlt sich gut an, oder?«

Richards, der sich alles andere als wohlfühlte, erwiderte nichts. Er stand bloß völlig reglos da und schwitzte, während er ängstlich zuhörte und die Lampe hochhielt.

»Donny hat gesagt, dass die Kanten bei Vollmond am besten abgeschliffen werden. Ich hatte damals keine Ahnung, wovon er redet. Ich wusste nichts von den Opfern. Sie haben vielleicht davon gehört? War in allen Zeitungen und auf allen Kanälen. Er wurde ›der Henker‹ genannt.«

»Das war Donny, und als er anfing, sich so komisch aufzuführen und vom Gott der Klinge zu reden, von Jack the Ripper und diesem alten Haus mit seinen Winkeln, wurde ich misstrauisch. Schließlich ließ er sich um Vollmond herum überhaupt nicht mehr blicken, doch bei abnehmendem Mond war er anders. Friedlich. Ich hab mich ein paarmal an seine Fersen geheftet. Ohne Erfolg. Er ist zu einem Supermarkt gefahren, hat seinen Wagen stehen lassen und ist zu Fuß weiter. Er war flink und schlau wie eine Katze. Hat mich sofort abgeschüttelt. Doch dann bin ich ihm auf die Schliche gekommen ... sein Gerede von dem alten Haus und so weiter ... und als ich mich hier bei Vollmond auf die Lauer gelegt habe, ist er schließlich aufgetaucht. Und wissen Sie, was er gemacht hat? Er hat die Köpfe hergebracht und dort unten ins Wasser geschmissen, so wie früher die Indios in Südamerika die Leichen und Gegenstände in einen Opferteich geworfen haben ... Das liegt an den Winkeln hier im Haus, verstehen Sie?«

Richards hatte erneut das Gefühl, als würde eiskalte Pisse an seinem Mantelkragen hinunterlaufen, und plötzlich wusste er, hinter was die Ratte hergeschwommen war und was sie vorhatte.

»Schätze, er hat alle sieben Köpfe hier ins Wasser geschleudert«, sagte der junge Mann. »Einmal hab ich ihn direkt dabei beobachtet.« Er deutete mit dem Rasiermesser nach unten. »Er stand damals ungefähr dort, wo Sie jetzt stehen. Dann hat er sich umgedreht, und als er mich entdeckt hat, ist er auf mich zugerannt. Mit jeder Stufe, die er näher kam, sah er seltsamer aus ... Und dann hat er mir mit dem Rasiermesser die Brust aufgeschlitzt. Ich ging zu Boden, und er stand mit dem Messer über mir.« Der junge Mann reckte die Klinge in die Höhe, um es Richards zu demonstrieren. »Ich glaube, ich hab geschrien. Aber er hat nicht noch mal zugestochen. Es war, als würde ein Teil von ihm mit dem Messer in seiner Hand kämpfen. Schließlich hat er sich abgewandt und marschierte wie einer dieser Spielzeugsoldaten zum Aufziehen im Stechschritt die Treppe runter, blieb wieder dort stehen, wo Sie jetzt stehen, schaute zu mir hoch und fuhr sich mit dem Rasiermesser über die Kehle, so fest, dass er sich fast den Kopf abtrennte. Dann fiel er rückwärts ins Wasser und ging unter wie ein Amboss. Das Messer landete auf der letzten Stufe.

Es war zwecklos; ich hab zwar noch versucht, ihn rauszuziehen, doch er war verschwunden. Als hätte es ihn nie gegeben. Ohne die kleinste Welle. Nur das Rasiermesser lag da, und ich konnte es hören. Konnte hören, wie es Donnys Blut aufsaugte. Wie ein Kind, das an einem Lolli lutscht. Kurz darauf klebte kein einziger Tropfen Blut mehr am Messer, und ich hab es aufgehoben ... es funkelte so verdammt hell. Als ich wieder oben war, bin ich wegen dem Blutverlust erst mal ohnmächtig geworden.

Erst dachte ich, ich träume oder halluziniere, denn ich lag am Ende dieser dunklen Gasse, mit dem Rücken an der Wand, zwischen Mülltonnen. Und aus den Tonnen ragten Beine, wie von weggeworfenen Schaufensterpuppen. Nur dass das keine Puppen waren. In ihren Fußsohlen steckten Rasierklingen und Nägel, und an ihren Knöcheln und Beinen lief spiralförmig das Blut herunter, sodass sie wie riesige Zuckerstangen wirkten. Dann hörte ich ein Geräusch, als würde jemand mit einem Medizinball über einen Holzboden dribbeln. *Plopp, plopp, plopp.* Und dann sah ich den Gott der Klinge.

Erst war da nur ein dampfender Schatten, und dann stand er plötzlich vor mir. Groß und schwarz ... kein Farbiger ... sondern schwarz wie Lavagestein. Seine Augen waren wie die Splitter einer Windschutzscheibe, seine Zähne wie polierte Anstecknadeln. Er trug einen Zylinder mit einem glitzernden Band aus verchromten Rasierklingen. Sein Mantel und seine Hose schienen aus menschlichem Gewebe zu sein, und aus seinen Manteltaschen ragten wie Süßigkeiten mehrere abgenagte Finger. Von seiner Hosentasche hing an einer Schnur aus Gedärmen eine riesige Taschenuhr. Sie baumelte beim Gehen zwischen seinen Beinen. Und wissen Sie, was dieses komische Geräusch machte? Seine Schuhe. Er hatte unglaublich winzige Füße, die genau in die Münder der menschlichen Schädel passten. Einer davon war ein Frauenkopf, und beim Gehen schleifte sein langes schwarzes Haar hinter ihm her.

Ich sagte mir immer wieder, du musst aufwachen. Vergeblich. Dann zauberte der Gott aus dem Nichts einen Stuhl aus Beinknochen hervor, seine Sitzfläche bestand offenbar aus Menschenfleisch und Haarbüscheln. Er setzte sich, schlug die Beine übereinander und ließ einen der kaputten Schädelschuhe über meinem Gesicht wippen. Als Nächstes griff er in die Luft und ließ eine Bauchrednerpuppe erscheinen; sie ähnelte Donny und trug die Kleidung, die er zuletzt anhatte. Der Gott pflanzte die Puppe auf sein Knie, und Donny öffnete die Augen und fing an zu sprechen. ›Hey, Alter‹, sagte er, ›wie geht's? Was hältst du vom Biss der Klinge? Es ist nämlich so, Alter, wenn er dich nicht tötet, ist das wie beim Biss eines Vampirs. Verstehst du, was ich meine? Du musst ihn weitergeben. Die scharfen Gegenstände sagen dir schon, wann es so weit ist. Und solltest du dich weigern, lassen sie dir keine Ruhe, bis du es schließlich tust; oder du schneidest dich so schlimm, dass du bei mir, Jack und den anderen im Schattenreich landest. Gut, ich muss jetzt wieder zurück zum Rest der Bande. Ich werd mich bald wieder bei dir melden und mich bei dir im Kopf einnisten.‹

Dann sackte die Puppe auf dem Knie des Gottes in sich zusammen, und der Gott nahm seinen Hut ab. Über die Mitte seiner Glatze lief ein Reißverschluss. Ein verdammter Reißverschluss! Er zog ihn auf. Aus dem Innern drangen Rauch und Feuer, und Schreie und Lärm wie von einem Autounfall. Der Gott nahm die Puppe, die jetzt ganz klein war, und warf sie in das Loch in seinem Kopf, wie man einer Dogge ein Leckerchen ins Maul wirft. Dann zog er den Reißverschluss wieder zu und setzte seinen Hut auf. Er sagte die ganze Zeit kein einziges Wort. Stattdessen beugte er sich vor und hielt mir seine Taschenuhr hin. Die Zeiger der Uhr bestanden aus den Knochen zweier Finger, und im Innern befand sich ein Gesicht, das sich mit kreisenden Bewegungen am Glas die Nase platt drückte und dabei Schlieren hinterließ; und auch wenn ich es nicht hören konnte: Es hatte den Mund geöffnet und schrie, und *es war mein Gesicht*. Dann waren der Gott, die Gasse und die Mülltonnen mit den Beinen wieder verschwunden. So wie die Schnittwunde an meiner Brust. Sie war komplett verheilt. Ohne den geringsten Kratzer.

Ich bin dann von hier abgehauen und hab keiner Menschenseele davon erzählt. Und Donny lebte, genau wie er gesagt hatte, von da an in meinem Kopf, und nachts hat mir das Rasiermesser was vorgesungen, wahrscheinlich so ähnlich, wie die Sirenen diesem Odysseus-Typen vorgesungen haben. Und jedes Mal bei Vollmond spielen die Messer verrückt, sie miauen und dringen in mich ein. Dann weiß ich, was ich tun muss ... so wie heute Nacht. Bei Regen wäre ich vielleicht drum herumgekommen ... aber es war hell genug für einen kleinen Ausflug.«

Der junge Mann hörte auf zu reden, drehte sich um und verschwand aus Richards Blickfeld. Er atmete auf, doch seine Erleichterung war nur von kurzer Dauer. Schon kehrte der junge Mann zurück und kam ein paar Stufen herunter. In der einen Hand, an langen blonden Haaren, baumelte der Schädel eines jungen Mädchens. Mit der anderen umklammerte er das Rasiermesser.

Der Wolkenschleier vor dem Mond lichtete sich, und es wurde erneut ziemlich hell.

Mit einer kurzen, schnellen Bewegung seines Handgelenks warf der junge Mann den Schädel in Richards Richtung und traf ihn an der Brust, sodass er die Lampe fallen ließ. Der Schädel landete zunächst zwischen seinen Beinen und dann im Wasser. Es spritzte ein wenig.

»Hören Sie ...«, fing Richards an, stockte jedoch und verstummte; denn alles, was er hätte sagen können, verwandelte sich in seinem Mund zu Staub.

Der junge Mann, dessen vollständiger Umriss sich jetzt vor dem Mondlicht abzeichnete, fing an, die Treppe hinabzusteigen und hielt dabei das Rasiermesser wie eine Kriegsflagge vor seinen Körper.

Richards blinzelte. Für einen Moment war es fast, als hätte der Typ einen ... als hätte er einen Hut auf. Einen großen, schwarzen Hut mit einem funkelnden Band aus Metall. Er war jetzt sehr viel größer, und die Zähne zwischen seinen Lippen schimmerten feucht und silbern, wie zweiunddreißig blitzblanke Anstecknadeln.

Plopp, plopp machten seine Füße auf den Stufen, und unten im dunklen Schatten der Treppe hatte es den Anschein, als wäre der junge Mann nicht bloß gewachsen und hätte jetzt einen Hut auf, sondern auch, als hätte sich sein Gesicht verfinstert und als würden seine Füße in Kürbissen stecken ... An einem der Kürbisse flatterte allerdings langes schwarzes Haar.

Plopp, plopp ... Richards stieß einen Schrei aus, der wie ein Gummiball von den Kellerwänden zurückprallte.

Die Augen unter dem Hut funkelten wie das Licht explodierter Sterne. Das Gesicht war pechschwarz, und er grinste bis über beide Ohren, wobei er weitere Reihen funkelnder Nadeln entblößte. Aus seiner großen schwarzen Hand ragte das Rasiermesser, mit dem er herumfuchtelte wie ein Löwe, der seine Pranke in die warme, zarte Beute schlägt.

Wusch, wusch, wusch.

Als das Messer auf Richards herabsauste, blieb ihm der Schrei im Halse stecken, vielleicht verlor er sich aber auch nur im Widerhall des Kellers. Mit einem schnellen Schritt rückwärts schaffte er es, der Klinge auszuweichen. Dabei landete er mit dem Fuß im Wasser, fand jedoch Halt auf einer weiteren Stufe. Für einen kurzen Moment. Dann gab das morsche Holz nach. Er verdrehte sich den Knöchel und landete im kalten, schmutzigen Nass.

Direkt vor seinen Augen, die wie die Bullaugen eines sinkenden Schiffs von flüssigem Dunkel bedeckt wurden, hob der Gott der Klinge einen der gespaltenen Schädelschuhe und trat durchs Wasser auf ihn zu.

Richards warf sich herum und glitt mit langen kräftigen Zügen über den Grund; dabei stieß er mit der Hand gegen etwas Kaltes und Feuchtes, und ein Stück davon blieb zwischen seinen Fingern hängen.

Er befreite sich davon, indem er mit der Hand hin und her wedelte, gleichzeitig kämpfte er sich an die Oberfläche und schoss schließlich aus dem Wasser. Vor ihm tanzte der Schädel des blonden Mädchens auf und ab, mit zwei Ratten als

Passagieren an Bord, die unbarmherzig an den Augenhöhlen nagten.

Plötzlich stieg der Schädel des Mädchens aus dem Wasser, für einen Moment thronte er oben auf dem großen Hut des Gottes, dann fiel er, mitsamt den Ratten, wieder ins schmierige Wasser.

Jetzt war da nur noch das pechschwarze Gesicht des Gottes, er hatte den Mund geöffnet, und seine Zähne blitzten kurz auf, bevor sich die Lippen wieder schlossen. Die andere Hand, deren Finger an Auberginen erinnerten, packte Richards am Mantelkragen und zerrte ihn vorwärts. Und Richards – den fauligen Atem des Gottes im Gesicht, vor sich die weit aufgerissenen Lippen, die erneut den funkelnden Zahnschmuck entblößten – sackte wie ein Tierfell in sich zusammen.

Der Mond verschwand hinter einer dichten, dunklen Wolke.

Dann: ein Gesicht, bleich, zerzaustes Haar, kein Hut, der verblassende Glanz silberner Zähne – der junge Mann umklammerte das Rasiermesser und hatte Richards Mantelkragen gepackt.

Als Richards Körper sich wieder mit Leben füllte, schlug er die Hand des Mannes beiseite, und dieser ging unter. Tauchte strampelnd wieder auf. Ging erneut unter. Und als er ein weiteres Mal an die Oberfläche kam, fuchtelte er mit dem Messer verzweifelt in der Luft herum.

»Ich kann nicht schwimmen«, brüllte er, »ich kann nicht ...« Und weg war er, und diesmal tauchte er nicht wieder auf. Doch Richards spürte, wie etwas von unten seinen Fuß berührte. Er trat wild um sich und strampelte dabei mit Armen und Beinen. Dann war es weg, und das Wasser beruhigte sich augenblicklich.

Richards schwamm auf die kaputte Treppe zu und versuchte den blonden Schädel, der an ihm vorbeischwappte und jetzt mit einer Crew aus vier Ratten besetzt war, einfach zu ignorieren. Er bekam das lose, herabhängende Treppengeländer zu fassen und begann sich daran hochzuziehen. Quietschend löste sich ein Nagel aus dem Brett, doch es hielt, bis Richards mit einer Hand die Türleiste zu fassen bekam, dann gab es mit einem Ächzen nach und leistete dem vermoderten Gerümpel, den Köpfen und Leichen, den verblassenden Hinterlassenschaften des Gottes Gesellschaft.

Richards hievte sich nach oben, kroch auf allen vieren ins Zimmer zurück und rollte sich auf den Rücken. Da blitzte zwischen seinen Beinen etwas auf ... das Rasiermesser. Es steckte in seiner Schuhsohle. Das hatte ihn also von unten berührt: Der junge Kerl hatte versucht, weiter auf ihn einzustechen, oder ihn aus Versehen erwischt, während er verzweifelt um sich geschlagen hatte, um wieder an die Oberfläche zu gelangen.

Richards setzte sich aufrecht hin, packte den Griff aus Elfenbein und zog die Klinge heraus. Dann rappelte er sich hoch und wankte Richtung Tür. Dort, wo er mit Fuß und Knöchel auf der Stufe umgeknickt war, tat es höllisch weh, so sehr, dass er kaum laufen konnte.

Und als er spürte, wie eine klebrige, warme Flüssigkeit aus seinem Fuß sprudelte und sich mit dem kalten Wasser in seinem Schuh vermischte, wusste er, dass ihn das Messer erwischt hatte.

Doch dann dachte er gar nichts mehr. Und er spürte auch keine Schmerzen mehr. Wie ein farbloses Auge wälzte sich der Mond hinter einer Wolke hervor, und Richards stand einfach nur da und betrachtete seinen Schatten auf dem Rasen. Den Schatten eines unglaublich großen Mannes mit einem Zylinder auf dem Kopf und Kugeln an beiden Füßen, ein riesiges Rasiermesser in der Hand.

NICHT AUS DETROIT

MIT DANK AN RICHARD MATHESON UND RICHARD CHRISTIAN MATHESON

In Nightrunners *gibt es eine Szene, in der die Bösen mit ihrem Wagen vorbeifahren und die möglicherweise übernatürlichen Kräfte des Autos das Leben eines älteren Paars verändern, nämlich als der Ehemann beobachtet, wie der Wagen draußen auf dem Highway durch die dunkle, regnerische Nacht jagt. Ich sage »möglicherweise« übernatürlich, denn über diesen Aspekt des Buches lässt sich streiten.*

Bevor ich den Roman verkaufen konnte, habe ich einen Auszug daraus sorgfältig überarbeitet und zu einem kleinen Prosastück mit dem Titel »A Car Drives By« umgeschrieben, das ich an die Literaturzeitschrift Mississippi Arts and Letters *schickte. Wo es dann auch veröffentlicht wurde. Kurz darauf habe ich den Text erneut überarbeitet und stark verändert, sodass die folgende Geschichte daraus entstand: »Nicht aus Detroit«. Ich halte sie für sehr viel besser als die erste Fassung. Und auch wenn sie in dieser Form kaum noch etwas mit* Nightrunners *zu tun hat, war der Roman der Auslöser.*

Und eine weitere Anmerkung. Bevor aus dieser Idee »Nicht aus Detroit« wurde, habe ich versucht, sie an die inzwischen eingestellte Fernsehserie Amazing Stories *zu verkaufen. Richard Matheson, ihr dramaturgischer Berater, mochte sie, und von ihm stammt auch die Idee, dass am Ende der Folge gesungen wird; das gefiel mir wiederum, und ich wollte mich an die Arbeit machen, doch ... irgendjemand weiter oben hat die Idee dann abgesägt.*

Später nahm ich das Exposé, fügte am Schluss Richard Mathesons Idee mit dem Song hinzu und kombinierte sie mit Elementen aus »A Car Drives By«, dem Auszug aus Nightrunners, *sodass diese Geschichte daraus wurde.*

Draußen war es kalt, es regnete und stürmte. Der Wind rüttelte an der Hütte und schnitt wie Rasierklingen durch Fenster und Tür und durch die Risse in der Wand. Aber das machte den beiden nichts aus. Sie hockten jeder mit einer Decke über den Knien in ihren knarzenden Schaukelstühlen vorm heruntergebrannten Kamin, wo es warm war.

In einem Eimer hinter ihnen, neben der Spüle, sammelte sich das Wasser, das durch ein Loch im Dach tropfte.

Vorhin hatte es geklungen, als würden Metallschrauben auf eine Blechplatte prasseln, doch jetzt war nur noch ein leises Plätschern zu hören.

Die beiden Alten waren verheiratet; seit über fünfzig Jahren. Auch wenn sie nicht viel miteinander redeten, fühlten sie sich in der Gegenwart des anderen wohl. Meistens hockten sie in ihren Schaukelstühlen und beobachteten das Feuer dabei, wie es flackernde Schatten ins Zimmer warf.

Schließlich ergriff Margie das Wort. »Alex«, sagte sie, »ich hoffe, dass ich vor dir sterbe.«

Alex hörte auf zu schaukeln. »Hab ich dich gerade richtig verstanden?«

»Ich sagte, ich hoffe, dass ich vor dir sterbe.« Anstatt ihn anzusehen, starrte sie weiter ins Feuer. »Das ist egoistisch, ich weiß, aber trotzdem. Nach deinem Tod möchte ich nicht weiterleben. Das wäre, als müsste ich mit rausgeschnittenem Herz durch die Gegend laufen. Wie einer dieser Zombies.«

»Wir haben Kinder«, sagte er. »Wenn ich sterbe, kannst du bei ihnen wohnen.«

»Ich wär ihnen doch nur lästig. Ich liebe sie, aber das will ich nicht. Sie haben ihr eigenes Leben. Ich möchte kurz vor dir sterben. Das wäre am unkompliziertesten.«

»Nicht für mich«, sagte Alex. »Ich möchte nämlich nicht, dass du vor mir stirbst. Wie steht's damit? Wir sind wohl beide etwas egoistisch, was?«

Sie lächelte. »Na ja, das ist vielleicht nicht das richtige Gesprächsthema vor dem Schlafengehen. Aber es hat mich beschäftigt, ich musste es einfach loswerden.«

»Ich hab auch schon darüber nachgedacht, Schatz. Das ist ganz normal. Wir sind schließlich nicht mehr die Jüngsten.«

»Du hast die Kraft eines Pferdes, Alex Brooks. All die Jahre als Mechaniker haben dich jung gehalten. Aber ich, ich hab's mit den Gelenken und jede Menge Zipperlein, außerdem bin ich ständig müde. Mir setzt das Alter ganz schön zu.«

Alex fing wieder an zu schaukeln. Sie starrten ins Feuer. »Wir werden mal zusammen gehen, Schatz«, sagte er. »Ich spüre es. So sollte es bei Leuten wie uns sein.«

»Ich frage mich, ob ich ihn kommen sehe. Den Tod, meine ich.«

»Was?«

»Meine Großmutter hat mir immer erzählt, dass sie ihn gesehen hat, in der Nacht, als ihr Vater gestorben ist.«

»Davon hast du mir nie erzählt.«

»Ich red nicht gerne über das Thema. Aber Großmutter hat behauptet, ein Mann mit einer schwarzen Kutsche habe vor ihrem Haus abgebremst, dreimal mit der Peitsche geknallt, und einen Moment später sei ihr Vater tot gewesen. Außerdem behauptete sie, ihr Großvater hätte erzählt, er habe den Tod schon als Junge gesehen. Eines Morgens, kurz nach dem Aufstehen – er wollte sich gerade an die Arbeit machen – trat er vor die Tür und bemerkte, wie dieser schwarz gekleidete Mann am Haus vorbeiging und davor stehen blieb. Er trug einen Stock über der Schulter, an dem ein kariertes Bündel hing, und blickte zum Haus herüber, dann schnippte er dreimal mit dem Finger. Kurz darauf fanden sie den Bruder meines Großvaters, der die Pocken hatte, tot in seinem Bett.«

»Geschichten, Schatz. Nichts als Geschichten. Lass dich von ein paar alten Märchen nicht verrückt machen. Komm, ich mach uns etwas Milch warm.«

Alex erhob sich, legte die Decke auf den Stuhl und ging hinüber, um etwas Milch in einen Topf zu schütten und zu erwärmen. Dabei drehte er sich um und betrachtete Margies Rücken. Sie starrte immer noch ins Feuer, nur dass sie jetzt nicht mehr schaukelte. Sie saß reglos da und, das wusste Alex, sie dachte übers Sterben nach.

Nachdem sie ihre Milch getrunken hatten, gingen sie beide ins Bett, und kurz darauf war Margie eingeschlafen und schnarchte wie eine defekte Kettensäge. Doch Alex kam nicht zur Ruhe. Das lag zum einen am Sturm, der jetzt noch stärker geworden war. Aber hauptsächlich lag es an dem, was Margie übers Sterben gesagt hatte. Beim Gedanken daran fühlte er sich einsam.

Wie Margie hatte er weniger Angst vorm Sterben als davor, alleine gelassen zu werden. Seit nunmehr fünfzig Jahren war sie sein Herzschlag, und ohne sie würde er nur noch dahinvegetieren, ohne wirklich zu leben.

Gott, betete er stumm. Wenn wir gehen, lass uns zusammen gehen. Dann drehte er sich um und betrachtete Margie. Ihre Gesichtszüge wirkten sanft und auf merkwürdige Weise jugendlich. Er war froh, dass sie so gut abschalten konnte und immer gleich einschlief. Im Gegensatz zu ihm.

Vielleicht hatte er einfach bloß Hunger.

Er glitt aus dem Bett, zog Hemd und Hose an und schlüpfte in seine Hausschuhe; alberne Dinger mit Häschengesicht und -ohren, die ihm seine Enkeltochter geschenkt hatte. Dann trottete er lautlos in die Küche. Der Raum diente nicht nur als Küche, sondern gleichzeitig als Gemeinschafts-, Wohn- und Esszimmer. Das Haus besaß neben einer kleinen Kammer lediglich drei Zimmer; eines davon war ein kleines Bad. Um diese Uhrzeit dachte er öfter, dass er für Margie besser hätte sorgen können. Er hätte ihr zum Beispiel ein größeres Haus kaufen können. Das hier war dasselbe Haus, in dem sie ihre Kinder großgezogen hatten; als Babys hatten sie in der Küche in einem Kinderbett geschlafen.

Er seufzte. Wie sehr er sich auch angestrengt hatte, er schien nie auf einen grünen Zweig zu kommen. Und jetzt hockten sie immer noch in dieser ärmlichen Behausung.

Er schlurfte zum Kühlschrank, nahm die Milch heraus und trank direkt aus der Packung.

Dann stellte er sie zurück und beobachtete, wie das Wasser in den Eimer tropfte. Der Anblick machte ihn wütend. Seit er im Ruhestand war, hatte er das kleine Haus zur Bruchbude verfallen lassen, und im Grunde gab es dafür keine Entschuldigung. So schlapp war er nun wirklich nicht. Es war ein Wunder, dass Margie sich nicht häufiger beschwerte.

Nun, für heute Nacht ließ sich daran nichts ändern. Doch er schwor sich, sobald es draußen trocken war, daran zu denken. Hochzuklettern und das verdammte Loch zu stopfen.

Leise kramte er einen Topf unter dem Schränkchen hervor. Der Eimer musste geleert werden, wenn er nicht wollte, dass er heute Nacht überlief. Um das Geräusch der Tropfen zu dämpfen, ließ er etwas Wasser in den Topf laufen, bevor er ihn gegen den Eimer austauschte.

Dann öffnete er die Haustür und trat mit dem Eimer auf die Veranda. Er starrte hinaus auf den matschigen Hof und seinen alten roten Abschleppwagen, dessen weißer Schriftzug mit der Zeit verblasst war: ALEX BROOKS ABSCHLEPP- UND REPARATURDIENST.

Beim Anblick des alten Schlachtrosses durchströmte ihn eine unendliche Traurigkeit. Gerne hätte er den Wagen mal wieder zu seinem ursprünglichen Zweck benutzt. Der Arbeit. Jetzt war er nichts weiter als ein Transportmittel. Bevor er sich zur Ruhe gesetzt hatte, hatte er mit seinem Werkzeug und mit den Händen seinen Lebensunterhalt verdient. Und jetzt – nichts. Den Scheck von der Rentenkasse einzusammeln, war alles, was ihm noch geblieben war.

Er beugte sich über den Rand der Veranda und schüttete das Wasser ins kahle Blumenbeet. Als er den Kopf hob, erneut in den Hof blickte und dann hinauf zum Highway 59, bemerkte er ein Licht. Scheinwerfer, um genau zu sein; verschwommen, wie verhüllte Augen aus Bernstein, leuchteten sie durch den Regen. Sie waren noch ein gutes Stück entfernt, aber kamen von Süden herauf in seine Richtung, und zwar schnell.

Wer auch immer diese Karre fuhr, musste verrückt sein. Es war schon gefährlich genug, bei strahlendem Sonnenschein auf einem knochentrockenen Highway so herumzukurven, aber bei diesem Wetter legte es der Fahrer regelrecht auf einen Unfall an.

Als sich der Wagen näherte, konnte Alex erkennen, dass er lang und schwarz war und eine seltsame Form hatte. So etwas hatte er noch nie gesehen, und mit Autos kannte er sich aus. Dieses hier wirkte nicht so, als wäre es in Detroit vom Fließband gelaufen. Es musste ein ausländisches Modell sein.

Auf wundersame Weise wurde der Wagen jetzt langsamer; weder die Bremsen noch die Reifen vibrierten oder kreischten auf. Ja, eigentlich konnte Alex nicht mal den Motor hören, nur das schwache Zischen von Gummi auf nassem Asphalt.

Der Wagen war gerade auf Höhe des Hauses, als ein Blitz aufzuckte, und Alex konnte den Fahrer erkennen oder zumindest seinen Umriss. Er sah, dass ein Mann hinterm Steuer saß, mit einer Zigarre im Mund und Melone auf dem Kopf. Er hatte den Kopf Richtung Haus gewandt.

Der Blitz erlosch wieder, und nun waren nur noch der dunkle Umriss des Wagens und die rote Spitze der Zigarre zu sehen, die Richtung Haus zeigte. Alex hatte das Gefühl, als hätten sich Stalaktiten aus Eis an seiner inneren Schädeldecke gebildet, die sich durch seinen Körper streckten und an den Fußsohlen wieder austraten.

Der Fahrer drückte auf die Hupe – drei schneidende Töne, die in Alex' Schädel dröhnten.

Eins. *(Visionen blühender Rosen, die verwelken und sich schwarz färben.)*

Zwei. *(Erinnerungen an Begräbnisse, geliebte Menschen in Kisten, die hinabsinken.)*

Drei. *(Würmer, die sich durch verwesendes Fleisch bohren.)*

Dann herrschte Stille, lauter als das Dröhnen der Hupe. Der Wagen nahm wieder Fahrt auf. Und Alex beobachtete, wie seine Rücklichter blinkend in der Dunkelheit verschwanden. Die Luft wurde weniger frostig. Und die Stalaktiten in seinem Kopf schmolzen dahin.

Doch während er dort stand, fiel ihm plötzlich ein, was Margie vorhin gesagt hatte: Hat mal den Tod gesehen ... die Kutsche bremste ab ... ließ *dreimal* die Peitsche knallen ... der Mann sah zum Haus herüber und schnippte *dreimal* mit dem Finger ... kurz darauf war er tot ...

Alex' Hals fühlte sich an, als hätte er ein Stück Brennholz verschluckt. Der Eimer rutschte ihm aus den Fingern, knallte scheppernd auf die Veranda und rollte ins Blumenbeet. Alex war schon im Haus und eilte zum Schlafzimmer,

(Das kann nicht sein, das war bloß die alberne Geschichte einer alten Frau.)

während seine Hände vor Angst zitterten.

(Bloß ein dummer Zufall.)

Margie schnarchte nicht mehr.

Alex packte sie an der Schulter und schüttelte sie.

Nichts.

Er rollte sie auf den Rücken und schrie ihren Namen.

Nichts.

»Oh, Baby. Nein.«

Er fühlte ihren Puls.

Ebenfalls nichts.

Dann legte er ihr ein Ohr auf die Brust und horchte nach dem Herzschlag (der anderen Hälfte seines Lebensrhythmus), doch da war nichts.

Es war still. Vollkommen still.

»Du kannst nicht ...«, sagte Alex. »Du kannst nicht ... Wir sind dazu bestimmt, zusammen zu gehen ... Und nichts anderes.«

Und dann begriff er. Er hatte den Tod vorbeifahren *sehen*, er hatte *gesehen*, wie er den Highway hinuntergerast war.

Er rappelte sich auf, riss seinen Mantel von der Stuhllehne und rannte zur Haustür. »Du kriegst sie nicht«, keuchte er. »Niemals.«

Er schnappte sich den Schlüssel des Abschleppwagens, der am Nagel neben der Tür hing, stürzte auf die Veranda und eilte hinaus in die Kälte und den Regen.

Einen Moment später raste er den Highway hinunter und jagte wie ein Irrer dem fremden Wagen hinterher.

Der Abschleppwagen war alt und eigentlich nicht für solche Geschwindigkeiten gedacht, doch da er gut gewartet war und neue Reifen hatte, glitt er mühelos über den nassen Asphalt. Stück für Stück drückte Alex das Gaspedal bis zum Anschlag durch. Fuhr immer schneller.

Eine Stunde später erblickte er den Tod.

Noch nicht den Fahrer, aber sein Nummernschild. Eine Sonderanfertigung, deutlich im Rücklicht zu erkennen: TOD/ BEFREIER.

Der Abschleppwagen und das fremde schwarze Auto waren ganz allein auf der Straße. Alex fuhr dicht auf und drückte auf die Hupe. Der Tod erwiderte sein Hupen (es klang jetzt anders als vor Alex' Haus), streckte seinen Arm aus dem Fenster und winkte ihn vorbei.

Alex trat aufs Gas, und als er auf Höhe des Wagens war, drehte er den Kopf zur Seite, um einen Blick auf den Tod zu werfen. Er konnte ihn zwar immer noch nicht richtig erkennen, aber er konnte die Umrisse seiner Melone erahnen, und als der Tod herüberblickte, sah er die glühende Spitze seiner Zigarre, die Ähnlichkeit mit einer blutigen Schusswunde hatte.

Mit voller Wucht knallte Alex ihm direkt in die Seite; der Tod wich nach rechts aus und beförderte seinen Wagen dann wieder zurück auf die Straße. Alex rammte ihn erneut. Als der schwarze Wagen mit den Reifen aufs Bankett schlitterte, zog er rechts rüber und drängte ihn vom Highway. Nachdem er ihn schließlich zum dritten Mal gerammt hatte, landete der Wagen auf der Wiese neben der Fahrbahn, geriet ins Schleudern und raste eine Böschung hinunter, gegen einen Baum.

Alex bremste vorsichtig ab, manövrierte sich rückwärts von der Straße und stieg aus dem Abschleppwagen. Unter dem Sitz zog er eine kleine Rohrzange und einen großen Schraubenschlüssel hervor, die Rohrzange ließ er sicherheitshalber in seine Manteltasche gleiten, dann hastete er mit dem Schraubenschlüssel in der Hand die Böschung hinunter.

Der Tod öffnete die Tür und stieg aus. Inzwischen hatte der Regen nachgelassen, und der Mond lugte wie ein schüchternes Kind hinter einem Gazevorhang aus Wolken hervor. In seinem Licht schimmerte das runde, rosige Gesicht des Todes wie ein Granatapfel aus Wachs. Seine Zigarre baumelte jetzt an einem ausgefransten Stück Tabak vom Mund herunter.

Als er die Böschung hochblickte, bemerkte er, wie ein zwar alter, aber kräftiger schwarzer Mann mit einem Schraubenschlüssel in der Hand und Häschen-Pantoffeln an den Füßen auf ihn zugestürmt kam.

Der Tod spuckte seine zerbröselte Zigarre aus, trat einen Schritt vor, packte Alex am Handgelenk und verdrehte ihm den Unterarm. Der alte Mann krümmte sich, ließ den Schraubenschlüssel fallen und landete unsanft auf dem Rücken. Stoßweise wich die Luft aus seinem Körper.

Der Tod beugte sich über ihn. Aus dieser kurzen Entfernung konnte Alex erkennen, dass er in seinem rosigen Gesicht ein paar Pockennarben hatte und dass die rosige Farbe überdies Make-up war. Zu komisch. Der Tod machte sich demnach Gedanken um sein Aussehen. Er trug ein schwarzes T-Shirt, Hosen, Turnschuhe und natürlich seine Melone, die weder durch den Unfall noch durch seine Jiu-Jitsu-Einlage verrutscht war.

»Was soll das hier werden, Alter?«, fragte der Tod.

Alex keuchte, rang nach Luft. »Du kannst ... sie ... nicht ... kriegen.«

»Wen? Wovon redest du?«

»Verkauf mich nicht ... für blöd.« Alex hob einen Ellbogen und bekam endlich wieder Luft. »Du bist der Tod und hast Margies Seele geholt.«

Der Tod richtete sich auf. »Dann weißt du also, wer ich bin. Schön. Na und? Ich erledige nur meinen Job.«

»Sie ist noch nicht an der Reihe.«

»Sie steht auf meiner Liste, und meine Liste irrt sich nie.«

Da spürte Alex, dass etwas Hartes gegen seine Hüfte drückte; und er wusste, was das war. Die Rohrzange. Obwohl der Tod ihn durch die Luft gewirbelt hatte, war sie nicht aus seiner Manteltasche geschleudert worden. Sie steckte immer noch dort, und die Tasche war unter seine Hüfte gerutscht, sodass seine alten Knochen jetzt erst recht wehtaten.

Alex schaffte es, sich auf die Seite zu rollen, zog die Tasche unter sich hervor, ließ rasch seine Hand hineingleiten und riss die Rohrzange heraus. Im nächsten Augenblick holte er damit aus und erwischte den Tod knapp unterhalb der Hutkrempe, sodass er nach hinten taumelte. Diesmal verlor der Tod seine Melone. Und seine Stirn blutete.

Bevor sein Gegenüber wieder zu Sinnen kam, war Alex auf den Beinen und stürmte los. Mit seinem Kopf als Rammbock traf er ihn im Magen, und der Tod ging zu Boden. Sofort presste Alex ihm beide Knie auf die Arme und drückte sie nach unten; mit seinen alten, kräftigen Händen umklammerte er den Hals des Todes.

»Ich hab noch nie jemanden verletzt«, sagte Alex. »Und das war auch jetzt nicht meine Absicht. Ich wollte dich mit der Zange nicht schlagen, aber du musst Margie wieder hergeben.«

Zunächst wirkten die Augen des Todes wie erstarrt, doch nach und nach schien dahinter ein Licht aufzuflackern. Mühelos zog er seine Arme unter Alex' Knien hervor, griff nach oben, packte den alten Mann an den Handgelenken und riss die Hände von seinem Hals fort.

»Alter Gauner«, sagte der Tod. »Hast du mich doch tatsächlich ausgetrickst.«

Der Tod schleuderte Alex zur Seite und stand auf. Grinsend wandte er sich ab und wollte sich bücken, um seine Melone aufzuheben, doch dazu kam er nicht.

Denn Alex hatte sich wie ein Krebs seitwärts bewegt, setzte nun von hinten zu einer Beinschere an und erwischte den Tod oberhalb der Knie; als er die Beine verdrehte, landete dieser auf dem Gesicht.

Der Tod drückte sich mit den Handflächen nach oben und kroch mühelos wie eine Schlange unter Alex' Beinen hervor. Und diesmal schnappte er sich den Hut, setzte ihn auf und erhob sich erneut. Aufmerksam musterte er Alex.

»Ich jage dir keine besonders große Angst ein, was?«, fragte der Tod.

Alex bemerkte, dass die Wunde an seiner Stirn verschwunden war. Kein einziger Blutstropfen war mehr zu sehen. »Nein«, erwiderte Alex. »Du jagst mir keine große Angst ein. Ich will bloß meine Margie wiederhaben.«

»Na schön«, sagte der Tod.

Plötzlich saß Alex kerzengerade da.

»Was?«

»Ich sagte, na schön. Für ein Weilchen. Nur wenige haben es geschafft, mich auszutricksen, mich aufs Kreuz zu legen. Du hast es verdient, und außerdem bist du mutig. Das gefällt mir. Ich geb sie dir zurück. Für ein Weilchen. Komm her.«

Der Tod marschierte zu dem Wagen hinüber, der nicht aus Detroit stammte. Alex rappelte sich auf und folgte ihm. Der Tod zog die Schlüssel ab, trat zum Kofferraum und steckte sie ins Schloss. Zischend sauste die Klappe nach oben.

Im Kofferraum befanden sich stapelweise Streichholzschachteln. Der Tod ließ seine Hand über die Schachteln schweben, so wie jemand, der im Supermarkt sorgfältig ein bestimmtes Gemüse aussucht. Schließlich legte er seine Finger auf eine der Schachteln; für Alex sah sie genau wie alle anderen aus.

Der Tod reichte Alex das kleine Ding. »Ihre Seele ist hier drin, Alter. Du beugst dich über ihr Bett und öffnest die Schachtel. Okay?«

»Das ist alles?«

»Das ist alles. Und jetzt verschwinde von hier, bevor ich's mir anders überlege. Und vergiss nicht, ich geb sie dir nur für ein Weilchen zurück.«

Alex wandte sich ab und hielt dabei die Streichholzschachtel gut fest. Am Wagen des Todes glätteten sich gerade die Beulen an der Seite, die von seinem Abschleppwagen stammten. Er schaute zurück zum Tod, der gerade den Kofferraum zuknallte.

»Schätze, du brauchst keinen Abschleppwagen?«

Der Tod lächelte ein wenig. »Wohl kaum.«

Alex beugte sich über das Bett; das Bett, in dem sie sich geliebt, in dem sie geschlafen, geredet und geträumt hatten. Die Schachtel in der Hand und die Augen auf Margies kaltes Gesicht gerichtet, stand er da. Dann öffnete er mit äußerster Vorsicht die Schachtel. Ein kleiner blauer Lichtblitz, der an Peter Pans Freundin Tinkerbell erinnerte, kam daraus hervorgeschossen und traf Margies Lippen. Zischend atmete sie ein, ihre Brust hob sich. Und sie öffnete die Augen. Dann drehte sie sich um und blickte Alex lächelnd an.

»Mein Gott, Alex. Was machst du da, so halb angezogen? Was hattest du vor ... Ist das da eine Streichholzschachtel?«

Alex wollte etwas sagen, doch er konnte nicht. Er konnte bloß grinsen.

»Bist du verrückt geworden?«, fragte sie.

»Ein bisschen vielleicht.« Er setzte sich aufs Bett und nahm ihre Hand. »Ich liebe dich, Margie.«

»Ich liebe dich auch ... Hast du was getrunken?«

»Nein.«

Im selben Moment war die ohrenbetäubende Hupe des Todes zu hören. Ein einzelner schriller Ton, der das Haus zum Zittern brachte, während die gleißenden Scheinwerfer durch Fenster und Ritzen hereinleuchteten und die Hütte wie eine billige Nachtclubszene erstrahlen ließen.

»Wer um alles in der Welt ...«

»Er. Aber er hat gesagt ... Bleib hier.«

Alex holte seine Schrotflinte aus dem Wandschrank. Und stapfte hinaus auf die Veranda. Der Wagen des Todes zeigte Richtung Haus, und es hatte den Anschein, als würden die Scheinwerfer Alex bannen, wie eine Fliege im Netz.

Der Tod wartete auf der untersten Treppenstufe.

Alex richtete die Schrotflinte auf ihn. »Du Schuft. Sie gehört jetzt mir. Du hast es versprochen.«

»Und mein Versprechen gehalten. Aber ich habe gesagt, nur für ein Weilchen.«

»So kurz? Das zählt nicht!«

»Mehr ist nicht drin. Nur dieses kleine Geschenk.«

»Die paar Minuten sind schlimmer als gar nichts.«

»Lass es gut sein, Alex. Lass sie gehen. Ich hab meine Unterlagen, nach denen muss ich mich richten. Ich muss sie so oder so mitnehmen, verstehst du?«

»Nicht heute Nacht.« Alex spannte die Hähne der Schrotflinte. »Und morgen auch nicht. Nicht so bald.«

»Das Gewehr wird dir nichts nutzen, Alex. Das weißt du. Du kannst den Tod nicht aufhalten. Ich brauche nur hier stehen zu bleiben und dreimal mit dem Finger zu schnippen oder mit der Zunge zu schnalzen oder zurück zum Wagen zu gehen und die Hupe zu drücken, und sie gehört wieder mir. Aber lass uns vernünftig miteinander reden, Alex. Du bist ein mutiger Mann. Ich habe dir einen Gefallen getan, weil du mich überwältigt hast. Und ich wollte sie nicht zurückholen, ohne dir Bescheid zu geben. Darum bin ich hergekommen, um mit dir zu reden. Ihre Zeit ist abgelaufen. Und zwar jetzt.«

Alex ließ die Schrotflinte sinken. »Kannst du ... kannst du nicht mich an ihrer Stelle mitnehmen? Das geht doch, oder?«

»Ich ... ich weiß nicht. Das ist gegen die Vorschriften.«

»Doch, das geht. Nimm mich mit. Und lass Margie hier.«

»Na schön.«

Quietschend öffnete sich die Tür mit dem Fliegengitter, und im Rahmen erschien Margie, sie hatte ihren Morgenmantel an. »Alex, du vergisst, dass ich nicht alleine zurückbleiben möchte.«

»Geh ins Haus, Margie«, sagte Alex.

»Ich weiß, wer das ist: Ich hab euer Gespräch belauscht, Mr. Tod. Ich möchte nicht, dass Sie meinen Alex mitnehmen. Mich wollten Sie holen. Dann sollte ich auch das Recht haben zu gehen.«

Eine Pause entstand, niemand sagte einen Ton. Dann meinte Alex: »Nimm uns beide mit. Das geht doch, oder? Ich weiß, dass ich auf deiner Liste stehe, und zwar sehr weit oben. Einem Mann in meinem Alter bleiben nicht mehr viele Jahre. Du kannst mich auch ein wenig vor meiner Zeit holen, oder? Das kannst du doch?«

Mit den Decken über den Knien hockten Margie und Alex in ihren Schaukelstühlen. Das Feuer im Kamin war jetzt erloschen. Im Eimer hinter ihnen sammelte sich das Wasser, und draußen pfiff der Wind. Sie hielten Händchen. Vor ihnen stand der Tod, in den Händen eine King-Edward-Zigarrenkiste.

»Seit ihr euch auch sicher?«, fragte der Tod. »Ihr müsst nicht beide gehen.«

Alex sah zu Margie, dann zum Tod.

»Ja«, sagte er. »Mach schon.«

Der Tod nickte. Er öffnete die Zigarrenkiste und hielt sie vor sich auf der flachen Hand. Dann hob er die freie Hand und schnippte mit den Fingern.

Eins. *(Der Wind wurde stärker und heulte ums Haus.)*

Zwei. *(Der Regen hämmerte wie Trommelstöcke aufs Dach.)*

Drei. *(Ein Blitz zuckte, gefolgt von Donnergrollen.)*

»Rein mit euch«, sagte der Tod.

Die Körper von Alex und Margie sackten in sich zusammen, und ihre Köpfe lehnten sich zwischen den Schaukelstühlen aneinander. Ihre Hände waren immer noch ineinander verschlungen.

Der Tod klemmte sich die Schachtel unter den Arm und ging hinaus zum Wagen. Der Regen prasselte auf seine Melone, der Wind fegte über seine entblößten Arme und zerrte am T-Shirt. Doch das schien ihm nichts auszumachen.

Er öffnete den Kofferraum und wollte gerade die Schachtel hineinlegen, als er plötzlich zögerte.

Er schloss den Kofferraum wieder.

»Verdammt«, sagte er, »was bin ich nur für ein sentimentaler, alter Idiot.«

Er öffnete die Schachtel. Zwei blaue Lichter stiegen daraus empor, dehnten sich aus und sanken zu Boden. Sie nahmen die Gestalten von Alex und Margie an. Sie glühten in der Dunkelheit.

»Wollt ihr vorne mitfahren?«, fragte der Tod.

»Gerne«, sagte Margie.

»Ja, gerne«, sagte Alex.

Der Tod öffnete die Tür, und Alex und Margie glitten ins Innere. Der Tod kletterte hinters Steuer. Er warf einen Blick auf das Klemmbrett, das vor ihm hing. Im Tyler Hospital lag eine Frau, die gerade an einer Gehirnverletzung starb. Dort musste er als Nächstes vorbei.

Er ließ das Klemmbrett sinken und startete den Wagen, der nicht aus Detroit stammte.

»Klingt gut, der Motor«, sagte Alex.

»Ich versuch ihn in Schuss zu halten«, erwiderte der Tod.

Dann fuhren sie los, und der Tod stimmte ein Lied an: »Row, row, row, your boat, gently down the stream«, und Margie und Alex fielen ein: »Merrily, merrily, merrily, life is but a dream.«

Sie fuhren den Highway hinunter, die Rücklichter wurden immer kleiner, das Lied verhallte, das schwarze Metall des Wagens verschmolz mit dem Dunkel der Nacht, und dann war nur noch das Zischen von Reifen auf nassem Asphalt zu hören, und schließlich nicht einmal mehr das. Nur noch das zarte Säuseln von Regen und Wind.

KÖNIG DER SCHATTEN

Abgesehen vom Roman selbst und einer Geschichte, die hier nicht veröffentlicht werden kann, gefällt mir diese »Gott der Klinge«-Geschichte am besten. Sie war ganz plötzlich da, und ich habe sie sehr schnell zu Papier gebracht. Ich habe ihr einen unverkennbaren Südstaaten-Tonfall verliehen und versucht, mich dem Gott der Klinge von einem ungewöhnlichen Blickwinkel aus zu nähern. Ob mir das gelungen ist, muss der Leser entscheiden.

Zum ersten Mal ist die Geschichte in einem Buch mit dem Titel Lords of the Razor *erschienen, in dem eine Reihe Autoren mir und meiner Figur, dem Gott der Klinge, ihre Referenz erweisen und aus ihrer Sicht über die Figur schreiben. Manche der Geschichten halten sich eng an die Vorlage, andere entfernen sich sehr weit davon und sind auf ihre Weise ungewöhnlich. Einige sind auch komisch. Ein wunderbares Buch, auf das ich sehr stolz bin; großartig, dass ein Verlag aus Wertschätzung für meine Arbeit und meine Schöpfung dieses Buch veröffentlicht hat.*

Ich kann mich nur mit Elvis' Worten bedanken: Danke, vielen Dank.

Eigentlich ist das im Süden eine gängige Art, sich zu bedanken, doch weil er so berühmt ist, verbindet man sie irgendwie mit Elvis. Ich ertappe mich ständig dabei, wie ich das sage, und wahrscheinlich glauben einige Leute, dass ich Elvis imitiere, vielleicht wegen meiner Elvis-Geschichte »Bubba Hotep«.

Aber so ist es nicht. Ich bin nur ein Junge aus Südtexas, der sich bedankt.

Also, noch mal: Danke, vielen Dank.

Leroy stand derartig unter Schock, als hätte ihm jemand ein Stromkabel in die Hand gedrückt. Zu seiner großen Überraschung hatte er gerade erfahren, dass er einen jüngeren Bruder von elf Jahren hatte, den er nun zum ersten Mal zu Gesicht kriegen sollte. Auch wenn er mit seinen vierzehn Jahren genau wusste, wie Babys gemacht wurden und wo sie herkamen, schossen ihm alle möglichen Bilder durch den Kopf, und keines davon gefiel ihm. Einige davon verabscheute er mit einer abgrundtiefen Aufrichtigkeit, wie sie nur bibeltreuen Fanatikern vertraut ist.

Seine Mutter erzählte ihm von seinem neuen Bruder; dass sein Name Draighton sei und er von nun an das Zimmer mit ihm teilen müsse, weil im Haus einfach zu wenig Platz sei ... und so weiter.

»Ich hab einen kleinen Bruder? Er ist elf Jahre alt? Und heißt Draighton? Ist das überhaupt ein richtiger Name?«

Das Bild eines Elfjährigen, der aus dem Schoß seiner Mutter hüpfte, um die fünfte Klasse zu besuchen, hatte in seinem Kopf inzwischen einer neuen Vorstellung Platz gemacht. Man hatte offenbar herausgefunden, dass sein Vater mit einer anderen Frau ein Kind hatte, und dieses neue Kind, gebrandmarkt mit dem Namen Draighton, würde bald bei ihnen wohnen, in seinem Zimmer, mit ihm im selben Bett schlafen, und von den Lebensmitteln essen, die bis dahin ihm allein zugestanden hatten, von seinen Eltern und dem Müllschlucker mal abgesehen.

Er dachte noch, dass seine Mutter die Sache ziemlich locker nahm, diesen plötzlich aufgetauchten Sohn einer anderen Frau, als sie sagte: »Nun, er ist nicht dein leiblicher Bruder. Er ist der Junge von einem Freund deines Vaters, und dieser Bursche, Jimmy Turner, na ja, er war ein ziemlicher Hitzkopf. Und als er neulich was trinken war, ist er durchgedreht. Erst hat er seine Frau und dann sich selbst umgebracht. Mit einem großen, alten Rasiermesser hat er ihr und sich die Kehle durchgeschnitten. In seinem Testament hat er verfügt, dass Draighton zu Herman und mir kommt. Und nachdem wir etwas nachgeholfen hatten, hat das Gericht schließlich zugestimmt.«

»Warum hat sein Vater ihn nicht auch umgebracht?«, fragte Leroy.

Seine Mutter hielt dies lediglich für eine schlichte Frage, doch es war vielmehr Ausdruck seiner Enttäuschung.

»Als es passierte, war er mit den Pfadfindern auf einem Campingausflug. Für zwei Wochen. Irgendwo in den Bergen, glaube ich, jedenfalls weit draußen, in New Mexico oder Arizona. An einem ganz verlassenen Ort. Es fing damit an, dass Jimmy sich auf der Arbeit plötzlich so seltsam benahm. Das haben hinterher alle bestätigt. Er muss allerdings geahnt haben, dass er die Kontrolle verliert, darum hat er das Testament aufgesetzt. Das war zwei, vielleicht auch drei Monate vor dem tragischen Unglück.«

»Klingt nicht nach 'nem Unglück.«

»Tja, genau genommen hast du recht.«

»Genau genommen«, sagte Leroy, »handelt es sich da doch um Mord und Selbstmord, oder?«

»Genau genommen, ja.«

Gut, das alles waren bedeutsame und überraschende Neuigkeiten, und Leroy verkraftete sie wie alle anderen unangenehmen Dinge auch. Nämlich schlecht. Er ging auf sein Zimmer und holte sich zweimal hintereinander einen runter, weil er der Meinung war, dass das in Zukunft nicht mehr ganz so leicht sein würde und er sich demnach besser etwas beeilte. Er gehörte nicht zu den Jungs, die mit Freunden gerne über so was redeten, geschweige denn mit einem neuen Bruder. Die Vorstellung, dass sie so etwas miteinander teilten, fand er alles andere als prickelnd, auch wenn einige Jungs in der Schule drauf standen und sogar an etwas teilgenommen hatten, was sie Gruppenwichsen nannten. Allein bei dem Gedanken daran drehte sich Leroy der Magen um. Die bloße Vorstellung, dass ein anderer Junge sein bestes Stück sah oder, Gott bewahre, es berührte, ließ ihn erschauern. Ziemlich paradox, dass die anderen Jungs das Ganze lustig und nicht im Geringsten schwul fanden, ihn aber andererseits wegen seiner Brille und seines nicht gerade attraktiven Äußeren schnell als Tunte und Schwuchtel beschimpften, oder zumindest als Brillenschlange.

Es war erst ein Jahr her, dass Leroy in der Sache mit dem Sex mehr sah als einen merkwürdigen Impuls, der ihn zu solchen Handlungen wie gerade eben trieb und nach deren demütigender Verrichtung er jedes Mal mit einem klebrigen Kleenex im Schoß auf dem Bett endete. Erst vor Kurzem war ihm die Verbindung zwischen seinem Körper und dem der weiblichen Spezies klar geworden, ein älterer Junge hatte sie ihm nach dem Rein-Raus-Prinzip erklärt, und die Vorstellung davon hatte ihn angeekelt.

Doch nichts davon war so verwirrend und beunruhigend wie der Gedanke an einen neuen Bruder mit voll entwickelter Persönlichkeit, der nur wenig jünger war als er; vielleicht ging er ja gleich auf ihn los und schaffte es sogar, Leroy zu verprügeln. Das bereitete ihm *wirklich* Sorgen, denn er hatte von einem Mädchen in der Schule bereits zweimal eine ordentliche Tracht Prügel bezogen; das Mädchen wurde damals gerade von einer starken Borkenflechte im Gesicht geplagt, einer Krankheit, die sich unter fast allen Schülern von der ersten bis zur achten Klasse ausgebreitet hatte, sodass der Schulhof in den Pausen an eine verdammte Leprakolonie erinnerte. Und als ob das nicht schlimm genug gewesen wäre, waren die Wunden des Mädchens, wie bei allen Opfern der Flechte, mit einer violetten Jodtinktur bedeckt; von Weitem wirkte sie wie ein gescheckter Welpe, der auf seinen Hinterpfoten herumstolzierte. Abgesehen von den Eiterblasen war sie spindeldürr und schielte auf einem Auge, außerdem schaffte sie es nach Schulschluss ohne fremde Hilfe nie rechtzeitig zum Bus.

Leroy fand, dass er ihre Prügel nicht verdient hatte, denn er hatte lediglich erwähnt, dass sie wegen ihres schielenden Auges vielleicht eine Sonnenbrille oder was in der Richtung tragen sollte oder eine Augenklappe wie ein Pirat. Darauf war sie plötzlich ausgerastet und hatte ihm eine Tracht Prügel verpasst, die inzwischen zur Legende geworden war. Noch ein Jahr später erzählte man sich davon; allerdings nur hinter vorgehaltener Hand, damit das Mädchen mit dem schielenden Auge ja keinen Wind davon bekam und sich jemand anders nach Strich und Faden vorknöpfte.

Es machte auch keinen Unterschied, dass sich sechs Monate nach dem Vorfall herausstellte, dass sie keineswegs geistig zurückgeblieben war, sondern einfach nur eigensinnig, dass ein Arzt inzwischen ihr Auge in Ordnung gebracht hatte und ihre Flechte verschwunden war. Ihre Eltern hatten sie auf eine andere Schule geschickt, wo sie, so wurde gemunkelt, zugenommen hatte; sie sah jetzt ganz hübsch aus, hatte ausgezeichnete Noten und verfolgte über eine Schar geheimer Informanten, was an ihrer alten Schule geredet wurde.

Auch wenn Leroy nicht so recht daran glaubte, überlegte er sich gut, was er sagte, nur für den Fall, dass irgendeine Anspielung auf das Mädchen mit dem schielenden Auge tatsächlich einem heimlichen Spitzel zu Ohren kam und sie veranlasste zurückzukehren, um ihm eine noch schlimmere Tracht Prügel zu verpassen und seine Schmach komplett zu machen. Er musste sich – zusätzlich zu Tunte, Schwuchtel und Brillenschlange – deswegen ohnehin schon mehr als genug Beschimpfungen anhören, wie debiler Schlappschwanz und Fallobst.

Darum war ein neuer Bruder, der dieselbe Schule besuchte und sich womöglich mit ihm anlegen würde, eine beunruhigend unerfreuliche Vorstellung. Das hatte ihm gerade noch gefehlt. Ein weiterer Name auf seiner Liste all derer, die ihm den Arsch versohlen konnten und auf der inzwischen so gut wie jeder stand.

Am besten, er knöpfte sich den kleinen Mistkerl gleich seinerseits vor und schlug ihn nieder, um ihm ein für alle Mal klarzumachen, dass er bei einer Schlägerei kein Chance hatte. Allerdings gab es dann immer noch die Möglichkeit, dass der Schuss nach hinten losging. Dass am Ende er, und nicht Draighton, den Kürzeren zog, selbst wenn er ihn überrumpelte und es schaffte, die ersten Treffer zu landen.

Und noch was anderes fiel ihm ein. Obwohl er Draighton noch nicht kennengelernt hatte, klang der Name des Jungen für Leroy, als könnte er ein Beißer sein. Oft verbarg sich genau so was hinter diesen altmodischen Hinterwäldler-Namen, auch wenn die Tatsache, dass Draighton bei den Pfadfindern war, seine Wildheit vielleicht ein wenig im Zaum hielt. Man erwartete von ihnen, sich wie rechtschaffene Bürger zu benehmen; obwohl Leroy auch bei den Pfadfindern ein paar Jungs kannte, die sich voller Begeisterung am Gruppenwichsen beteiligten und meinten, ihre Zeltlager seien der ideale Ort für so einen Blödsinn. Letztlich war es schwer, gegen einen Beißer zu kämpfen. In Leroy rief dieser Gedanke eine Erinnerung wach, die genauso verstörend war wie die heftigen Prügel, die er von dem Mädchen mit dem schielenden Auge bekommen hatte: Als er neun Jahre alt war, hatte er versucht seinen siebenjährigen Cousin Wiley zu schikanieren, worauf dieser – obgleich er meist mit einer Schicht dreckverkrustetem Rotz durch die Gegend lief – bewiesen hatte, dass er den Verstand und die Hartnäckigkeit eines Pitbulls besaß. Er war ein Beißer. Die Narben hatte Leroy immer noch. Immerhin ging der kleine Mistkerl jetzt auf eine andere Schule.

Insgesamt sah Leroy der Ankunft seines neuen Bruders, Draighton, äußerst beunruhigt entgegen.

Der Himmel hing voller Wolken, und ein Hauch von Regen lag in der Luft, als Draighton bei ihnen eintraf, außerdem wehte ein kräftiger Wind. Man hatte Leroy gezwungen zu baden, sich hinter den Ohren zu waschen und seine Sonntagssachen anzuziehen. Er fand es lächerlich, sich für ein Kind herauszuputzen, das einen albernen Namen und keine Eltern hatte. Doch es blieb ihm nichts anderes übrig, weil seine Mutter sonst die Fliegenklatsche herausgeholt hätte; und als es so weit war, stand er mit ihr auf der Veranda und wartete. Seine Mutter war nervös wie am Tag des Jüngsten Gerichts, sie trippelte von einem Fuß auf den anderen und plapperte in einem fort, als wären die Wörter ein Schutz gegen das Wetter; dank Wind und Regen war es inzwischen arschkalt.

Leroy beobachtete, wie ihr Chevy in der Kurve zum Stehen kam und wie sein Vater ausstieg; einen Moment später öffnete sich die Tür auf der anderen Seite und ein Junge, klein wie ein Zwerg, wand sich heraus, was ein Beweis dafür war, dass das Gerücht, die Pfadfinder hätten Anforderungen an die Körpergröße, nicht stimmte; ein Kriterium, nach dem ihn der Leiter der regionalen Pfadfindergruppe angeblich bewertet hatte, als er sich bei ihnen bewarb. Er musste dem nachgehen, dieser Sache mit der Größe. Allmählich beschlich ihn das Gefühl, dass ihn der Anführer aus irgendeinem Grund belogen hatte.

Über der Hose trug der Junge ein Paar Beinschienen und in der Hand eine kleine Tasche; mit seinem Gang hätte er in einer Militärparade der Nazis mitmarschieren können, im Stechschritt trat er auf sie zu. Leroy hätte es nicht gewundert, wenn er mit ausgestrecktem Arm herübergegrüßt hätte.

Es gab auch sonst nicht viel, was für Draighton sprach. Er hatte, was man einen Topfschnitt nannte, und sein Haar besaß die Farbe frischer Hundescheiße, außerdem war seine Brille dicker als Leroys, und sein Gesicht wirkte wie geschaffen für Sahnetorten und Fliegen.

Trotzdem trat Leroys Mutter die Veranda herunter und stürzte förmlich auf ihn zu, ergriff seine Hand, als wollte sie einen Freiwurf machen, und gab ihm einen Kuss auf die Stirn, dann sagte sie: »Was bist du nur für ein süßes Kerlchen.«

Leroy staunte über eine so unverhohlene Lüge, denn er fand, dass Draighton sich am ehesten dazu eignete, Krähen in einem Maisfeld zu erschrecken, vorausgesetzt, man brachte ihm bei, auf einem Stuhl und einem Telefonbuch zu stehen.

»Das hier ist Draighton«, sagte sein Vater, als hätten Leroy und seine Mutter noch jemand anders erwartet. Leroy schlurfte die Treppe hinunter, streckte seine Hand aus, wie man es ihm beigebracht hatte, und der Junge griff danach; wie ein feuchter Fäustling lag seine kleine Hand in der Handfläche von Leroys Pranke. Plötzlich wurde Leroy von fiebriger Erregung gepackt. Er war größer als dieser Junge, sein Körper, seine Hände, und sein bestes Stück wahrscheinlich auch. Die Vorstellung, jemanden um sich zu haben, war gar nicht so übel, erst recht wenn man ihn überragte. Und es schien unwahrscheinlich, dass Draighton mit seinen Beinschienen in der Lage war, ihn zu verprügeln oder gar einzuholen. Leroy schossen eine Reihe von Gedanken durch den Kopf, einige drehten sich um Stolperdrähte, und alle endeten für ihn mit irgendeiner Art Triumph, während Draighton wie eine Kakerlake auf dem Rücken strampelte und verzweifelt versuchte, sich umzudrehen.

Zunächst einmal legte Leroy die Spielregeln fest.

»Von mir aus kannst du dein Zeug da drüben in die Ecke stellen. Solange du unsere Sachen nicht durcheinanderbringst und deine Finger von meinem Zeug lässt. Außer den Buntstiften vielleicht. Aber nur wenn du vorher fragst.«

»Danke«, sagte Draighton.

»Schon gut, keine Ursache. Ich weiß eben, was sich gehört. Du solltest nur wissen, wo die Grenze verläuft. Damit es nicht zu Missverständnissen kommt.«

»Das ist total nett von dir.«

»Ich will nur, dass du weißt, was Sache ist. Wir teilen uns das Bett hier, aber ich kann mir die Seite aussuchen, und wenn du furzt, landest du samt Kissen und Decke auf dem Boden. Ich darf als Erster ins Badezimmer, wenn ich will, und benutze auch als Erster das Handtuch.«

»Krieg ich kein eigenes?«

»Wohl kaum. Die Handtücher werden nicht so häufig gewaschen. Meine Mutter meint, wir sparen Seife und Wasser, wenn wir uns etwas länger mit demselben Handtuch abtrocknen. Also kannst du mein Handtuch haben, wenn ich es nicht mehr brauche.«

»Geht klar.«

»Tun die Beine eigentlich weh?«

»Ja. Ich hab ein paar Probleme damit gehabt. Und mit der Wirbelsäule. Die Ärzte meinen, dass sich die Sache vielleicht wieder auswächst.«

»Darauf würd ich nichts geben. Ärzte und Mütter sagen dir immer nur die guten Nachrichten, damit du nicht die Hoffnung verlierst und dich aufhängst oder was weiß ich. Ich an deiner Stelle würd mich mal drauf einstellen, den Rest meines Lebens als Krüppel zu verbringen. Wenn du älter wirst, bekommst du vielleicht 'nen Rollstuhl. Und 'nen Job – Briefmarken und Umschläge ablecken, so was in der Richtung. Mittlerweile gibt es ziemlich gute Rollstühle. Ein Junge mit Wasserkopf, den ich ab und zu sehe, hat so einen. Das wär doch was für dich. Er verkauft Bleistifte. Das ist keine besonders anstrengende Arbeit, und man verdient auch nicht sehr viel damit, aber immerhin ist es Arbeit, und außerdem braucht man keine Ausbildung dafür.«

»Ich versuch immer positiv zu denken.«

»Und wo hat dich das hingebracht? Dein Alter hat deine Mom mit einem Rasiermesser getötet und sich die Kehle aufgeschlitzt. Und wenn du in der Stadt und nicht mit den Pfadfindern unterwegs gewesen wärst, hätte er dich auch abgeschlachtet. Vielleicht hätte er sich vor seinem Tod sogar deine Beinschienen geschnappt und verkauft. Man kann nie wissen, was in so einem Irren vorgeht. Und eins noch, mach's dir hier bloß nicht zu bequem, du wirst wahrscheinlich nicht lange bleiben. Schätze, dass die Fürsorge dich holen wird. Da schläfst du dann wahrscheinlich in einem dieser großen Zimmer voller Feldbetten. Ich bereite dich nur darauf vor, wie's ist.«

Draighton brach in Tränen aus und humpelte klappernd den Flur hinunter zum Badezimmer.

Leroy grinste, atmete tief durch und warf sich aufs Bett.

Das Leben war herrlich.

Was Leroy wunderte: dass der Krüppel ihn offensichtlich mochte. Draighton folgte ihm überallhin, und Leroy konnte das ständige Klappern hinter sich hören, als hätte er eine defekte Maschine im Schlepptau. Das war ihm nicht geheuer. Lief er schneller, wurde Draighton ebenfalls schneller, und schaute er sich um, war Draighton vielleicht ein Stückchen zurückgeblieben, kämpfte sich jedoch mit entschlossenem Gesichtsausdruck und seitlich ausholenden Beinen vorwärts.

Wenn Leroy ihn in der Schule auf den Gang traf, versäumte Draighton nie, ihn zu grüßen; er rief dann jedes Mal seinen Namen und winkte ihm zu. Er schien wirklich begeistert daran, Leroy zum Bruder zu haben, und erzählte jedem davon, obwohl Leroy immer behauptete, Draighton sei ein obdachloses Kind, das sie bei sich aufgenommen hätten. Wenn man bedachte, dass Leroy von Anfang an einen schlechten Stand gehabt hatte, war ein kleinwüchsiger, verkrüppelter Bruder nicht gerade von Vorteil. Damit reihte er sich direkt hinter den Vollidioten und den Popelfressern ein, die sich während der Mittagspause draußen versammelten, um in unmittelbarer Sichtweite den Inhalt ihrer Nase zum Dessert zu verputzen; sie genossen es offenbar, ganz unten in der Hierarchie zu stehen, als wäre das eine Auszeichnung.

Seine Verbindung zu Draighton machte ihn zur Zielscheibe von Witzen, die, wie er fand, eigentlich für Draighton bestimmt waren. Aber nein, wie durch Osmose zog er alles auf sich. »Hey, Brillenschlange, du und deine Mom, ihr solltet deinen Bruder besser ölen.« Oder: »Hast du mal daran gedacht, ihn an einen Schrotthändler zu verkaufen?« Oder noch schlimmer: »Schneidest du dich eigentlich an den Beinschienen, wenn du ihm einen bläst?«

Es war nicht gerade prickelnd, und Leroy tat nur der Gerechtigkeit Genüge, wenn er einen Teil der Gemeinheiten an den Verursacher weitergab.

Etwa ein Monat ging ins Land. Die Beleidigungen schienen an Draighton abzuprallen. Er überstand sie wie ein Pilot, der mit seiner Maschine einen Orkan durchfliegt. Doch schließlich kam der Tag, an dem sich seine ganze Verletzlichkeit zeigte. Es war der Tag, an dem sie alle zu dem Haus fuhren, in dem Draightons Vater erst dessen Mutter und dann sich selbst umgebracht hatte.

Es war ein Vorschlag des Therapeuten, den Draighton regelmäßig aufsuchte. Er war der Meinung, dass inzwischen genug Zeit vergangen sei, um Draighton mit dem Ort zu konfrontieren, an dem alles passiert war. Eines Nachts hatte Leroy mitgekriegt, wie seine Mom und sein Dad sich am Fuß der Treppe unterhielten, während Draighton oben in seinem Bett friedlich schlummerte. Er hatte sich zum Treppenabsatz geschlichen und dort versteckt, um zu lauschen. Sie sprachen über Draightons Zustand, wie zerbrechlich er sei; und Leroys Vater brachte den einen oder anderen Einwand vor, obwohl Leroy sich nicht sicher war, wogegen.

»Dieser Typ hat noch nie einen Fuß vor seine verdammte Praxis gesetzt, außer vielleicht, um in der Uni rumzuhängen«, hörte Leroy seinen Vater sagen. »Was zum Teufel weiß der schon von den Gefühlen eines kleinen Jungen? Eigentlich sollte einem der gesunde Menschenverstand sagen, dass das keine gute Idee ist, nicht mal wenn man Geld dafür bekäme und der Schniedel von dem kleinen Kerl dadurch fünfzehn Zentimeter länger würde. Allerdings schätze ich, dass er dann Einlagen in seinen Schuhen tragen müsste.«

»Schatz«, sagte Leroys Mutter, »so solltest du nicht reden.«

»Ja, vielleicht, aber ich sag dir, das ist keine gute Idee.«

»Er ist der Arzt.«

»Sicher, ich meine bloß, wir sollten mal mit jemandem reden, der Medizin studiert hat und nicht so einen Schwachsinn.«

»Er hat ein Diplom. Und Urkunden.«

»Klar doch, das hat der Reifenmann bei Wal-Mart auch, und trotzdem hab ich meinen verdammten Reifen verloren. Schon vergessen?«

Als Draighton ein paar Tage später zu einem vertraulichen Gespräch in die Küche geholt wurde, kapierte Leroy endlich, worum es gegangen war. Leroy lehnte sich an die Wand neben der Türöffnung und lauschte. Sie wollten mit Draighton zu seiner alter Wohnung fahren, damit er sich dort umsehen und seinen Frieden mit dem Haus machen konnte, mit dem, was dort passiert war. Genau das hörte Leroy seine Mutter sagen: »Mach deinen Frieden mit dem Haus.« Doch es war ja nicht das Haus, überlegte Leroy, das der Mutter des kleinen Jungen die Kehle aufgeschlitzt hat, also was sollte das?

Jetzt war auch klar, dass Leroys Vater dagegen war, mit Draighton zu dem Haus zu fahren, in dem seine Eltern gestorben waren, und dass sie in jener Nacht den Vorschlag des Therapeuten diskutiert hatten, aber schließlich setzten sich seine Mutter und der Arzt durch. Leroy dachte: Therapeuten und Mütter können so dumm sein.

Es war ein feuchter und kalter Tag, und der Himmel hing voller dunkler Wolken. Der Therapeut, ein dünner Mann mit Brille und Hautproblemen, der Leroy eine Vorstellung davon vermittelte, wie er als Erwachsener vielleicht aussehen würde, saß mit ihnen im Auto, zwischen ihm und Draighton auf der Rückbank. Leroys Mutter hockte auf dem Beifahrersitz, und sein Vater, der die ganze Zeit vor sich hin brummte, fuhr. Leroy war froh, dabei zu sein. Angeblich zu Draightons Unterstützung, was er komisch fand. Denn irgendwie hoffte er, dass Draighton einen Anfall bekam, unter Tränen zusammenbrach oder einfach durchdrehte und in einer Zwangsjacke abgeführt werden musste, um den Rest seines Lebens in einer Gummizelle zu verbringen.

Das Haus war anders, als Leroy erwartet hatte. Es war einfach nur ein Haus. Es wirkte alles andere als unheimlich. Weder hingen Spinnweben vom Giebel, noch war der Garten mit Unkraut überwuchert. Jemand hatte dafür gesorgt, dass das Gras gemäht worden war, und das Haus selbst war in einem hellen Lila gestrichen, wie sonst keines hier. Das einzig Trostlose waren die Blumenbeete, die trotz der Jahreszeit völlig kahl waren, und die Wolken, die wie schwere Wattebäusche auf dem Dach des Hauses zu lasten schienen, getränkt von den darin begangenen Sünden.

Das Innere des Hauses war nicht weniger ernüchternd. Es war so gewöhnlich wie ein Stück Seife. Es gab weder Blutspuren noch umgeworfene Möbel, und auch keine Kreidestriche auf dem Boden. Nicht einmal ein gelbes Band mit der Aufschrift POLIZEI: BITTE ZURÜCKBLEIBEN hatte sie an der Haustür begrüßt.

Dieses Haus hatte so gar nichts Ungewöhnliches an sich.

Der Therapeut sagte: »Nun, du warst nicht hier, als es passiert ist, Draighton ...«

»Und das ist genau der Punkt«, sagte Leroys Vater. »Er war nicht da. Hier gibt es für ihn nichts zu verarbeiten. Das ist wirklich nicht nötig und ganz bestimmt nicht gut für ihn.«

»Ist schon in Ordnung«, warf Draighton ein. »Ich will es sehen.«

Der Therapeut schürzte die Lippen, als wollte er sagen: meine Rede.

»Nun, laut Angaben der Polizei«, sagte der Therapeut, »ereignete sich die Tat teilweise im hinteren Schlafzimmer.«

Draighton nickte, als wäre das nur natürlich.

Sie marschierten an der Couch vorbei, öffneten die Tür und betraten das Zimmer, wo sie endlich auf etwas stießen, das so merkwürdig war, dass sich die Fahrt gelohnt hatte. Die Wände waren schwarz gestrichen. Die Fenster mit einer dichten schwarzen Schicht bemalt. Und auf dem Boden unterm Fensterbrett lagen Dutzende schwarzer Filzstifte. Jemand hatte das Bett umgekippt und gegen die Wand gelehnt, und die Tür zum Wandschrank stand offen und gab den Blick frei auf eine Stange mit Kleidungsstücken. Der Teppich im Schlafzimmer verströmte einen üblen Geruch und war an einer Stelle derart stark verschmutzt, dass er so steif wie eine Drahtbürste war.

»Hier«, sagte der Therapeut, während er mit dem Finger auf den Teppich deutete, »wurde deine Mutter gefunden, Draighton.«

»Das ist einfach nur verdammt grausam«, sagte Leroys Vater. »Geh ruhig, wenn du willst, Draighton, das ist völlig in Ordnung.«

Draighton schüttelte den Kopf. »Nein, Sir. Ich möchte bleiben.«

»Ich weiß nicht, ob Jimmy das gewollt hätte«, sagte Leroys Vater.

»Sein Vater war ganz offensichtlich verwirrt«, erklärte der Therapeut. »Er hätte selbst nicht gewusst, was er gewollt hätte. Oder vielmehr: Er hatte nicht gerade die besten Absichten.«

»Sie wissen, was ich meine«, erwiderte der Vater, indem er sich aufrichtete und die Brust rausstreckte.

Der Therapeut wich zurück.

Leroys Vater seufzte, verschränkte die Arme und gab sich geschlagen. Seine Mutter ließ ihren Blick aufmerksam durchs Zimmer wandern, als lehnten in den Ecken noch weitere Mörder und Opfer.

»Ich denke, wir warten draußen«, sagte Leroys Vater und verließ mit seiner Frau das Haus. Sie waren so verärgert, dass sie Leroy einfach stehen ließen. Er amüsierte sich prächtig.

Wow, dachte Leroy. Ein Mord. Den ganzen Hals aufgeschlitzt. Wow.

»Das Zimmer war noch nicht schwarz, als ich ins Lager gefahren bin«, sagte Draighton.

»Er muss etwa einen Tag vor den Morden damit fertig geworden sein«, sagte der Therapeut. »Niemand weiß, warum er das Zimmer und die Fenster schwarz angemalt hat. Gut möglich, dass er das erst nach dem Mord getan hat. Man weiß es nicht.«

»Hat mein Daddy sich hier umgebracht?«, fragte Draighton.

Der Therapeut schüttelte den Kopf.

»Nein. Als er hier fertig war, ist er dort raus.«

Leroy und Draighton folgten dem Therapeuten ins Wohnzimmer und weiter den kurzen Flur hinunter, der durch die Küche zur abgeschlossenen Garagentür führte. Sie stiegen die kurze Treppe in die Garage hinunter. Als der Therapeut nach dem Licht fragte, drückte Draighton auf den Schalter. Der Wagen stand immer noch da, wie eine riesige Bombe, die auf ihren Einsatz lauerte. Hier herrschte ein fürchterlicher Gestank.

»Da ist er gestorben«, sagte der Therapeut und deutete auf eine Tür in der Garage, hinter der ein Abstellraum lag.

»Er ist dort reingegangen, hat sich auf einen Hocker gesetzt und sich die Kehle aufgeschlitzt.«

Wow, dachte Leroy, dieser Therapeut ist echt klasse. Wenn Draighton nicht sowieso schon total im Arsch ist, dauert es bestimmt nicht mehr lange.

Draighton stakste im Stechschritt hinüber. Rasch öffnete er die Tür der kleinen Kammer, als könnte er irgendwie in der

Zeit zurückreisen und seinen Vater vor seinem letzten Moment bewahren. Leroy beugte sich über Draightons Schulter und warf durch die offene Tür einen Blick ins Innere.

Der Hocker war noch da, und es roch nach Blut. Als Draighton die kleine Lampe in der Kammer anknipste, huschten mehrere Kakerlaken mit leisem Knistern davon. Für einen Moment kam es Leroy so vor, als würden sie in eine der Ecken strömen, die trotz des Lichts nach wie vor im Dunkeln lag, sich dort zu einem großen, ausladenden Gebilde erheben, wieder auseinanderfallen und davonkrabbeln, in ... Nun, er hatte keine Ahnung, wohin sie verschwanden. Es war blitzschnell gegangen. Boden und Wände schienen fest miteinander verbunden, ohne jede Rückzugsmöglichkeit, selbst für eine Kakerlake. Trotzdem waren sie fort, und auch die Ecke lag auf einmal nicht mehr im Schatten. Leroy fröstelte, als wäre ihm gerade das Wasser eines Eisbergs den Rücken hinuntergelaufen und als schrumpften seine Eier zu kleinen Tabakbeuteln zusammen.

Leroy schaute sich zu dem Therapeuten um, der im hinteren Teil der Garage eine rauchte. Er hatte den Eindruck, dass der Mann seinen Spaß hatte und vielleicht hoffte, dass Draighton einen Krampfanfall erlitt oder – das andere Extrem – völlig ausrastete.

Doch nichts davon passierte.

Draighton verharrte einen Moment dort im Schatten, dann trat er in die Kammer und schritt darin umher, von einer Ecke in die andere, ganz langsam. Schließlich setzte er sich auf den Hocker, hob den Kopf und spähte nach oben.

Leroy blickte ebenfalls hinauf. Dort oben hing nichts weiter als eine mit Fliegen verklebte 40-Watt-Birne. Dennoch starrte Draighton eindringlich hinauf, bevor er den Kopf wieder herunternahm und erst in die eine, dann in die andere Richtung nickte.

»Ist er auf diesem Hocker hier gestorben?«, sagte Draighton so laut, dass es auch der rauchende Therapeut hörte.

Der Arzt kam zur Tür und sagte: »Ja. Also, er lag neben dem Hocker, als sie ihn entdeckten. Und hatte die Hand zur Wand ausgestreckt.«

»Wo ist das Rasiermesser jetzt? Bei der Polizei?«

»Tja, Draighton, das war etwas rätselhaft. Es wurde nicht gefunden. Aufgrund der Schnittverletzungen nimmt man an, dass die Tatwaffe eine Rasierklinge war. Es hätte allerdings auch ein Messer sein können. Jedenfalls war nichts da.«

»Warum glauben sie dann, dass er es selber getan hat?«

»Weil er einen Zettel mit einer Nachricht hinterlassen hat.«

»Oh.«

»Darauf stand: ›Ich musste es tun.‹ Das war alles.«

Der Therapeut musterte Draighton eingehend. Leroy vermutete, weil er immer noch darauf wartete, dass Draighton ausrastete. Doch wenn das tatsächlich seine Absicht gewesen war, wurde er enttäuscht.

»Aber wo soll das Rasiermesser jetzt sein?«

»Ja, es sieht eher nach Mord aus. Ohne die Tatwaffe. Doch aufgrund der Nachricht und des Blutes an der Wand vermutet die Polizei, dass dein Vater sich die Kehle aufgeschlitzt und ... das Messer versteckt hat.«

»Und wo?«

»Ich weiß, es ist rätselhaft. Doch das heißt nicht, dass etwas anderes dahinterstecken muss als Mord und Selbstmord.«

»Er hat sich die Kehle aufgeschlitzt und dann das Messer weggeräumt?«, fragte Draighton. »Ist das nicht ganz schön schwierig?«

»Sicher, aber davon geht die Polizei aus. Im Haus war eine Katze ...«

»... Snowball«, sagte Draighton.

»Ja. Deine Katze. Sie glauben, dass sie das Rasiermesser vielleicht ins Maul genommen hat und damit verschwunden ist. Das Blut könnte sie angelockt haben.«

»Snowball hat mit ihren Zähnen ein offenes Rasiermesser weggetragen?«

Leroy fand, dass Draighton ein paar ziemlich gute Fragen stellte. Mann, das hier war echt klasse.

»Keine Ahnung, Draighton«, sagte der Therapeut, »ich erzähl dir nur, was die Polizei denkt.«

»Diese Leute sind dumm«, sagte Draighton.

»Die Polizei wird schon wissen, was sie tut.«

»Dumm sind sie. Selbst ich weiß, dass eine Katze so was nicht tun würde, und ich bin ein kleiner Junge. Wo ist Snowball jetzt?«

»Tja, die Ermittlungen haben ergeben, dass die Katze während der Tat im Haus war. Allerdings stand das Küchenfenster über der Spüle offen, und man nimmt an, dass sie durchs Fenster hinausgeklettert ist ... Sie ... also, sie wurde überfahren.«

»Ist sie tot?«

»Ich fürchte, ja.«

Jetzt wurde Draighton doch noch von seinen Gefühlen überwältigt: Er sackte auf dem Hocker zusammen, ließ den Kopf hängen und fing an zu weinen.

Wahnsinn, dachte Leroy. Sogar die Katze ist tot.

Nach ein paar Tagen musste Leroy feststellen, dass er sich in der Gegenwart des steifbeinigen Eindringlings immer wohler fühlte. Vielleicht weil Draighton ihn wirklich ein wenig beeindruckt hatte. Es hatte ihm gefallen, wie er mit dem Therapeuten über die Fehler der Polizei gesprochen hatte, und er spürte, dass Draighton sich, trotz des kurzen Zusammenbruchs auf dem Hocker, auf dem sein Vater gestorben war, einigermaßen erholt hatte. Leroy fand es jetzt sogar in Ordnung, beim Mittagessen in der Schule neben ihm zu sitzen.

Doch noch etwas anderes spielte eine Rolle. Eines Nachmittags hatte er William Townson bei den Hausaufgaben geholfen, oder eigentlich hatte man ihn dazu gezwungen, und William mochte ihn irgendwie. Sicher, er nannte Leroy Brillenschlange und taube Nuss, doch von William klangen diese Beleidigungen mehr wie Sympathiebekundungen, wie diese Art von Spitznamen, die man einem hässlichen Haustier gibt, das, obwohl man es liebt, ab und zu was hinter die Ohren bekommt. Ein Hund, dem ein Auge fehlt, ein Ohr oder ein Bein, vielleicht auch der Schwanz, oder gleich alles zusammen.

Sie sahen sich jetzt öfter, und bald schon bemerkte Leroy, dass er jetzt mit den cooleren Jungs der Schule herumhing und dass William sich für ihn stark machte. Er sagte dann Sachen wie: »Schön, vielleicht ist er ein dummer Scheißkerl, aber der dumme Scheißkerl gehört zu mir. Und wenn ihr ihn auch nur einmal anrührt, kriegt ihr's mit mir zu tun.«

Es war in Ordnung, dass William so was sagte, denn das brachte Leroy in die Gesellschaft einiger angesagter Jungs, und das färbte wiederum auf ihn ab. Was klasse war. Plötzlich kam er tatsächlich in Kontakt mit Mädchen.

Natürlich interessierten sie sich nicht für ihn. Aber so nahe war er bislang nie an ihnen dran gewesen; außer wenn er im Klassenzimmer hinter einem attraktiven, süßen Mädchen saß, ihnen auf dem Flur begegnete oder auf der Heimfahrt im Bus eines neben ihm hockte. Sie nahmen ihn zwar überhaupt nicht wahr, doch wenn sie aufkreuzten und sich mit William unterhielten, der gefühlvoll und zärtlich mit ihnen umging, erkannte Leroy, dass er durch Williams Bekanntschaft wie eine Art Haustier an den Ärschen der weiblichen Population schnuppern und davon träumen konnte, eines Tages ihre Schenkel zu besteigen. Näher konnte man als Hund der Beute vermutlich nicht kommen.

Es war nur ein Traum, und es war nicht viel und würde nicht passieren, doch es war alles, was er hatte.

Und dann gab es noch Draighton.

Und das war ein Problem.

Gut, eine Weile lang war es okay gewesen, Draighton um sich rumzuhaben, denn so hatte er in der Schule selber eine Art Haustier, auf das er herabblicken, das er demütigen konnte und mit dem er trotzdem irgendwie verbunden war. Aber als William sich plötzlich mit ihm anfreundete, wurde sein steifbeiniger Möchtegernbruder zum Klotz am Bein.

Einmal, als er draußen auf dem Parkplatz mit William Zigaretten rauchte – nicht weil sie ihm schmeckten, sondern weil William cool damit wirkte und er deswegen glaubte, dass das vielleicht auch auf ihn zutraf –, fragte William: »Wer ist dieser kleine Vollidiot, mit dem ich dich ab und zu sehe? Der Krüppel?«

»Er wohnt bei uns.«

»Der Typ ist echt uncool, Brillenschlange. Wer mit mir rumhängt, hängt nur mit den coolen Typen ab. Einen zweiten Pickel am Arsch kann ich nicht gebrauchen. Keine Ahnung, warum ich überhaupt diesen einen habe. Verstehst du, was ich meine?«

»Klar, William.«

»Hast du meine Hausaufgaben dabei?«

»Sicher.«

»Hast du ein paar Aufgaben ausgelassen? Sonst kommen sie dahinter, dass ich sie bescheiße.«

»Ich habe unterschiedliches Papier benutzt«, sagte Leroy, er stocherte in seinem Packen herum und zog die Blätter heraus. »Ich glaub, ich hab's sogar geschafft, deine Handschrift nachzuahmen.«

William nahm die Aufgaben und warf einen Blick darauf. »Du dämliche, kleine Brillenschlange. Wo ist die Mappe dafür?«

»Oh. Hier.«

Leroy holte die Mappe hervor, und William heftete die Blätter hinein. »Schaut gut aus«, sagte er.

»Danke«, sagte Leroy. »Ich hab mein Bestes gegeben.«

»Ich weiß«, sagte William.

Von da an hielt Leroy einen noch größeren Abstand zu seinem lästigen Begleiter. Er weigerte sich, während des Mittagessens in der Schule neben Draighton zu sitzen, und hockte stattdessen bei William und seinen Freunden. Sie beschimpften ihn zwar und machten sich über ihn lustig, rempelten ihn an und stellten ihm ab und zu ein Bein, aber sie ließen Draighton nicht bei sich sitzen, was Leroy wieder ein Stück weiter voranbrachte. Zumindest was Draighton betraf.

Ja, einmal heimste er sogar ein paar zusätzliche Pluspunkte ein, als Draighton beim Mittagessen mit seinem Tablett im Stechschritt herübermarschierte, die Züge leicht verkrampft und doch voller Zuversicht, weil er womöglich glaubte, dass Leroy ihn diesmal bei sich sitzen ließ. Aber als er um den langen Tisch auf ihn zusteuerte, stellte Leroy ihm ein Bein, und sein Tablett segelte mitsamt dem Essen und dem Besteck durch die Luft.

Verzweifelt versuchte Draighton wieder auf die Beine zu kommen. Ohne fremde Hilfe und unter dem Spott und Gelächter der anderen rappelte er sich schließlich auf, sammelte Teller und Besteck ein, beförderte sie aufs Tablett und zog davon, zur Mitte der Cafeteria.

William und Leroy streckten beide ihre Faust aus und stießen die Knöchel aneinander.

Er gehörte jetzt dazu.

In jener Nacht hockte Draighton in einer Ecke ihres Zimmers, mit dem Rücken zur Wand, die geschienten Beine vor sich ausgestreckt. Als Leroy aus der Dusche ins Zimmer zurückkehrte und ihn dort sitzen sah, glaubte er, Draighton wäre gestürzt und käme nicht mehr hoch. Trotzdem bot er ihm keine Hilfe an.

Da blickte Draighton zu ihm auf. »Warum, Leroy? Warum hast du das getan?«

»Was?«

»Du weißt, was ich meine.«

»Ja. Ich weiß. Weil ich die Möglichkeit dazu hatte.«

Die folgenden Monate stellte Leroy eine Veränderung an Draighton fest. Er versuchte eindeutig nicht länger sein Freund zu sein. Wenn Leroy im Zimmer war, blickte Draighton finster drein, außerdem hatte er sich angewöhnt, an der gegenüberliegenden Wand auf einer Matratze zu schlafen. Leroy war das nur recht. So hatte er das Bett für sich und musste sich in der Schule nicht mehr mit ihm abgeben. Es war, als wäre Draighton nicht ganz da. Als hätte Leroy es mit einem Geist zu tun, mit einem Gespenst, das im Haus und auf den Schulfluren herumstakste.

Als Draighton sich fast in Luft aufgelöst zu haben schien, machte Leroy ein paar merkwürdige Beobachtungen. Einmal wachte er nachts auf und entdeckte, dass Draighton nicht auf seiner Matratze lag. Das war keine große Sache, da Leroy annahm, er wäre ins Bad gegangen. Aber die Nacht darauf war es dasselbe; und durch das zum Lüften gekippte Fenster hörte er es klappern. Als er aufstand, um nachzusehen, konnte er im trüben Mondlicht eine Gestalt erkennen; es war Draighton, der trotz seiner Beinschienen relativ zügig den Gehweg entlangschritt. Leroy starrte ihm nach, bis er in der Dunkelheit verschwand.

Vielleicht wird er überfahren, dachte er. Oder entführt. Vielleicht gibt es dort draußen jemand, der es auf Krüppel abgesehen hat. In dem Fall wäre Draighton leichte Beute, so jemand könnte ihn schnell zur Strecke bringen und töten. Ihn vielleicht sexuell missbrauchen. Allerdings konnte sich Leroy nur schwer vorstellen, warum irgendjemand irgendeine Form von Sex mit Draighton haben wollte. Ein Roboter vielleicht. Jemand aus Metall. So jemand fühlte sich vielleicht von ihm angezogen. Ansonsten kam nur noch Mord infrage. Genau, vielleicht brachte ihn jemand um. Jemand, der Krüppel hasste.

Das wäre doch was, oder?

Man durfte die Hoffnung nicht aufgeben.

Leroy ging wieder ins Bett.

Eines Nachts – es war schon spät – saß Draighton bei eingeschaltetem Licht in seiner Ecke des Zimmers auf einem Hocker, dem Hocker seines Vaters, und zwischen den ausgestreckten, von Metall umschnürten Beinen, hatte er seine kleine Tasche stehen. Sie war offen, und er kramte darin herum. Leroy lag mit ein paar Kissen im Nacken auf seinem Bett und verfolgte nicht ohne eine gewisse Verwunderung Draightons Treiben. Es kam ihm vor, als wäre es erst gestern gewesen, dass er das Zimmer für sich gehabt hatte, und es war ihm so groß erschienen; nun musste er es teilen, und auf einmal wirkte es so klein.

»Was machst du da?«, fragte Leroy.

»Ich suche was«, sagte Draighton, ohne aufzublicken.

»So groß ist die Tasche doch nicht. Eigentlich müsstest du doch alles sofort finden.«

»Ich hab's.«

Leroy schaute zu, wie Draighton eine lange Holzschachtel herauszog.

»Was ist das?«

»Ist von meinem Vater.«

»Und, was ist es?«

»Ein Rasiermesser.«

»Wie das, mit dem er erst deine Mom und dann sich selbst getötet hat?«

»Genau das ist es.«

»Nicht möglich.«

»Und ob«, sagte Draighton, während er die Schachtel auf seinem Knie balancierte.

»Das kann nicht sein, Hinkebein. Man hat es nie gefunden.«

»Aber ich.«

»Du bist noch mal im Haus gewesen?« Natürlich wusste Leroy, dass er dort gewesen war. Woher hätte er sonst den Hocker gehabt? Trotzdem war es eine beunruhigende Vorstellung.

»Ja«, bestätigte Draighton. »Ich war noch mal im Haus.«

»Da hast du dich also nachts rumgetrieben?«

Draighton nickte, öffnete die Schachtel, griff hinein und nahm das Rasiermesser heraus; und selbst von seinem Bett aus konnte Leroy erkennen, dass getrocknetes Blut daran klebte.

»Ach du Scheiße«, sagte Leroy.

»Er hat sich die Kehle aufgeschlitzt, die Klinge wieder in die Schachtel gelegt und hinter der Wand der Abstellkammer versteckt.«

»Aber wir haben dort nachgesehen. Die Polizei hat dort nachgesehen. Dort war kein Platz, das Ding zu verstecken. Außerdem hätte er gar nicht die Kraft dafür gehabt.«

»Er hat sich die Kehle aufgeschlitzt und die Wandverkleidung entfernt; dahinter war eine kleine Vertiefung. Dann hat er das Messer in die Schachtel gelegt und sie dort reingeschoben, anschließend hat er sich wieder auf den Hocker gesetzt und ist gestorben.«

»Das kannst du unmöglich wissen.«

»Ich weiß es aber.«

»Mit durchgeschnittener Kehle konnte er nicht mehr laufen. Und das weißt du auch.«

»Trotzdem hat er's getan. Wusstest du, dass es elf Dimensionen gibt?«

»Wovon redest du?«

»Es gibt elf Dimensionen; sie berühren sich, und manchmal stoßen sie auch zusammen. Sie können mit großer Wucht aufeinanderprallen, und vielleicht war das vor langer Zeit der Auslöser für den Urknall, der Zusammenprall von Materie unterschiedlicher Dimensionen. Diese Dimensionen existieren parallel zu unserer, und wir können sie weder berühren noch sehen, außer wenn hin und wieder was davon zu uns durchdringt.«

»Sag mal, schluckst du irgendwelche Medikamente? Gibt's irgendwelche Medikamente für Krüppel? Ich weiß, dass du mit Mom und Dad öfter beim Arzt bist. Verschreibt der dir irgendwas?«

»In einer dieser Dimensionen lebte der Herr über alle scharfen Dinge. Man kann ihn beschwören. Ihn herbitten. Er kann zu uns durchkommen. Seine Welt ist die Welt der Klingen, und er ist der Herr der Klinge. Der König der Schatten.«

»Was laberst du da? Woher hast du diesen Schwachsinn?«

»Das ist die Wahrheit. Wenn du dich mit dem richtigen Gegenstand schneidest, kann das dein Bewusstsein erweitern, dir Zutritt zu diesen Welten verschaffen. Zu den elf

Dimensionen. Dann werden sie alle eins. Manchmal, wenn sie sich so berühren, vervielfachen sie sich, bis hin zur Singularität der Existenz, und darüber hinaus. Kannst du dir das vorstellen?«

»Nein. Ich hab keine Ahnung, was das ist, Singularität.«

»Ich hab gesehen, über was für eine Entfernung sich das erstreckt. Eine riesige Entfernung. Das hört nie auf und kann einen verrückt machen. Es ist unglaublich. Glaub mir, das befreit deinen Geist.«

»Höchstens, wenn man mir den Schädel spaltet«, meinte Leroy.

Draighton schüttelte den Kopf. »Nein, ein einfacher Schnitt mit dem richtigen Gegenstand genügt.« Draighton streckte die linke Hand aus. Und Leroy konnte erkennen, dass er eine große rote Kerbe am Daumen hatte. Eine Schnittwunde.

Allmählich wurde Leroy nervös, denn Draighton, der mit dem Rasiermesser in der Hand und der Schachtel auf den Knien dort im Schatten hockte, klang irgendwie nicht wie Draighton. Redete nicht wie Draighton – oder wie sonst jemand, den er kannte. Und er sprach von Dingen, von denen noch niemand was gehört hatte.

»Das Ganze läuft so«, sagte Draighton. »Die Klinge ist aus einem ganz bestimmten Metall, das entstanden ist, als die Dimensionen vor langer Zeit mit ungeheurer Wucht zusammenstießen und alles zum Leben erweckten. Als beim großen Knall sämtliche Formen von Materie aufeinanderprallten, war darunter auch die Materie jener Ebenen, die wir nicht sehen können, mit ihren physikalischen Gesetzen, die wir nicht verstehen. Mein Vater hat das Rasiermesser in einem Antiquitätenladen gekauft. Er fand es irgendwie seltsam. Bevor ich ins Pfadfinderlager gefahren bin, hat er sich aus Versehen damit geschnitten. Ich kann mich noch genau erinnern. Er hat sich geschnitten und mir erzählt, was ich dir gerade erzähle. Ich fand das merkwürdig. Mom auch. Aber jetzt verstehe ich es. Und finde es gar nicht mehr merkwürdig. Weißt du, man kann sich mit allen möglichen Gegenständen schneiden, wenn man sich nur mit den richtigen Worten Zugang verschafft; diese Gegenstände, wie die Rasierklinge hier, können dein Bewusstsein erweitern, und dann stürzt du in die Ewigkeit, immer tiefer, immer weiter.«

»Du machst mich echt fertig«, sagte Leroy.

»Ach ja?«

»Ja.«

»Du hast mich in der Schule ganz schön fertiggemacht. Ich hab mich geschämt wegen deiner Aktionen neulich. Und mich noch kleiner gefühlt als sonst. Und so unbedeutend. Aber jetzt geht's mir besser. Der richtige Schnitt kann dein Bewusstsein erweitern.«

Mit einer ruckartigen Bewegung des Handgelenks ließ Draighton das Rasiermesser aufspringen.

»Also«, sagte Leroy, während er im Bett herumrutschte. »Das wollte ich nicht. Dass du dich unbedeutend fühlst, mein ich.«

»Ich glaub schon, dass du das wolltest.«

»Ja, schon möglich. Aber ich bin zu weit gegangen. Ich geb's zu.«

»Ach ja?«

»Ganz bestimmt.«

Leroy beobachtete, wie die Schatten, die die Wolken durchs Fenster auf Draighton geworfen hatten, von ihm fortwanderten, und dann war er nur noch ein Junge mit einer dicken Brille und mit Metallklammern an den Beinen, der ein geöffnetes, großes, glänzendes Rasiermesser in der Hand hielt.

»Du solltest das Messer vielleicht säubern«, sagte Leroy. »Mach's sauber und pack's weg.«

»Meinst du?«

»Ja.«

»Bist du nervös, Leroy?«

»Mir geht's gut. Ich will nur nicht, dass du dich damit verletzt. Das Ding ist ganz schön groß. Ich kann mir nicht vorstellen, wie man sich damit rasieren soll.«

»Ich glaub nicht, dass es dafür gedacht ist«, erwiderte Draighton, und dann wich eine Art Schleier von seinen Augen, und jetzt waren es wieder Draightons Augen, seine kleinen Schweinsäuglein, die verzweifelt hinter den Brillengläsern hervorlugten.

Draighton musterte Leroy einen Moment lang, dann blickte er nach unten, um das Rasiermesser in seiner Hand zu betrachten, und klappte es vorsichtig zusammen, legte es in die Schachtel und verstaute sie in seiner Tasche. Er blieb weiter auf dem Hocker sitzen und starrte vor sich hin.

»Du hockst da drüben wie eine Eule«, meinte Leroy. »Du solltest ins Bett gehen.«

»Schätze, du hast recht.«

»Das soll aber nicht heißen, dass du hier oben in meinem Bett schläfst. Los, leg deine Matratze auf den Boden.«

»Okay.«

Leroy langte hinüber und machte die Lampe aus, die das Zimmer ohnehin nur schwach beleuchtet hatte, zog die Decke bis unters Kinn und drehte den Kopf auf seinem Kissen in Draightons Richtung. Dann schloss er die Augen, um sie kurz drauf erneut ein wenig zu öffnen und hinüberzuspähen. Draighton hatte keine Anstalten getroffen, ins Bett zu gehen. Er hatte sich überhaupt nicht bewegt. Er saß einfach nur da, auf dem Hocker seines Vaters, mit der Tasche auf den Knien, und starrte in die Luft, als gäbe es dort irgendwas zu sehen.

Leroy gefiel das gar nicht, und er beschloss, ihn im Auge zu behalten, um sicherzugehen, dass alles in Ordnung war. Aber er schlief trotzdem ein. Doch einmal, während der Nacht, als er im Halbschlaf die Decke hochzog, weil ihm kalt war, sah er in der Dunkelheit etwas, was ihn beunruhigte. Ein dünner Strahl des Mondes fiel durchs Fenster und erleuchtete einen gedrungenen Schatten, der auf dem Hocker in der Ecke saß.

Leroy konnte deutlich eine Gestalt erkennen. Draighton. Wer sonst? Doch er wirkte jetzt kräftiger und trug einen großen Zylinder. Dann verschwand der Mond erneut hinter Wolken, und es war nur noch Draightons zusammengekauerte Gestalt auf dem Hocker zu sehen.

Leroy versuchte aufzuwachen. Vergeblich. Er sank erneut in die Dunkelheit zurück, in dem Bewusstsein, dass das, was er gesehen hatte, ein böser, seltsamer Traum gewesen sein musste, etwas, das er ignorieren konnte.

Kurz vor dem Morgengrauen wachte er ein zweites Mal auf, und auf dem Hocker, mit einem Notizbuch in der Hand, saß Draighton und schrieb wie ein Verrückter. Leroy war überzeugt, dass er die ganze Nacht auf gewesen war. Er dachte kurz darüber nach, dann fiel ihm ein, dass Samstag war und sie heute keine Schule hatten, also schloss er die Augen wieder und driftete erneut weg.

Als Leroy an diesem Samstag zum Frühstück nach unten ging, war Draighton nirgends zu entdecken.

»Wo ist Draighton?«, fragte Leroy.

Seine Mutter, die damit beschäftigt war, ihm das Frühstück zu bringen, sagte: »Er ist früh runtergekommen. Er hatte keinen Hunger. Er hat gemeint, er geht in den Park.«

»In den Park?«

»Das hat er zumindest gesagt.«

Leroy saß auf seinem Stuhl und schaute zu, wie sich der Teller vor ihm mit Eiern und Speck füllte. Er dachte über das nach, was er, wie er glaubte, gestern Nacht beobachtet hatte, über den bösen Traum. Jetzt, bei Tageslicht betrachtet, war er sich nicht mehr so sicher, was er überhaupt gesehen hatte, ob das Traum oder Wirklichkeit gewesen war.

Nein. Das konnte unmöglich wirklich gewesen sein. Das ergab keinen Sinn.

»Dein Dad und ich, wir besuchen nachher die Tante deines Vaters«, sagte Leroys Mutter, als er mit dem Frühstück fertig war und ein Glas Milch hinunterkippte. »Sie ist ziemlich krank. Wir werden erst spät wieder nach Hause kommen, vielleicht wird's auch sehr spät. Du kannst doch inzwischen auf Draighton aufpassen, oder? Schließ das Haus ab, bevor es dunkel wird. Und treibt euch dann nicht mehr draußen herum. Ich geb dir etwas Geld für Hamburger und fürs Kino. Aber ihr müsst vor Einbruch der Dunkelheit wieder zu Hause sein.«

»Geht klar«, sagte Leroy.

»Ich schätze, dass wir innerhalb der nächsten Stunde aufbrechen. Dein Vater ist zur Tankstelle runtergefahren, um aufzutanken. Wenn er wieder zurück ist, geht's los.« Sie musterte ihn. »Ist das wirklich okay für dich? Sonst suchen wir nach Draighton und fahren einfach zusammen. Die ganze Familie. Aber ich bin mir nicht sicher, ob ihr Jungs den ganzen Tag im Krankenhaus rumhocken wollt.«

»Ist schon okay, wenn wir hierbleiben«, sagte Leroy. »Ich werd Draighton nachher suchen. Und dafür sorgen, dass er vor dem Dunkelwerden wieder zu Hause ist.«

Als seine Eltern weg waren, ging Leroy zurück aufs Zimmer und schaute sich um. Den Hocker inspizierte er genau. Ja! Das war der Stuhl, der in Draightons Haus gestanden hatte, hinten im Abstellraum der Garage. Er nahm ihn hoch, um zu sehen, ob Blut daran klebte, und meinte tatsächlich, ein paar Flecken zu erkennen. Dabei fiel etwas aus dem Hocker.

Ein Notizbuch. Es hatte in einer Art Schlitz unter dem Hocker gesteckt, der für Zeitschriften oder Ähnliches diente. Auf den ersten Blick war er nicht zu entdecken, erst wenn man den Hocker hochhob.

Leroy setzte ihn wieder ab und klappte das Notizbuch auf. Es war mit wirrem Gekritzel, Zeichnungen und Notizen gefüllt, und einige Seiten waren voller dunkler Spritzer. Blut?

Als Leroy das Buch durchblätterte, stieß er auf eine grobe Zeichnung, die ihm den Atem verschlug. Es handelte sich um die pechschwarze Skizze einer Figur mit einem Zylinder auf dem Kopf. Ihre Knöchel waren sehr schmal, und die Füße steckten eindeutig in den offenen Mündern zweier abgeschlagener Schädel, die sie wie Hausschuhe trug. Das Schwarz des Mannes war nicht das Schwarz eines Farbigen, sondern das bodenlose, klare Schwarz, das sich zwischen den Sternen erstreckte. Jemand hatte die Schattierung mit einem Bleistift immer wieder nachgezogen, trotzdem wirkte sie fast unwirklich. Die Zähne im offenen Mund des Mannes – wenn Mann der richtige Ausdruck war – erinnerten an Nadeln, die mit einer Art Filzstift silbern ausgemalt worden waren. Es war zwar nur ein grobe Zeichnung, doch irgendwas daran behagte Leroy nicht. Das lag vor allem an dem Gegenstand, den die Gestalt in der Hand hielt. Ein Rasiermesser. Ein großes, aufgeklapptes Rasiermesser.

Als Leroy weiterblätterte, stieß er auf Zeichnungen von alten, zweischneidigen Rasierklingen, Bilder von Messern und auf eines von einem offensichtlich römischen Soldaten, der Jesus am Kreuz einen Speer in die Seite bohrte; der Jesus wirkte fast wie ein Strichmännchen. Leroy musste das Notizbuch umdrehen, um das zu erkennen, denn Jesus' Kopf und der des Römers befanden sich unten auf der Seite. Waren sie absichtlich verkehrt herum gezeichnet worden, oder hatte Draighton die Seite nur falsch herum gehalten, als er damit angefangen hatte? Und überhaupt, stammte die Zeichnung denn von Draighton? Vielleicht hatte Jimmy das alles gezeichnet, Draightons Vater. Das lag zumindest nahe.

Leroy blätterte weiter und bemerkte, dass etliche der Notizen auf Englisch verfasst waren, doch meistens handelte es sich einfach nur um Symbole. Als er versuchte, das Gekritzel zu entziffern, fing sein Kopf an sich zu drehen, und die Symbole schienen sich auf den Seiten zu bewegen.

Leroy fröstelte, und für einen Moment hatte er das Gefühl, zur Seite zu kippen. Doch als er die Hand ausstreckte, merkte er, dass er gar nicht fiel, sondern immer noch aufrecht stand.

Als er zu seinem Bett wankte, entdeckte er etwas, das ihm bereits früher hätte auffallen müssen, doch er war so beschäftigt gewesen – zunächst mit dem Hocker, dann mit dem Notizbuch –, dass er es nicht bemerkt hatte. Dort lagen, nur halb verhüllt von Draightons Bettdecke, seine Beinschienen. Und Draighton steckte nicht drin.

Als Erstes nahm Leroy sich den Park vor, doch von Draighton keine Spur. Dann marschierte er in die Innenstadt, und mit dem Geld, das ihm seine Mutter für sie beide gegeben hatte, betrat er einen Laden mit Imbiss und stellte sich an den Tresen, wo das Essen serviert wurde. Er orderte einen Hamburger mit Pommes frites und eine große frisch gezapfte Cherry Coke, dann ging er nach nebenan ins Kino, sah sich einen Horrorfilm an und lief nach Hause.

Draighton war immer noch nicht da.

Also las Leroy ein paar Comics. Und als es im Zimmer dunkel wurde, stand er auf und warf einen Blick nach draußen. Bald war es Nacht. Und seine Eltern kamen wahrscheinlich erst spät zurück. Was sollte er tun? Er konnte fernsehen, doch er verspürte kein allzu großes Verlangen danach, außerdem hatte er keine Lust, alleine unten im Wohnzimmer zu hocken.

Stattdessen nahm er erneut das Notizbuch und blätterte darin herum; dabei beschlich ihn das unangenehme Gefühl, dass die Figur, der schwarze Mann mit der Klinge, von einer Hälfte der Seite auf die andere gewandert war, und dass sie sich von der Mitte des Buches nach vorne bewegte, denn die Seite, auf der sie sich jetzt befand, zeigte nur einen Teil von ihr; einer der beiden Füße, die in den Schädeln steckten, ragte auf die nächste Seite des Buches.

Das Licht im Fenster schwand langsam, und es wurde immer dunkler, bis Leroy von völliger Dunkelheit umgeben war. Er klappte das Notizbuch zu. Und riss die Hand an den Mund. Er hatte sich am Papier geschnitten. Er hasste das. Er schleuderte das Buch zur Seite. Wie die Flügel einer Fledermaus tanzten die Schatten durchs Zimmer, und Leroy wurde bewusst, dass er nicht länger hierbleiben wollte.

Er schnappte sich seinen Mantel und lief los. Er ging erneut in die Stadt und schaute bei der Drogerie vorbei. Doch sie hatte zu. Also pilgerte er abermals zu dem Laden mit dem Imbiss und bestellte noch einen Hamburger und eine Coke. Dann lief er weiter, obwohl er glaubte, dass er jetzt besser den Heimweg antreten sollte. Doch dort lag das Notizbuch, und der Gedanke daran behagte ihm nicht. Er beschloss, das verdammte Ding zu verbrennen, wenn er irgendwann nach Hause zurückkehrte.

Im Gehen saugte er an der Schnittwunde, und bevor er es richtig mitbekam, landete er vor Draightons altem Haus.

Bei Nacht wirkte es anders. Abweisender als tagsüber. Leroy schlich den Weg bis zur Tür hinauf, ohne jedoch die

Klinke zu drücken. Wahrscheinlich abgeschlossen. Und selbst wenn nicht, fühlte er sich nicht wohl bei dem Gedanken, einfach reinzuspazieren. Er ging um das Haus herum, bis dorthin, wo das schwarz gestrichene Schlafzimmer lag. Mit den Händen schirmte er seine Augen ab, presste das Gesicht gegen das Fenster und spähte durch ein Loch in der schwarzen Farbe nach drinnen.

Da es bereits dunkel und der Raum schwarz gestrichen war, gab es nicht viel zu sehen, und Leroy wollte schon vom Fenster zurückweichen, als sich etwas bewegte.

Draighton.

Leroy hatte zwar nur einen flüchtigen Blick auf ihn erhascht, aber es war eindeutig Draighton; und er bewegte sich anders als sonst, schneller. Leroy staunte nicht schlecht. Wie kam er ohne Beinschienen zurecht? War er plötzlich geheilt? Und was trieb er hier?

»Draighton«, murmelte Leroy, so leise, als wollte er es eigentlich gar nicht sagen.

Erneut dachte er daran, heimzulaufen, verwarf den Gedanken aber wieder. Er konnte Draighton zwar nicht leiden, war aber auch nicht allzu versessen darauf, noch länger allein zu bleiben. Er dachte an William und daran, vielleicht ein bisschen mit ihm abzuhängen, doch dann wurde ihm klar, wie die Dinge wirklich lagen. Er wusste nicht mal, wo William wohnte – genauso wenig wie umgekehrt –, und womöglich war William das auch völlig egal. Er hatte Leroy ja bloß gerne in der Nähe, um ihm ab und zu eine zu verpassen, um jemanden zu haben, den er ein bisschen malträtieren konnte, wenn es nichts Besseres zu tun gab. Sie hatten keine richtige Beziehung.

Leroy atmete tief durch. Verdammt. Er hatte die Schnauze voll. Am liebsten hätte er Williams Stelle eingenommen und Draighton zu seinem Prügelknaben gemacht. Ja, das wollte er. Er hatte keine Lust mehr, Williams Spielzeug zu sein, er wollte selbst eines haben. Bislang hatte sich die Sache nicht so entwickelt, wie er sich das vorgestellt hatte. Er war noch nicht weit genug aufgestiegen. Das bisschen reichte nicht. Seit jenem wunderbaren Moment im Speisesaal, als er den kleinen Scheißer auf die Bretter geschickt hatte, hatte er an Boden verloren und Draighton die Zügel überlassen, und das ohne Grund. Es war Zeit, die Dinge geradezurücken. Und die Entdeckung, dass Draighton ohne Beinschienen zurechtkam, konnte dabei von Vorteil sein. Vielleicht hatte er sie alle verarscht, um sich ihr Mitgefühl zu erschleichen. Leroy meinte gehört zu haben, dass Draighton, solange er diese Schienen trug, vom Staat Geld kriegte. Er war sich nicht ganz sicher, aber er glaubte sich daran zu erinnern. Damit hatte er vielleicht etwas gegen den kleinen Scheißkerl in der Hand, etwas, das er wie einen Amboss an einem hauchdünnen Faden über seinem Kopf baumeln lassen konnte.

Leroy marschierte zurück zur Vordertür, und diesmal hatte er keine Angst. Was konnte ihm ein kleiner Scheißer wie Draighton schon anhaben? Er war wütend, dass er sich von derart irrationalen Ängsten hatte überwältigen lassen, dass ihm ein Notizbuch so einen Schrecken eingejagt hatte. Jawohl, sobald er wieder daheim war, würde er dieses verdammte Ding auf jeden Fall verbrennen.

Doch jetzt würde er erst mal dafür sorgen, dass Draighton mit diesem übersinnlichen Schnickschnack aufhörte, diesem Schwarzer-Mann-Scheiß. Er würde ein Machtwort sprechen und diesen kleinen verkrüppelten Mistkerl nach Hause schaffen. Er war bestimmt immer noch ein Krüppel. Er war nicht einfach aufgestanden und konnte plötzlich seine steifen Beine wieder bewegen. Er musste ein weiteres Paar Schienen besitzen. Das er auch getragen hatte, als Leroy ihn durchs Fenster gesehen hatte. Sicher, da war er ziemlich schnell gewesen, doch das bedeutete nicht, dass er keine Beinschienen mehr anhatte. Bloß, wo hatte er das zweite Paar versteckt? Sie passten nicht in seine Tasche, und eine andere Möglichkeit gab es nicht. Er konnte sie sich nicht einfach aus den Rippen schneiden. Vielleicht brauchte er sie ja doch nicht mehr ...

Leroy schlich ums Haus und probierte es an der Vordertür. Sie war tatsächlich nicht abgeschlossen. Er stieß sie auf und steckte den Kopf hinein, dann rief er Draightons Namen. Doch seine Stimme klang leiser als beabsichtigt. Sie schien vorsichtig ins Haus zu schlüpfen und nicht allzu weit in die Dunkelheit vorzudringen, wie eine Maus, die fürchtet, auf eine Katze zu treffen.

Er versuchte es erneut. Diesmal ein wenig lauter. Doch Draighton antwortete nicht.

»Du solltest jetzt besser rauskommen. Mom und Dad waren den Tag über weg, aber sie sind bald zurück, und bis dahin müssen wir wieder zu Hause sein. Ich habe Geld für Hamburger.«

Draighton antwortete nicht.

Lautlos betrat Leroy das Haus und schloss leise die Tür. Es war jetzt ziemlich dunkel. Im Haus herrschte eine komische Atmosphäre, als befände Leroy sich im Bauch eines Ungeheuers, das ihn mit Haut und Haaren verschluckt hatte, und wartete darauf, verdaut zu werden. Er wünschte, er hätte eine Taschenlampe dabei. Er dachte daran, die Tür wieder aufzumachen, um mehr Licht hereinzulassen, doch wenn sie offen stand, würde man bemerken, dass er sich unerlaubt Zutritt verschafft hatte; außerdem war es ein aufregendes und beklemmendes Gefühl, hier zu sein, und das war gar nicht mal so übel. Jedenfalls für den Moment.

Leroy stahl sich durchs Wohnzimmer Richtung Garage. Er hatte so eine Ahnung, dass Draighton sich dort aufhielt und den Ort, an dem sein Vater gestorben war, in Augenschein nahm. Als er die Garagentür direkt hinter der Küche erreichte, bemerkte er im Mondlicht, das durchs Küchenfenster fiel, dass jemand eine große Ratte mit Heftzwecken an die Tür gekreuzigt hatte. Man hatte sie aufgeschlitzt und mit ihrem Blut die sonderbaren Symbole aus dem Notizbuch an die Tür geschmiert.

Das war fast zu viel für ihn, doch dann fiel Leroy ein, dass er zu Hause ganz alleine wäre und niemanden hätte, den er ärgern konnte, und so drehte er den Knauf der Garagentür. Entsetzt stellte er fest, dass er mit Blut beschmiert war. Impulsiv wischte er es an seiner Hose ab, aber dann beschlich ihn ein ungutes Gefühl. Er würde das erklären müssen. Gut, dann würde er eben dafür sorgen, dass Draighton eine ordentliche Tracht Prügel dafür bekam. Oh ja, er würde ihn wie einen Fußball durch die Gegend kicken.

Behutsam stieg Leroy die Stufen zur Garage hinunter. Sie war jetzt vollkommen leer, jemand hatte den Wagen und einen Teil des Mülls fortgeschafft. Es gab nichts zu sehen, doch Leroy spürte, wie sich die Härchen an seinem Rücken aufrichteten, und das reichte fast, um ihn in die Flucht zu schlagen. Dann dachte er an Draighton: Er war hier. Mit einem Krüppel konnte er es wohl noch aufnehmen.

Die Tür zur Abstellkammer stand offen, Leroy huschte hinüber und spähte daran vorbei vorsichtig ins Innere.

Die Kammer war ebenfalls leer.

Hier in der Garage hatte Leroy das Gefühl, als würde ein schweres Gewicht auf ihm lasten. Nein. Es war eher, als würden sich die Schatten wie ein dicker Wollmantel um ihn legen und versuchen ihn festzuhalten. Er hastete bis in die Küche zurück. Und hörte im selben Moment, wie die Haustür zugeschlagen wurde.

Leroy stürzte nach vorn, doch die Tür war zu und schien sich verklemmt zu haben. Er stemmte sich dagegen, doch sie gab nicht nach. Er überlegte kurz, dann eilte er ins Schlafzimmer, wo man Draightons Mutter umgebracht hatte, und schob eines der Fenster nach oben. Als er nach draußen kletterte, hatte er das untrügliche Gefühl, dass jemand oder etwas das Zimmer betreten hatte. Vor lauter Hast fiel er fast aus dem Fenster, doch als er zurückblickte, war nichts zu entdecken, außer dem offenen Fensterrahmen und dem leeren Dunkel des Zimmers.

Leroy rannte ums Haus zur Vordertür. Jemand hatte einen Stock darunter gezwängt, sodass sie sich nicht aufdrücken ließ. Dieser verdammte Draighton, dachte Leroy. Den schnapp ich mir.

Leroy machte sich schnellstens auf den Heimweg. Die Luft war von Regengeruch erfüllt, der Himmel hing voller grauer, schwerer Wolken, und die Dunkelheit triefte vor Nässe. Nach einer Weile bemerkte er einen Wagen, der dem seiner Eltern stark ähnelte. Er parkte neben dem Bordstein, und die Beifahrertür stand offen. Er hatte so eine Ähnlichkeit mit dem Wagen seiner Eltern, dass er schon über die Straße gehen wollte, um ihn aus der Nähe zu betrachten. Doch da sah er am Ende des Blocks jemanden vorbeirennen – das musste Draighton sein. Er verschwand hinter einer Häuserecke und lief so schnell, als hätte er seine Beine runderneuern lassen. Nur seine Füße wirkten irgendwie komisch. Aus der Entfernung konnte Leroy allerdings nicht genau erkennen, woran das lag.

Leroy stürmte los und versuchte ihn einzuholen, doch als er zu dem Eckhaus kam, war da nichts als eine schmale Gasse. Wieder stürzte er los, quer über die Gasse, und jagte eine weitere Straße hinauf. Als er das Haus seiner Eltern erreichte, warf er einen Blick in die Einfahrt, aber der Wagen war nicht da. Er hetzte die Stufen hinauf und steckte den Schlüssel ins Schloss, doch bevor er ihn umdrehen konnte, öffnete sich die Tür von allein.

Draighton. Er hatte einen eigenen Schlüssel.

Im Innern war es dunkel; als Leroy den Lichtschalter betätigte, passierte nichts. Er versuchte es bei den anderen Schaltern. Ebenfalls ohne Erfolg. Er ließ den Blick durchs Erdgeschoss wandern, konnte Draighton jedoch nirgends entdecken. Leroy fand, dass es im Haus komisch roch und dass es zu kalt war. Er vermutete, dass das Haus ohne Strom etwas abgekühlt war. Was den Geruch betraf, war er sich nicht sicher. Der Strom war bestimmt nicht so lange abgeschaltet gewesen, dass etwas von den Sachen im Kühlschrank schlecht geworden war.

Als Leroy die Treppe hochstieg, spürte er, wie an seinen Schuhen etwas kleben blieb. Er hielt inne, lehnte sich ans Geländer und hob einen Fuß an. Da er im Dunkeln nichts erkennen konnte, tastete er mit einem Finger über die Schuhsohle. Sie war feucht.

Na schön. Das war's. Wenn seine Eltern zurückkehrten, würde er sich garantiert einiges anhören müssen; er, nicht Draighton, der Krüppel. Und nur weil dieser Versager irgendwas von der Straße hereingetragen hatte. Wütend beschleunigte er seine Schritte, und als er sein Schlafzimmer am Ende des Flurs erreichte, sah er, dass die Tür offen stand.

Er trat ein.

Das Zimmer war in helles Mondlicht getaucht, und im Gegenlicht, vor dem Fenster, hoben sich Draightons Umrisse ab. Den Rücken ans Fensterbrett gelehnt, hockte er da, und für einen kurzen Moment hatte er keinerlei Ähnlichkeit mit Draighton. Als der Mond hinter einer Wolke verschwand, war es wieder Draighton, dann brach erneut das Licht durch, und es war wieder jemand anders.

Ein großer pechschwarzer Mann, der einen Zylinder mit funkelnden Rasierklingen als Hutband trug. Und die Zähne, mit denen er Leroy anlächelte, erinnerten an silberne Anstecknadeln. Leroy versuchte seine Füße vom Boden zu heben, doch sie schienen wie festgenagelt. Am Ende der langen dünnen Beine befanden sich zwei große Kugeln. Leroy blinzelte.

Es waren Köpfe. Wie auf der Zeichnung. Und die Füße dieses Mannes ... dieses Dings ... steckten darin, und jetzt wurde Leroy klar, dass das am Straßenrand tatsächlich der Wagen seiner Eltern gewesen war und dass sie früher zurückgekehrt und rechts rangefahren waren, um Draighton mitzunehmen ... und ...

Er kriegte es nicht auf die Reihe. Nicht wirklich. Er hatte keine Ahnung, was er tun sollte. Er wollte abhauen. Wollte schreien. Doch er konnte nichts weiter als diese Köpfe anstarren. Diese Schuhe. Die Köpfe seiner Mutter und seines Vaters.

»Durch die Dimensionen zu dringen ist, als würde man durch Fleisch schneiden, nur dass sich die Dimensionen in der richtigen Position befinden müssen, damit sie sich zerteilen lassen. Und das ist gar nicht so leicht; ebenso wenig wie an Fleisch zu kommen, das man zerstückeln kann.«

Leroy gefror das Blut in den Adern. Das Ding hatte gesprochen, und seine Stimme war eine Mischung aus zerbrechendem Glas und herabfallenden Rasierklingen. Es grinste ihn breit an, und so sicher, wie der Papst im Vatikan scheißen geht, wusste er, dass er fliehen sollte. Doch er konnte nicht. Plötzlich spürte er etwas Warmes – an seinen Beinen lief Urin hinunter, und weiter über die Schuhe auf den Boden.

Als der säuerliche Geruch des kleinen Malheurs das Zimmer erfüllte, erhob sich das Ding am Fenster und schnupperte. »Nektar«, sagte die Stimme, das Ding ließ seine Hand zur Seite sinken, und Leroy konnte erkennen, dass ein großes Rasiermesser daran baumelte.

»Draig... Draighton?«, ächzte Leroy.

»Er ist hier«, sagte das Ding und tippte sich gegen die Brust, »eingeschlossen von den Schatten und vom Mondlicht, gefangen zwischen beiden Welten.«

Leroy hatte keine Ahnung, was das heißen sollte. Und als sich erneut eine Wolke vor den Mond schob, stand plötzlich Draighton vor ihm. Ohne Brille, das Rasiermesser in der Hand, blinzelte er ihn an. An den Füßen trug er die beiden Schädel, die Beine in die weit aufgerissenen Münder von Mom und Dad gezwängt.

»Mein Daddy«, sagte Draighton, »hat das Rasiermesser in einem Antiquitätenladen gekauft. Es ist sehr alt.«

Leroy schluckte, dann fand er die Sprache wieder. »Draighton. Mit dir stimmt was nicht. Mom. Dad. Wie konntest du nur?«

»Durch sie konnte ich in die anderen Welten rein. Man braucht nur genügend Blut. Genügend Tod. Alles Mögliche kann zu ihnen vordringen.«

Draighton trat vor. Die Bewegung hatte nichts Abgehacktes mehr. Sie wirkte jetzt sicher und entschlossen, und ohne die Schienen, mit den Schädeln an den Füßen, ertönte bei jedem Schritt ein scheußliches Ploppen.

»Er verlangt Opfer«, sagte Draighton.

Das war's. Endlich lösten sich Leroys Füße vom Boden, und er stürzte davon. Er konnte hören, wie Draighton ihm folgte. Als er im Treppenhaus gegen das Geländer prallte, warf er einen Blick über die Schulter. Draighton lief mit weit aufgerissenem Mund hinter ihm her, und die Schädel an seinen Füßen machten ein polterndes Geräusch. Unwillkürlich fragte sich Leroy, wie sie wohl saßen. Doch dann stürmte er schon weiter und schaffte es fast die Treppe hinunter.

Fast. Draighton bekam ihn zu fassen. Packte ihn an der Schulter und wirbelte ihn herum. Leroy sah das Rasiermesser herabsausen. Unwillkürlich streckte er beide Hände aus und griff nach Draightons Handgelenk. Die Wucht des Hiebs schleuderte ihn gegen das Geländer, und er hörte, wie es knackte und nachgab.

Leroy und Draighton segelten durch die Luft.

Sie landeten unten auf der Couch und rutschten zu Boden. Irgendwie schaffte es Draighton, sich unter Leroy hervorzuwälzen; und dann stand er wieder, auf seinen schrecklichen Schuhen, und taumelte zurück in den Schatten, der ihn zu verschlucken schien. Leroy beobachtete, wie eine Hand aus der Dunkelheit fuhr, Draightons Hand, sie schnappte nach dem Wohnzimmervorhang und riss ihn herunter.

Mondlicht fiel ins Zimmer, und Draighton war nicht mehr Draighton, sondern dieses komische Ding. Wie hatte Draighton ihn genannt? Herr der Klinge?

»Katz und Maus«, sagte der Herr der Klinge mit seiner seltsamen Stimme, die wie eine Mischung aus splitterndem Glas und herabfallenden Rasierklingen klang, wie zwei Pfund Kies und das Kreischen einer sterbenden Katze.

Inzwischen war Leroy wieder auf den Beinen und jagte davon, durchs Wohnzimmer in die Küche. Er konnte das Ploppen der Füße hinter sich hören und fing an zu schreien. Als er die Seitentür erreichte, schrie er immer noch, er stieß sie auf und stürzte nach draußen an die frische Luft, hinaus in den Garten. Da wurde der Mond erneut von Wolken verdunkelt, und Leroy wurde klar, dass das Ganze nicht bloß am

Mondschein lag, auch wenn es damit zusammenhing. Er drehte sich um und sah Draighton auf sich zustapfen. Leroy holte zu einem kräftigen Tritt aus und traf ihn in die Leistengegend. Draighton krümmte sich ein wenig, kam aber weiter auf ihn zu. Rein instinktiv trat Leroy zur Seite und schlug mit beiden Händen um sich. Er erwischte Draighton am Rücken, sodass dieser mit seinen grässlichen Schuhen quer durch den Garten stolperte und gegen das Nachbarhaus krachte. Sein Kopf knallte dagegen, mit einem Geräusch, als hätte jemand einen Amboss auf einen Kürbis fallen lassen, dann sackte Draighton zu Boden und rollte auf die Seite, das Gesicht gen Himmel gerichtet.

Leroy blickte ebenfalls nach oben. Am Himmel zogen dunkle Wolken vorbei; der Regengeruch war noch intensiver geworden. Gleich würde das Wolkenband verschwinden und der Mond wieder in vollem Glanz erstrahlen. Er lief zum Schuppen neben dem Haus, riss die Tür auf und schnappte sich eine Schaufel.

Als er zu Draighton zurückrannte, öffnete dieser die Augen, der Mond leuchtete auf, und sein Gesicht fing an sich zu verändern. Mit beiden Händen hob Leroy die Schaufel und ließ die Kante mit aller Kraft auf Draightons Hals hinabsausen.

Es gab ein Geräusch, als würde ein Gartenschlauch durchgehackt, Blut spritzte durch die Gegend, und Draightons Hand, in der er das Rasiermesser hielt, zuckte ein paarmal, dann öffnete sie sich. Leblos lag das Messer in seiner Handfläche.

Nur um sicherzugehen, schlug Leroy erneut mit der Schaufel zu, und diesmal trennte er den Kopf vollständig vom Körper. Er taumelte zurück und ging in die Knie. Das helle Mondlicht glänzte über dem Rasen wie eine dünne Schicht Butter.

Leroy wusste nicht so recht, was er tun sollte. Er fragte sich, ob gleich jemand aus dem Nachbarhaus käme. Doch nichts, nirgendwo wurde Licht gemacht. Niemand hatte etwas gehört oder gesehen. Er blickte zur anderen Straßenseite hinüber. In den Häusern dort brannte ebenfalls kein Licht.

Wie sollte er das erklären? Was war mit Mom und Dad?

Auch wenn er sich nicht sicher war, ob er das Richtige tat, fing er an zu graben, und schließlich hatte er im Garten ein großes Loch ausgehoben. Er rollte Draightons Leiche und die Köpfe seiner Eltern hinein, dann kickte er Draightons Schädel hinterher. Und schaufelte das Loch wieder zu.

Als er damit fertig war, sah er im Gras die Rasierklinge liegen.

Und hob sie auf.

Mit der Klinge in der Hand wanderte er zurück auf die Straße, zum Wagen seiner Eltern. Im Innern waren ihre enthaupteten Körper in sich zusammengesunken. Auf die Innenseite der Windschutzscheibe waren mit Blut Symbole gemalt.

Benommen lief Leroy zum Haus zurück, ging nach oben und setzte sich auf den Hocker, der Draightons Vater gehört hatte. Eine Stunde lang blieb er dort sitzen, dann stand er auf und holte das Notizbuch. Er schlug es auf und betrachtete die Zeichnungen und Symbole, die sich über die Seite bewegten.

Leroy saugte an seiner Schnittwunde.

Dann schaute er aus dem Fenster.

Es regnete.

Aber bald würde es wieder aufhören. Es war nur ein kurzer, heftiger Schauer. Danach wäre immer noch Nacht. Und der Vollmond käme wieder hervor. Und vielleicht gab es dann einen wolkenlosen Himmel.

Er saugte an der Schnittwunde und musterte seinen Finger.

Er war geschwollen wie ein Frankfurter Würstchen und pochte. Und plötzlich platzte die Wunde auf. Irgendwas schien dort zu sein. Er stand auf und fand eines der Streichhölzer, mit denen er sonst seine Fürze abfackelte, strich damit über das Fensterbrett und hielt es sich dicht an den Finger. Die Wärme der kleinen Flamme tat gut. Eingehend betrachtete er die Schnittwunde an seinem Finger, die jetzt noch weiter aufriss. In der Wunde, die von dem Notizbuch mit den Symbolen stammte, entdeckte er mehr, als man sonst mit bloßem Auge erkennen konnte. Es war, als würde er durch ein Teleskop blicken.

Er sah die Köpfe seiner Mutter und seines Vaters, die an Haken baumelten. Und den von Draighton. Unter ihnen auf einem Hocker aus Beinknochen und Fleischfetzen thronte der Herr der Klinge, blickte nach oben aus der Wunde heraus und zeigte lächelnd seine Anstecknadel-Zähne. Leroy schaute noch genauer hin. Dort waren jede Menge Leichen sowie Menschen, denen bei lebendigem Leib die Haut abgezogen wurde, sie schrien, trieben an die Oberfläche der Wunde und spähten mit ihren zerschundenen Gesichtern zu ihm hinauf. Alle möglichen seltsamen Dinger, die Ähnlichkeit mit Fledermäusen hatten, flatterten gegen die Wunde, ohne jedoch durchzubrechen.

Mit einem Winken der Hand, die nur ein flüchtiger Schatten war, schlug der Herr der Klinge die Fledermaus-Dinger und die gehäuteten Menschen in die Flucht, dann war nur noch sein Gesicht zu sehen; es ragte jetzt ein Stück aus der Wunde und lächelte Leroy mit seinen Anstecknadel-Zähnen an.

Leroy ließ die Hand sinken. Dann setzte er sich wieder auf den Hocker. Er starrte auf seine Füße hinunter. Er musste etwas daran verändern. Er blätterte das Notizbuch durch und schlitzte mit dem Rasiermesser die Schnittwunde an seinem Finger noch weiter auf. Blut schoss hervor. Nachdem er seine Hose damit beschmiert hatte, tauchte er den Finger hinein und zeichnete ins Notizbuch. Jetzt verstand er die Symbole. Sie veränderten die Welt. Einen kleinen Teil davon. Mit ihrer Hilfe hatte man Zugang zu den verschiedenen Dimensionen. Sie verwandelten die Dinge so, wie der Herr, der König der Schatten, sie haben wollte.

Als er zu Ende geschrieben hatte, blieb er ganz ruhig auf dem Hocker sitzen, die aufgeklappte Rasierklinge in der Hand. Und wartete auf den Regen. Darauf, dass er vorüberzog. Auf das Mondlicht. Auf Veränderung.

DAS ZOTTELIGE HAUS

Diese Geschichte geht auf eine schlichte Formulierung in Nightrunners *zurück. Als Brian Clydes Unterkunft betritt – ein altes Haus, wo dieser sich mit seinen Kumpels versteckt und vor sich hin vegetiert –, wird es als eine Art Vampirhaus beschrieben, das anderen Häusern das Leben aussaugt.*

Da sich der Roman nicht gleich verkaufte, fing ich an, ihn nach Story-Ideen zu durchforsten. Ich nahm die Idee vom Vampirhaus wörtlich und schrieb ein Kinderbuch mit dem Titel Something Lumber This Way Comes. *Der Titel ist eine direkte Anspielung auf das Shakespeare-Zitat aus Macbeth und auf den Titel von Ray Bradburys Roman* Something Wicked This Way Comes (dt. Das Böse kommt auf leisen Sohlen), *den er eins zu eins von Shakespeare übernommen hat. Die Hauptfiguren der Geschichte sind zwei kleine Jungen und ein Hund. Ich habe sie geschrieben, Jahre bevor sie dann bei Subterranean erschienen ist.*

In der Zwischenzeit entstand aus dem unveröffentlichten Text die Kurzgeschichte »Das zottelige Haus«, mit zwei älteren Männern als Hauptfiguren. Sie hatte ursprünglich denselben Titel wie das Kinderbuch, doch William F. Nolan, der die Geschichte für eine Anthologie mit dem Titel Urban Horrors *kaufte, mochte den Titel nicht und schlug den jetzigen vor, in Anlehnung an die alte Geschichte von dem zotteligen Hund – in der jemand eine merkwürdige und haarsträubende Begebenheit für bare Münze verkauft.*

Unter diesem neuen Titel wurde sie dann veröffentlicht.

Vor Kurzem ist ein Animationsfilm erschienen, der mich sowohl an die Kurzgeschichte als auch an den Roman erinnert; damit kommt eine Verfilmung meiner Geschichte – sei es als Animation oder als Realfilm – nicht mehr infrage. Das ist wirklich schade. Ich hatte mir immer vorgestellt, dass aus meiner kleinen Geschichte vielleicht mal ein Animationsfilm wird. Something Lumber This Way Comes *wäre die perfekte Vorlage dafür gewesen.*

Aber geschenkt.

Hier also »Das zottelige Haus«.

Lautlos glitt der alte Ford durch die Nacht und rollte langsam die Straße hinunter. Der Fahrer, ein älterer weißhaariger Mann, hatte die Scheibe heruntergekurbelt und war mehr damit beschäftigt, aus dem Fenster zu gucken und die Häuser zu inspizieren, als auf die Straße zu achten. Der Wagen schrammte gegen die Bordsteinkante. Der alte Mann stieß einen leisen Fluch aus, riss das Steuer herum und lenkte den Wagen auf die dunkle Straße zurück, die friedlich vor ihm lag.

Als er das Ende der Beaumont Street erreichte, die in einer Sackgasse mündete, wendete er und fuhr zurück. Gerade war er die kurze Straße zum dritten Mal abgefahren, und wie schon zuvor war er sich sicher: Die Häuser auf der Beaumont Street verfielen allmählich, sie färbten sich grau und wurden immer hässlicher, sie sahen richtig krank aus, und das alles war offenbar über Nacht passiert.

Sein Haus war von allen am schlimmsten dran. Die Farbe blätterte ab – er hatte es erst letztes Jahr gestrichen! –, die Fensterscheiben schienen einen Massenselbstmord von Fliegen hinter sich zu haben – auch wenn keine Fliegenkadaver daran klebten –, und das ganze Haus wirkte schlapp, als wäre es genauso betagt wie er. Als wäre der Geist aus seinen hölzernen Knochen gewichen.

Die anderen Häuser in der Gegend waren nicht besser. Bis zu einem gewissen Grad musste man natürlich damit rechnen. Die Häuser waren alt und ihre Bewohner in vielen Fällen noch älter. Der ganze Block wurde von verheirateten oder alleinstehenden Rentnern bewohnt, von denen der jüngste Ende sechzig war. Trotzdem waren die Leute immer stolz auf ihre Häuser gewesen und hatten es irgendwie geschafft, sie in Schuss zu halten und den Rasen zu mähen. Doch jetzt ging von einem Tag auf den anderen alles den Bach runter.

Es hatte angefangen, als dieses unheimliche Haus in der Gegend aufgetaucht war, als es auf dem leer stehenden Grundstück gegenüber von seinem Haus buchstäblich aus dem Boden geschossen war. Ein scheußliches Haus im gotischen Stil, braun und tot wie Gras im Spätherbst.

Das Verrückteste daran war allerdings, dass niemand gesehen oder gehört hatte, wie es errichtet worden war. Am Abend davor waren die Leute einfach ins Bett gegangen, und am nächsten Morgen, als sie aufwachten, hockte dieses hässliche alte Ding dort drüben, zusammengekauert wie eine große, hungrige Krote, wahrend die Fenster im oberen Stock wie zwei kalte, berechnende Augen herabglotzen.

Wer hatte je davon gehört, dass über Nacht ein ganzes Haus gebaut wurde? Oder, wenn man schon mal dabei war, von einem verwitterten Fertighaus im gotischen Stil? Und schließlich, warum hatten sie nie jemanden das Haus verlassen oder betreten sehen? Jetzt war es seit einer Woche fertig, und weder war bislang jemand eingezogen, noch hatte eine Anzeige in der Zeitung gestanden. Er hatte nachgeschaut.

Sicher, wenn seine Frau recht hatte, ließ sich das Geheimnis bis zu einem gewissen Grad erklären.

»Na und, du alter Dummkopf, man hat dort dieses Haus hingepflanzt. Wahrscheinlich wurde es hochgezogen, während wir auf der Veranda saßen und dabei zugesehen haben. Vermutlich sind wir so alt, dass wir gar nicht mehr mitkriegen, was um uns herum geschieht.«

Harry knirschte so stark mit seinen dritten Zähnen, dass sich von seinen Backenzähnen ein paar Brösel lösten. »Tja«, sagte er zum Innenraum seines Wagens, »du magst alt sein, Edith, aber ich nicht.«

Nein, er war noch nicht so alt, dass er die Veränderungen in seiner Gegend nicht mitbekam, dass er nicht merkte, wie die Häuser von dieser Ruinen-Krankheit befallen wurden. Er war sich absolut sicher, dass dieses Haus irgendwie schuld an den Schäden war, und er wollte der Sache auf den Grund gehen.

Im Scheinwerferlicht tauchte ganz plötzlich eine Gestalt auf. Harry stieg in die Eisen, und die Reifen quietschten laut.

Ein älterer Mann mit Glatze trottete um den Wagen herum und steckte auf Harrys Seite sein Gesicht durchs offene Fenster.

»Lem!«, sagte Harry. »Willst du dich umbringen, oder was?«

»Nein, ich wollte gerade rüber und dieses verdammte Haus abfackeln.«

»Du auch, Lem?«

»Ich auch. Hab dich beobachtet, wie du hier rumgefahren bist und dich umgeschaut hast. Ich schätze, du hast rausgefunden, was ich rausgefunden habe.«

Harry betrachtete Lem aufmerksam. »Und was haben wir rausgefunden?«

»Dieser verdammte Kasten hat einen schlechten Einfluss. Wir müssen was unternehmen, bevor sich die Häuser hier alle in Ruinen verwandeln.«

»Hast du bemerkt, wie das Haus aussieht?«

»Jeder Idiot, der Augen im Kopf hat und eine Brille trägt, kann erkennen, was hier los ist.«

»Aber warum?«

»Wer will schon wissen, warum, lass uns einfach was dagegen machen. Ich hab Streichhölzer dabei und ein Fläschchen mit Feuerzeugbenzin in der Manteltasche ...«

»Lem, das geht nicht, das ist Brandstiftung. Hör mal, steig ein. Ich steh nicht gerne mitten auf der Straße.«

Lem wandte sich ab, um das Haus zu mustern. Sie waren fast auf gleicher Höhe damit. »Ich auch nicht. Das Ding ist wirklich unheimlich.«

Lem marschierte um den Wagen herum und stieg ein. Harry fuhr den Block hinauf und parkte am anderen Ende der Straße, wo diese eine weitere kreuzte. Lem holte seine Pfeife hervor und stopfte sie; im Nu war der Ford von Zimtduft erfüllt.

»Du wirst noch Krebs kriegen«, sagte Harry.

»Da muss ich mich mit meinen neunzig Jahren aber ranhalten.«

Harry knirschte erneut mit den Backenzähnen. Das entbehrte nicht einer gewissen Logik, und dabei hatte ihn Edith erst vor einem Monat überredet, aus Gesundheitsgründen keine Zigarren mehr zu rauchen.

Kurz darauf kramte Lem einen Flachmann aus seiner Manteltasche, schraubte den Verschluss auf und nahm die Pfeife aus dem Mund. »Zum Wohl.«

Harry schnaubte. »Ist das Whiskey?«

»Pflaumensaft.« Lem lächelte verschmitzt.

»Na klar.«

Lem schüttete sich einen Schluck in den Rachen. »Aaah«, sagte er. »Das gibt Tinte in den Füller!«

»Lass mich auch mal nippen.«

Harry trank einen Schluck und reichte Lem die Flasche zurück. Der schraubte sie wieder zu, verstaute sie in seiner Tasche und steckte sich die Pfeife in den Mund.

Ohne es zu merken, hatten sich beide auf ihrem Sitz umgedreht, um einen Blick aus dem Heckfenster auf das Haus zu werfen. Harry fand, dass das hohe Spitzdach im Mondlicht große Ähnlichkeit mit einem Hexenhut hatte.

»Ganz schön hell, heute Nacht«, sagte Lem. »Oh mein Gott, Harry.«

»Ich seh's, ich seh's.«

Das alte Haus erbebte, und dann bewegte es sich.

Es drehte seinen Kopf. Es gab keine andere Beschreibung dafür. Das Haus konnte sich bewegen, und die zwei Fenster im oberen Stock zeigten jetzt nicht mehr zur Straße, sondern die Straße hinunter, zu Harry und Lem. Dann drehte es den Kopf erneut und blickte, wie ein vorsichtiger Fußgänger, der eine befahrene Straße überqueren will, in die andere Richtung.

Beim Drehen des Kopfes erzeugte es ein Geräusch wie ein alter Baum, der im Sturm ächzt.

»Oh Gott«, sagte Harry.

Das Haus war aufgestanden; und unter seinem steifen, hölzernen Kleid kamen zwei stämmige Bauernmädchenbeine zum Vorschein. Auf ihnen verließ es das Grundstück und fing an, die Straße zu überqueren. Währenddessen öffnete sich links und rechts je ein Fenster, und zwei spindeldürre Arme tauchten daraus auf wie aus zwei kurzen Hemdsärmeln. Die Arme und Hände waren weniger dick als Beine und Füße; seine Hände waren fast flach, und die Finger erinnerten an die knorrigen Äste einer Eiche.

»Es geht zu meinen Haus rüber«, keuchte Harry.

»Halt den Mund!«, zischte Lem. »Nicht so laut.«

»Edith!«

»Edith hat nichts zu befürchten«, sagte Lem. »Jede Wette, dass das Ding es nur auf dein Haus abgesehen hat. Da!«

Die gummiartigen Veranda-Lippen des Hauses rollten zurück, die Eingangstür öffnete sich und dahinter zeigten sich Reihen langer, hohler Holzschrauben-Zähne. Knarzend beugte es sich vor, um sich mit dem Mund an den Dachfirst von Harrys Haus zu schmiegen und die Zähne hineinzuschlagen, wie ein Blutegel, der sich am Bein eines Schwimmers festsaugt. Dann ertönten tiefe, leise Sauggeräusche; sie erinnerten an einen nächtlichen Windhauch, der das Gebälk aufstöhnen lässt, ein Geräusch, das man in seinen Träumen hört und das einen fast weckt – aber dann ertönt aus dem Hinterkopf eine leise, beruhigende Stimme: »Pscht. Was da heult, ist nur der Wind, er rüttelt an deinem Dach und lässt bald wieder nach«, und man schläft weiter.

Von Harrys Haus fiel eine Schindel herab, sie wurde von einem Windstoß erfasst und landete auf der Straße. Die Veranda senkte sich unmerklich. Irgendwo tief aus dem Innern drang das leise Geräusch von berstendem Holz. Die Fenster wurden dunkler, und die Scheiben klirrten ängstlich in ihren Rahmen.

Nach einem Moment, der wie eine Ewigkeit schien, hob das Ding sein fratzenhaftes Haupt, und eine dunkle Flüssigkeit tropfte aus seinem Maul, am Dach von Harrys Haus hinunter, und spritzte in den Garten. Das gotische Ungeheuer gab ein Geräusch wie das Rasseln einer Klapperschlange von sich, eine Art zufriedenes Gelächter, das aus dem Innern seiner Brust drang.

Dann machte das Haus auf seinen albernen Füßen kehrt und wuchtete sich ächzend und mit den Armen rudernd über die Straße; auf der anderen Seite drehte es sich zu Harrys Haus um und sank wie jemand, der müde von der Arbeit heimkehrt, seufzend auf seinen Platz. Die beiden

Fenster im oberen Stockwerk wurden dunkel, als hätten sich über ihnen zwei dicke Augenlider geschlossen. Die Veranda-Lippen gaben ein letztes kurzes Schmatzen von sich, dann stand es still und reglos da.

Harry wandte sich zu Lem um, der die Pfeife durch den Flachmann ersetzt hatte. Der Whiskey gluckerte laut in der kühlen Herbstnacht.

»Hast du gesehen ...«

»Natürlich«, sagte Lem, der die Flasche abgesetzt hatte und sich mit dem Ärmel über den Mund wischte.

»Das gibt's doch nicht.«

»Offensichtlich schon.«

»Aber wie?«

Lem schüttelte den Kopf. »Vielleicht ist es wie eines dieser Wesen aus den Science-Fiction-Büchern, die ich immer lese, eines dieser Aliens, oder noch schlimmer, etwas, das die ganze Zeit unter uns war, ohne dass es jemand richtig mitgekriegt hat. Vielleicht ist es ein riesiges Ungeheuer aus dem All, das hier auf der Erde gelandet ist, eine Art Chamäleon, das sich tarnt, indem es die Gestalt eines Hauses annimmt. Eine Art Vampir vielleicht. Nur dass das Ding es nicht auf Blut abgesehen hat, sondern auf die Energie der Häuser.« Lem setzte erneut die Flasche an.

»Häuser haben keine Energie.«

Lem nahm die Flasche herunter. »Sie haben ihre ganz eigene Form von Energie. Schau mal: Meistens werden Häuser – zumindest war das bei diesen Häusern so – von Menschen gebaut, die sie lieben, von Leuten, die auf gute stabile Häuser Wert legen. Diese Häuser wurden gebaut, bevor es diese seelenlosen Scheißhaufen aus Glas und Plastik gab, die inzwischen überall in die Höhe schießen. Bevor Baufirmen Dreck statt Kies ins Fundament geschüttet haben. Bevor sie das Geld einsackten, das eigentlich für anständige

Balken bestimmt war, Kanthölzer, fünf auf zehn und fünf auf fünfzehn Zentimeter. Und diese Häuser, die voller Hoffnung und Liebe errichtet worden sind, haben diese Gefühle in sich aufgenommen, und was sind Hoffnung und Liebe anderes als eine Art von Energie? Verstehst du, Harry?«

»Ich denke schon, aber ... ach, spinn ruhig weiter.«

»Die Wände der Häuser haben also diese Liebe in sich gespeichert, und vielleicht wurde diese Liebe, diese Energie zum Puls, zum Herzschlag des Hauses. Verstehst du, worauf ich hinauswill, Harry?

Und wer schätzt und liebt sein Haus mehr als Leute in unserem Alter, Leute, die schon gelebt haben, als es den Menschen noch wichtig war, was sie gebaut haben, Leute, die im Alter noch stärker ans Haus gebunden, noch abhängiger von ihren vier Wänden sind, und erst recht dankbar für alles, was den ganzen Irrsinn der modernen Welt von ihnen fernhält, den Wind, den Regen und die Sonne, und Menschen, die ihnen was Böses wollen.

Vielleicht kann dieses Ding die Häuser aufspüren, die die meiste Energie in sich haben; und dann taucht es mitten in der Nacht hier auf, lässt sich nieder und saugt ihnen das Leben aus, so wie ein Vampir das Blut seiner Opfer, und so wie die Opfer eines Vampirs schwach und kraftlos werden und immer blasser, passiert das auch mit unseren Häusern. Denn, verstehst du, Harry, sie haben sich in etwas Lebendiges verwandelt. Nicht, was wir normalerweise darunter verstehen, sondern in eine stille und bedächtige Form des Lebens.«

Harry blinzelte ein paarmal. »Aber warum hat es die Gestalt eines Hauses im gotischen Stil und keine einfachere Form?«

»Vielleicht haben die Häuser, neben denen es zuletzt stand, so ausgesehen, und als es dort fertig war, ist es hierhergekommen. Und in seinen Augen ähneln die Häuser hier mehr oder weniger allen anderen. Verstehst du, Harry, es imitiert nicht *unsere* Häuser, sondern *ein* Haus.«

»Klingt ziemlich wirr, Lem.«

»Je mehr ich an diesem Fläschchen nippe, desto verwirrter werde ich. Aber weißt du, vielleicht könnte es jede beliebige Gestalt annehmen. Denk mal an die Ghettos überall auf der Welt, die Elendsviertel, die Orte, wo staatliche Hilfe, Geld und Instandsetzungen offensichtlich nichts nutzen. Vielleicht leben dort ebenfalls diese Chamäleons, oder wie immer man sie auch nennen will – denn Verzweiflung lädt die Wände genauso auf wie Liebe –, und sie verwandeln sich in das Obergeschoss eines maroden Mietshauses oder in Hütten, die zwischen anderen Hütten an den Flüssen Louisianas stehen ...«

»Und sie ernähren sich von Liebe oder Verzweiflung – von dieser Energie?«

»Genau, und wenn sie die Energie rausgesaugt haben, sterben die Häuser, und die Kreaturen ziehen weiter.«

»Und was sollen wir dagegen tun?«

Lem hob den Flachmann und nahm einen tiefen Schluck. Als er ihn wieder absetzte, sagte er: »*Irgendetwas,* das ist sicher.«

Sie stiegen aus dem Wagen, überquerten auf Zehenspitzen die Straße und pirschten sich durch mehrere Hinterhöfe an das schlafende Haus heran. Als sie das Grundstück, wo das Haus hockte, fast erreicht hatten, blieben sie im Schatten einer Platane stehen. Und ließen den Flachmann kreisen.

In der Ferne, jenseits der Vororte, im Herzen der Stadt, konnten sie Verkehrslärm hören. Und sehr viel näher, vom Schiffskanal her, ertönte das einsame Tuten eines dahintuckernden Schleppers.

»Und jetzt?«, fragte Harry.

»Wir schleichen uns von hinten an, ungefähr auf Höhe der Hintertür …«

»Hintertür! Wenn die Vordertür sein Maul ist, Lem, muss der Hintereingang sein …«

»Wir gehen nicht gleich rein, Dummkopf. Wir schauen uns erst mal um, bevor wir was unternehmen.«

»Und was?«

»Na, darüber machen wir uns Gedanken, wenn's so weit ist. Los jetzt!«

Sie huschten weiter und erreichten die Hintertür. Lem streckte die Hand aus, um nach dem Türknauf zu greifen. »Was hältst du davon?«, flüsterte er. »Kein Knauf, nur ein schwarzer Fleck, der so aussieht. Von Weitem – verdammt, selbst von ganz nah – kann man nicht erkennen, dass es sich um eine Attrappe handelt. Erst wenn man ihn berühren will. Komm. Lass uns einen Blick durch die Fenster werfen.«

»Fenster?«, sagte Harry, doch Lem war bereits um die Ecke des Hauses verschwunden, und als Harry ihn einholte, spähte er bereits durch ein Fenster ins Innere des Hauses.

»Das ist verrückt«, sagte Lem. »Es gibt eine Treppe und Möbel, und sogar Spinnenweben … Halt, Moment mal. Hier, fass an!«

Harry schlich sich neben ihn und tastete zögernd über das Fenster. Das war jedenfalls kein Glas, und durchsichtig war es auch nicht. Es war kalt und fest wie die Schuppen eines Fisches.

»Das ist nur eine Illusion, wie der Türknauf«, sagte Harry.

»Nur komplizierter, etwas, das es wahrscheinlich mit der Kraft seiner Gedanken erzeugt. Da ist überhaupt nichts drin, keine Möbel, keine Treppe, kein gar nichts. Außer irgendwelchen Gedärmen, schätze ich, und der Saft unserer Häuser.«

Das Haus erzitterte, und Harrys Handflächen fingen an, zu vibrieren. Ihm fielen die langen Arme wieder ein, die sich vorhin aus den Seitenfenstern gestreckt hatten. Er stellte sich vor, wie jetzt einer davon hervorschoss und nach ihm griff.

Das Haus stieß einen lauten Rülpser aus.

Harry klammerte sich an Lem.

»Lass los«, sagte Lem, »oder du wachst mit einem Schlauch in der Nase wieder auf.«

Harry ließ ihn los. »Das ist eine Nummer zu groß für uns. Im Film kommt jetzt normalerweise das Militär mit seinen Atombomben.«

Lem zog den Kanister mit der Feuerzeugbenzin aus der Manteltasche. Es war eine große Sparpackung.

»Psssst«, sagte Lem. Dann holte er sein Taschenmesser und ein Streichholzheftchen hervor.

»Du wirst uns noch in die Luft jagen!«

Lem riss das Futter aus einer seiner Manteltaschen, spritzte es mit Benzin voll und stopfte das eine Ende des Futters mit der Messerspitze in den Kanister. Den Behälter mit dem Stofffetzen stellte er auf den Boden, und die Streichhölzer legte er daneben. Dann nahm er sein Messer, rammte es mit einer schnellen Bewegung in die Hauswand und zog es nach unten.

Eine schwarze, stinkende Masse strömte heraus. Das Haus erbebte.

»Das ist für das Ding nicht mehr als ein Mückenstich«, sagte Lem. »Gib mir den Kanister und die Streichhölzer.«

»Mir gefällt das nicht«, sagte Harry, trotzdem reichte er Lem Kanister und Streichhölzer. Den Kanister stopfte Lem zur Hälfte in die Wunde und ließ den Stofffetzen herabbaumeln.

»Und jetzt lauf so schnell du kannst«, sagte Lem und entzündete ein Streichholz.

Harry lief Richtung Straße, so schnell ihn seine rheumatischen Beine trugen.

Lem steckte das Taschenfutter in Brand. Der durchtränkte Stofffetzen loderte lichterloh.

Dann wandte er sich ab, um loszurennen. Er war keine drei Schritte entfernt, als der Kanister explodierte. Die Hitze schlug gegen seinen Rücken, und die Explosion dröhnte in seinem Schädel. Als er die Straße erreichte, blickte er sich um.

Die Eingangstür des Hauses knallte auf, und es heulte wie ein Tornado. Die Rollläden an den Vorderfenstern im Obergeschoss sausten nach oben, und zwei Augen funkelten wild ins Mondlicht. Aus der Seite des Hauses schoss eine Stichflamme.

Harry überquerte gerade die Straße in Richtung seines Hauses, als er sich umsah. Die Kreatur heulte erneut auf. Aus den Seiten kamen die Arme geschossen. Und am ganzen Haus sprangen Fenster auf, aus denen Flügel wuchsen.

»Mein Gott«, ächzte Harry und drehte vor seinem Haus ab, um es nicht zu Edith zu locken. Stattdessen rannte er die Straße hinauf, zu seinem Wagen.

Lem lief lachend hinter ihm her. »Ha! Brennen sollst du!«

Harry warf einen kurzen Blick über die Schulter.

Durch die Explosion hatten sich die Gase im Innern entzündet, und das Ding spuckte jetzt kreischend Flammen. Seine Zunge schnellte heraus und klatschte auf die Straße. Die Flügel fingen an zu schlagen, und auf einmal erhob es sich gen Himmel.

Auf der ganzen Straße gingen Türen und Fenster auf.

Aus einem der Fenster hatte Edith ihren Kopf gestreckt. »Harry?«

»Ja ja, ich bin bald zurück«, rief Harry und lief weiter. Hinter ihm schrie Lem: »Vorwärts, lass mich jetzt bloß nicht im Stich.« Keuchend erreichten sie den Wagen.

»Da ... ist ... es«, japste Lem. »Hinterher!« Eine helle, orangerote Masse schoss kreischend über den Nachthimmel Richtung Kanal; sie verlor an Höhe.

Mit einem Krächzen sprang der Ford an und kurvte auf die Straße. Sie bogen nach links ab und drückten auf die Tube. Lem hing aus dem Fenster, und während er nach oben deutete, rief er: »Das ist es! Nach links. Nein, jetzt ist es da drüben. Nach rechts!«

»Der Kanal«, schrie Harry. »Es ist fast am Kanal.«

»Es sinkt«, sagte Lem.

Tatsächlich.

Sie bretterten die Brücke hinauf, die über den Kanal führte. Über ihnen loderte das Haus-Ding und heulte so laut, dass die Fenster des Fords vibrierten. Der Himmel war voller Rauch.

Harry fuhr rechts ans Brückengeländer, parkte den Wagen, und beide stürzten hinaus. Andere Autos waren ebenfalls rechts rangefahren. Frauen, Männer und Kinder sprangen heraus und rannten ans Geländer, blickten nach oben und wiesen in den Himmel.

Das große Flammenungeheuer jaulte erneut laut auf, dann sank es herab und schlug donnernd aufs Wasser.

»Ha!«, schrie Harry. »Verdammt, Lem, wir haben's geschafft, unsere Häuser sind frei. Morgen holen wir frische Farbe, kaufen neue Fenster und besorgen ein paar Schindeln ...«

Mit einem Zischen versank der Rest des Dings in den Fluten. Für einen Moment schwebte eine dunkle Rauchwolke über dem Wasser, dann lichtete sie sich, wurde grau. Unter den Wellen, die sich jetzt ausbreiteten, glimmte es kurz auf, dann war es dunkel.

Lem hob seinen Flachmann zu einem Toast. »Ha! Ausgeglüht!«

ZWISCHENFALL AN EINER BERGSTRASSE

FÜR JO FOSHEE

Schön, das hier ist vielleicht keine »Gott der Klinge«-Geschichte. Weder der Gott noch die Hilfsmittel, die der schlimme Finger sonst dabeihat, kommen darin vor, aber Bill Schafer, der Herausgeber von Subterranean Press, fand, dass es darin eine, wenn auch unbewusste, Anspielung auf die Figur gibt, weswegen wir sie in diese Sammlung aufgenommen haben. Was für eine Anspielung das auch war, ich hab's vergessen. Aber eins weiß ich: Sie hat denselben Tonfall wie die »Gott der Klinge«-Geschichten, und irgendwas darin lässt mich glauben, dass das gute alte »Mondgesicht« in Wirklichkeit vielleicht ein Werkzeug des Gottes ist, oder zumindest eine ihm verwandte Seele. Der Gott der Klinge scheint es zwar meistens auf diejenigen abgesehen zu haben, die ohnehin schon bereit für ihn sind, aber es ist nicht unter seiner Würde, sich auch unschuldige Menschen vorzuknöpfen; und je nachdem, was man in »Mondgesicht« zu erkennen meint, trifft dies in der einen oder anderen Weise auf ihn zu.

Selbst wenn also die Story nicht ganz hierher gehört, was soll's. Sie ist unterhaltsam. Viel Spaß damit.

Als Ellen auf der Gebirgsstraße vor sich im Mondlicht die Kurve bemerkte, wurde sie schlagartig aus ihren trüben Gedanken gerissen und erkannte, dass sie viel zu schnell fuhr. Auf dem Schild stand: ACHTUNG KURVE, 30 MPH, und sie hatte fünfzig Sachen drauf.

Sie wusste, dass es keinen Sinn mehr hatte, auf die Bremse zu steigen, also beschloss sie, das Tempo zu halten und es mit der Kurve aufzunehmen. Sie war überzeugt, es zu schaffen.

Sie war eine gute Fahrerin. Der Mond leuchtete hell, sodass sie gute Sicht hatte; außerdem wusste sie, dass ihr Chevy äußerst wendig und in einwandfreiem Zustand war.

Doch gerade als sie in die Kurve bog, schien vor ihr aus dem Boden plötzlich ein blauer Buick aufzutauchen. Er parkte auf dem Seitenstreifen, im Scheitelpunkt der Kurve, seine Motorhaube ragte etwa dreißig Zentimeter in die Fahrbahn, und das Heck berührte die Leitplanke, die im Mondlicht metallisch funkelte und die Kurve von einem tiefen Abgrund trennte.

Mit der vorgeschriebenen Geschwindigkeit hätte sie es problemlos am Buick vorbeigeschafft, doch bei ihrem Tempo wurde sie zu weit nach rechts getragen, direkt hinter den Wagen, sodass sie gezwungen war, doch noch auf die Bremse zu treten. Ihre Hinterräder gerieten ins Rutschen, die Bremsen stöhnten auf, und der Chevy knallte mit der Motorhaube in den Buick, dann ertönte ein Geräusch wie von einer Explosion, ihr wurde schwindlig und für einen kurzen Moment hatte sie das Gefühl, in einem Wäschetrockner zu hocken. Mondlicht, Dunkelheit, Mondlicht flirrten über ihre Windschutzscheibe.

Nachdem der Chevy einen weiten Satz vorwärts gemacht und sich einmal überschlagen hatte, landete er wieder auf den Rädern; der Motor war verstummt, und die rechte Seite drückte gegen die Leitplanke. Wäre der Wagen ein paar Zentimeter weiter geflogen oder mit noch größerer Wucht gegen die Leitplanke geknallt, wäre er in die Tiefe gestürzt.

In den Beinen spürte Ellen einen stechenden Schmerz, und als sie nach unten langte, begriff sie, dass sie während des Unfalls irgendwo angestoßen war, an der Gangschaltung vielleicht, und dass ihre Strümpfe und ihre Haut zerkratzt waren. Blut sickerte in ihre Schuhe. Als sie mit den Fingerspitzen vorsichtig ihr Bein betastete, stellte sie fest, dass die Verletzung nicht schlimm war und dass sie alle Körperteile bewegen konnte.

Sie öffnete den Sicherheitsgurt, dann suchte sie aus Gewohnheit nach ihrer Handtasche und legte sich den Trageriemen über die Schulter. Auf wackligen Beinen taumelte sie aus dem Chevy, und während sie langsam um die Vorderseite schlurfte, sah sie, dass Kühlerhaube, Stoßstange und Dach verbeult waren. Eine Wolke Kühlerflüssigkeit stieg zischend unter der eingedrückten Motorhaube empor und verpuffte im Mondlicht.

Dann wandte sie sich dem Buick zu. Er stand jetzt mit dem Heck in ihre Richtung, und die linke Vorderseite war stark beschädigt. Voll ängstlicher Erwartung warf sie einen Blick ins Innere.

Hell wie Scheinwerferlicht strahlte der Mond durch die Heckscheibe. Die Rückbank war mit etwas Dunklem und Feuchtem getränkt, und das nicht zu knapp. Aus dem halb heruntergelassenen Hinterfenster strömte ein fauliger Gestank, der stechende Geruch von Kupfer. Er brannte in der Nase und schlug ihr auf den Magen.

Mein Gott, es hatte Verletzte gegeben. Vielleicht waren sie aus dem Wagen geschleudert worden, oder hatten es rausgeschafft und waren fortgekrochen. Aber wann? Sie war mit ihrem Chevy doch nur einen Moment durch die Luft geflogen, und sie hatte das Fahrzeug verlassen, kurz nachdem es zum Stehen gekommen war. Sie hätte bestimmt gesehen, wenn jemand den Buick verlassen hätte; und wäre jemand durch den Zusammenprall herausgeschleudert worden, müsste dann nicht mindestens eine der Türen des Buick offen stehen? Wenn sie jemand aufgerissen und wieder zugeschlagen hatte, konnte sie wohl kaum abgeschlossen sein – doch alle vier Türen des Buick *waren* verschlossen. Sämtliche Scheiben waren noch ganz, nur die auf ihrer Seite war heruntergekurbelt, und das auch bloß einen Spaltbreit, sodass der Blutgeruch zwar entweichen, man aber nicht hineinklettern konnte, es sei denn, man war schmal und elastisch wie eine Feder.

Auf der anderen Seite des Buick, am Boden, zwischen der Hintertür und der Leitplanke waren Schleifspuren und ein breiter Blutstreifen. Auf der Planke war ein weiterer; er schimmerte im Mondlicht wie radioaktiv verseuchter Sirup.

Vorsichtig trat Ellen zur Leitplanke und spähte darüber.

Dort lag niemand, weder verletzt noch blutend oder mit hervorquellenden Eingeweiden. Das Gelände war weniger unwegsam, als sie erwartet hatte. Es war steinig und etwas abschüssig, und ein Pfad führte leicht gewunden in die Tiefe. Weiter unten wurde die Vegetation auf beiden Seiten dichter. Schließlich machte der Pfad eine Kurve und führte ins tiefe Dickicht des Waldes darunter; aus dem Wald wehte der intensive Terpentingeruch von Kiefern herüber und etwas weniger Frisches, das nicht so leicht zu identifizieren war.

Jetzt bemerkte sie, dass sich dort unten jemand bewegte und wie eine Geistererscheinung aus dem Wald emporstieg; mit einem weißen Gesicht, das so etwas wie eine silberne Zahnspange zierte. Am Gang konnte sie erkennen, dass es sich um einen Mann handelte. Er kam allmählich in Rufweite. Es schien, als würde er sie genauso aufmerksam mustern wie sie ihn.

War das etwa der Fahrer des Buick?

Obwohl er sich stetig näherte, wurde sie aus seinem Gesichtsausdruck nicht recht schlau. Darin lagen weder Freude noch Wut, weder Angst noch Erschöpfung, und auch kein Schmerz. Sondern irgendwie alles und nichts davon.

Als er nur noch etwa drei Meter entfernt war, den Blick weiterhin nach oben gerichtet, mit derselben sonderbar leeren Miene, konnte sie ihn atmen hören. Er atmete schwer, allerdings nicht so schwer, dass sie glaubte, er wäre müde oder verletzt. Er klang eher wie jemand, der schwere Arbeit verrichtet hatte.

»Sind Sie verletzt?«, brüllte sie hinunter.

Er machte eine fragende Kopfbewegung, wie ein Hund, der versucht, einen Befehl zu verstehen, und es schien Ellen, als hätte er vielleicht was auf den Kopf bekommen und die Orientierung verloren.

»Ich bin in Ihren Wagen gekracht«, rief sie. »Sind Sie okay?«

Sein Gesichtsausdruck änderte sich, und diesmal war er unmissverständlich. Er war verwundert und wütend. Rasch eilte er den Pfad herauf, griff nach der Leitplanke, wobei er mit den Fingern das Blut berührte, und schwang sich herüber aufs Bankett.

Ellen trat zurück, um Platz zu schaffen, und betrachtete ihn aus einiger Entfernung. Der Typ machte sie nervös. Er sah aus wie ein Gespenst.

Nachdem er sie kurz beäugt hatte, warf er einen Blick auf den Chevy, dann wandte er sich ab, um den Buick zu inspizieren.

»Es war meine Schuld«, sagte Ellen.

Er antwortete nicht, stattdessen fixierte er sie wieder; den Kopf immer noch wie ein Hund zur Seite gelegt.

Ellen bemerkte, dass einer seiner Hemdsärmel und die Knie seiner Hose mit Blut beschmiert waren, doch er bewegte sich nicht wie jemand, der verletzt war. Er griff in seine Hosentasche, holte irgendetwas hervor und schnippte mit dem Handgelenk. Ein Klappmesser sprang auf. Die schmale Klinge sog das Mondlicht ein und spuckte es in einem breit gefächerten Silberstrahl wieder aus, während er sie vor sich hin und her drehte, als versuchte er einen widerspenstigen Schlüssel ins Schloss zu stecken. Er bewegte sich auf sie zu; dabei öffnete er die Lippen und zog die Mundwinkel nach oben, und dahinter kamen, nein, keine Zahnspangen, sondern Zähne mit Metallkronen zum Vorschein, die passend zur Klinge funkelten.

Sie überlegte, zum Chevy zu rennen, doch noch während ihr der Gedanke durch den Kopf schoss, wurde ihr klar, dass sie es nicht schaffen würde.

Ellen schwang sich über die Leitplanke und sah im Fallen aus dem Augenwinkel, wie das Messer dort, wo sie gerade noch gestanden hatte, mondhell die Luft zerteilte. Dann sauste es aus ihrem Blickfeld, und sie klatschte auf den Bauch und schlitterte mit den Füßen voran auf dem schmalen Pfad abwärts. Schotter und Wurzeln zerfetzten die Vorderseite ihres Kleides, zerrissen ihre Nylonstrümpfe und bohrten sich in ihr Fleisch. Schmerzerfüllt schrie sie auf, während sie immer schneller in die Tiefe rutschte. Als sie den Kopf hob, bemerkte sie, dass der Mann über die Leitplanke kletterte und taumelnd hinter ihr herrannte, wobei er das Messer wie einen Zauberstab vor sich hielt.

Plötzlich stoppte sie, und ohne zu wissen, ob sie das Richtige tat, stieß sie sich impulsiv mit den Händen weiter. Zu ihrer Rechten fiel der Pfad steil ab, und wenn sie auch nur ein Stückchen in diese Richtung geriet, stürzte sie wahrscheinlich in die Dunkelheit. Doch irgendwie gelang es ihr, weiter den Pfad hinunterzugleiten, bis sie um eine Kurve geschleudert wurde und mit dem Gesicht nach unten, die Handtasche zwischen den Zähnen, liegen blieb.

Ohne sich umzudrehen, rappelte sie sich auf und lief auf den Wald zu, wobei die Handtasche ihr gegen die Seite schlenkerte. Sie ließ den Pfad hinter sich, so weit es ging, schlug die Äste beiseite, um nicht im Gesicht getroffen zu werden, und kämpfte sich durch Ranken und Sträucher, die sich um ihre Füße zu wickeln und sie zu Fall zu bringen drohten.

Der Mann rannte hinter ihr her; auch wenn er nicht völlig außer Atem war, schnaufte er ganz schön. Zum ersten Mal seit Monaten war sie Bruce dankbar für seinen ganzen Überlebenstraining-Irrsinn. Sein Ehrgeiz, sie beide in Form zu bringen, zahlte sich jetzt aus. Vom vielen Joggen hatte sie Lungen wie ein Stier, dazu durchtrainierte Beine und Fußgelenke. Ihr fiel ein Satz aus einem von Bruces Überlebensbüchern ein. *Tun Sie das Unerwartete.*

Als sie zwischen den Kiefern auf einen Pfad stieß, folgte sie ihm, verließ ihn jedoch plötzlich wieder und lief zurück ins Dickicht. Sie kam hier zwar mühsamer vorwärts, doch ihr Verfolger würde sie auf dem Pfad vermuten.

Die Kiefern wurden jetzt so dicht, dass sie auf allen vieren weiterkrabbelte. So kam sie besser voran. Kurz darauf blieb sie hocken, lehnte sich mit dem Rücken gegen eine der Kiefern, und saß da und lauschte. Sie hielt ihr Versteck für einigermaßen sicher, da die Äste der Kiefern weit bis nach unten wuchsen und auf den Boden herabhingen. Sie atmete mehrmals tief durch und hielt jedes Mal für einen Moment die Luft an. Allmählich normalisierte sich ihr Atem wieder. Etwas über sich, dort, wo der Pfad verlief, konnte sie die hastigen Schritte des Mannes hören, die sich jetzt näherten. Sie wagte nicht zu atmen.

Immer wieder verstummten die Schritte, und sie stellte sich vor, wie der Mann sein merkwürdiges blasses Gesicht hin und her bewegte, während er versuchte herauszufinden, was mit ihr passiert war. Dann war wieder das Laufgeräusch zu hören, und der Mann stürmte weiter den Pfad hinunter.

Ellen dachte daran, zum Wagen zurückzurennen und davonzufahren. Trotz des Schadens glaubte sie, dass er noch funktionierte, doch sie zögerte, ihr Versteck zu verlassen und ins Mondlicht zu treten. Allerdings schien das immer noch besser, als einfach hier zu verharren. Wenn sie gar nichts unternahm, konnte jederzeit der Mann zur Straße zurückkehren und dort auf sie warten. Und es würde Tage dauern, sich einen Weg durch die Wälder zu bahnen, die sich oberhalb und unterhalb von ihr über unzählige Morgen Land erstreckten; ohne etwas zu essen und zu trinken und ohne Kenntnis der Geografie würde sie es womöglich nie schaffen und tagelang im Kreis herumirren.

Da fiel ihr Bruces Leitspruch fürs Überlebenstraining ein. Sie erinnerte sich an etwas, was er mal bei einem seiner Selbstverteidigungskurse gesagt hatte, zu einem Haufen Hinterwäldler, die eine kommunistische Machtübernahme herbeisehnten, damit sie zeigen konnten, was sie draufhatten. »Nutzt, was ihr zur Hand habt«, hatte er ihnen erklärt. »Überlegt, was ihr dabeihabt und wie ihr es einsetzen könnt.«

Na schön, dachte sie. Na schön, Brucey, du Mistkerl. Schauen wir mal, was ich vorweisen kann.

Sie wusste ganz sicher, dass sie eine kleine Taschenlampe dabeihatte. Das war nicht viel, doch damit konnte sie den Inhalt ihrer Handtasche durchsuchen. Sie fand sie sofort; ohne sie aus der Handtasche zu nehmen, knipste sie die Lampe an und hielt sich die Tasche dicht vors Gesicht, um einen Blick auf den Inhalt zu werfen. Noch bevor sie es fand, fiel ihr das Necessaire ein. Außer dem Fläschchen mit dem Nagellackentferner beherbergte es eine Polierfeile und zwei Metallfeilen. Letztere waren genau, was sie jetzt brauchte. Sie konnte sie als Waffen benutzen; das war nicht viel, aber immerhin etwas.

Außerdem war da, zusätzlich zum Etui, eine winzige Nagelschere; die Klingen der Schere waren etwa einen halben Zentimeter lang. Sie würde ihr nicht viel nutzen, doch sie behielt die kleine Schere für alle Fälle im Hinterkopf.

Schließlich schaltete sie die Taschenlampe aus, nahm eine der Feilen aus dem Etui und legte es in die Handtasche zurück. Sie umklammerte die Feile und machte damit eine zaghafte Stoßbewegung. Sie kam ihr so leicht und schmal vor, so lächerlich.

Vorhin hatte sie die Handtasche über der Schulter getragen; um sie nicht zu verlieren, schlang sie sich jetzt den Trageriemen um den Hals und steckte den Arm durch.

Die Nagelfeile fest im Griff, krabbelte sie auf allen vieren unter den Kiefern zum Pfad und streckte den Kopf hinaus. Als Erstes spähte sie ihn hinunter, und dort, keine zehn Meter entfernt, das Messer dicht am Körper, stand der Mann und blickte den Pfad herauf. Der Mond tauchte sein Gesicht in ein kaltes Licht, und die Schatten der Äste, die im Wind hin und her schaukelten, bewegten sich über seinen Körper. Es war fast, als beugte sie sich über einen Swimmingpool und starrte durchs Wasser zu ihm auf den Grund – oder auf seine Reflektion an der Oberfläche.

Augenblicklich wurde ihr klar, dass er den Pfad ein ganzes Stück hinuntergejagt war, dass ihr plötzliches Verschwinden ihn jedoch stutzig gemacht hatte und er umgekehrt war, um nachzusehen, wo sie steckte. Und wie als Antwort auf diese Frage hatte sie sich ihm soeben gezeigt.

Einen Moment verharrten beide in ihrer Haltung, dann tat der Mann einen Schritt den Pfad hinauf, und als er losrannte, krabbelte Ellen auf allen vieren rückwärts zwischen die Kiefern.

Sie hatte nicht einmal drei Meter zurückgelegt, als sie gegen einen dicken Ast stieß, der ihr dicht über dem Boden den

Weg versperrte. Sie ließ sich auf den Bauch fallen und schlängelte sich darunter durch. Während sie den Kopf einzog, sah sie, wie »Mondgesicht« ins Dickicht krabbelte; er holte schnell auf. Und noch schneller, als er sich plötzlich vorwärtswarf und damit gleich die Hälfte der verbliebenen Strecke zurücklegte – das Messer verfehlte sie nur knapp.

Ellen krümmte sich von ihm weg und merkte, wie sie den Boden unter den Füßen verlor. Die Feile entglitt ihr, und sie griff nach dem Ast, der sich unter ihrem Gewicht weit nach unten bog. So weit, dass sie mit ihren Füßen festen Boden berührte. Erleichtert stellte sie fest, dass sie nicht von einem Felsvorsprung, sondern in eine Grube gefallen war, die das Regenwasser ausgespült hatte.

Über ihr im Schatten, beschienen von ein paar vereinzelten Strahlen des Mondes, die sich durch die Äste der Kiefern stahlen, ragte ihr Verfolger auf. Die Metallkronen auf seinen Zähnen funkelten im Mondlicht. Als er ebenfalls eine Hand an den Ast legte, ließ sie los.

Mit einem Zischen sauste der Ast nach oben und traf den Mann voll ins Gesicht, sodass er nach hinten geschleudert wurde.

Ellen machte sich nicht die Mühe, seine Verletzungen zu begutachten. Als sie sich umdrehte, erkannte sie, dass die Grube in einen dicht mit Bäumen bewachsenen Abhang mündete, die wie riesige Speere voller Federn, die man in die Flanke des Bergs gespießt hatte, in den Himmel ragten.

Sie machte sich an den Abstieg und ließ sich vom Gefälle vorwärtstragen; um abzubremsen und das Gleichgewicht zu wahren, hielt sie sich immer wieder an Ästen und Baumstämmen fest. Hinter ihr kletterte der Mann herab und folgte ihr, doch sie wandte sich nicht um. Da sah sie, dass der Hang weiter unten steiler wurde und vor ihr fast senkrecht abfiel. Es gab keinen Halt außer den Bäumen, und um sich von einem zum anderen zu bewegen, müsste sie sich wie ein Schimpanse von Ast zu Ast fallen lassen. Keine angenehme Vorstellung.

Ihr einziger Trost war, dass die Bäume zu ihrer Rechten, die sich dem Berg zuneigten, dicht wie Krebszellen wucherten. Sie rannte in diese Richtung und schlug dabei einen weiten Bogen, dann arbeitete sie sich weiter abwärts, um erneut in den Wald einzutauchen.

Bevor sie zwischen den Kiefern verschwand, riskierte sie einen Blick über die Schulter; der Mann, den sie »Mondgesicht« getauft hatte, war nun ein gutes Stück entfernt.

Sie schlängelte sich zwischen unzähligen Bäumen hindurch und geriet immer tiefer in den Wald; je weiter sie vordrang, desto dichter wuchsen die Äste über dem Boden, und die Bäume standen inzwischen so dicht, dass sie wie Pfeifenreiniger ineinander verschlungen waren. Auf allen vieren kroch sie zwischen Ästen hindurch und um Baumstämme herum.

Um sie nicht zu verlieren, musste »Mondgesicht« ihrem Beispiel folgen. Zunächst konnte sie ihn noch hinter sich hören, doch nach einer Weile hörte sie nur noch ihre eigenen hektischen Atemzüge.

Sie hielt inne und lauschte.

Nichts.

Hinter ihr fiel das Mondlicht auf die ineinander verschlungenen Äste, unter denen sie hindurchgekrabbelt war. Sie vermutete, dass ihr Vorsprung, die Haken, die sie geschlagen hat te, und der Schutz der Kiefern, ihn in die Irre geführt hatten, zumindest fürs Erste.

Da schoss ihr durch den Kopf, dass, wenn sie innegehalten hatte, um zu lauschen, er womöglich gerade dasselbe tat, und sie fragte sich, ob sie womöglich seinen Herzschlag hören könnte. Sie atmete tief ein, hielt einen Moment die Luft an und atmete langsam durch die Nase wieder aus, dann wiederholte sie das Ganze. Ihr Atem hatte sich jetzt einigermaßen beruhigt, und sie hatte das Gefühl, als wäre ihr Herz, auch wenn es immer noch wie wild hämmerte, wieder in ihrem Brustkorb gelandet, dort, wo es hingehörte.

Den Rücken gegen einen Baumstamm gelehnt, hockte sie da, lauschte und spähte umher, voller Angst, das seltsame Gesicht könnte plötzlich durch die Äste brechen und auf sie zurasen, während es sie mit seinen schrecklichen Zähnen angrinste, oder, noch schlimmer, er könnte sich ihr von hinten nähern, mit seinem Messer um den Baumstamm greifen und kurzen Prozess mit ihr machen.

Sie vergewisserte sich, dass sie ihre Handtasche noch hatte. Dann öffnete sie sie, ertastete das Etui und nahm die zweite Feile heraus, fest entschlossen, sie besser einzusetzen als die erste. Sie hatte keine Skrupel, sie zu gebrauchen, sie war zu allem bereit, aber was nutzte ihr das? Der Mann war eindeutig stärker als sie und offensichtlich völlig verrückt.

Erneut musste sie an Bruce denken. Was hätte er in so einer Situation getan? Er wäre zweifellos der richtige Mann für diesen Job gewesen. Er hätte seinen Spaß daran gehabt. Wahrscheinlich hätte er »Mondgesicht« auf einem Felsvorsprung zum Kampf Mann gegen Mann herausgefordert, und wäre selbst mit nur einer Nagelfeile überzeugt gewesen, es mit ihm aufnehmen zu können.

Ellen dachte daran, wie sehr sie Bruce hasste, und selbst jetzt, wo sie ihn los war, war sie noch von glühendem Zorn auf ihn erfüllt. Wie hatte sie sich auf diesen bescheuerten Macho überhaupt einlassen können? Anfangs hatte sie ihn durchaus attraktiv gefunden. Seine Stärke. Seine Selbstsicherheit. Diese zupackende Art. Sein Überlebenstick hatte immer schon leicht bizarr auf sie gewirkt, zunächst allerdings auch nicht bizarrer als eine Leidenschaft für Golf oder ein unerschütterlicher Glaube an Astrologie. Wenn sie gewusst hätte, wie wichtig ihm die Sache war, hätte sie sich wahrscheinlich erst gar nicht zu ihm hingezogen gefühlt.

Oder doch? Wenn sie es recht überlegte, hätte das nichts geändert. Sie war definitiv von ihm fasziniert gewesen, von seinem Aussehen und seiner Statur, von seiner Vitalität. Allein ihr sexuelles Verlangen und ihre eigene Blödheit waren also schuld. Und was noch schlimmer war: Als es zwischen ihnen nicht mehr so lief, war sie bei ihm geblieben und hatte alles nur noch ärger gemacht. Sie hatten ihre schönen Momente gehabt, aber sie wurden bald schon überschattet von Bruces Entschluss, auf den Großen Tag vorbereitet zu sein, wie er das nannte. Er wusste, der Tag würde kommen, auch wenn er sich nicht ganz sicher war, wer dafür verantwortlich sein würde. Aber irgendjemand würde irgendeinen Krieg beginnen, einen Atomkrieg, einen Straßenkrieg, und nur ein zäher Einzelkämpfer, gut bewaffnet und bestens ausgebildet, muskulös und willensstark, würde die erste Angriffswelle überleben. Und diese Überlebenden würden einen Guerillakrieg austragen müssen, Überraschungsangriffe starten und schließlich das Land zurückerobern, von ... wem auch immer. Und wenn schon nicht zurückerobern, dann wenigstens ein Leben frei von Gewaltherrschaft führen.

Es war albern. Die Fantasie eines kleinen Jungen. Es ging darum, sich mit Pistole und Messer durchzuschlagen. Und eine Frau besitzen. Sie war diese Frau. Anfangs war Bruce noch zärtlich gewesen und hatte sie mit Respekt behandelt. Es war nicht zu verkennen, dass er ein Macho war, aber das hatte zunächst harmlos gewirkt und einen altmodischen Charme versprüht. Doch als er mit ihr in die Berge gezogen war, hatte sich sein Charme in Tyrannei verwandelt, und der kleine Riss in seinem Kopf war immer größer geworden, bis eine tiefe dunkle Kluft daraus entstanden war.

Sie sollte den Haushalt führen und sein Bett anwärmen, und wenn sie eine andere Meinung hatte als er, kanzelte er sie ab. Er las ständig nur in seinen Überlebensbüchern und zitierte daraus, dann schlug er ihr vor, auch mal einen Blick reinzuwerfen, damit sie sich gegen zukünftige Angreifer zur Wehr setzen könnte.

Schließlich verlor er vollends den Verstand und lebte wie ein Trapper, kommandierte sie pausenlos herum und beäugte mit wirrem Blick misstrauisch jede ihrer Bewegungen. Während er damit rechnete, auf seinem Kurzwellenempfänger jeden Augenblick die Nachricht vom Ausbruch des Dritten Weltkriegs zu hören oder dass die USA von Rassenunruhen heimgesucht wurden oder auf dem Rasen vor dem Weißen Haus eine glitzernden Raumsonde voll außerirdischer Invasoren mit Strahlenkanonen gelandet war – hockte sie eingesperrt in seiner Berghütte, und er trug die Schlüssel zu ihrem Chevy und seinem Jeep mit sich herum.

Eine Zeit lang fürchtete sie, er könne sich in seiner Paranoia einbilden, dass sie zu den »Bösen« gehörte, und ihr eine Kugel in die Brust jagen. Doch jetzt war sie ihn los, hatte all das hinter sich gelassen ... nur um von einem anderen Mann bedroht zu werden; einem mondgesichtigen Scheusal mit silbernen Zähnen und einem Messer.

Erneut stellte sie sich die Frage, was Bruce wohl tun würde. Außer »Mondgesicht« zum Zweikampf herauszufordern. Am aussichtsreichsten schien es, sich an ihm vorbeizuschleichen und zum Chevy zurückzuklettern. Bruce hätte dabei seine Guerillatechniken angewandt. »Nutzt, was ihr zur Hand habt.«

Nun, sie hatte überprüft, was sie dabeihatte: ein paar Nagelfeilen, von denen sie eine oben am Berg verloren hatte.

Aber vielleicht betrachtete sie das Ganze ja von der falschen Seite. Schon möglich, dass sie »Mondgesicht« nicht überwältigen konnte, aber vielleicht ließ er sich überlisten. Schließlich hatte sie es auch geschafft, Bruce zu überlisten, obwohl er sich selbst als meisterhaften Strategen und Planer eingeschätzt hatte.

Sie versuchte sich in »Mondgesichts« Kopf zu versetzen. Was ging in ihm vor? Momentan betrachtete er sie als seine Beute, als ein verängstigtes Tier auf der Flucht. Vielleicht war er wegen des Tricks mit dem Ast jetzt etwas vorsichtiger, aber wahrscheinlich hielt er das für Zufall – was mehr oder weniger auch stimmte ... Doch was, wenn die Beute den Spieß umdrehte?

Plötzlich knackte es, Ellen krabbelte ein Stückchen in die Richtung, aus der das Geräusch gekommen war, und schob behutsam einen Ast zur Seite. Als sie in einiger Entfernung, durchs Astgewirr nur undeutlich zu erkennen, ein Licht vorbeihuschen sah, wusste sie, dass es »Mondgesicht« war. Er musste auf einen Ast getreten sein.

Jetzt stand er mit gesenktem Kopf da und starrte zu Boden, während er mit einer kleinen Taschenlampe umherleuchtete; offensichtlich betrachtete er die Kriechspur, die sie mit Händen und Knien hinterlassen hatte, als sie ins Kieferndickicht gekrabbelt war.

Sie beobachtete, wie sich die Gestalt mit dem Licht zwischen den Ästen und Baumstämmen hin und her bewegte, sich daran vorbeischlängelte und langsam näher kam. Sie wollte loslaufen, wusste jedoch nicht, wohin

»Na schön«, dachte sie. »Na schön. Immer mit der Ruhe. Denk nach.«

Sie traf ihre Entscheidung schnell. Sie nahm die Schere aus ihrer Handtasche, zog die Schuhe aus, schlüpfte aus der Strumpfhose und stieg wieder in ihre Schuhe.

Rasch schnitt sie aus der kaputten Strumpfhose drei lange Streifen und band sie mit den Seemannsknoten zusammen, die Bruce ihr beigebracht hatte. Dann schnitt sie ein paar weitere dünne Streifen aus der Hose – während sie auf die Schritte von »Mondgesicht« lauschte – und befestigte mit allen außer einem den Griff der Nagelfeile an der Spitze eines kleinen, biegsamen Kiefernastes; das eine Ende des langen Nylonstreifens knüpfte sie knapp unterhalb der Feile an den Ast, dann krabbelte sie rückwärts und zog den Ast mit sich, bis er sich stark krümmte. Als sie ihn, so weit wie sie konnte, zurückgezerrt hatte, packte sie mit aller Kraft den Nylonstreifen und kroch, während sie so den Ast straff gespannt hielt, um den Stamm einer kleinen Kiefer, führte den Streifen um sie herum und verknotete ihn am Fuß eines kleinen Baums, der auf der anderen Seite ihrer Kriechspur emporragte. Den letzten Nylonstreifen brachte sie an diesem Schlaufenknoten an, spannte ihn vorsichtig über die Spur und befestigte ihn an einem weiteren Bäumchen. Falls es klappte, würde er mit Händen oder Knien, wenn er hinter ihr durchs Dickicht gekrochen kam, den Streifen berühren und die Schlaufe aufziehen, sodass der Ast nach vorne schnellte und er von der Feile getroffen wurde, ins Auge, wenn sie Glück hatte.

Als sie eine Pause einlegte, um erneut einen Blick durch die Äste zu werfen, entdeckte sie, dass »Mondgesicht« durchs dichte Laubwerk auf allen vieren in ihre Richtung krabbelte. Es blieb kaum noch Zeit.

Sie schaufelte eine Handvoll Kiefernnadeln über den Nylonstreifen und rutschte auf dem Bauch unter dem gespannten Bäumchen hindurch, ohne weiter darauf zu achten, ob man sie hören konnte, vielmehr in der Hoffnung, dass die Geräusche »Mondgesicht« schnell herführten.

Sie kroch hastig den Berghang hinauf, bis die Bäume sich wieder lichteten und sie aufrecht stehen konnte. Dann schnitt sie mit der Schere zwei lange Nylonstreifen aus ihren

Strümpfen und spannte sie etwa auf Höhe der Knöchel zwischen zwei Bäume.

Das würde ihn noch mal richtig wütend machen, aber die nächste Falle war dann der Knaller.

Sie eilte den Pfad hinauf und knüpfte den Rest der Nylonstrümpfe zwischen zwei kleine Bäume, dann packte sie einen kurzen, schmalen Ast, zerrte daran, bis es knackte, und knickte ihn zu einer Spitze ab. Dann brach sie den Ast übers Knie, damit er am anderen Ende ebenfalls spitz zulief. Nachdem sie kurz mit den Augen Maß genommen hatte, rammte sie das eine Ende des Stocks in die weiche Erde; die andere Spitze ragte aus dem Boden.

Im selben Moment zeigte sich, dass ihre erste Falle funktioniert hatte – als der Ast nach vorne schnellte, ertönte ein lautes Zischen, gefolgt von einem schmerzerfüllten Schrei. Unter unartikuliertem Geheul krabbelte »Mondgesicht« aus dem Dickicht auf den Weg. Eine Hand am Gesicht, erhob er sich langsam und starrte wütend zu ihr hinauf, dann ließ er die Hand sinken. Die Feile hatte ihn an der Wange erwischt; sie war voller Blut. »Mondgesicht« deutete mit seiner blutverschmierten Hand in ihre Richtung und stieß einen anklagenden Schrei aus, der so grauenvoll klang, dass sie unverzüglich weiterlief. Er stürmte hinter ihr her.

Der Pfad wurde jetzt steiler und machte plötzlich eine Biegung. Sie folgte der Biegung ein Stück und wandte sich um – gerade als »Mondgesicht« über den ersten Streifen stolperte und zu Boden ging; gleich darauf rappelte er sich rasend vor Wut wieder auf und stürzte noch schneller den Pfad hinauf. Doch dann wurde er vom zweiten Streifen erwischt und fiel mit ausgestreckten Armen vornüber. Der spitze Ast, der im Boden steckte, traf ihn unten am Hals.

Ellen stand wie versteinert am oberen Ende des Pfads, während er sich mit den Armen nach oben drückte und sich mit der Hand an den Hals griff. Selbst aus dieser Entfernung, mit dem Mond als einziger Lichtquelle, konnte sie erkennen, dass er sich übel verletzt hatte.

Hervorragend.

»Mondgesicht« durchbohrte sie mit seinem Blick, dann stand er auf. Ellen drehte sich um und jagte davon. Während sie im Zickzack den Pfad hinaufhastete, wurde der Untergrund besser, und sie vermutete, dass sie den Weg zurücklief, den sie vorhin gekommen war.

Ihre Hoffnungen wurden jedoch enttäuscht, als sich die Kiefern lichteten und der Pfad nach unten abfiel, immer schmaler wurde und sich schließlich im Nichts verlor. Bevor sie überhaupt abbremsen konnte, bemerkte sie, dass sie sich auf einer Art Halbinsel befand, die über den Berg hinausragte wie ein unregelmäßig geformtes Sprungbrett, von dem man ins bodenlose Dunkel der Nacht segeln konnte.

Anstelle der Kiefern, die den Pfad gesäumt hatten, erhoben sich hier unzählige Vogelscheuchen auf Pfählen, und an der äußersten Spitze der Halbinsel hockte eine Hütte, die aus Stöcken, Lehm und dornigen Zweigen bestand.

Nachdem sie sich etwas verschnauft hatte, konnte Ellen erkennen, dass es keinesfalls Vogelscheuchen waren, die den Pfad säumten. Sondern Menschen.

Sie waren tot. Sie konnte sie riechen.

Auf jeder Seite waren mindestens ein Dutzend Leichen senkrecht an den Pfählen befestigt, die, ihre Knie leicht gekrümmt, mit den Füßen den Boden berührten. Alle waren vollständig bekleidet und unterschiedlich stark verwest. Passend zu ihren leeren Augenhöhlen hatte jemand Löcher in ihre Hinterköpfe gebohrt, sodass das Mondlicht hindurchschien; und mit einem Schauder bemerkte Ellen, dass eine der Leichen ein weißes Sommerkleid und rosafarbene Plastikschuhe anhatte; durch ihren Kopf funkelten die Sterne.

An den Fingern trug die Leiche einen Ehering; sie waren inzwischen so schmal und vertrocknet, dass der Ring nur noch vom Knöchel gehalten wurde.

Der Mann neben ihr war noch etwas frischer. Er hatte ebenfalls keine Augen mehr, und irgendjemand hatte bis zur Rückseite seines Schädels Löcher gebohrt; allerdings hatte er immer noch seine Brille auf der Nase und war noch nicht ganz verwest. Aus seiner Manteltasche ragte ein Etui mit Kugelschreiber und Bleistift. Er trug nur einen Schuh.

Dann war da ein Skelett in Arbeitskleidung; zwischen seinen Lippen steckte eine vertrocknete Zigarre. Ein frischer UPS-Bote, die Kappe keck in die Stirn geschoben, während der Mond durch seinen Schädel schien; an seinen Händen war mit Bindfaden ein Klemmbrett befestigt, und seine Beine waren wie zum Laufen ausgestreckt. Außerdem gab es eine Hausfrau mit einer zerknitterten, halb verrotteten Einkaufstüte unterm Arm, deren Inhalt längst durch den zerrissenen, aufgeweichten Boden gefallen war und sich vor ihren Füßen zu einem Etwas aus farblosen Schachteln und Glassplittern aufgetürmt hatte. Und dann war da noch eine verschrumpelte Leiche mit Ballettröckchen und Tanzschuhen, vor deren Brustkorb an einer Schnur zwei verfaulte Grapefruits als Brüste hingen; ihre Beine schienen zu tanzen und auf den Zehenspitzen zu einem Sprung oder einer Pirouette anzusetzen.

Der wahre Horror allerdings waren die Kinder. Die Leiche eines armen kleinen Jungen, die noch ganz frisch wirkte, war so positioniert worden, dass ein Teddybär von seiner Armbeuge herabbaumelte. Vor seinen Füßen standen ein Metalltraktor und ein Plastiktruck.

Oder das kleine Mädchen, das eine rote Clownsnase aus Gummi und eine Kappe mit Propeller trug. Über ihrer Schulter lag der Riemen einer grünen Plastikhandtasche, und an ihrer Handfläche war mit schwarzem Klebeband ein Puppenbein befestigt. Die Puppe hing verkehrt herum nach unten, und passend zu ihrer Besitzerin hatte jemand zwei Löcher in ihren Plastikkopf gebohrt.

Allmählich fügte sich alles zusammen. Und Ellen begriff, was »Mondgesicht« hier unten in Wirklichkeit gemacht hatte. Er war gar nicht im Buick gewesen, als sie ihn gerammt hatte. Er hatte eine Leiche fortgeschafft. Zuerst tötete er die Leute, dann brachte er seine Opfer hierher und platzierte sie, in einer Art Parodie ihrer Lebensweise, zu beiden Seiten des Pfads, schnitt ihnen die Augen heraus und durchlöcherte ihnen den Hinterkopf, um die Welt hineinzulassen.

Benommen konstatierte Ellen, dass ihr die Zeit davonlief und »Mondgesicht« immer näher kam, dass sie den Pfad zum Wagen hinauf finden musste. Doch als sie sich umdrehte, erstarrte sie.

Zehn Meter entfernt, wo der Pfad auf die letzten Kiefern traf, genau in der Mitte, kauerte »Mondgesicht«, die Arme auf den Knien, das Messer locker in einer Hand. Er wirkte ruhig, fast glücklich, obwohl ein breiter Streifen getrocknetes Blut an seiner Wange klebte und der Wunde an seinem Hals die Luft mit einem leisen Pfeifgeräusch entwich.

Er schien sich diebisch zu freuen und jenem Moment entgegenzufiebern, in dem er sich mit dem Messer über ihre Augen hermachen konnte – und über die graue Masse dahinter, über ihren Schädel.

Vor ihrem geistigen Auge entstand das Bild ihrer eigenen Leiche, die neben dem Kind mit dem Teddybär emporragte, während das Mondlicht durch ihren hohlen Schädel fiel und sich in den Pfad brannte.

Dann spürte sie Wut in sich aufsteigen. Und war fest entschlossen, keine leichte Beute für ihn zu sein. »Mondgesicht« würde sich anstrengen müssen.

Ein weiterer Satz aus Bruces Buch fiel ihr ein. *Bedenken Sie Ihre Alternativen.*

Und das tat sie, ganz schnell. Es sah finster aus. Sie konnte versuchen, an »Mondgesicht« vorbeizustürmen, und in die Kiefern hineinlaufen. Aber es schien unwahrscheinlich, dass sie es vor ihm zu den Bäumen schaffte. Sie konnte auch versuchen, den Pfad zu verlassen und nach unten zu klettern, aber dort war es viel zu steil, und sie würde vermutlich auf der Stelle abstürzen. Sie konnte zur Hütte rennen und nach einer Waffe suchen. Die letzte Idee schien ihr die einzig richtige zu sein; das hätte Bruce auch probiert. Wie lautete noch sein Spruch? »Wenn es keine Fluchtmöglichkeit gibt, zieh dich zurück und setz dich mit dem, was greifbar ist, zur Wehr.«

Sie eilte zur Hütte und schaute sich dabei immer wieder nach »Mondgesicht« um. Er hatte sich nicht von der Stelle bewegt. Er beobachtete sie gelassen, als hätte er alle Zeit der Welt.

Kurz bevor sie durch den türlosen Eingang trat, warf sie einen letzten Blick zurück. Er hockte immer noch an derselben Stelle, das Messer schlaff in der Hand, und fixierte sie. Er glaubte ganz offensichtlich, sie dort zu haben, wo er sie haben wollte, doch genau das wollte sie ihm weismachen. Sie hoffte nur, dass sie etwas fand, mit dem sie ihn überraschen konnte.

Sie eilte ins Innere, und keuchte unwillkürlich auf.

Im Zimmer stank es, und das hatte seinen Grund. In der Mitte der kleinen Hütte standen ein aufklappbarer Spieltisch sowie mehrere Stühle, und auf einem davon saß eine Frau; ihr verwestes Fleisch tropfte wie Kerzenwachs von ihrem Schädel, die Augenhöhlen waren leer, und im Hinterkopf klafften zwei Löcher. Einer ihrer Arme lag auf dem Tisch, und ihre Hand umklammerte eine offene Flasche

Whiskey. Neben ihr, ebenfalls ohne Augen und aufrecht gehalten von mehreren Drähten, die am Dach befestigt waren, stand ein Mann. Er war erst vor Kurzem getötet worden. Er war groß gewachsen und trug Khakihosen, Hemd und Arbeitsschuhe. An einer Hand war ein einmal gefalteter Gürtel festgeklebt, und sein Arm wurde von mehreren Drähten nach hinten gezerrt, sodass es aussah, als würde er gleich zuschlagen. Ein paar weitere Drähte spannten sich von den Lippen zu seinem Hinterkopf, was für ein makabres Grinsen sorgte. An seinen Zähnen waren Streifen aus Alufolie befestigt, und das Mondlicht, das durch eine Öffnung oben in der Hütte hereindrang, glänzte darin, sodass sie Ähnlichkeit mit »Mondgesichts« metallbesetzten Beißern hatten.

Ellen war mehr als mulmig zumute, doch sie kämpfte gegen das Gefühl an. Sie hatte jetzt andere Sorgen als diese Leichen. Sie musste verhindern, selbst eine zu werden.

Zügig ließ sie ihren Blick durch das Innere wandern. Links von ihr stand ein Rollbett mit verrostetem Rahmen und einer windigen, dreckigen Matratze, an der Wand vor ihr eine Krippe und daneben ein Campingherd mit einer kleinen Pfanne.

Sie warf einen kurzen Blick durch die Tür der Hütte. »Mondgesicht« hatte jenen Abschnitt des Pfads betreten, der von den Leichen gesäumt wurde. Er schritt sehr langsam dahin und schaute hin und wieder nach oben, als wollte er die Sterne betrachten.

Ihr Herz klopfte jetzt schneller.

Sie ging durch die Hütte und suchte nach einer Waffe.

Die Pfanne.

Als sie danach griff, sah sie, was in der Krippe war. Natürlich das, was dort hingehörte. Ein Baby. Aber tot. Ein paar Monate alt. Die Haut dünn wie Plastik, straff über elend kleine Rippenbögen gespannt. Ohne Augen, dafür mit Löchern im Kopf. Ein heruntergebrannter Streichholzstummel steckte zwischen den schwarzen Zehen. Es trug eine Windel, und der Gestank von Kot stieg daraus empor und drang in Ellens Nase. Am Fuß der Krippe lag eine Rassel.

Die schreckliche Erkenntnis traf sie wie ein Faustschlag. Das Baby hatte noch gelebt, als dieser Verrückte es mitgenommen hatte, und war hier gestorben, verhungert und zu Tode gequält. Sie packte die Pfanne so energisch, dass ihre Hand sich verkrampfte.

Gleichzeitig stieß sie mit ihrem Fuß irgendwo an.

Sie spähte nach unten. Dort lag ein Haufen großer Knochen – Mamis und Papis, die ausrangiert worden waren; nichts anderes sollten die Leichen darstellen, das wurde ihr jetzt klar.

Doch zwischen den Knochen schimmerte etwas durch. Ein goldenes Feuerzeug.

»Mondgesicht« hatte inzwischen die Hälfte des Wegs zurückgelegt. Er war stehen geblieben, um ganz beiläufig das Klemmbrett des UPS-Boten zurechtzurücken. Dieser Spinner hatte hier seine eigene kleine Gemeinschaft errichtet, seine eigene Familie, Menschen, zu denen er eine Beziehung hatte – tote Menschen –, und es war klar, dass er sie zum Teil seiner Schöpfung machen wollte.

Ellen dachte daran, ihn, sobald er durch die Tür trat, ohne Umschweife mit der Pfanne zu attackieren; doch er war stark genug gewesen, eine Feile in der Wange und einen Stock im Hals wegzustecken, und obwohl er an der Kehle schwer verletzt war, hatte er sie weiterverfolgt. Wahrscheinlich war er auch stark genug, um es mit ihr und der Pfanne aufzunehmen.

Sie brauchte einen Plan B. Ein weiterer von Bruces Ratschlägen. Ihr fiel eine Freundin vom College ein, Carol, die sich die Zeit damit vertrieben hatte, mit ihrem Höschen Geschosse auf einen Teddybär abzufeuern, der auf einem Stuhl stand. Das ging sogar so weit, dass sie dem Bären einen Apfel auf den Kopf legte. Schließlich stiegen Ellen und ihre Zimmergenossin mit ein. In einer Schachtel neben der Tür lagen neben Murmeln stets frische Höschen mit straffem Gummiband bereit, und der Bär mit dem Apfel stand immer an derselben Stelle. Mit der Zeit avancierte Ellen zur treffsichersten Schützin. Allerdings war das zehn Jahre her. Sie war längst aus der Übung, nicht mal für ein gelegentliches Spielchen fand sie noch Zeit ... Trotzdem ...

Ellen deponierte die Pfanne auf dem Ofen, hob ihr Kleid, streifte den Slip herunter und hob das Feuerzeug auf.

Sie legte es in den Schritt des Höschens und steckte ihre Finger durch die Löcher für die Beine, um eine Zwille zu bilden, dann griff sie durch das Höschen hindurch nach dem Feuerzeug und zog es zurück; das Gummiband schien durchaus stabil genug, um das Geschoss damit abzufeuern.

Na also. Immerhin ein Anfang.

Rasch warf sie ihre Handtasche zur Seite, damit »Mondgesicht« nicht danach greifen und Ellen zu sich rüberziehen konnte. Dann riss sie der männlichen Leiche die Whiskeyflasche aus der Hand und ließ sie mit dem Boden gegen den Ofen krachen. Whiskey und Glassplitter flogen durch die Luft. Jetzt hatte sie eine scharfe Waffe, mit der sie ihren Angreifer attackieren konnte. Die zerbrochene Flasche platzierte sie neben der Pfanne auf dem Ofen.

Draußen schlenderte »Mondgesicht« wie ein schüchterner Teenager auf dem Weg zu einer Verabredung auf die Hütte zu.

In wenigen Momenten war er bei ihr. Sie spähte im Zimmer umher, in der verzweifelten Hoffnung, in letzter Sekunde doch noch einen Fluchtweg zu entdecken. Vergeblich.

Schweiß tropfte von ihrer Stirn und lief ihr in die Augen; mit einem Blinzeln wischte sie ihn fort, dann zog sie die Höschenzwille mit dem goldenen Geschoss halb zurück. Sie wusste, dass ihre provisorische Waffe nicht schlagkräftig genug war, um ihn ernsthaft zu verletzen, aber vielleicht konnte sie ihn für einen Moment ablenken und dann mit der Flasche attackieren. Wenn sie direkt auf ihn losstürmte, da war sie sich sicher, würde er sie entwaffnen und kurzen Prozess mit ihr machen, doch wenn sie ihn auf dem falschen Fuß erwischte ...

Sie senkte die Arme, die provisorische Zwille immer noch vor sich bereit zum Schuss.

Mit eingezogenem Kopf kam »Mondgesicht« durch die Tür, und mit ihm ein saurer, süßlicher Geruch. Seine Halsverletzung pfiff in ihre Richtung, wie ein Teekessel, der kurz davor war zu kochen. Jetzt erkannte sie, dass er größer war, als sie zunächst angenommen hatte. Er war hochgewachsen und kräftig, und hatte breite Schultern.

Er sah zu ihr herüber, und da war er wieder, dieser ganz spezielle Gesichtsausdruck. Das Mondlicht, das durch die Türöffnung drang, fiel auf seine Augen und seine Zähne, und es schien, als wäre dieses Licht seine Energiequelle. Er füllte seinen Brustkorb mit Luft und wirkte sofort fünf Zentimeter größer. Er betrachtete die Frauenleiche auf dem Stuhl und die des Mannes, die von den Drähten aufrecht gehalten wurde, dann blickte er zum Laufstall hinüber.

»Mondgesicht« warf Ellen ein Lächeln zu und quiekte, mehr, als dass er sprach: »Dein Stecher ist zurück, Schätzchen.«

Noch bin ich nicht dein Schätzchen, dachte Ellen. Noch nicht.

»Mondgesicht« fing an, den Tisch zu umrunden; als Ellen einen markerschütternden Schrei ausstieß, hob er, wie ein Kaninchen, das vom Scheinwerferlicht überrascht wird, ruckartig den Kopf. Ellen riss das Höschen hoch, spannte es, und ließ das Feuerzeug los. Es schoss aus dem Höschen – und landete mit einem Klappern mitten auf dem Spieltisch.

»Mondgesicht« starrte es an.

Für einen Moment stand Ellen wie angewurzelt da, dann machte sie einen Schritt vor und trat, so fest sie konnte, gegen den Tisch. Er traf »Mondgesicht« auf Höhe der Hüfte; er zuckte zwar zusammen, war aber offenbar nicht verletzt.

Jetzt!, dachte Ellen, während sie nach ihren Waffen griff. Jetzt!

Mit der zerbrochenen Flasche in der einen und der Pfanne in der anderen Hand stürmte sie auf ihn los. Sie ließ die Flasche durch die Luft sausen und erwischte ihn voll im Gesicht. Er stieß einen Schrei aus, das Glas zersprang, ein Schwall Blut schoss hervor, und im selben Moment, als Ellen erkannte, dass seine Nase durchtrennt war, spürte sie ein fürchterliches Pochen in ihrer Hand. Die Flasche war in ihrer Handfläche zersplittert, und sie hatte sich geschnitten.

Doch sie ignorierte den Schmerz, und während »Mondgesicht« heulend mit seinem Messer um sich schlug – er schlitzte die Vorderseite ihres Kleides auf, jedoch nicht ihre Haut –, holte sie mit der Pfanne aus und erwischte seinen Ellbogen; das Messer segelte quer durchs Zimmer und klapperte hinter dem Rollbett zu Boden.

»Mondgesicht« zögerte und blickte dem Messer hinterher. Ohne seine Waffe wirkte er nackt und hilflos.

Erneut holte Ellen mit der Pfanne aus. Doch schon packte »Mondgesicht« sie am Handgelenk und riss sie herum. Die Pfanne entglitt ihr, und sie selbst wurde von ihm aufs Bett geschleudert, worauf das Bett durch die dünne Wand aus Stöcken krachte und mit einem seiner Füße über dem gähnenden Abgrund in die Dunkelheit ragte. Es wackelte ein wenig, und Ellen wälzte sich reflexartig herunter, direkt vor die Beine von »Mondgesicht«. Als er in die Knie ging und sich nach ihr streckte, rollte sie rückwärts unters Bett, wo ihre Hand auf dem Messer liegen blieb. Sie griff danach, dann warf sie sich erneut herum, vor seine Füße, streckte die Hand aus und rammte ihm das Messer, so fest sie konnte, in den Fuß.

»Mondgesicht« heulte laut auf. Dann machte er einen Satz zurück und riss das Messer mit sich. »Schätzchen! Du tust mir weh!«, schrie er.

Er langte nach unten und zog das Messer heraus. Dann packte er das Bett und fegte es mühelos zur Seite. Es knallte gegen die Krippe, das Baby purzelte heraus und kullerte über den Boden, die Rassel fiel hinterher. Er packte Ellen hinten am Kleid, zerrte sie hoch und wirbelte sie herum, sodass sie sich Auge in Auge gegenüberstanden; mit der einen Hand packte er sie an der Kehle, mit der anderen hielt er ihr, wie um sie zu untersuchen, das blitzende Messer dicht vors Gesicht.

Hinter dem Messer schimmerte sein jämmerliches Gesicht, schmerzerfüllt und bleich. Sein stechender Atem raubte ihr fast die Sinne. Seine Halswunde gab ein leises Pfeifen von sich. Die blutüberströmten Überreste seiner Nase hingen ihm auf Oberlippe und Wange herab, und seine Zähne, die im Mondlicht funkelten, lächelten ein metallisches Abschiedsgrinsen.

Es war vorbei, und sie wusste es, doch dann schossen ihr plötzlich wieder Bruces Worte in den Sinn. »Wenn es so aussieht, als wärst du geschlagen, und du alles versucht hast, probier einfach irgendwas.«

Ohne zu überlegen, stieß sie ihm die Finger in die Augen, so fest, dass er sie zur Seite schubste und zurücktaumelte. Allerdings nur kurz, dann stürzte er wieder vorwärts. Ellen bückte sich, packte das tote Kind am Fußgelenk und schlug damit wie mit einem Knüppel auf »Mondgesicht« ein. Einmal ins Gesicht, einmal in den Bauch. Das verweste Kind zerbarst in einer Wolke aus vertrocknetem Fleisch und Innereien, dann schleuderte sie »Mondgesicht« das Bein entgegen, umkreiste das Rollbett und versuchte die Tür zu erreichen. Als »Mondgesicht«, der sich am anderen Ende des Bettes aufrappelte, das sah, wandte er sich ebenfalls in diese Richtung, sodass sie zum Bettende zurückhechten musste. Lächelnd trat er wieder an sein Ende und wartete auf ihren nächsten Versuch.

Erneut taumelte sie zur Tür, und »Mondgesicht« sprang ebenfalls vor, doch diesmal beugte Ellen sich nach vorn, packte das Ende des Betts und warf sich dagegen. Es erwischte »Mondgesicht« am Knie, und als er umkippte, rollte es über ihn hinweg. Er ließ das Messer fallen und versuchte seine Hand auszustrecken, um das Bett aufzuhalten. Doch es hatte so viel Tempo drauf, dass es ihn über das kurze Stück Lehmboden mitriss; er knallte mit dem Kopf an die gegenüberliegende Wand. Die Äste knackten, fielen in die Dunkelheit und »Mondgesicht« folgte ihnen. Das Bett folgte »Mondgesicht« – und verhakte sich am Rand des Abgrunds; seine Räder bohrten sich ins Erdreich und blieben daran hängen.

Ellen hatte so fest angeschoben, dass sie mit dem Gesicht auf dem Boden gelandet war, und als sie aufblickte, beobachtete sie, wie das Bett am Abgrund hin und her schwankte, wie die Matratze herunterrutschte und ins Nichts zu fallen drohte.

Plötzlich tauchten »Mondgesichts« Hände auf und klammerten sich seitlich am Bettrahmen fest. Ellen stöhnte. Er würde es nach oben schaffen. Die Räder des Betts würden halten.

Ellen schob ein Knie unter ihren Körper, richtete sich auf und sprang vorwärts, beide Handflächen gegen das Bett gestemmt. Die Räder machten einen Satz, und das Rollbett verschwand ins bodenlose Dunkel.

Ellen rutschte auf ihren Knien vorwärts und spähte über den Vorsprung. Für einen kurzen Moment, inmitten von Schwarz, entdeckte sie die fallende Matratze und ein helles Objekt, das wie ein bleicher Planet mit einem großen Silberstreif durch die kalten Weiten des Alls jagte. Dann waren Matratze und Gesicht fort, und Dunkelheit erfüllte die Welt und ein entferntes Geräusch wie von einer platzenden Wasserbombe.

Ellen lehnte sich zurück und atmete tief durch. Als sie wieder zu Kräften gekommen und das Gefühl abgeebbt war, das Herz würde ihr den Brustkorb zerreißen, rappelte sie sich auf und blickte sich im Zimmer um. Sie dachte sehr lange über das nach, was sie hier sah.

Dann sammelte sie ihre Handtasche und ihr Höschen ein, trat aus der Hütte und wanderte den Pfad hinauf. Nachdem sie ein paarmal falsch abgebogen war, fand sie schließlich den richtigen Weg; er schlängelte sich den Berghang hinauf, dorthin, wo sie geparkt hatte. Erschöpft kletterte sie über die Leitplanke.

Hier oben war alles unverändert. Sie fragte sich, ob irgendjemand die Autos bemerkt oder angehalten hatte, aber letztendlich spielte das jetzt keine Rolle mehr. Hier oben war niemand, und das war es, was zählte.

Sie kramte die Schlüssel aus ihrer Handtasche und versuchte den Motor zu starten. Zu ihrer Erleichterung sprang er an.

Dann stellte sie den Motor noch einmal ab, stieg aus, ging nach hinten, öffnete den Kofferraum des Chevy und blickte auf Bruces Leiche hinab. Sein Gesicht war ein einziger riesiger Bluterguss, und seine Lippen waren groß wie Würstchen. Sein Anblick machte sie glücklich.

Ellen spürte, wie sich ihr Körper mit neuem Leben füllte. Sie packte ihn unter den Armen, wuchtete ihn heraus und schleifte ihn zur Leitplanke, wo sie seine Beine nahm und ihn auf den Pfad hinunterwarf. Dann griff sie nach seiner Hand und begann ihn, die Hanglage ausnutzend, den Weg nach unten zu zerren. Sie fühlte sich gut. Sie fühlte sich stark.

Anfangs hatte Bruce versucht sie zu unterdrücken, hatte sie terrorisiert, hatte sie für schwach gehalten, nur weil sie eine Frau war. Aber neulich, nachdem er sie geschlagen und vergewaltigt hatte, hatte sie ihn, während er seinen Rausch ausschlief, fest in seine Bettdecken gehüllt, oben und unten ein Seil ums Bett gewickelt und ihn mithilfe der Knoten, die er ihr beigebracht hatte, verschnürt.

Dann hatte sie ein Stück Brennholz genommen und so lange auf ihn eingeprügelt, bis sie entkräftet auf die Knie gesunken war. Sie hatte ihn nicht umbringen, sondern nur bestrafen wollen, weil er sie ständig verprügelte, doch nachdem sie erst einmal angefangen hatte, konnte sie nicht wieder aufhören, und als sie fertig war, hatte sie festgestellt, dass er tot war.

Sie war deswegen nicht sonderlich beunruhigt gewesen. Sie musste irgendwo die Leiche entsorgen, in die Stadt zurückfahren und behaupten, er hätte sie verlassen und käme nicht wieder. Das war nicht gerade überzeugend, aber es war alles, was sie hatte. Bis jetzt.

Nachdem sie ein paar Verschnaufpausen eingelegt hatte – wobei sie sich jedes Mal auf den Rücken legte und zu den Sternen hinaufblickte –, erreichte Ellen mit Bruce im Schlepptau die Hütte, packte ihn unter den Armen und setzte ihn auf einen der leeren Stühle. Sie räumte auf, so gut sie konnte. Die größeren Körperteile des Babys legte sie zurück in die Krippe. Dann hob sie »Mondgesichts« Messer vom

Boden auf und betrachtete es, betrachtete Bruce, mit seinen weit aufgerissenen Augen; im Mondlicht, das durchs Dach fiel, konnte man deutlich erkennen, dass sie stumpf waren wie zerkratztes Glas.

Sie beugte sich über sein Gesicht und fing an seine Augen zu bearbeiten. Als sie damit fertig war, drückte sie seinen Kopf nach vorn und benutzte die Klinge als Bohrer. Sie machte so lange weiter, bis sie mit den Löchern zufrieden war. Sollte die Polizei jetzt den Buick oben finden und, um der Sache nachzugehen, den Weg herunterkommen, auf den Pfad stoßen, der hierherführte, und entdecken, was sich in der Hütte befand, würde Bruce zwischen »Mondgesichts« anderen Opfern nicht weiter auffallen. Die Polizei würde wahrscheinlich zu dem Schluss kommen, »Mondgesicht« hätte, während er hier bei seiner »Familie« schlief, sein Bett zu nah an den Felsvorsprung gerückt, wäre durch die dünne Wand gebrochen und in den Tod gestürzt.

Das gefiel ihr.

Sie hob Bruces Kinn an und begutachtete ihr Werk.

»Du passt hier als Onkel Brucey prima hin«, sagte sie und klopfte ihm auf die Schulter. »Danke für deine Ratschläge und deine Unterstützung, Onkel Brucey. Sonst hätte ich das hier nicht überstanden.« Erneut klopfte sie ihm auf die Schulter.

In der gegenüberliegenden Ecke der Hütte, neben einer Schachtel mit Kitschromanen, fand sie ein Hemd – vielleicht von »Mondgesicht«, vielleicht von einem seiner Opfer – und wischte damit ihre Fingerabdrücke vom Messer, von der Pfanne und von allem, was sie berührt hatte, dann ging sie nach draußen, zurück zu ihrem Wagen.

JANET FINDET EIN RASIERMESSER

Diese Geschichte lebt vor allem von ihrer Stimmung, und wahrscheinlich ist es besser, wenn man weiß, wer der Gott der Klinge ist, aber man kann sie auch ohne dieses Wissen mit Genuss lesen. Bill Schafer fand, es wäre schön, wenn wir der Zusammenstellung aus Roman und dazugehörigen Kurzgeschichten auch einen ganz neuen Text mit dem Gott der Klinge hinzufügen könnten. Ich habe mir lange den Kopf zerbrochen und war kurz davor, die Idee wieder zu verwerfen, als mir das hier einfiel.

Die Geschichte geht größtenteils auf eine Wortassoziation zurück. Seit Bills Vorschlag, etwas Neues zu schreiben, nahm in meinen Kopf etwas Gestalt an, das ich nicht richtig zu fassen bekam und von dem ich nicht sicher war, ob es tatsächlich etwas taugte, bis die Worte »Janet findet ein Rasiermesser« wie eine Neonreklame in meinem Kopf aufleuchteten und diese Geschichte daraus entstand.

In dem unverkauften Drehbuch, das Neal Barrett jr. und ich basierend auf Nightrunners *geschrieben haben, wird das Messer am Ende von einem Jungen und einem Mädchen gefunden, was ein hübscher Aufhänger für eine Fortsetzung wäre. Auf jeden Fall wird so hinter die ganze Idee von der Klinge und dem Gott am Schluss noch einmal ein Ausrufezeichen gesetzt.*

Ich stellte mir also vor, wie jemand anderes auf das Rasiermesser stößt – ein Mädchen namens Janet. Und die folgende Story kam dabei heraus.

Das Rasiermesser lag im Gras und funkelte grell im Mondlicht, als Janet es fand. Es war ein großes, altes Rasiermesser. Und kaum hatte sie es aufgehoben, schnitt sie sich auch schon daran.

Nicht, dass das Messer aufgesprungen wäre und sie verletzt hätte – doch irgendetwas *hatte* sie gepiekst, und als sie es in die andere Hand nahm, sah sie, dass der Schnitt ziemlich tief war und blutete.

Sie inspizierte das Rasiermesser, konnte jedoch keinerlei Unebenheiten entdecken, an denen sie mit der Hand hätte hängen bleiben können, und die Klinge steckte akkurat im Griff, sodass sie sich nicht sicher war, wie es passiert war.

Während sie an der Wunde saugte, untersuchte sie den Elfenbeingriff des Messers. Darin waren jede Menge seltsamer Sachen eingeritzt, Muster, die sie an Hieroglyphen erinnerten.

Auf dem Nachhauseweg beschlich sie ein komisches Gefühl. Es war nicht unbedingt unangenehm, sie fühlte sich nur anders als sonst. Als sie fünfzehn wurde, hatte sie sich überlegt, dass sie eigentlich mit ihren Freundinnen ausgehen und sich amüsieren müsste, aber sie hatte keine Freundinnen und war sowieso selten zu Hause. Ihre Eltern hatten nicht die leiseste Ahnung, dass sie nachts unterwegs war. Sie musste sich nicht mal nach draußen schleichen, sondern brauchte nur durchs Wohnzimmer gehen, wo ihre Eltern vorm Fernseher hockten, und durch die Tür treten. Sie fragten weder, wo sie hinwollte, noch was sie vorhatte. Sie bekamen es einfach nicht mit.

Sie ging nach draußen, lief in der Gegend herum und dachte über dies und jenes nach. Einmal, vor nicht allzu langer Zeit, hatte sie auf einem ihrer Streifzüge einen alten, geschlossenen Waschsalon in Brand gesteckt. Sie war durchs offene Fenster hineingeklettert und hatte dort ein paar alte Zeitungen gefunden. Außerdem lagen leere Weinflaschen herum, und alles war voller Rattenmist. Wahrscheinlich hatten ein paar Penner dort ihr Nachtlager bezogen; und zu vorgerückter Stunde würden sie wieder auftauchen, um ihren Wein zu trinken und sich mit den Zeitungen zuzudecken. Die Vorstellung, dass sie vielleicht von ihnen erwischt wurde, hatte sie erregt, und der Gedanke, die Säufer ihrer Schlafstätte zu berauben und sie in die Kälte zu schicken, hatte sie amüsiert. Darum hatte sie die Zeitungen mit einem Feuerzeug, das sie ihrem Vater gestohlen hatte, in Brand gesteckt. Das Feuer hatte sich Stück für Stück am Fensterbrett entlang gearbeitet, allerdings nur kurz, dann war es wieder erloschen.

Mehr war nicht drin, also war sie wieder nach Hause gegangen – und dort hatte sie einen Traum. Darin war der Waschsalon in einem roten Flammenmeer aufgegangen, das zum Himmel hinaufzüngelte, bis der Mond Feuer fing. Und der Mond war lodernd vom Himmel gestürzt, auf die Erde gekracht und hatte in alle Richtungen Flammen und grüne Gesteinsbrocken gespuckt.

Der Traum war besser als das, was in Wirklichkeit passiert war, doch tief in ihrem Innern war etwas aufgekeimt, und sie konnte spüren, wie es langsam größer wurde. Und als sie sich mit dem Messer stach, war das wie eine Art Dünger. Es wuchs jetzt rasend schnell, und sie fühlte sich komisch dabei: erst schwach und dann wieder alles andere als das.

Ihr Schatten, der vom Gehweg auf die Straße glitt und über die Schatten der Ulmen und der Häuser im Mondlicht wanderte, sah überhaupt nicht wie ihr Schatten aus, sondern viel eher so, wie sie sich fühlte. Groß und stark, und kein bisschen weiblich. Es war der Schatten eines großen Mannes, der einen Zylinder trug, und irgendwas stimmte mit dem Schatten nicht, gehörte dort nicht hin, eine Art silbernes Glitzern, wo sonst die Zähne waren; und der Schattenriss des Rasiermessers war ein langer silberner Strich.

Als Janet hinunterblickte, sah sie, dass das Messer in ihrer Hand aufgeklappt war. Sie konnte sich nicht erinnern, es geöffnet zu haben. Beim Gehen ertönte ein dumpfes Ploppen, ihre Beine, die ganz lang geworden waren und spitz zuliefen, steckten mit den Füßen, die jetzt kleiner waren, in abgeschlagenen Köpfen, die beim Gehen dieses ploppende Geräusch machten.

Plopp. Plopp. Plopp. Plopp.

Dann kam sie zu ihrem Haus, und das Mondlicht fiel auf die Glasscheibe in der Haustür, sodass sie ihr Spiegelbild vor Augen hatte. Es war nicht das Spiegelbild eines jungen Mädchens, sechzehn Jahre alt, mit Zahnspange, schiefer Nase und fettigem braunem Haar, sondern von jemandem, der sich sehr tief bücken musste, um in die Scheibe zu blicken – aus der ein fast skelettartiges Gesicht grinste, mit Zähnen wie lange, glänzende Anstecknadeln aus Silber, und Augen, die glimmten wie glühende Kohlen; auf dem Kopf trug die Person einen Zylinder und an den Füßen diese blutigen, zersplitterten, abgeschlagenen Köpfe. Und als sie sie genauer musterte, erkannte Janet sie wieder. Es waren die Köpfe von den Nachbarn gegenüber. Freundliche Nachbarn, die immer nett zu ihr gewesen waren und sich um sie gekümmert und zugehört hatten, wenn ihre Eltern keine Zeit für sie hatten. Und dann erinnerte sie sich ... Zunächst noch ganz schwach. Ihr fiel ein, wie sie zum Haus der Nachbarn gegangen war, und wie sie die Klinge ausgeklappt hatte, und sie erinnerte sich an Mr. Jenkins' Blick, nachdem er auf ihr Klopfen die Tür geöffnet hatte. Sie hatte sich sehr tief bücken müssen, um ihm ins Gesicht zu schauen.

Er wollte offenbar schreien, doch der Schrei blieb ihm im Hals stecken, wie ein Tier, das in seinem Bau verendet war. Und dann gehörte er ihr. Ein kurzer Hieb, und sein Kopf war ab, und dann war sie im Haus; sie musste sich ducken, als sie durch die Tür trat. Und dort stand Mrs. Jenkins, sie schrie, aber nicht lange, denn Janet war flink mit der Klinge und schnitt ihr den Schrei aus der Kehle.

Dann hatte Janet, oder das Ding, das Janet gewesen war, die Köpfe aufgehoben, sich auf die Couch gehockt und sie auf ihre Pferdefüße gesteckt, und schon war sie wieder draußen, auf der Straße, unterwegs zu ihrem Haus.

Und jetzt trat sie ein ...

Es dauerte drei Tage, bis man merkte, dass bei den Jenkins und in Janets Haus etwas nicht stimmte. Doch schließlich machten die Leute sich Sorgen, und man überprüfte die Häuser; bei dem Bild, das sich dort bot, fiel selbst dem erfahrensten Cop des Reviers der Doughnut aus dem Gesicht.

Das Haus der Jenkins war schon schlimm genug. Enthauptete Körper. Verschwundene Köpfe. Blut auf dem Boden und an den Wänden. Doch Janets Haus war wirklich schlimm. Die Wände waren mit blutigen Zeichen beschmiert, und die enthaupteten Leichen ihre Eltern waren gehäutet worden; außerdem hatte jemand mehrere große Stücke Fleisch herausgebissen. Ihre Haut hing über dem Kleiderständer. Der Hund war ebenfalls enthauptet worden. Weder die Köpfe der Jenkins' noch die von Janets Eltern oder dem Hund wurden je gefunden.

Janet lag in ihrem Schlafzimmer auf dem Bett. Auch ihr war die Haut abgezogen. Niemand konnte sich das erklären. Eine ihrer Hände – der linke Arm war intakt – hielt die Haut an ihrer Hüfte umklammert; sie hatte es offenbar geschafft, sie bis zu den Knien abzuziehen, bevor sie ihren Verletzungen erlegen war.

Auf den ersten Blick schien sich das Mädchen selbst gehäutet zu haben. Nur dass keine scharfen Gegenstände in der Nähe lagen. Niemand konnte sich erklären, wie sie das hätte anstellen sollen.

Auf Janets Bett und dem Boden, an der Wand und am Fensterbrett entdeckte man jede Menge Blut sowie eine schmale Kriechspur, als wäre dort etwas Langes und Glattes entlanggeglitten, und mithilfe eines scharfen Gegenstands die Wand hinauf und übers Fensterbrett geklettert. Die Scheibe war zerschlagen, und durchs Fenster führte eine dünne Blutspur ins Gras und quer durch den Garten; an der Straße, vor dem Gitterrost eines Abflusskanals, endete sie schließlich.

Man entfernte das Gitter und pumpte den Abfluss aus, wenn auch nicht ganz, denn dazu hätte man einen mehrere Meilen langen Schlauch ins Loch stopfen und ihn quer unter der Stadt hindurchführen müssen, durch Unmengen von Abwässern, die dort unten vor sich hin gärten.

Schließlich ließ man die ganze Sache auf sich beruhen. Die Polizei fand weder die Köpfe noch die Werkzeuge, mit denen Janet die Schädel oder sich selbst bearbeitet hatte. Daher kam man zu dem Schluss, dass sie mit der Tat doch nichts zu tun hatte. Dass vielmehr ein Unbekannter hier aufgetaucht war, alle gehäutet und getötet hatte und, bevor er verschwunden war, ihre Hand so drapiert hatte, als würde sie sich selbst die Haut abziehen.

Niemand erwähnte die blutige Spur, die vom Bett über die Wand, zum Fenster und quer durch den Garten in den Abflusskanal führte. Zumindest wurde sie im Polizeibericht nicht erwähnt. In Wirklichkeit war der Vorfall bei den Cops und bei einigen Leuten, denen sie davon berichteten, noch lange Zeit Gesprächsthema, und manchmal, selbst heute noch, erzählt man sich hinter vorgehaltener Hand davon und zerbricht sich den Kopf deswegen. Doch das Ganze ist nach wie vor ein großes Rätsel.